カラマーゾフの兄弟論

Братья Карамазовы 1879–1880　砕かれし魂の記録

芦川進一

河合文化教育研究所

はじめに

イワンは弟アリョーシャに言う。兄弟二人が初めて正面から向き合う場面である。

「俺もお前と同じロシアの小僧っ子だ。［中略］そういう連中が、飲み屋でわずかな時間を捉えて何を論じると思う？　他でもない、神はあるかとか、不死は存在するかとかいう世界的な問題なのだ」（『カラマーゾフの兄弟』第五篇第三章）

『カラマーゾフの兄弟』に限らず、ドストエフスキイ世界に触れる読者が深く心を揺り動かされるのは、そこに登場する若者たちが「神」を求め「不死」を求め、これらの問題に命を賭けて生きる真摯な姿である。「神と不死」の問題は彼らの日常生活の中にも、身を焼く恋の中にも、そして世界との対決の中にも通奏低音として深く強く響き続け、彼らの生の究極の目標はこの問題の解決を措いて他にないかのように物語は展開する。

このイワンが人格崩壊の瀬戸際に陥った時のことだ。目の前に現れた彼の分身たる悪魔《チョールト》が語る。「世の連中によれば、僕は《天《てん》より隕《お》ちし》天使だということになっている」。地上に満ちる不条理、罪なき幼な子たちの涙の現実を前に、「神」を求めて見出すことが叶わず、「キリストの愛」を見出して受け容れることのできないイワンは、悪魔の否定の精神に身を委ね、遂には自らを神とし「一切が許されている」として、故郷で神殺しと重ねての父親殺しに乗り出す。そしてこの思想実験の悲惨な破綻の末に、彼は自らを「天より隕ちし」天使として自覚するに至ったのだ。

「あしたの子明星《こみやうじやう》よ、いかにして天《てん》より隕《お》ちしや、もろもろの國《くに》をたふしゝ者《もの》よ、いかにして斫《お》られて地《ち》にたふれしや。汝《なんぢ》さきに心中《こころのなか》におもへらく、われ天《てん》にのぼり我《われ》くらゐを神《かみ》の星《ほし》のうへにあげ、北《きた》の極《はて》なる集會《つどひ》の山《やま》にざし、たかき雲漢《くもゐ》にのぼり至上者《いとたかきもの》のごとくなるべしと」（イザヤ十四12－14）

「神と不死」を求める青年が悪魔と共に辿った転落のドラマ。旧約聖書のイザヤ書が記す「天より隕ちし」「あしたの子明星」、あるいは「ルシファー（光を掲げるもの）」の運命を、イワンはそのまま生きて表現すると言えよう。

しかしこの「神の星のうへ」を目指し、「天より隕ちし」「あしたの子明星」とは、逆に新約聖書においては同じ地上に満ちる不条理、罪なき幼な子たちの涙の現実を前に、神を愛として捕え、あるいは神の愛に捕えられ、その愛を貫き、遂にはゴルゴタ丘上で磔殺されたイエス・キリストと、その「キリストの愛」の象徴として東天に輝く星でもある。

「斯《かく》て我《われ》らが持《も》てる預言《よげん》の言《ことば》は堅《かた》うさせられたり。汝等《なんぢら》この言《ことば》を暗《くら》き處《ところ》にかがやく燈火《ともしび》として、夜明《よあ》け、明《みやう》星《じやう》の汝《なんぢ》らの心《こころ》の中《うち》にいづるまで顧《かへり》みるは善《よ》し」（第Ⅱペテロ書一19）
「我《われ》はダビデの萌蘖《ひこばえ》また其《そ》の裔《すゑ》なり、輝《かがや》ける曙《あけ》の明星《みやうじやう》なり」（ヨハネ黙示録二十二16）

旧約から新約へ。イエス・キリストの十字架、その「一粒の麦」の死が発する透明で強烈な光を前にする時、イワンが辿った没落の運命は、それが「神と不死」を求めたがゆえの没落である限り、イエス磔殺の姿を逆さ写しに捉え、やがて新たな一つの「暗き處にかがやく燈火」、「輝ける曙の明星」として輝くことを赦されるのではなかろうか。『カラマーゾフの兄弟』において、この逆説はイワンに限られるものではない。作者ドストエフスキイが描き出す主人公たちは、それぞれが完膚なき没落の運命を己の身に引き受けることによって、やはり闇から光への逆説を帯びた「光の子」たり得ているように思われる。

本書はドストエフスキイ（一八二一―八一）の遺作、『カラマーゾフの兄弟』（一八七九―八〇）に登場する数多くの登場人物たちの中から、まずは十四歳の少女リーザに焦点を絞り、そこから彼女が愛する兄弟アリョーシャとイワンに光を当て、更には非嫡出子スメルジャコフと長兄ドミートリイを加え、これら四人のカラマーゾフの兄弟たちが「神と不死」の問題とどのように向き合い、どのようなイエス像を構成していったのか、その「肯定《プロ》と否定《コントラ》」の分裂の葛藤、死から再生へのドラマを彼らの生活史の流れの中で考察しようとするものである。彼らの愛の分裂のドラマにも光を当て、グルーシェニカやカチェリーナたちが放つ独自な生の光貌も浮かび上がらせたい。またゾシマ長老とカラマーゾフ家の父フョードルは、それぞれの死によって主人公たち全員を没落と甦りのドラマに追い込んでゆく。二人の死は、イエスの「一粒の麦」としての死をそのままに、あるいは逆射影的に表現するものであり、この作品を根底から支えるキリスト教的逆説を構成することも明らかとしたい。

これら「ロシアの小僧っ子」たちのドラマを追うにあたっては、当然のことであるが、まずはテキストの丁寧な読みが土台となる。そしてこの作品自体が未完成であるのと同じく、「神と不死」を求める彼らの生もまた未完成であり生成の過程にあることを忘れず、徒に結論を急ぐことは避けねばならない。そのためには主人公たちが陥った矛盾・分裂の姿をそのままに見つめ、同じテーマも様々な角度から検討し、『カラマーゾフの兄弟』という巨大で複雑な世界全体のリアリティ把握に向けて、地道な「デッサン」を積み重ねるという姿勢を貫きたい。その上で誤りを恐れず、時には大胆な解釈も試みねばと思う。

本書を手にされる方が、この作品に描かれた様々な「あしたの子明星」たちの物語を本書と共に辿りつつ、自分自身の内なるカラマーゾフを探り、自らの属する星座を求める旅の手掛かりとして頂けるならば幸いである。

目次

はじめに　i

前篇

I　リーザの嵐　14
1　ドアで指をつぶす少女　14
2　嵐の背景　16
II　リーザとアリョーシャとの対話（1）　23
III　モスクワと家畜追込町　38
1　モスクワの黄金時代　38
2　アリョーシャ、イエスの呼び声　42
3　アリョーシャの帰郷　52
4　ホフラコワ夫人、そのニヒリズム　59
5　ゾシマ長老、「実行的な愛」　65
IV　「神と不死」の問題と福音書　73
1　ヨハネ福音書　73

2　ルカ福音書とフョードルの道化　75
3　悪魔の系譜、フョードルからイワンへ　78
4　「永遠の生命」への問い　83

V　イワン　89

1　イワンの帰郷、二つの「仕事」　89
2　イワンとアリョーシャ、「反逆」の思想　102
3　悪魔が明かすモスクワのイワン、「否定」の精神　118
4　「否定」の精神、没落への意志　142
5　イワンとゾシマ長老、「否定」から「肯定」へ　149

VI　「надрыв《ナドルィフ》」（激情の奔出）　161

後篇

VII　二つの死　176

二つの死がもたらすもの　176

A　アリョーシャ　177

1　アリョーシャの絶望　177

2 グルーシェニカの許で 185
3 アリョーシャの宗教体験、その罪意識 195

B イワン 204
1 イワンの「悪業への懲罰」 204
2 リーザの手紙とイワン 213

C スメルジャコフ 223
1 スメルジャコフの悲劇性と悪魔性 223
2 スメルジャコフの「悪業への懲罰」 228
3 「活ける神」の現前 235
4 新たな悲劇、兄弟殺し 243
5 スメルジャコフの罪 251
6 スメルジャコフへの鎮魂歌 263

D ドミートリイ 269
1 その光と闇 269
2 「第一の告白」、カラマーゾフの二つの血 273
3 「第二の告白」、カチェリーナへの愛 278
4 「第三の告白」、グルーシェニカへの愛 288
5 モークロエの「狂宴」 295
6 新たな道へ 309

Ⅷ　（終章）リーザとアリョーシャとの対話（２）　315
１　リーザの嵐の開示　315
２　アリョーシャの「誠意」　329
３　更なる道程　337
補遺『シリアの聖イサクの苦行説教集』より　339
参考文献・註　350
おわりに　363

凡例

一、本文中の［　］内には著者による説明を付した。

二、『カラマーゾフの兄弟』のロシア語原典は主にАкадемия《アカデミア》版三十巻本全集（一九七三―一九九〇）を使用した。詳しくは巻末の「参考文献A」を参照。

三、本文テキストの翻訳は拙訳による。その際参考とした日本語訳『カラマーゾフの兄弟』については、巻末の「参考文献A―2、3」を参照。また参考とした英仏訳についても、「参考文献A―4、5」を参照。

四、『カラマーゾフの兄弟』原典からの引用箇所は、例えば第五篇第十二章の場合は（五12）のように示した。

五、原文でイタリックが付された部分は、日本語訳では傍点を置いて示した。

六、聖書の翻訳は、新約の場合は時に拙訳も試みたが、原則として一九六七年日本聖書協会発行の『舊新約聖書』による文語訳を基準として用いた。その際岩波書店発行の佐藤研編訳『福音書共観表』と、作品社発行の田川健三訳『新約聖書　訳と註』の口語訳も参考にした。詳しくは巻末の「参考文献D」を参照。

七、新約聖書テキストは、Nestle-Alant, *Novum Testamentum Graece*, Deutsche Bibelgesellschaft, 1993^{27}を使用したが、ドストエフスキイの用いた聖書の引用・翻訳の場合には、*ГОСПОДА НАШЕГО ИИСУСА ХРИСТА НОВЫЙ*

ЗАВЕТЬ, Российское Библейское Общество, СПб, 1823（ロシア聖書協会『我らが主イエス・キリストの新約聖書』）を使用した。詳しくは巻末の「参考文献D」を参照。

八、聖書からの引用箇所については、例えばルカ福音書第三章第十二節の場合は（ルカ三12）のように記した。但し本文の文脈からルカ福音書であることが明らかな場合は（　）内にルカは入れず、（三12）のように章と節だけの表示とした。

九、作品と聖書の言及・引用箇所を示す際、複数の章や節が連続したひとまとまりの場合は、例えば（三3－5）や（ルカ十二4－5）のようにハイフンを用いて示した。

十、重要なロシア語や概念を翻訳するにあたっては、原則として一回目に登場する場合にのみ、例えば「卑劣な《ポードラヤ》」や「宗教的痴愚《ユロージヴィ》」のように、カタカナでルビを振った。

十一、本文中の他の部分に言及する場合には、例えば（本書ⅦC3）のように、本文の章句番号等を付した。

十二、その他の「参考文献」については巻末に記す。

前篇

Ⅰ　リーザの嵐

1　ドアで指をつぶす少女

「《お兄様の所へいらして。監獄が閉まってしまうわ。いらして。ほら、あなたの帽子よ！　ミーチャにキスしてあげて。いらして。いらして！》。リーザは力ずくでアリョーシャをドアの方に押しやろうとするかのようだった。こちらは悲しみと納得のゆかぬ表情で見つめていたが、突然自分の右手に手紙が、きちんと畳まれ封のされた小さな手紙があることが感じられた。彼はちらと目をやり、瞬時にして宛名を読み取った。イワン・フョードロヴィチ・カラマーゾフ様。彼が素早くリーザに目を向けると、彼女の顔にはほとんど威嚇的な表情が浮かんでいた。《お渡ししてね。きっとお渡ししてね！》。無我夢中で、全身を震わせながら、彼女は命じるように言った。《今日、すぐによ！　さもないと私、毒を呑むわ！　私はあなたを、正にこのためにお呼びしたの！》。そして彼女は素早くドアを閉めた。掛け金のかかる音がした。アリョーシャは手紙をポケットに納め、真っ直ぐ階段に向かった。ホフラコワ夫人の許に寄ることはなかった。彼女の事など忘れていたのだ。一方リーザは、アリョーシャが遠ざかるや、直ちに掛け金を外し、ドアを少し開け、隙間に自分の指を挟むと、ばたんとドアを閉め、力任せにその指を押しつぶした。十秒ほどして手を引き抜くと、彼女は静かにゆっくり自分の車椅子に戻り、背筋を真っ直ぐに伸ばして座り、自分の黒ずんだ指と爪の下から滲み出てくる血をじっと見つめ始めた。彼女の唇は震えていた。そして彼女は素早く口早に一人呟《つぶや》くのだった。《卑劣《ポードラヤ》だわ、卑劣だわ、卑劣だわ、卑劣だわ！》」（十一 3「小悪魔《ベショーナク》」）

つい先日まで婚約者だったアリョーシャに、その兄イワンへの恋文を託した「卑劣さ《ポードラスチ》」に耐えられず、ドアで指をつぶすリーザ。『カラマーゾフの兄弟』へのアプローチを、この十四歳の少女が繰り返す「卑劣だわ！」という呟きから試みようとするのは、この「卑劣さ」という言葉が、彼女が自らドアでつぶした指の痛みと、二人の男性の間に引き裂かれてしまった心の痛みを示す言葉であるばかりか、彼女の心のより深くに吹き荒れる嵐から洩れ出てくる叫びでもあり、更にはこの作品の登場人物全員が辿りつくことを運命づけられた究極の自己認識にも通じると思われるからである。『カラマーゾフの兄弟』の登場人物たちは如何にしばしばこの言葉を呟き、また叫ぶことか。彼らは皆それぞれの道を経て、自己の内なる卑小さと卑劣さの前に立たされてゆくのである。

しかし「卑劣さ」と言っても、この少女は自分が捨てた青年にその兄への恋文を託しただけのことではないか、この早熟で美しく我儘な小悪魔が陥った恋とその情熱がもたらした疾しさから、そこまで話を広げることもあるまい。こう言い捨てて立ち去ることも可能であろう。だがアリョーシャとイワンとの間に引き裂かれたリーザの心の嵐、その奥深くに存在する分裂の痛みと涙が垣間見えてくると、彼女の苦悩を単に十四歳の少女一個人の問題として傍観することは許されなくなるように思われる。小悪魔と呼ばれるリーザの内なる嵐から洩れ出てきた「卑劣だわ！」という呟きは、「毒を呑む」という言葉とも響き合い、致死性を帯びた最後の一刺しを我々の心に与える可能性もなしとはしないのである。

『カラマーゾフの兄弟』。ここに展開する物語の複雑さと豊かさは圧倒的であり、しかもそれらが提示する問題はあまりにも大きく奥深い。いざそれらを分析しようとすると、その切り口をどこに向けるべきか、途方に暮れさせられるものがある。まずは少女リーザの内に渦巻く嵐に的を絞り、そこから彼女が愛するアリョーシャとイワンに光を当て、またカラマーゾフの非嫡出子スメルジャコフと長兄ドミートリイ、そしてグルーシェニカやカチェリーナにも目を向けつつ、この作品に向かってみよう。そこからは彼らの魂を切り開くドストエフスキイの刃を介し、人間がこの世界に生まれ直面させられる根本的な問題とその真実が、思わぬ鮮やかさで開示されてくるのではないか。飽くまでもこの方法が持つ限界は自覚しつつも、まずは小悪魔リーザに導かれ、カラマーゾフの世界という大暴風雨、魑魅魍魎《ちみもうりょう》の世界に分け入ってゆくことにしよう。

2　嵐の背景

リーザの嵐。その拠って来たる源と在り方を明らかにするためには、様々な角度からの分析が必要である。その分析の出発点かつ帰結点として、本書は『カラマーゾフの兄弟』全十二篇の中でも、終幕近い第十一篇全十章の内から特に第三章「小悪魔」に焦点を当て、この短い一章で報告されるリーザとアリョーシャとの対話を検討することを核とし、また縦糸としてゆく。この対話検討の作業はモスクワ時代のアリョーシャとイワンの精神史の検討と、それらと響き合う他の主人公たちのドラマの検討を挟んで、本書の冒頭と末尾の二回に分けてなされるであろう。その作業に先立って、まずはリーザの嵐が置かれた大きな磁場、あるいは背景としての『カラマーゾフの兄弟』の世界、更にはドストエフスキイ文学が展開する場としての福音書的終末論的磁場を、以下の二点に絞って予め簡単に確認しておこう。これら二点は本書の考察が進むにつれて、改めて明瞭なものとして浮かび上がってくるものであり、叙述の順序は前後し、一部結論の先取りのような形となるのだが、この複雑で膨大な作品世界を確実に理解するための「仮作業」として試みておきたい。

福音書的終末論的磁場(1)――「裁判」そして「家畜追込町」

一つはこの作品の時と場所の問題である。

『カラマーゾフの兄弟』を縦に貫く最も大きなドラマの一つは、カラマーゾフ家の父フョードル・パーヴロヴィチ・カラマーゾフの殺害事件（第八篇）と、二カ月後に開かれるその裁判（第十二篇）である。本書の最初に挙げた「小悪魔」が第三章として属する第十一篇は大きくは二つに分けることが可能であり、その後半部（第六章―第十章）では裁判に向け、次兄イワンが三度にわたる下男スメルジャコフ［父親フョードル殺しの実行犯。非嫡出子としてカラマーゾフの兄弟の一人である可能性が高い］との、そしてその直後の悪魔との対決によって、いよいよ良心に臨む裁きの神と直面し、父親殺しの罪を決定的に自覚させられてゆくという緊張感に満ちた心理劇が展開する。これに対し前半五つの章では、父親殺しの容疑で逮捕された長兄ドミートリイの裁判をいよいよ明日に控え、慌ただしく関係者を訪問し、それぞれの罪意識に苦しむ彼らの心に寄り添おうと努める末弟アリョーシャを中心に物語が展開する。本書の冒頭に挙げた場面（第三章）でもリーザがアリョーシャに対し、早く監獄に兄のミーチャ［ドミートリイの愛称］を訪問してあげるよう急がせている。この作品の登場人物全員が「神と不死」の問題、更には愛の問題についてそれぞれの課題・罪意識と不安を胸に、明日の父親殺しの裁判に臨もうとしているのだ。つまり第十一篇では「犯罪」に対する「裁判」と、「罪」に対する「裁き」という二重の局面で、決定的な「最後の時」に向かってのドラマが展開するのである。第十一篇のみならず『カラマーゾフの兄弟』のドラマ全体が、このような終末論的時間枠の中で展開するいわば聖と俗《ヴェルテップ》の二重構造を持つと言ってよいであろう。

　またこれと共に注意すべきは、衝撃的な父親殺しの裁判に向けて主人公たちが神経を張り詰めさせ、町中も興奮に包まれ、モスクワからは著名な弁護士や医師が呼ばれ、マスコミも騒ぎたて、今やロシア全土が好奇の目を注ぐ中、裁判のぎりぎり前日になって初めてこの作品の舞台となる町の名が「スコトプリゴニエフスク」（家畜《かちく》追込町《おいこみちょう》）という奇怪な名を持つことが作者によって明かされることだ（十一2）。小説の大団円近くに至っての唐突な町名の開示。これは『カラマーゾフの兄弟』が読者に与える最大のインパクト、あるいは啓示の一つとも言うべきものである。

　この町名のことを作者は「悲しい名前」とし、それゆえ「長い間伏せていた」と言う。しかし突然明かされたこの町名は、読者に直ちに福音書の有名な一エピソードを連想させ、この物語が福音書的磁場の中に位置づけられる可能性に思いを至らせる点で、劇的とも言える効果を持つと言えよう。つまり今まで展開してきたロシアの一田舎町のドラマの一切が、福音書のマルコ伝第五章（1―20）、それを受けてマタイ伝第八章（28―34）とルカ伝第八章（26―39）が共に伝える「ゲラサの豚群」のエピソードと重ねられる可能性がここで一挙に浮上するのだ。つまり時間的にも空間的にもこの作品は、聖と俗の終末論的かつ福音書的磁場の中に展開するドラマであることが明らかとなるのである。

　このエピソードによれば、ゲラサの地にある湖の畔に「レギオン」［ローマの軍団の名称］という名の悪霊《ベース》［穢れた霊《プネウマ》。後出の『悪霊《ベシー》』は複数形］たちに取り憑かれ、住まいもなく、墓場や山の中で荒れ狂う一人の男がいた。縛られた鎖を引きちぎり、足枷も砕き去り、昼夜を分かたず叫び続け、また石で自らを打ちつけているこの男を、誰一人として取り抑えることができなかった。この恐ろしくも痛ましい姿を曝す男の前に、舟から上がったイエスが現れるや、男はイエスの本質を直ちに見抜く。「いと高《たか》き神《かみ》の子《こ》イエスよ」（マルコ五7）。一方男に取り憑いた悪霊たちは、イエスによって直ちに近くにいた豚たちの中に追いやられ、二千匹にも上るその豚群は、ゲラサの湖にもんどりうって駆け下り溺れ死んでしまう。湖のほとりには癒された男が「衣服《いふく》を身《み》にまとい」、「慥《たしか》なる心《こころ》」で座していた（同五15）。新約聖書の中でも恐らくは最も劇的で衝撃度の強い鬼気迫るエピソード、最も感動的な死と再生の物語の一つと言えよう。

周知の如くドストエフスキイは、既にこの「ゲラサの豚群」のエピソードをルカ福音書から採り、『悪霊』（一八七一―七二）のエピグラフに用いている。読者は小説の終極近くになって、『カラマーゾフの兄弟』もまた『悪霊』に続いて福音書的終末論的な磁場の下に展開する物語、つまり死と再生の物語であることを知らされるのだ。しかもそれは神とイエス・キリストの前に滅び去るゲラサの豚群の断末魔の叫びに重ねられ、悪霊・悪魔に憑かれた人間たちがこの町に追い込まれ、裁かれ、そして滅び去る姿が描かれることによって、その再生の可能性が探られる物語であることを、裁判の前日に至って初めて作者から明らかにされるのである。

「小悪魔」と題され、専らリーザのエピソードが語られる第十一篇第三章も、このような時と場所の視野の下に置かれる時、新たな相貌を帯びた一章として立ち現れてくる可能性があるだろう。つまりイワンやアリョーシャと共に少女リーザもまたその内なる悪魔たちを抱え、家畜追込町という裁きの場に呼び出され、その裁きの末の死と再生を果たすべく、福音書的終末論的運命を生きる「小悪魔」としての姿を浮かび上がらせる可能性である。

福音書的終末論的磁場⑵――二つの死の逆説

次に注意を払うべきは、リーザを含む主人公たちばかりか人々の魂を震撼させる二つの死についてである。一つはゾシマ長老の死。もう一つはフョードル・パーヴロヴィチ・カラマーゾフの殺害事件だ。これら二つの死こそが、⑴で見た福音書的終末論的磁場での死と再生の物語を具体的かつ決定的に動かす駆動力となるものである。

ゾシマ長老は主人公アリョーシャの師であり、若くして俗世を捨て修道院で「キリストの御姿《みすがた》」を守り続け、「来たるべき世の救い」のため、ひたすら禁欲と沈黙と祈りの生涯を送ってきた修道苦行僧。フョードルはアリョーシャを含むカラマーゾフの兄弟たちの父であり、居候の食客から道化の衣装を身に纏いつつ成り上がり、子供たちを「忘れ去り棄て去り」、俗世の只中で金と酒と女の追求にカラマーゾフ的生命を貪欲かつ強烈に燃やし続けてきた快楽主義者、文字通りの「好色漢《スラダストラースニク》」である。前者の内に認められるのは、死の直前までその許に言葉と奇跡を求め「ロシア全土から何千キロの道をも厭わず」群集が押し寄せる聖者の生。後者の内に見出されるのは、「毒蛇」とも忌み嫌われ、末は息子に殺害されるという「悲劇的な死」によって、ロシア全土をセンセーションの内に巻き込む「何かある種法外な、民族的な常識外れ」（一―1）とも言うべき怪物の生である。

『カラマーゾフの兄弟』の中核に存在する出来事とは、これら聖と俗を代表する二人、アリョーシャのいわば霊と肉の父二人が、わずか二晩、正確には一日の内に迎える立て続けの死である。そしてこれら二人の死は、前者はその腐臭事件によって、後者は尊属殺人という衝撃的な在り方によって、兄弟たちばかりでなく町中の人々を、そして殊に後者は国民を震撼させるスキャンダルを呼び起こす。この作品はこれら二人の死によって、登場人物各人がそれまでの生と思考の枠を打ち破られ、意識の底に潜む新たな現実と真実とに直面させられ、遂にはそれぞれの旧き生との完全な決別を迫られるという終末論的ドラマの相貌を決定的にとり始めるのである。

前記(1)では、この作品が「ゲラサの豚群」の物語に重ねられることで、一気に福音書的磁場の色彩を帯びることを見た。つまりここに展開する物語とは、悪霊・悪魔に憑かれた主人公たちが「家畜追込町」に追い込まれ、そこで裁かれ滅び尽くされ、その末に再生の可能性が探られるという福音書的終末論的物語であることを確認した。この認識にゾシマ長老とフョードル二人の死を重ねることで、『カラマーゾフの兄弟』は更に強烈な「逆説」を内在させる物語であることが明らかとなるであろう。つまりゲラサたる家畜追込町へと呼び寄せられ、そこのゾシマとフョードルの許へと追い込まれた主人公たちは、他ならぬこれら聖俗二人の死によって、否、むしろ二人を死に追いやることによって、逆に各自が抱える悪霊・悪魔が裁かれ滅び尽くされる、つまり旧き生の死に追いやられるという逆説である。

『カラマーゾフの兄弟』を貫くこのような死と再生の逆説的構造が、そのまま福音書的世界と重なり合う構造であることは、作者自身がイエスによる「一粒の麦」の死の譬えをヨハネ伝から採り、冒頭のエピグラフとして用いたことの内に何よりも雄弁に指し示されていると言えよう。

「誠《まこと》にまことに汝《なんぢ》らに告《つ》ぐ、一粒《ひとつぶ》の麥《むぎ》、地《ち》に落《お》ちて死《し》なずば、唯一《ただひと》つにて在《あ》らん。もし死《し》なば、多《おお》くの実《み》を結《むす》ぶべし」（ヨハネ十二24）

この引用部分を十全に理解するためには、これに続くイエスの言葉も一緒に見ておく必要があるだろう。

「己《おの》が生命《いのち》を愛《あい》する者《もの》は、これを失《うしな》ひ、この世《よ》にてその生命《いのち》を憎《にく》む者《もの》は、之《これ》を保《たも》ちて永遠《とこしへ》の生命《いのち》に至《いた》るべし」（同25）

二十四節に加えて二十五節。これら二節が置かれたヨハネ福音書第十二章とは、イエスがいよいよエルサレムに乗り込み、その十字架上の死を目前にしてのターニング・ポイントをなす一章である。まずはイエス自身が迫られる「一粒の麦」としての十字架上の死。そしてイエスを十字架に追いやる、あるいはその十字架から逃げ去る人間たちが迫られるもう一つの「一粒の麦」としての死。その死を介した「永遠の生命」。死に追いやられるイエスが、逆に彼を死に追いやる人々、あるいは彼から逃げ去る人々を旧き生の死に追いやり、新たな生命に甦らせるという「一粒の麦」の死の逆説。ヨハネに限らず各福音書がそれぞれの形で伝える逆説であり、小出次雄の言う十字架の「相互磔殺」の逆説論理である（「ゴルゴタ論Ⅲ」）。

『カラマーゾフの兄弟』エピグラフの背後にあるものも、このイエスの十字架を巡る逆説、「永遠の生命」に向かっての相異なる逆方向の「一粒の麦」の死という逆説であると言えよう。ゾシマ長老とフョードル。これら聖と俗を代表する二人の死は、それぞれが「一粒の麦」としての死を迫られることによって、逆に主人公たちにもう一つの「一粒の麦」の死を迫るという逆説的ドラマ構造をこの作品は蔵していることが明らかとなるであろう。

これらを念頭に置き、リーザの嵐とカラマーゾフの世界に分け入ってゆくことにしよう。

［なお『カラマーゾフの兄弟』の冒頭には、「作者《アフトール》（筆者）より」とする序文が置かれている。ドストエフスキイ文学においては、作品中のどこかに存在して登場人物たちを親しく知り、物語を叙述するこの「作者（筆者）」と、作品自体の「作家《ピサーチェリ》」ドストエフスキイとの関係《ずれ》がしばしば問題とされるのだが、『カラマーゾフの兄弟』においては、これら両者はごく少数の場合を除いて（たとえば本書Ⅶ A 1、一八一ページ以降）ほぼ重なるものと考えられる。それゆえ本書が「作者」と記す場合、そこには「作家」ドストエフスキイ自身が重ねられていると考えていただいてよい］

［ここで「リーザ」という名前についても確認しておきたい。これはルカ福音書第一章に登場する洗礼者ヨハネの母「エリサベト」に由来するのだが、近代ヨーロッパ語では「エリザベス」（英）、「エリザベト」（仏・独）と呼ばれるに至り、ロシア語では「エリザヴェータ」、口語では「リザヴェータ」、その愛称が「リーザチカ」「リーザ」等となる。注意すべきは、この作品で「小悪魔」リーザは、富と地位に恵まれたホフラコワ夫人の許で大切に育てられた少女を表わすべく、主にフランス語の愛称 Lise が用いられていることである。これに対し、スメルジャコフの母は「リザヴェータ・スメルジャシチャヤ」、ゾシマ長老を見舞う農婦が抱える赤ん坊も「リザヴェータ」と呼ばれる。これらについては、改めて「おわりに」で言及しよう］

II　リーザとアリョーシャとの対話（1）

「アフェクト」（一時的心神喪失）

リーザとアリョーシャ。二人の対話の出発点を見てみよう。冒頭で見たのはその対話の最後の場面である。『カラマーゾフの兄弟』において、二人の直接の出会いと対話はこれが最後である。そして今までの二人のドラマの全てがここに凝縮され、爆発すると言ってよいであろう。リーザから次々と飛び出してくる激しい言葉、特にここで扱う前半部分は、一見すると単なる一少女のヒステリーとして片づけられても仕方がないほど支離滅裂なものである。しかしアリョーシャは、それらの激しさと支離滅裂さ自体が彼女の内に吹き荒れる嵐の、あるいは「重い病」の徴であると見なすかのように、根気よく丁寧に、しかも優しく耳を傾け続ける。リーザを巡り何が起きているかを知るために、またこの青年の精神の特質を理解するためにも、しばらく二人の対話を追ってみよう。

リーザの部屋を訪れる前、アリョーシャは彼女の母ホフラコワ夫人に引き留められ、延々とその無駄話につき合わされていた（十一2）。ここでまず読者が教えられることは、つい先日アリョーシャとリーザとが婚約を解消してしまったという事実である。その理由は当事者たちだけが知るもので、母親も未だその詳細を掴んではいない。二カ月ほど前、アリョーシャがモスクワを去ってから二年ぶりに再会した直後、二人は直ちに婚約をする。その経緯については後で確認するが、この時「娘の恋は母親の死」として婚約を認めようとしなかった夫人は(五1)、ここに至ってようやくなされた婚約解消が、まだわずか十四歳の少女の「子供っぽい戯れの空想」を解消させるためには幸いだったと喜び、また同時にアリョーシャの心はなお繋ぎ止めておこうとするかのように、これからは娘を亡きゾシマ長老に代わる魂の導師として託したいとの意向も表明する。また夫人は、小児麻痺で車椅子に乗せられていたリーザがようやく歩き始めたことも報告する。明日に迫った裁判、娘リーザの婚約解消、いよいよ治癒に向かった娘の病、加えて夫人自身の新しい恋。この町での二カ月間に次々と起こった忌まわしい出来事のほぼ全てが、夫人にとっては喜ばしい結末を迎えつつあり、興奮の極にある彼女からは、更に重大な一つの情報が飛び出してくる。

夫人が伝えることとは、イワンが六日前密かに五分間、娘リーザの許を訪問したこと。そしてその二日後、つまりは四日前に今度はアリョーシャがリーザを訪問し、恐らくはこの時二人の婚約解消がリーザから宣告されたと思われるのだが、この直後から彼女は発作を起こし、以来ヒステリー状態にあること。娘は「私、イワン・フョードロヴィチなど大嫌い。家から閉め出して!」、このような叫びを上げるかと思うと、今度は召使いを殴りつけ、その足元に跪《ひざまず》いたり接吻したりの「アフェクト」(一時的心神喪失状態)に陥っていることなどである。アリョーシャが訪れた時、娘も母も共にそれぞれのアフェクトの極にあったのだ。

事実ホフラコワ夫人は、リーザについての報告の最中に、若い恋人ペルホーチンが訪問してきたことを告げられるや、もうアリョーシャも娘のこともそっちのけで直ちに自らのアフェクト、夢の世界に飛び込んでいってしまう。夫人の饒舌な言葉と行動がもたらしたこれらの情報を頭に入れ、アリョーシャはリーザの部屋に入ってゆくのである。

リーザの部屋で、変貌

アリョーシャを迎えたのは、リーザから次々と投げつけられる毒に満ちた激しい言葉であった。彼の驚いたことに、この四日間でリーザはすっかり変わってしまっていた。このリーザの変貌とアフェクトの原因が六日前のイワンの訪問の内にあるのか、あるいは恐らくはその二日後のアリョーシャとの婚約解消にあるのか、当事者たちも作者も一切語ることはしない。つい先日まで婚約者であったリーザから遠慮会釈なく浴びせかけられる激しく辛辣な言葉に、アリョーシャはただ向き合うしかない。

「もう三十遍くらい考えていたのよ。あなたをお断りして、あなたの奥さんにならなくてよかったと。あなたは夫には向いていないの。あなたと結婚したら私、あなたの後で好きになった男性に届けてもらうため、突然あなたにお手紙を手渡すわ。あなたって、それを預かってきっと届けて下さるだろうし、その上お返事まで持ってきて下さるに違いないわ。あなたは四十歳になっても相変わらず私のそのような手紙を運んで下さる方なのよ」（十一 3）

イワン宛ての手紙をアリョーシャの手に押し込むリーザが既にここにいる。イワンに向かって吹き荒れる愛の嵐が、彼女をアリョーシャとの婚約解消に追いやったことは明らかである。また後に見るようにアリョーシャも、リーザの心にイワンが住むことは既に知っている。
「あなたは夫には向いていないの」。それにしてもあまりにも残酷で毒に満ちた言葉に、アリョーシャは怒ったり悲しみに沈んだりするよりも、思わず微笑んでしまう。

「あなたにはどこか意地悪な、それでいて率直なところがあるのですね」（十一 3）

これに対して返されるリーザの言葉は更に情け容赦なく、高飛車で毒に満ちたものだ。

「率直ということは、あなたに対して［自分を］恥ずかしいと思わないからよ。恥ずかしいと思わないばかりか、恥ずかしいと思うつもりもないわ。あなたが相手だと、あなたならばね。アリョーシャ、なぜ私、あなたを尊敬しないのかしら？　あなたを大好きだけれど、尊敬はしていないの。もし尊敬しているのなら、このようなことを言えば恥ずかしくなってしまうわよ、そうではなくて？」（十一3）

「あなたに対して［自分を］恥ずかしいと思わない」「尊敬はしていないの」。その一方で瞬時飛び出す「あなたを大好きだけれど」。毒づき絡むこの少女にアリョーシャはじっと耳を傾け続ける。

「私を切り裂いて」

リーザは再び二人の婚約破棄に話を戻し、またも辛辣で厳しい皮肉を投げつける。

「あなたって本当にいい方！　こんなに早くあなたを愛さなくてよい許可を与えて下さるなんて。私、あなたをとても愛してしまいそう」（十一3）

これら毒に満ちた言葉が伝えるものは、なお消えぬアリョーシャへの愛だ。アリョーシャはここで初めて、今日リーザが自分を呼んだ用件とは何であったのかと尋ねる。返ってきたのは彼女の激しい破滅願望の表明である。

「私の望みを一つお話しておきたかったの。私、誰かに酷い目にあわせてもらいたいの。誰か私と結婚して、

切り裂いて、騙して、棄てて、そして立ち去って欲しいの。私、幸福になることなど御免よ！」(十一3)

イワンに心を乱されての、初心《うぶ》と言う他ない自己破滅願望の表白であろう。この後もリーザから次々に飛び出してくるのは自己破滅、あるいは破壊願望の表白だ。リーザの荒れざまを前にして「アフェクト」とレッテルを貼り、自らのアフェクト・夢の世界に遊ぶのは母のホフラコワ夫人である。だがこの少女の嵐、あるいは愛の分裂に正面から向き合うアリョーシャからは、次のような問いが発される。

「無秩序が好きになったのですか？」(十一3)

自分でもコントロールできない内なる嵐、愛の分裂から次々と飛び出してくる支離滅裂な言葉に対して、アリョーシャから「無秩序」という言葉《レッテル》を与えられ、リーザは漠然とではあれ、噴き出る感情が向かう糸口が示されたと感じたのであろうか。ここから二人の対話は新しい方向に向かい始める。

アリョーシャ

ここでしばらくアリョーシャに目を向けておこう。驚かされることは、ヒステリー状態に陥ったリーザに向き合うアリョーシャが一貫して保つ沈着冷静さと優しさ、そして彼女への強い愛である。この姿勢とはどこに起因するものなのか。

『カラマーゾフの兄弟』の作者はアリョーシャのことを、書かれずに終わった後篇も含め、この物語の一貫した「主人公」であると記す(冒頭、「作者より」)。父親フョードルを始めとする他の登場人物たちが曝け出す、強烈で猥雑でさえあるカラマーゾフ的生命力の前に立つ時、主人公アリョーシャが相手に対して示す姿勢は受け身のものであり、決して他人を批判することはなく、赦す人であっても裁く人ではない（一4）。その静けさと優しさは、ともすれば彼が生彩と現実味に欠けた頼りない青年だとの印象を与えかねない。だがリーザの如何なる悪口雑言を受けても、アリョーシャが保ち続ける冷静さは一貫したものだ。リーザの心の中で何が起こりつつあるのか、それを突き止めようと根気よく丁寧に応答を繰り返すこの青年が表現するものとは人間への信と愛、そしてこのことが生む高潔な静けさと優しさと言えよう。ここに焦点を合わせる時、リーザがこの青年に向かって次々と遠慮なくぶつける毒舌も、飽くまでも彼への信と愛とを土台として投げつけられる刺であり、また毒であることが明らかとなるであろう。

作者がアリョーシャに付与した神と人間への信と愛、更に「神と不死」を求める強い求道心については、これからも様々に検討してゆこう（本書Ⅲ1－3、ⅦA1－3他）。ここではアリョーシャが一日の終わりに神に捧げる二つの祈りに注目しておきたい。主人公の心の最深奥でなされる神への祈り。この作品では作者ドストエフスキイが主人公に寄り添い、その祈りを二度にわたり報告するという稀有な文学的試みがなされている。一つは父親殺しの罪を最終的に自覚したイワンが、悪魔の登場と共に人格崩壊の瀬戸際に陥った際、アリョーシャがその没落の向こうに与えられるであろう神の赦しと再生を確信し、神に捧げる祈りである（十一10）。小説の大詰め近くに置かれるこの祈りについては、後に見ることにして（本書ⅦB2）、今は第一部の終わり（三11）に置かれたもう一つの祈りを確認しておこう。登場人物全員が死を間近にしたゾシマ長老を庵室から引きずり出し、それぞれの内に抱える問題を曝け出す「場違いな会合」（第二篇）を始めとし、長い一日の出来事の全てに立ち会い、ようやく僧院に戻ったアリョーシャが神に捧げる祈りである。

「主よ、今日のあの人たち全てに憐れみを。不幸で嵐の内にある彼らを守り給え。正しい道を示し給え。道はあなたの内にあります。彼らに道を示し、彼らを救い給え。あなたは愛です。あなたが全ての人たちに喜

びを授けますよう！」（三11）

「喜び」の源としての神。そしてその「憐れみ」と「愛」。アリョーシャが如何に多くの恐るべき出来事や痛ましく忌まわしい出来事、そして自らを含めた人間の醜悪さや迷誤と直面させられ、魂を打ち砕かれようとも、その嵐を超えて、究極彼の心はどこに向かい立ち還るのか。作者ドストエフスキイは、このことを彼の祈りの内に鮮やかに示している。後に見るアリョーシャの出家にあたっての決意、ゾシマ長老の死後に与えられる一連の宗教体験、そして人格崩壊の瀬戸際にあるイワンを前にしての祈り等々。この作品の実に多くの場所で、この祈りと通じるアリョーシャの心が見出されるであろう。それらが共に示すのは、作者がこの主人公に歩ませる道の険しさと同時に、彼に託したものの大きさと高さであり、アリョーシャという存在を貫く信と愛のアイデンティティとも言うべきものである。今リーザに向き合うアリョーシャの内にあるものも正にこの信と愛、そして相手の心を深く理解しようとする「誠意」だと考えるべきであろう（本書Ⅷ2、アリョーシャの「誠意」）。

焼き尽くす炎への願望

「無秩序が好きになったのですか？」。再び先のアリョーシャの問いに戻ろう。これこそ自分が待ち望んでいた言葉であったかのように、リーザは直ちに反応する。

「私、無秩序が大好き。いつも思っているの、家を焼いてしまいたいって。よく想像するわ。密かに忍び寄って火をつけるの。この場合どうしても密かにでなければいけないの。皆が消そうとするのに家は燃え上がるばかり。私は知っているのに黙っているの。ああ、馬鹿らしい！　それに、なんて退屈なこと！」（十一3）

「家を焼いてしまいたい」。「無秩序」という言葉に触発されて飛び出してきた言葉であろう。これをアリョーシャとイワンへの愛の分裂によって陥った自暴自棄の心、エロス的情熱の行き詰まりにある少女のヒステリー発作、あるいは我儘娘の饒舌《おしゃべり》ととることも可能であろう。そしてリーザが最後に発した「ああ、馬鹿らしい！　それに、なんて退屈なこと！」。この投げ遣りな言葉もまた、豊かさに飽満した小悪魔の倦怠《アンニュイ》の心の表明でしかないと聞き流すこともできよう。だがこれを受けたアリョーシャの反応と、それに続く二人の短い応答の内からは、二年間の別離を隔てながらも二人の間に存在し続けていた一つの重大な問題が浮かび上がってくるように思われる。続く二人の応答を見てみよう。

「裕福な暮らしをしているからなのです」
「では、貧しい方がいいの？」
「いいのです」（十一 3）

恵まれた富

リーザを包む母ホフラコワ夫人の強い愛情と豊かな富。「家を燃やしてしまいたい」という言葉を受けて、アリョーシャはこの問題に焦点を合わせたのだ。しかしリーザは彼の指摘に正面から挑みかかる。

「そんなの、あなたが亡くなられた長老様からさんざん吹き込まれたことよ。そんなの、嘘よ。私が金持ちで皆が貧乏だって構いはしない。私、お菓子を食べたりクリームをなめたりしても誰にも分けてあげない」（十一 3）

「お菓子」と「クリーム」。この言葉とほぼ同じ言葉が、本書の最後に「パイナップルの砂糖漬け」として再び見出されるであろう（本書Ⅷ1）。アリョーシャとイワンとの間に分裂した心。その愛の分裂の痛みの間から、僅かながらも新たに垣間見えてきたこととは、リーザの恵まれた豊かさを巡る問題、そしてそれへの彼女の居直り、そしてアリョーシャとその師である亡きゾシマ長老に対する、彼女の正面からの反抗の心である。リーザは更に続ける。

「言わないで、何も言わないで！　あなたは今までそのようなことばかり言っていた。だから私、空《そら》で覚えてしまったわ。退屈よ」（十一3）

「退屈よ」。またもリーザが口にしたこの言葉。そして何よりも「あなたは今までそのようなことばかり言っていた」。これらの言葉はどこに根を持つものなのか。

後に詳しく見るが（本書Ⅲ1－3）、ここで作者が第一篇で記す一つの重大な事実を確認しておこう。作者によればアリョーシャとは、生来金銭には無頓着な「幼な子」の精神を生きる人物であり（一4）、モスクワでの高等中学校生時代、彼は「神と不死」の探求に乗り出そうと志し、「真理」のためには「命をも犠牲に捧げよう」とする青年だったのだ（一4）。そして彼は、「なんぢ若《も》し全《まった》からんと思《おも》はば、一切《いっさい》を分《わか》ち與《あた》へよ、かつ來《きた》りて我《われ》に從《したが》へ」というイエスの呼び声に応え、「一切か二ルーブリか」の精神を以って背水の陣で故郷に戻り、そこでゾシマ長老と出会うのである（一5）。この背景を考える時、リーザの恵まれた富とは、二人の間で既にモスクワ時代に問題とされていた可能性が少なくないのだ。

リーザはこの問題を、アリョーシャが亡きゾシマ長老から「さんざん吹き込まれた」ものであると毒づく。そしてまた言う。「あなたは今までそのようなことばかり言っていた」。これらの言葉を文字通りにとれば、アリョーシャは修道院で師ゾシマから富の危険性について「さんざん吹き込まれ」ていて、この町にやって来たリーザを待ち構えていたかのように、彼女に「空で覚える」ほど説教を試み続けたことになる。だがそもそもリーザが家畜追込町で過ごしたのは二カ月余りであり、しかもゾシマ長老の死とは、彼女が町に到着して一週間足らずの内に起こることなのだ。加えてその死の直前アリョーシャは、リーザとの婚約のことをホフラコワ夫人に知られ、家への出入りを禁じられている（五1）。この問題で「私、空で覚えてしまったわ。退屈よ」、このようにリーザをして言わしめるような交流を、二人が家畜追込町で持ったと考えるよりも、既にモスクワ時代に二人の間では、リーザの恵まれた富について、何らかの形で応酬があったと考えるのが自然であろう。モスクワと家畜追込町。二年間の時間と空間を隔てつつも、愛を育み続けた二人の間に存在していた越え難い溝。リーザの恵まれた富を巡るこの問題は、二人の再会とゾシマ長老の死を契機として、更に強く先鋭に彼女の内で自覚化されていった可能性が高いと考えられる。

リーザが直面したもの

豊かさの問題を指摘されたからであろう。リーザからは更に激しい言葉が迸り出てくる。

「もしも私が貧乏になったとしたら、誰かを殺すわ。お金持ちになったとしても殺すかも知れない。ボーっとしていること、嫌なの」（十一3）

「誰かを殺す」。リーザの内から次々と迸り出る激しい言葉。そこに閃く刃をただ豊かな我儘娘の倦怠の心の表現だとか、愛の分裂に苦しむ少女の八つ当たり的ヒステリーだとか、あるいは若者に特有の盲目的かつ過激な破壊衝動だとか見なすだけでは、彼女の内に吹き荒れる嵐を正確に捉えたことにはならないであろう。それらはゾシマ長老の死とフョードル殺害事件という立て続けの死が与えた衝撃とも連動した言葉であり、そこには愛の分裂の苦悩ばかりか恵まれた富の問題も含め、「神と不死」を求めるアリョーシャが出家を目指して以来、この少女が直面させられてきた問題の一切が爆発的に噴き出たのだと考えるのが現実的であろう。敢えて更に踏み込めば、それらの言葉の内には、彼女自身の心の底から噴き出しつつある存在変革への願望、「殺人」という言葉で初めて表現され得るような一切への否定と拒否、旧き自己の解体・放棄を目指す心が存在すると受け止めて初めて、その言葉の含む激しさも納得がゆくのではなかろうか。

「あなたは私が神聖なことについて話をしないことで、さぞご立腹なのでしょう。私、聖女になどなりたくはないの。あの世では最大の罪に対してどういうことになるのかしら？　あなたはこのことを詳しくご存知のはずね」（十一3）

この言葉も亡きゾシマ長老への言及が引き金となって発せられた、求道青年アリョーシャへの単なる痛烈な皮肉と取るよりも、ゾシマ長老の許で「神と不死」の探求に一途に励んできたアリョーシャへの、またゾシマ長老を含め「聖なるもの」一切への真正面からの拒否と挑戦と取って初めて、そこに満ちる毒も腑に落ちると言えるであろう。

このリーザの挑戦的な問いに対し、アリョーシャは「神さまの裁き」を以って答える。予想通りの答えに「望むところよ」と応じた彼女は、自分がその裁きの場に立たされたならば「突然全員に面と向かって笑ってやるわ」と宣言し、またもや「家に火をつけたくてたまらないの」と挑みかかる。この少女の内に蓄えられた負の電荷、家と世間と「聖なるもの」一切に対する否定と拒否の心、その嵐の激しさにはただならぬものがある。しかしなおアリョーシャは、リーザの嵐が「一時的な危機」あるいは「以前の病気」によるものとみなし、彼女を慰めにかかる。「やっぱり私を見くびっている！」。怒りに捕えられたリーザが新たにぶつけるのは「悪いことをしたい」という願望である。その理由を問われ、リーザが返した言葉はこうであった。

「どこにも何一つとして残らないようにするためよ。もし何一つ残らなかったら、どんなに素敵かしら！ね、アリョーシャ、私時々悪いことを恐ろしいほど多く、そしてあらゆる忌まわしいことをしてやりたくなるの。それも長いこと密かにやるの。そして突然皆が知ることになるの。皆が私を取り囲んで、私を指さすの。でも私は皆を見つめてやるのよ。これ、とても楽しい。どうして、これって、こんなにも楽しいの、アリョーシャ？」（十一 3）

「悪いこと」「あらゆる忌まわしいこと」、これらが具体的に何を指すものなのか。また彼女を「取り囲んで」「指さす」「皆」とは果たして誰であるのか。また「これ、とても楽しい」という「これ」とは何なのか。この時これらの言葉の背後で、実際彼女が如何に恐るべき嵐の中に足を踏み入れていたかについては、やがて明らかとなろう。その嵐の持つ意味の奥行きと拡がりを把握し、『カラマーゾフの兄弟』の世界の中にできるだけ正確に位置づけることが、本書の目的とするところである。

罪、そして嘘と悪

荒れ狂うリーザに対するアリョーシャの反応は常に丁寧かつ慎重なものだ。それはともすると物静かで優しく物分かりの良い兄の姿勢の域を出ず、表面的な理解と対応にしか響かない。彼女は一層苛立ち、怒りに身を任せることになる。だが先にも確認したように、愛するリーザから立て続けに繰り出される毒に満ちた言葉に対し、アリョーシャは根気よく丁寧に問答を試み続ける。彼女の心の奥底に隠された問題を正確に捉えるべく測鉛を下ろし続けるアリョーシャの姿勢があって初めて、この少女の奥深くに吹き荒れる嵐は明確な言葉を得て白日の下に曝されてゆくであろう。その決定的とも言うべき時の到来を作者はこう記す。

「アリョーシャを殊のほか驚かせたのは彼女の真剣さ《セリョーズナスチ》であった。以前には彼女にとってどんなに《真剣な》瞬間にも、晴々しさ《ヴィショーラスチ》と悪戯っぽさ《シュトリーヴァスチ》が失われることはなかった。しかし今や彼女の顔にはおどけた調子《スミシュリーヴァスチ》や悪戯っぽさは微塵の影もなかった」（十一 3）

リーザの「真剣さ」をはっきりと知ったアリョーシャは、「物思わしげに」言う。

「人間は、罪を犯すことを愛する瞬間があります」（十一 3）

「罪」。この言葉にリーザは飛びつく。待っていたのは正にこの言葉であったかのように。二人の対話はここに決定的な転換点を迎える。

「そうよ、その通りよ！　あなたは私の考えていることを言葉にしてくれたわ。愛しているの、皆が愛しているの、いつも愛しているのよ。ただ単に《瞬間》ではないのよ。ね、このことについては皆がいつか嘘をつこうと取り決めて、それから皆が嘘をつき続けているみたい。皆、自分は悪を憎むなどと言って。ところが内心では皆がその悪を愛しているのよ」（十一 3）

「罪」に加えて「嘘」と「悪」。リーザの「真剣さ」の内から迸り出てきたこれらの言葉に、今やアリョーシャは彼女が直面する問題のただならなさを明白に悟る。

家畜追込町からモスクワへ

リーザの内から噴き出してきた激しい言葉。しかし今は二人の会話を追うことはここまでとし、後半部分の検討は本書の後篇に譲ろう。そこで更に明らかとなるのだが、ゾシマ長老の死と腐臭事件、そして続いて起こったフョードル殺害事件のもたらした嵐が、彼女の内で制御し難く吹き荒れているのだ。リーザはこれら二つの死が人々に与えた衝撃の内に、自らをも含めた人間の心に潜む罪と悪と嘘への愛を、その毒蛇性を見出し、魂を根底から震撼させられてしまっているのだ。加えてイワンとアリョーシャへの愛の分裂。彼女は今や「家を燃やし」「何一つとして残らないように」してしまおう、自分ばかりか豊かさと愛情で自分を包み込む母親も世の人々も、アリョーシャをも長老をも、そして神さえをも否定し去ろう、一切を燃やし尽くし無に帰させてしまおうと歯を剝き出しているのである。

だがリーザの心に吹き荒れる嵐は、一人彼女の内に留まるものではない。それは今も垣間見たように、アリョーシャがモスクワで開始した求道の旅と表裏一体の形で始まる嵐である。それに留まらず、二人の嵐はモスクワで一人思索を続けてきたイワンの内に吹き荒れる嵐とも響き合い、更には彼らの異母兄弟スメルジャコフや長兄ドミートリイの嵐とも繫がる可能性もある。これら四人の兄弟が直面する嵐を、更にはカチェリーナやグルーシェニカの嵐をも十分な視野の下に置くことで初めて、リーザの嵐のリアリティと独自性は、今よりも明瞭な形を以ってその全貌と先鋭さを明らかにするのではないか。

このような視点から、時間的には現在から過去へと遡り、空間的には家畜追込町からモスクワへと視線を広げ、より大きな文脈の中で彼らの生活史と精神史を捉える必要があるだろう。今まで確認したように、リーザが陥った愛の分裂。母のあり余る富と愛情に守られた生活への疑問。アリョーシャが代表する「聖なるもの」一切に対する激しい否定と破壊衝動。人間の心が宿す罪と悪と嘘の深淵への凝視。そしてまたアリョーシャについて言えば、彼が乗り出した「神と不死」探求の旅等々。これらの問題の根は全てモスクワにあったのだ。家畜追込町の問題をモスクワから見ることで、また逆にモスクワの問題を家畜追込町に置くことで、それぞれの問題は互いを照らし出し、リーザばかりかカラマーゾフの世界の理解をより深めてくれるのではないか。

Ⅲ　モスクワと家畜追込町

1　モスクワの黄金時代

『カラマーゾフの兄弟』の時と場所

まずはモスクワにおけるリーザとアリョーシャとの出会いと交流の経緯について、またリーザの母ホフラコワ夫人について検討しよう。しかしその前に、改めて『カラマーゾフの兄弟』に展開する現実的・具体的な時間の流れと場所の大きな骨組みを確認しておこう。それらが帯びる福音書的終末論的な磁場については、先に「嵐の背景」で確認しておいた。

この物語はモスクワを遠く離れた家畜追込町を舞台とし、夏の終わりの一週間ほどに起こった出来事が集中的に扱われる。その中核部にあるのは、ゾシマ長老とフョードル二人の相次ぐ死だ。その時期は八月下旬から九月初めにかけて。ホフラコワ夫人と娘のリーザがモスクワから家畜追込町にやって来るのは、二人の死のわずか一週間ほど前のことである（二１４）。アリョーシャは既にその一年以上前、高等中学校での学業を一年残してモスクワを去り、この町にやって来ている。直接の理由は亡き母の墓を探すためであるが、帰郷後アリョーシャは町の郊外にある修道院でゾシマ長老と出会い、その許で見習い僧としての修業を開始する（一5）。彼の出家の経緯、そして長老との出会いについては後に検討しよう。アリョーシャとリーザとは再会の直後、結婚の約束を交わす（三11、五1）。ゾシマ長老の前でリーザは、二人が「二年前にお別れした」と語るのだが（二4）、アリョーシャの退学や帰郷の時期、そして修道院入りの具体的な経緯やそこでの修行期間などについて、正確なデータは与えられていない。イワンの帰郷はこの春のことでドミートリイよりも早く、既にこの町に「三カ月」あるいは「ここ三カ月」滞在しているとされる（一5、五3）。彼の帰郷の理由についても後に検討しよう。カラマーゾフ家の人々が修道院のゾシマ長老の許に一堂に会し、長老の前で内面を曝け出す「場違いな会合」（第二篇）。その「八月末」の修道院の庭を作者はこう記す。「バラの花こそなかったものの、おびただしい数の珍しい美しい秋の花々が、植えられる限りの場所一面に咲き乱れていた」（二1）。

「場違いな会合」の翌日の夜から翌々日の夜にかけて、実質的には一日の内に立て続けに起こるのが、ゾシマ長老の死とフョードル殺害事件である。アリョーシャの手にイワン宛ての手紙を押し込んだ後、リーザがドアで指をつぶすという事件が起きるのは、これら二人の死から二カ月ほどが経った晩秋十一月初旬のことだ。先に見たようにそれはイワンのリーザ訪問から六日後、恐らくはアリョーシャとリーザの婚約破棄から四日後、フョードル殺害事件の公判を明日に控えた日のことである（十一3）。この日の夜イワンは、リーザの手紙を受け取るものの開封もせずに破り捨て、その後スメルジャコフの住まいを訪れ、彼との最後の対決によって、自らが父親殺しの「主犯」であることを決定的に悟らされる。この行く道、錯乱した彼に追い打ちをかけるかのように「身を切るような乾いた風が吹きおこり、細かいさらさらとした粉雪が盛んに降り始めた。雪は地面に落ちても積もることはなく、風に巻き上げられ、間もなく本格的な吹雪となった」と記される（十一8）。夏の終わりと初秋を告げる花々から、冬の本格的到来を予告する吹雪まで、『カラマーゾフの兄弟』を枠づける季節の徴である。

かくしてリーザとアリョーシャの婚約期間とは、夏の終わりのゾシマ長老とフョードルの相次ぐ死の直前から、晩秋のフョードル殺害事件の裁判直前に至るまでのほぼ二カ月間のこと。母に連れられ家畜追込町へやって来たリーザは、この作品の主要な事件が起こり展開する二カ月余りこの町に滞在し、これらの事件を目の当たりに体験する中で、アリョーシャへの愛とイワンへの愛に心を引き裂かれてゆくのである。それに先立つモスクワでのリーザの生活、更には彼女が愛するに至るアリョーシャとイワンの生活について、テキストの各所に与えられた情報をできるだけ集め、以下にその構成を試みてゆこう。

モスクワ、ホフラコワ夫人宅

リーザを愛し手厚く守る富裕な母。家畜追込町においてホフラコワ夫人が所有するのは、町でも最高の邸宅の一つとされる美しい石造りの邸宅である。この先祖伝来の邸宅以外にも、夫人は領地のあるハリコフ県とモスクワに邸宅を構え、普段はこれらの邸宅の方に住むとされる(四4)。「四十歳近い爛熟美」の「孤閨の淋しさをかこつ上流夫人」。このいささか下品な表現は、夫人をペルホーチン青年に奪われたラキーチンが、腹いせにゴシップ誌に記したホフラコワ夫人像だ(十一2)。「活きが良く打ち解けている分、それだけ教養が無い」。こう評するのはドミートリイである(八3)。作者自身の説明によればホフラコワ夫人とは、その外貌は「顔色は少し青白いが、ほぼ漆黒の目がくりくりとした、この上なく魅力的な女性」であり、年齢も「まだ三十二~三歳そこそこ、未亡人になって既に五年」という若さを誇り、「常に趣味のよい服に身を包んだ」上流階級の貴婦人とされる(二3)。夫人を野心家ラキーチンが狙った理由としては、自分の出世の助けとなる強力な足がかりとしてのみならず、その女性的な魅力も少なからず与《あずか》っていたと考えてもおかしくはないであろう(十一4)。娘のリーザは十四歳。夫人は彼女を十八歳前後で産んだことになる。これら富と美貌に恵まれた若い母と娘は、家畜追込町カラマーゾフの世界に、リーザの病気治癒をゾシマ長老に祈願してもらうためとはいえ、とびきり華やかな輝きを放つ存在として登場したと言えるであろう。

　リーザとアリョーシャとの初めての出会いについて、つまりアリョーシャがモスクワのホフラコワ夫人宅に出入りするようになった事情について、作者は何も記さない。しかし二年前アリョーシャがリーザに別れを告げるまでの二人の交流については、ある程度の情報が提供されている。リーザによれば彼女がまだ「子供」だった頃、アリョーシャはモスクワのホフラコワ夫人邸によく彼女を訪れ、自分の身に起こったことや読んだ本のことを話したり、また自分の少年時代の思い出を話して聞かせたりもし、時には二人で一緒に空想に耽ったり、「滑稽で楽しい物語」を創っていたという（五1）。また二年間の別離の後、ゾシマ長老の許で再会してから三日後、長老や母を前にリーザ自身が、その持ち前の「晴々しさ」と「悪戯っぽさ」と「おどけた調子」で、アリョーシャにこう語りかけている。「私がまだ小さかった頃、あなたは抱っこしてくれたり、一緒に遊んでくれたりしたわ。勉強を教えに来て下さったのですから」「二年前にお別れする時も、僕は決して忘れない、僕たちは永遠の友達だとおっしゃったのよ。永遠の、だなんて！」（二—4）。

　家庭教師と生徒との関係から始まり、二人はモスクワのホフラコワ夫人邸で誰もが認める肝胆相照《かんたんあいて》らす仲として、幼く純真な愛を育んだことが推測される。愛するアリョーシャとの再会で、高ぶり揺れる心を隠せないリーザを目の当たりにしたゾシマ長老も、この青年を彼女の許に「必ず行かせますよ」と温かく請け合ってやる（二—4）。二人の仲は修道院においても既にある程度は周知のことであり、実際それは皆に好意を抱かせる微笑ましいものであったことが推測される。モスクワにおけるリーザとアリョーシャの黄金時代とでも言うべきものが浮かび上がってくる。

2　アリョーシャ、イエスの呼び声

アリョーシャの過去

この小説の主人公アリョーシャの子供時代についても確認しておこう。アリョーシャを含めた兄弟たちがそれぞれの母の死後、父のフョードルから「忘れ去られる」という決定的な失楽園の運命を刻印され、その後辿った痛ましくも心を打つドラマについて、また父親のフョードルが送った破廉恥かつ破天荒な原始的異教的生命力に溢れた生活の歴史について、これらは作品冒頭の「ある家族の歴史」と題された第一篇が集中的に記すところである。それによると、父フョードルと母ソフィアの第二子として生まれたアリョーシャは、四歳の頃に母親が死ぬや間もなく、四歳年上の兄イワンと共に父から「忘れ去られ棄て去られ」てしまう。先妻アデライーダが産んだ長兄ドミートリイと同じ運命を辿った二人は、しばらく召使いのグリゴーリイ夫妻に世話をされた後、母ソフィアが以前に養育されていたヴォロホフ将軍夫人の許に引き取られる。家畜追込町が属する県とは別の県である。その将軍夫人の死後、二人が新たに預けられたのは、将軍夫人の筆頭相続人である県の貴族会長ポレーノフの許であった。この「高潔かつ博愛的な」人物は兄弟を憐れみ、将軍夫人が各人に残した千ルーブリには決して手をつけず、二人を自らのお金で養育してやり、彼らが成人した時に残された遺産は金利で二倍になっていたとされる（一 3）。

兄イワンの卓越した才能を見抜いたポレーノフは、彼が十三歳になるとモスクワの友人が経営する全寮制学校に送り出してやる。しかしイワンが大学に進んだ頃には、既にポレーノフも友人の教育者もこの世の人ではなかった（一 3）。イワンのこと、そしてモスクワにおける彼の思索の足跡については、また後に検討しよう。

さてポレーノフ家に引き取られたアリョーシャは、そこで家族同様に愛されて育てられる。しかしイワンとは違い、彼がモスクワの寄宿学校に送られるということはなかった。成績は優秀だが「首席になったことは一度もなかった」のだ。養育者ポレーノフの死後間もなく、その未亡人が家族と共にイタリアに去ると、アリョーシャはポレーノフの親戚筋にあたるモスクワの二人の夫人に引き取られ、ここでも彼女たちに愛されつつ高等中学校で学んだとされる（一4）。

モスクワでのアリョーシャとイワン兄弟の交流について、作者はただ一度イワンに言及させるだけだ（五3）。それによればモスクワで、イワンは弟のことをほとんど思い出すこともなく、「一度どこかで出会ったことがあるだけ」だったという。だが二人は互いのことを決して忘れることがなく、それぞれの思い出を胸に大切に秘めていたことは、後の二人の対話から明らかとなるだろう（五3）。なおアリョーシャの出家後、モスクワで始まったと推測されるリーザとイワンとの出会いや交流について、作者は何も記さない。この点については順次考えてゆこう。

高等中学校卒業まであと一年を残した十八歳の時、アリョーシャは突然学校を止め、夫人たちにもリーザにも別れを告げて、「母の墓を探す」ため父フョードルの住む故郷の町へと帰ってゆく。帰郷後アリョーシャは、町の郊外にある修道院のゾシマ長老の許で見習い僧として修業を一年ほど積み、この物語の始まる時点で二十歳とされる（一4）。ちなみにこの時イワンは二十四歳、ドミートリイは二十八歳、そしてスメルジャコフは二十四歳。またグルーシェニカは二十二歳、カチェリーナは二十歳前後と推測される。リーザは既に記したように十四歳である。［これらは全て「数え年」である］

モスクワのアリョーシャ

モスクワでのアリョーシャについて、再びリーザとの交流に戻ると、先に確認したように二人の交流の始まりについて具体的な事情は一切記されない。作者は兄のイワンについては、彼が既に十歳の頃から自分が他人の世話になっていることを苦にし、このことが大学時代まで尾を引き、その思想形成に少なからぬ影響を及ぼしたと指摘する（一3）。この兄とは対照的に、アリョーシャの方は生まれつきの信と愛の人であったことが強調され、彼は「自分が誰の金で暮らしているのか、一度として心を配ったことがなかった」とされる。このアリョーシャが兄イワンのように、ポレーノフの親戚筋にあたる二人の夫人の庇護を苦にし、あるいは何らかの収入の必要を感じて家庭教師のアルバイトを探し、その末にリーザの家に出入りすることになったとはまず考えられない。

アリョーシャがホフラコワ夫人宅に出入りを始めるにあたって、誰が紹介の労を取ったのか。彼を庇護する二人の夫人やミウーソフも視野に入る中で、最も可能性が高いのは、浅い付き合いではあれ、ホフラコワ夫人と旧知の仲であったとされるドミートリイであろう（八3）。だがこの点も詳細は不明だ。何がアリョーシャとリーザの二人を出会いに導いたのか、作者は人と人との出会いを全て合理的な説明に還元させることを拒むかのように、この点について何も触れない。

「真理」、「神と不死」を求める青年

アリョーシャとイエスとの出会い。この出会いについても作者の具体的かつ直接的な説明はない。だが作者はアリョーシャにただ「宗教的痴愚《ユローヂヴィ》」というレッテルを貼ることで、彼を神秘のヴェールの内に包み込んでしまおうとしているわけではない。アリョーシャが「神と不死」の探求に乗り出し、イエスの呼び声に応え、高等中学校の卒業まであと一年を待たず、彼を庇護する二人の夫人ばかりか、愛するリーザにも別れを告げてモスクワを去った経緯について、作者は決して隠し立てなどしない。むしろ作者は読者にアリョーシャの出家に至る経緯、イエスとの出会いに至るモスクワでの成長史について十分な注意を払うよう促すかのように、十七歳から十八歳までの間高等中学校に通いつつあった青年の心の中で、「神と不死」の問題を巡り大きな地殻変動のようなものが生じていたことを示唆し、実際に様々な情報も提供するのである（一4・5）。アリョーシャに起こった大き

な精神的地殻変動。このことはアリョーシャ自身の理解のためばかりか、彼とリーザとの交流を辿る上で、また「神と不死」の問題やイエス像の構成に関して、アリョーシャとイワンの姿勢の違いを考える上でも重大であり、最大限の注意を以って検討しておく必要がある。

この問題について考える手掛かりは、長老との出会いに至るアリョーシャの「現代青年」としての特性を説明する中に見出される（一5）。つまり作者は、やがてゾシマとの決定的な出会いに至るアリョーシャが「ある程度まで我が国の現代青年であった」ことを強調し、この青年は「生来誠実で、真理《プラウダ》を求めて探求し信じる人間」であり、ひとたび真理を信じるや、そのための「勲功《いさおし》」を成し遂げるべく「一切を、命をも犠牲に捧げる」ことも厭わなかったとするのである。更に作者は、真理探求に燃えるアリョーシャが向かったのは他ならぬ神の問題と不死、つまり死を超えた「永遠の生命」の問題だったと説明する。特に注目すべきことは、この青年の「神と不死」を求めての出家の動機が、読者に念を押そうとするかのように二度にわたって次のように記されることだ。

「その時、そのことだけが彼に感動を与え、俗世の憎悪の闇から愛の光に向かって身を引き剝《は》がそうとしていた彼の魂の、いわば究極の埋想と思えたからである」（一4・5）

モスクワでリーザとの純真な交流を育みつつあったアリョーシャとは、同時に「神と不死」探求を目指し、「俗世の憎悪の闇から愛の光に向かって身を引き剝がそう」とする若者、そのためには「命を投げ出す」ことをも厭わず、出家を「究極の理想」とさえ考える真摯な十九世紀ロシアの「現代青年」、つまりはイワンの言う「ロシアの小僧っ子」だったのである。

「一切か無か」、イエスの呼び声

注目すべきは作者が、「神と不死」探求に乗り出し「愛の光」を目指すアリョーシャの出家を、福音書のイエスの呼び声に応えたものとして説明しようとすることである。つまり作者はまず「真理」を求める青年アリョーシャが「真剣に思いを巡らせた」末に、「不死と神とは存在する」という確信に至って愕然とし、「自分は不死のために生きよう、中途半端な妥協は受け入れられない」と自らに言い聞かせたと記す（一5）。だがこの時のアリョーシャの「確信」を究極的な宗教的認識と考えるとすれば、あまりにも早計であり、それはまだ求道の旅の出発点で、彼が瞬時耳にすることを許された天上からの呼び声のようなものでしかなかったと考えるべきであろう。続いて作者は、この「不死と神」の問題に対するアリョーシャの姿勢が「一切か無か」の厳しい排中律の姿勢であったこと、それがイエス・キリストを向こうにおいてなされた不退転の決意に基づくものであったことを示すべく、この青年が次のようなイエスの言葉と出会ったとする。

「なんぢ若し全からんと思はば、一切を分ち與へよ、かつ來りて我に從へ」（一5）

アリョーシャはこのイエスの言葉と向き合い、自らにこう言い聞かせたという。

「《一切》の代わりに二ルーブリを与えて誤魔化したり、《我に従へ》の代わりに礼拝式に通うだけにしたりすることなど、僕にはできない」（一5）

アリョーシャの故郷帰還の理由については後に改めて考えるが、作者はイエスの言葉と向き合うアリョーシャが次のような問いを自らに投げかけ、その確認のためにのみ故郷に向かった可能性もあるとする。

「そこでは《一切》［を与えているの］か、それともそこでも《二ルーブリ》［しか与えていないの］か？」（一5）

「然《しか》り」か「否《いな》か」（マタイ五37）。二者択一の厳しい選択を迫るイエス・キリストに応え、神の前に「全からん」者となるべくアリョーシャは「そこ」、つまり家畜追込町の信仰の真贋を確かめるべくモスクワを去り、遂にはこの町の郊外にある修道院で、禁欲と沈黙と祈りの内に「キリストの御姿」を守り続けるゾシマ長老と出会うのである。

さてここに検討すべき一つの問題がある。作者は「［聖書には］こう記されている」と前書きをし、アリョーシャが向き合ったという先のイエスの言葉を紹介するのだが、実はこれは厳密には聖書語句そのものの正確な引用ではない。マタイ伝（十九21）、マルコ伝（十21）、そしてルカ伝（十八22）に記されたイエスの言葉を、ドストエフスキイ自身が構成し直したものと考えられる。［三十巻本全集の註はこの三つの出典を指摘するが、それ以上の考察はされない。ドストエフスキイが用いた一八二三年版『新約聖書』の写真復刻版と共に出版された『ドストエフスキイの聖書』においては、これをザハーロフはマタイ福音書からの引用としてしか扱っていない］この再構成の意図とは何だったのであろうか。ドストエフスキイは聖書とどう取り組み、それを作品構成にどう生かし、主人公の造型に用いたのか。その一端を知るためにも、ここでアリョーシャが向き合ったイエスの言葉について検討しておこう。

福音書語句の再構成

「神と不死」探求の旅の出発点でアリョーシャが向き合った聖書、そのイエスの言葉がマタイとマルコとルカを基にしたドストエフスキイ自身の再構成であること。この問題について考えるにあたり、まずはそれら対応部分をシベリア流刑以来ドストエフスキイが座右の書としていた新約聖書（前述）において確認しておこう。文語で訳し、ドストエフスキイが採用した部分には波線を付しておく。

「なんぢ若《も》し全《まつた》からんと思《おも》はば、往《ゆ》きて、汝《なんぢ》の所有《もちもの》を賣《う》りて、貧《まず》しき者《もの》に施《ほどこ》せ、さらば財寶《たから》を天《てん》に得《え》ん。かつ來《きた》りて、我《われ》に從《したが》へ」（マタイ十九21）

「往《ゆ》きて、汝《なんぢ》の持《も》てる物一切《ものいつさい》を賣《う》りて、貧《まず》しき者《もの》に施《ほどこ》せ、然《さ》らば財寶《たから》を天《てん》に得《え》ん。かつ來《きた》りて、十字架《じふじか》を負《お》ひて我《われ》に從《したが》へ」（マルコ十21）

「汝《なんぢ》の持《も》てる物一切《ものいつさい》を賣《う》りて、貧《まず》しき者《もの》に分《わか》ち與《あた》へよ。然《さ》らば財寶《たから》を天《てん》に得《え》ん。かつ來《きた》りて、我《われ》に從《したが》へ」（ルカ十八22）

ドストエフスキイはアリョーシャが向き合ったイエスの言葉を、マタイが記す「なんぢ若し全からんと思はば」、マルコとルカの「一切を」、ルカの「分ち與へよ」、更に三つに共通する「かつ來りて、我に從へ」、これらから構成し直したものと考えられる。

これらイエスの言葉を含む各福音書のエピソード全体も簡単に確認しておこう。イエスの言葉を直接導き出す人物とは、三つの福音書が共通して大変な資産家であったと記す。律法を正しく守り続けた富める模範的人物から「永遠の生命」「不死」を得るにはどうしたらよいかと問われ、イエスは右のような勧告をするのである。またどの福音書もこのエピソードに続いて、「富《と》める者《もの》の神《かみ》の国《くに》に入《い》るよりは、駱駝《らくだ》の針《はり》の孔《あな》を通《とお》るかた、反《かへ》つて易《やす》し」（マタイ十九24、マルコ十25、ルカ十八25）とのイエスの厳しい言葉を記す。この具体的な文脈・状況が分かると、イエスの言葉は人が「神の国」に至るための心温まる勧告どころか、質問者への痛烈な批判と裁きさえ内包した厳しい条件の提示・勧告である可能性が浮かび上がってくる。

更に大きな文脈に目を向けてみよう。すると三福音書は共通してこのエピソードを、エルサレムにおけるイエスの受難という文脈の中に置いていることが分かる。つまり各福音書は自らの十字架を最終的に視野に入れたイエスに、その弟子たちに対し「永遠の生命」を得るための覚悟と姿勢を、つまり「一切」を捨て自分《イエス》に従うことを厳しく迫らせるのだ。先に見たヨハネ福音書の「一粒の麦」の死の譬えと正に同じ文脈である。アリョーシャの出家とは、「俗世の憎悪の闇」を離れ、「愛の光」に向かうことを決意した青年の成長史の一到達点として描かれると共に、彼が向き合ったイエスの言葉を介することで、エピグラフに置かれたイエスによる「一粒の麦」の死の譬えにそのまま呼応する、求道の旅への出発でもあることが明らかとなる。『カラマーゾフの兄弟』に向かう作者の構成意図、十字架に至る受難のイエスを遠く見据えた主人公の運命造型の方向性が浮かび上がってくる。

二つの削除

さてこの再構成で注目すべきは、二つの大きな削除がなされている点であろう。第一に「往きて、汝の所有を賣りて、貧しき者に施せ、さらば財寶を天に得ん」。このマタイの言葉を始めとして三つの福音書が揃って記す財産放棄の勧告が、アリョーシャが向き合ったイエスの言葉においては全て削除されてしまっているのだ。またマルコが記す「十字架を負ひて」。この削除も注目すべきである。これら二つの削除について検討してみよう。

まずイエスによる所有物・財産放棄の勧告の削除について、その理由は明白のように思われる。先に見たように生来「明日《あす》のことを思《おも》ひ煩《わずら》う勿《なか》れ」（マタイ六34）の福音書的精神をそのまま生きるアリョーシャに、今更この勧告が必要だったであろうか。幼くして母に死なれ、父からは「忘れ去られ棄て去られた」この青年にとって、二千ルーブリの金が残されていたとはいえ、そもそも売り払うべき財産などありはしなかったのだ。

またモスクワにおいて出家に行き着く「ロシアの小僧っ子」の魂の成長史を描こうとする作者にとっては、この青年をただ財産の放棄と貧者への施しと、それに対する天での報酬を約束するイエスと向き合わせるだけでは、「宗教的痴愚」あるいは「地上の天使」（ドミートリイ）たるアリョーシャ像の造型には不十分だったのであろう。真理を求め偉業を達成するためには「一切を、命さえをも犠牲に捧げよう」と既に決意しているアリョーシャ。この主人公に呼びかけるイエスの精神は、財産の放棄に関する具体的勧告を離れ、「一切を分ち與へよ」という抽象度の高い言葉での方こそ、力強く深い響きを以って表現されるであろう。福音書記者たちが一つ一つの小さなエピソードを刻み、それらを最終的にはイエス受難史という大きな文脈の中に位置づけていったのと同じく、ドストエフスキイもまたアリョーシャのモスクワにおけるイエスとの出会いの一齣を、イエスの受難史と呼応する大きな文脈の中に、つまりエピグラフが指し示す「一粒の麦」の死の文脈中に段階的に位置づけようとしたのであろう。

尤もその分アリョーシャはこの財産放棄の問題を、愛するリーザに対して、つまり母ホフラコワ夫人の愛と富とに守られたこの少女に対してぶつけることになったと考えられる。だがその場合にもアリョーシャは、高飛車かつ一方的にリーザの恵まれた豊かな富を責めたてるというよりは、彼が向き合ったイエスの精神、つまり「全からん」ためには「一切を分ち與へよ」という精神を、静かにしかも熱く彼女に説いていたと考える方が現実的ではないだろうか。このように考えて初めて、「言わないで、何も言わないで！　あなたは今までそのようなことばかり言っていた。だから私、空で覚えてしまったわ。退屈よ」、このリーザの激しい言葉の背後にあった二人の交流も、現実味を以って浮かび上がってくるように思われるのである。

次はマルコの「十字架を負ひて」削除の問題である。先に「嵐の背景」で確認したことは、『カラマーゾフの兄弟』とはそのエピグラフが象徴するように、ゾシマ長老とフョードル二人の「一粒の麦」としての死によって、否、むしろ二人を死に追いやることによって、逆に登場人物一人ひとりが「一粒の麦」としての死を迫られ、そこから甦りを可能とさせられてゆく物語であるということであった。「神と不死」を求める青年アリョーシャのモスクワにおける成長史もまた、他の登場人物たちと同じく、最終的にはこの十字架に向かっての成長史、イエスの呼び声に応え、ゴルゴタへの道を歩む「偉大なる罪人」の旅としてあると考えられる。だがアリョーシャとは、まだその旅のほんの出発点に立ち、作者によって「駆け出しの博愛家」とも記される青年である（一4）。「神と不死が存在するという確信に愕然とした」とはいえ、宗教的認識の深化と覚醒への道のほんのとば口に立つだけのこの青年の視野に、既にイエスの生と死を巡る福音書のドラマの全貌が納められ、その十字架が孕む逆説までもが十全に了解されていたと考えるには、いささか無理があるだろう。それよりも作者はまずはこの青年に、「神と不死」探求のために「一切を、命さえをも犠牲に捧げる」といういかにも「現代青年」らしい覚悟を表明させ、求道の出発に当たりイエスに応え、「一切か二ルーブリか」という厳しい問いを発せさせることで十分と考えたのであろう。この語句削除の背後にもまた、アリョーシャの成長史全体に周到かつ冷静な目を向ける作者ドストエフスキイの構成意図が見て取れると言えよう。マルコ福音書が記す「己《おのれ》を捨《す》て、己《おの》が十字架《じふじか》を負《お》ひて我《われ》に従《したが》へ」（八34）というイエスの言葉は、書かれずに終わった『カラマーゾフの兄弟』後篇を含め、「神と不死」を求めるアリョーシャの成長史における最終的な認識と覚醒、そして行動のメルクマールとして取っておかれたと考えるべきであろう。

浮かび上がるアリョーシャ像

「なんぢ若し全からんと思はば、一切を分ち與へよ、かつ來りて我に從へ」。この言葉を共観福音書のテキストと対照させた時、浮かび上がることとは、ドストエフスキイがそれら三つのイエスの言葉を基にして、如何に端的で厳しいイエスの言葉とイエス像を再構成したかということである。ドストエフスキイは主人公アリョーシャに、このイエスの言葉を自らの求道への呼びかけの言葉とさせ、またその新たな旅立ちを支える旅の杖ともさせたばかりか、この青年が到達すべき目標とさえしたと考えられる。主人公をイエスと向き合わせるにあたり、イエスの言葉自体をも自ら構成し直すドストエフスキイ。その聖書理解とイエス像構成の在り方については、なおこの後も繰り返し検討してゆこう。

「神と不死」探求の旅に乗り出す青年アリョーシャ。先に見たようにアリョーシャは、頼りなさや女々しさを指摘されることが少なくない。だがドストエフスキイが刻むアリョーシャとは、それどころか妥協なく厳しくイエスと向き合う「ロシアの小僧っ子」であり、イエスの呼び声に応え、未だ遥か彼方ではあるがゴルゴタへの道を、つまりは自分自身の「一粒の麦」の死に向かっての歩みを始めた瑞々しく一途な求道青年としてあることを見失ってはならないであろう。

3　アリョーシャの帰郷

帰郷の三つの理由

さて作者はイエスの呼び声に応えようとするアリョーシャが、学業をまだ一年残したままモスクワの生活に別れを告げ故郷への帰還を思い至ったのは、まずは「母の墓を探す」ことを切望したからだと記す（一4）。アリョーシャの心には、彼が二歳の頃のある思い出が強く焼きつけられていた。静かな夏のある夕方、沈みかけた太陽の斜光が射し込む中、灯明の灯る祭壇の聖像の前に跪いた母が、幼いアリョーシャを両腕で強く抱きしめ、ヒステリーを起こしたかのように泣きじゃくり、叫び声を上げながら聖母マリアに祈っている。母は聖母の庇護を求めるかのように、両手で抱きしめた彼を聖像の方に差し伸べる。そこへ突然乳母が飛び込んできて、怯えたようにアリョーシャを母からもぎ放すという光景である（一4）。

ところが作者は家畜追込町に戻ったアリョーシャが、召使いのグリゴーリイに導かれ、母の墓を訪問したものの、さしたる特別な感慨を示すこともなく、その後はもう墓にほとんど関心を示すことがなかったと記す。母の墓探しがまずは直接の理由だったとしても、これを彼の故郷帰還の唯一最大の理由だったとするならば、彼が四歳の時に死んだ母ソフィアに対してあまりにも神秘的かつセンチメンタルな負荷をかけ過ぎることになろう。

注意すべきことに作者自身も、アリョーシャの故郷帰還について、「魂から突然湧き上がり、彼を何か新しい、未知の、しかし既に逃げようのない道へと引っ張っていったものが何であるのか」、これについては「当時彼自身も知らず、説明のしようがなかった」と記すのだ（一 4）。ところがそのすぐ後で章を改め、作者はもう一度アリョーシャの故郷帰還について取り上げ、「恐らくは」という曖昧な表現の枠の中で、三つの可能性を提示するのである（一 5）。作者によればまずアリョーシャの心には、母に連れられて行った修道院のことが「何かしら」残っていた可能性があるという。次いで挙げられるのは、「狐憑き《クリクーシカ》」の母が泣きじゃくりながら彼を差し出した聖像の前に射していた夕陽の斜光である。作者はこの夕陽の斜光が、アリョーシャの帰郷に向けて何らかの作用を及ぼした可能性もあるとする。最後に、「そこでは《一切》［を与えているの］か、それともそこでも《ニルーブリ》［しか与えていないの］か？」、ただこのことだけを確認すべくアリョーシャが故郷に向かった可能性も提示される。故郷の修道院、母の腕に抱かれて見た夕陽の斜光、「そこ」故郷の信仰生活の真贋。これら全てがイエスの言葉と一つになって、この青年を故郷へと呼び招いたのであろう。だがこれら三つのベクトルが収束する一点とは何か。彼を「引っ張っていった」「逃げようのない道」とは、どこに通じる道であったのか。

二つの幼い魂の教会体験

この問題への解答は、彼の帰郷が記された第一篇から遠く離れた第六篇に見出されるように思われる。つまりゾシマ長老の死後アリョーシャが編纂した「ゾシマ伝」の冒頭近くには、アリョーシャの幼時期の祭壇体験と似た長老の少年期の教会体験が採録されているのだ（六2B）。ここに注目することで、後にアリョーシャ自身が自らを帰郷に呼び招いたものについて、どう捉えていたかを知る手掛かりが得られるであろう。

さてゾシマが八歳で、兄のマルケルもまだ生きていた頃のことだ。受難週の月曜日、母に連れられ教会の礼拝式に行った少年ゾシマは、ここで「生まれて初めて、神の言葉の最初の種子を意識して魂の中に受け容れる」という決定的な「魂の啓示」を与えられる。香炉から立ち昇る煙と、円天井の細い小窓を通して射し込む「神の光」。この地と天とが一つに溶け合う光景に見入る内に、一冊の大きな分厚い本を捧げ持った一人の少年が経机のところに進み出ると、その本を経机の上に置いて読み始める。その時「突然」とゾシマは回想する。「私は初めて何かを悟った。人生で初めて、神の教会で何が読まれているのかを悟ったのだ」。それは『ヨブ記』であった。「聖なる僕」ヨブを巡る神と悪魔の戦い。悪魔の挑戦に応じて、神はヨブを悪魔の試練に差し出したのである。筆舌に尽くし難い苦難、受け入れ難い理不尽な苦しみの底から、ヨブは叫ぶ。「我《われ》裸《はだか》にて母《はは》の胎《たい》を出《いで》たり。又裸《またはだか》にて彼處《かしこ》に歸《かへ》らん。エホバ與《あた》へエホバ取《とり》たまふなり。エホバの御名《みな》は讃《ほ》むべきかな」（ヨブ一21）。一切の希望を断たれた絶望の底から、なおヨブによって叫び出された神への信と讃美。「この本にはどれだけ多くの偉大で、神秘的で、想像し難いものが含まれていることか！」。幼いゾシマは、神がヨブに言語道断の苦しみを与えたのは、ただただ苦しみの底からヨブが神への信と讃美を叫ぶのを見るためであったことを知ったのである。つまり神が与え神が奪うという恐るべき事実そのものが、神の創造の行為に他ならないこと、そして人間の生の一切はこの神の創造の讃美のためにあるということを悟ったのだ。一見すると全くの不合理で理不尽この上ない逆説。「だが」とゾシマは言う。「ここに謎があることに、即ち地上の移ろいゆく相貌と永遠の真理とがここで共に触れ合うことに、正に偉大なるものが存在するのだ」。つまり神の「永遠の真理」が人間世界に降り立つ時、それは人間にとっては全くの謎として、言語道断の矛盾・逆説としてしか映らないこと。だがそれがそのまま「喜び」の源に他ならないこと。また教会とはこの逆説的真理を保ち伝え、神に讃美を捧げ祈る場としてあること。受難週の月曜日、教会の礼拝式で八歳のゾシマが与えられた「魂の啓示」とは、『カラマーゾフの兄弟』を貫く「一粒の麦」の死の逆説ともそのまま連なる、究極の宗教的逆説的真理の認識だったのである。

幼いゾシマの教会体験。そこにあった全ての要素が、自分自身の幼児期の故郷での体験と響き合う神からの呼びかけであり、母は自分をこの神に捧げようとしていたのであったことを確認しつつ、アリョーシャは「ゾシマ伝」にこの師のエピソードを挿入したのであろう。この時アリョーシャが聴き取っていたものとは、母から息子へ、師から弟子へ、旧約から新約へ、そしてあのイエスの言葉から彼自身へと響いてくる神の呼び声、その「永遠の真理」参画への召喚の声であったと考える時、アリョーシャの帰郷はそれが持つ意味と向かうベクトルとを明らかにし、またこの作品に向かうドストエフスキイの構成意図も明瞭に浮かび上がるように思われる。

アリョーシャの帰郷とゾシマ長老

ところでアリョーシャがゾシマ長老に初めて出会うのは、彼の帰郷後のこととされる（一 4）。だがそもそもどの時点でアリョーシャは長老について知ったのであろうか。この点について作者は何も記さない。「神と不死」を求め、イエスに応え、「そこでは《一切》[を与えているの」か、それともそこでも《二ルーブリ》[しか与えていないの」か？」という問いと共に故郷を目指したアリョーシャが、「そこ」つまり故郷あるいは故郷の修道院に属し、しかもその許に「ロシア中から民衆が殺到する」聖者ゾシマについて帰郷前に何も知らなかったとは考え難い。だが先に見たように、作者はアリョーシャの故郷帰還の理由として修道院の思い出は挙げるものの、直接ゾシマ長老については何の言及もしない。この点については、これ以上の考察と推測は避けよう。これに対し、イワンの帰郷とゾシマ長老との関係については、また後に考えねばならない。

リーザ、葛藤の誕生

モスクワにおけるアリョーシャの様々な地殻変動を追い、出家と帰郷に至る小さな成長史を組み立てることを試みてきた。ここから翻って、この青年の身近でリーザが体験したであろう葛藤についてもある程度の推測が可能となろう。この求道青年から彼女はどのような問題を受け取ったのか。愛する彼がモスクワを去ることは彼女にとって何を意味したのか。またその後、恐らくは急性小児麻痺により余儀なくされた車椅子の生活の中で、彼女の心はどのようなドラマを体験していたのか。

福音書のイエスと向き合い、自らの精神を「一切か二ルーブリか」に向かって厳しく収斂させてゆく高等中学校生のアリョーシャ。この青年がリーザと向き合った時、果たして彼は以前のように、あの「抱っこしてくれたり、一緒に遊んでくれたり」する家庭教師兼子守役としての優しいアリョーシャであり続けたであろうか。「抱っこ」と「遊び」の相手であったアリョーシャが、「僕は決して忘れない、僕たちは永遠の友達だ」という言葉を残してリーザの許を去るまで、「神と不死」を求めるこの青年の魂に響いてきた神からの、あるいはイエスからの呼び声は、果たして彼女の心にどう響いていたのであろうか。

前章で浮かび上がったのは、アリョーシャがリーザに対して、その「裕福な暮らし」の持つ危険性について繰り返し指摘していた可能性である。「なんぢ若し全からんと思はば、一切を分ち與へよ、かつ來りて我に從へ」。純真な愛が育まれたモスクワでの黄金時代の一方、二人の間にはイエスのこの言葉を挟んでもう一つのドラマも生まれ、越えがたい溝が生まれていた可能性も少なくはないと考えられた。作者によればモスクワを去るにあたってアリョーシャは、世話になっていた二人の夫人に決して頼ろうとはせず、以前ポレーノフの家族から贈られた時計を質に入れようとし、渡された旅費も三等でよいからと言って半額を返したという（一 4）。アリョーシャの求道の旅立ちは、彼を愛する二人の婦人たちばかりかリーザにも、ただ悲しくも微笑ましい旅立ちとして映ったわけではなく、人が自らの生に向かうべき厳しい姿勢を少なからず呼び覚まし、それとの対決を迫る性質のものであった可能性も少なくはないだろう。

「僕は決して忘れない、僕たちは永遠の友達だ」。モスクワを去るにあってアリョーシャが残した誓いの言葉である。この「永遠の」という言葉も、その背後に死を超えた「永遠の生命」を求める一途な青年の覚悟を置く時、ただ別れの感傷的な言葉としては響かないであろう。リーザがそこに聴き取ったものとは、神とイエスが招く「永遠の生命」に向けて旅立つ人と、残される人とを隔てる厳しい「永遠の」距離であった可能性もなしとはしない。リーザの嵐が、既に遠くモスクワにその淵源を持つ可能性は高いのだ。

二年ぶりの再会とラブ・レター

さてアリョーシャとリーザの二年ぶりの再会。これはホフラコワ夫人のゾシマ長老訪問によって実現する。夫人は、この半年間小児麻痺で歩行が不自由になり、車椅子での生活を余儀なくされた娘を連れ、外国行きを計画していた。だが領地の整理が手間取り、所用で家畜追込町を訪れた折に、ロシア全土から病の治癒と魂の救いを求め人々が殺到するゾシマ長老に娘リーザの助けを請うたのである（二―3）。二年間の別離を隔てた後、二人はゾシマ長老の許で再会したのだ。作者はこの時、「偉大な治療者」ゾシマがリーザの頭に手を置き、この車椅子の少女のために神に祈りを捧げてやったと記す（二―4）。

それから三日後のことである。ホフラコワ夫人は娘の病が「治癒」したことへの感謝を表明すべく、たっての願いと再び長老に面会を求める。実際にリーザが病から解放され、再び一人での歩行が可能になるのは二カ月後の晩秋、冒頭で見た二人の婚約破棄の頃、つまり彼女のもう一つの「重い病」、その嵐がピークを迎える頃のことである（十一―2・3）。この二度目で最後となるリーザの長老訪問直後、彼女がアリョーシャに送った手紙を確認しておこう。アリョーシャを「必ず行かせますよ」、この長老の約束にリーザは二人の将来への神来のお告げが下ったかのように、なんと直ちにこの日の内にアリョーシャに手紙を送り、愛の告白に至るのである。

「紙は赤面などしないと言われます。でも誓って言いますけれど、それは嘘です。紙も今、私と同じように顔を真っ赤にしています。大切なアリョーシャ、私はあなたを愛しています。まだ子供の頃から、モスクワであなたがまだ全然今のようではなかった頃から、あなたのことを大切に思っていました。生涯あなたを愛します。あなたと結ばれ、年をとったら一緒に生涯を終えるため、私の心はあなたを選びました」（三11）

アリョーシャが「抱っこしてくれたり、一緒に遊んでくれたりした」頃から育くまれた愛が二年間の別離を隔て、今や生涯を貫く「永遠の」ものであることを確信した十四歳の少女。その心のときめきが鮮やかに伝わってくる文面である。この手紙を受け取ったアリョーシャの反応と、翌日の結婚の約束を含む二人の一連のやり取りは、罪なき幼な子たちの受難や不幸な少年の悲劇が次々と暗欝に描き出される『カラマーゾフの兄弟』の中で、最も純粋無垢で明るい青春の輝きが記された部分と言えよう。

しかしこの光と喜びに溢れる手紙を書いた少女は、翌日のアリョーシャとの結婚の約束の場で、イワンに傾く心を曝してしまい、それに続く翌朝には、二人の愛を祝福してくれたゾシマ長老の死を知らされ、更にその日の夜遅く、今度はアリョーシャの父フョードル殺害の報に接することとなる。アリョーシャとの再会の喜びと、「永遠の」愛の束の間の高揚。愛の分裂。アリョーシャのいわば「魂の父」と「実の父」とのたて続けの死。それに伴う醜聞。この少女を襲う嵐は、更にそのわずか二カ月後にはアリョーシャとの婚約自体を解消させ、彼の手の中にその兄イワンへの手紙を押し込ませ、自らの指をドアで押しつぶすという激しく痛ましい行動へと、そしてあの「卑劣だわ！」という悲痛な呟きへと彼女を追いやってゆく。アリョーシャの出家と新たな求道の旅への出発とは、モスクワに残されるリーザにとってもまた、嵐の吹き荒れる新たな旅への出発に他ならなかったのである。

4　ホフラコワ夫人、そのニヒリズム

ホフラコワ夫人

「家を燃やしてしまいたい」。アリョーシャに投げつけた激しい言葉の中で、リーザが繰り返し表明していた破壊願望の対象である「家」の主人、リーザの母であるホフラコワ夫人とはどのような存在だったのであろうか。彼女については先にも少し言及した。だがリーザの理解のためにも、またこの作品の中心テーマである「神と不死」の問題理解のためにも、また何よりもゾシマ長老の思想を理解するためにも、この女性については更に検討しておく必要があるだろう。若さと美貌と莫大な財産に恵まれ、一人っ子の美しい娘リーザをこの上なく愛するコケティッシュな未亡人。途切れることなく繰り出される玉石混交の話題と行動。これら今までに得られたイメージに加え、まずは小説の各所に散在するデータを集め、できるだけ正確な夫人像を刻んでおこう。

作者が提示するホフラコワ夫人とは、ある時はお気に入りのイワンとカチェリーナの愛の成就を願い、策略も巡らすロマンチストのお節介屋さん（四5）。ある時は彼女自身ラキーチンから愛を迫られ、ペルホーチン青年との恋に有頂天になる夢見る女性（十一2・4）。またある時は三千ルーブリの金策に飛び込んできたドミートリイを相手に、「リアリズム」の名の下にひたすら金鉱探しの夢を説く的外れなお喋り屋さん（八3）。そうかと思うと、死せるゾシマ長老が発した腐臭とそのスキャンダルのことを知るや、ラキーチンに「できるだけ詳しく」と報告を迫る好奇心の塊（七1）でもある。これらから浮かび上がるのは、若く美しく魅力的ではあるが、つまる所は世俗的で平板な女性という夫人像であろう。「活きが良く打ち解けている分、それだけ教養が無い」。先のドミートリイの批評が改めて思い出される。「善良だが、定見が無い」。これは作者自身の評である（七1）。

ところが娘を伴い二度目に訪れたゾシマ長老を前にして、夫人の口からは思いもかけぬ問いが飛び出し、彼女

が蔵する魂の問いと深刻なニヒリズムが明らかとなる。そこには突如この作品の中心テーマ「神と不死」の問題が飛び出し、これに対して返されるゾシマ長老の答えも正面からのものであり、「幸せ」についての、また「実行的な愛」についての長老の思想が開示される。それは間もなくこの世を去る長老が最後に言い残す、生涯の信仰生活と思索のエッセンスであり、また作者ドストエフスキイが長老に託して表明する、この作品の中心メッセージとも考えられる。物語全体の、また「場違いな会合」の「狂言回し」として、フョードルと共に忘れ難い役目を担うのが、このホフラコワ夫人である。

「信仰心の薄い貴婦人」

ホフラコワ夫人とゾシマ長老との対話。そもそも母娘の二度目の長老訪問とは、先にも見たように夫人が娘の病の治癒について長老に感謝の表明をしようと、たっての願いと頼み込んで実現したものであった。長老はこの日、フョードルとドミートリイとの争いの仲裁のために企てられた集まり、「場違いな会合」から一時抜け出し、「信仰心の篤い農婦たち」との接見を終えた後、「信仰心の薄い貴婦人」ホフラコワ夫人とその娘リーザとの会見に臨んだのであった。ところが実際には、この会見はいつの間にか夫人自身の「病」の訴えの場となり、ひいては「神と不死」の問題を巡る懐疑と苦悩の告白の場と化すのである。

そのきっかけは、長老が自分の死が間近いと言及したことであった。直ちに夫人の語り口は社交的な軽さから深刻な調子へと一変する。ホフラコワ夫人は長老の言葉を強く否定して言う。「とてもお元気で、晴々として、お幸せそうにお見受けしますのに」。誰もがこうやって、死に瀕したゾシマを自分の関心事のために引っ張り出し、彼の地上の命を吹き消し続けていたのだ。これを受けてゾシマが返す言葉は注目すべきものである。堅苦しく読み難いが、直訳の形で記しておこう。

「もしこの私があなたにそんなにも晴々として見えるとするならば、あなたがそのことを私に告げて下さることで、私をかくも喜ばしい思いにさせてくれることはもう絶対にありません。なぜならば幸せのためにこそ人間は創られているのですし、完全に幸せな人間は誰でも、自分に向かって真っすぐに《自分はこの世で「神の命令《ザヴィエト・ボージイ》（遺訓）」を果たした》と言う資格を持つのですから。あらゆる義しき人々、あらゆる聖なる人々、あらゆる殉教者たちは皆、幸せだったのです」（二4）

「幸せのためにこそ人間は創られている」。「神の命令（遺訓）」としての「幸福《シャースチエ》」。これはゾシマ長老の思想のエッセンスと言うべきもの、また他ならぬ死に行く長老が世の人々に残す「命令（遺訓）」とも言うべきもの、更には『カラマーゾフの兄弟』全篇の中心メッセージの一つとさえ言えるであろう。［「ザヴィエト」という語は、「旧約聖書」と「新約聖書」に用いられる。人間に与えられる神の「命令・遺訓・約束」である］先に見たアリョーシャの祈りもまた、人間への「喜び《ラーダスチ》」を神に願う祈りであった。またアリョーシャの観察によれば、長老の庵室を訪れるほとんど誰もが「入って行く時には恐れと不安に包まれているのに、出て来る時にはたいていの場合晴々とした喜ばしい顔になっていて、どんなに暗い顔も幸せな顔に一変していた」（一5）。「晴々とした」「喜ばしい」「幸せな」。これらはゾシマ長老を表現するために用いられる、作者取って置きの形容詞群だ。

ゾシマとリーザ

注意すべきことに、このような「晴々とした」「喜ばしい」「幸せな」等の形容詞は、恐らくは少年コーリャを除けば、この作品中で他の誰よりもリーザその人を形容するのに相応しい言葉であろう。ゾシマ長老の前でアリョーシャをからかう時から、あのアリョーシャ宛ての恋文を経て、婚約へと至る過程で一貫して彼女が示すのは「晴々しさ」と「悪戯っぽさ」と「おどけた調子」である。これらの言葉は、先に見たアリョーシャとリーザとの対話の中でも、彼女の心に測鉛を下し続けるアリョーシャが判断の基準としたものであった。この時のリーザには日頃の生気は見る影もなく、代わって現れたただならぬ「真剣さ」にアリョーシャは、彼女の中に吹き荒れる嵐の深刻さを悟ったのであった。

ある意味でリーザとは、ゾシマ長老が人々に伝えようとした「神の命令（遺訓）」たる人間の「幸せ」と「喜び」を生来誰よりも深く身に帯び、「晴々と」かつ鮮やかに生きる存在であるとも言えるであろう。冒頭で作者も記すように、『カラマーゾフの兄弟』を一貫する主人公はアリョーシャである。それと共にドストエフスキイがこの作品の後篇を支える存在として選び取った「幼な子」の魂を持つ子供たち、それがリーザやコーリャやその同年輩の子供たちであり、彼らこそがアリョーシャと共に、やがてゾシマ長老の言う「神の命令（遺訓）」をその生の内に実現することを課せられた存在であると考えられる（第十篇「少年たち」、エピローグ3）。そのリーザから「晴々しさ」と「悪戯っぽさ」と「おどけた調子」を奪い取り、あの「卑劣だわ！」という絶望の呟きを発させるに至った嵐とは何であったのか。

夫人のニヒリズム

ホフラコワ夫人に戻ろう。ゾシマ長老の死についての言及から、人間の「幸せ」に関する「神の命令（遺訓）」へ。死を巡る会話から始まって、それまで意識の表面を覆っていた雑念やコケティッシュな気取りを取り払われたからであろうか。夫人の心には一つの真剣な問いが湧き上がってくる。

「幸せとは、幸せとは果たしてどこにあるのでしょう？」（二4）

単純素朴とはいえ、解き難い人生の問い。眼前の死にゆくゾシマ長老に心を留めることなく、夫人からは更に強く自分を苦しめる疑い、死と死後の生を巡る疑いが次々と噴き出す。

「死後の生が謎なのです！」

「死後の生という考えが、苦しいほどに私の心をかき乱すのです。本当に恐ろしくなるほどに……」

「生涯信じ続けても、ひとたび死んでしまえば突然何もなくなり、ある作家の作品［ツルゲーネフ『父と子』一八六二］で読んだように《墓の上におい繁るは山牛蒡だけ》ということにでもなったら、どうしましょう？恐ろしいことです！　いったい何によって信仰を取り戻せるというのでしょう？」

「何によって証明し、何によって確信すればよいのでしょう？」（二４）

「死後の生」、言い換えれば死を超えた「永遠の生命」「霊魂の不滅」「不死」について、ゾシマ長老に向けて立て続けに表白されるホフラコワ夫人の疑問と恐怖。本書の「はじめに」で記したように、イワンによればこれこそがロシアの若者たちの魂が正面から向き合う問題であり、「世界的な問題」である。つまり人間がおよそ地上にある限り解かずに済ますことができない喫緊かつ究極の問題なのだ。ドストエフスキイが『カラマーゾフの兄弟』を貫くテーマとして置いた「神と不死」の問題、これを今自らの心を苦しめる最大の問題として表出するのは、「ロシアの小僧っ子」ならぬロシアの富裕な上流階級の貴婦人ホフラコワである。

この問いを長老にぶつける母を目の当たりにして、リーザは果たして何を感じていたであろうか。「墓の上におい繁るは山牛蒡だけ」。あり余る財産と溢れんばかりの愛情で自分を守り支えてくれている若い美貌の母。モスクワから家畜追込町にやって来たその母が、死にゆくゾシマ長老を前にこのようなニヒリズムと恐怖を突如口にし、「苦しいほどに」心をかき乱す一人の人間であることを曝している。

母と父、ホフラコワとフョードル

ここで小説の始め近く、作者が報告するアリョーシャとその父フョードルの会話も見ておこう（一4）。モスクワから故郷に戻り母ソフィアの墓を訪れると間もなく、アリョーシャは父に修道院入りの意志を表明する。この時ゾシマ長老と修道院のことで父と子はしばしば語り合うのだが、そこから浮かび上がってくるものもまた、父フョードルが深く内に宿すニヒリズムの問題である。「わが目に映りしは、刷毛の影にて馬車の影拭く御者の影なりき」。C・ペローの詩を引き、フョードルはこの地上と地獄を貫く唯一確かなものは「影」でしかないと語り、もし修道院で「影」に代わる「真理」を探し当てたならば必ず報告に来るのだぞとアリョーシャに命じる。この時息子に向かうフョードルの口調に道化の影はない。「地上的なカラマーゾフの力」の化身、破廉恥なまでの「好色漢」と自他ともに認める俗世の怪物フョードルは、アリョーシャの帰郷によって「精神的にも深い影響」を及ぼされ、日頃忘れていた何ものかに触れさせられたのだと作者は記す。「俺はかねがね俺のような人間のために、そのうち誰かが祈ってくれるものだろうかと、そればかり考えていた」（一4）。

地上的な生に心を占められ、この問題を曖昧なままに放置して生きる人間。自分のために祈りをあげてくれる他人のことは思っても、自分が祈るべき他人のことは頭にない人間。彼らのニヒリズムと生の不安。この後で見る存在の「嘘」。「神と不死」を求めるアリョーシャの求道の旅もリーザの嵐も、これら二人の親たちが抱えるニヒリズムと決して無関係にあるのではない。むしろそれを逆射影的に映し出す鏡としてあると考えるべきであろう。アリョーシャとリーザ、そしてフョードルとホフラコワ夫人。二つの世代が今やそれぞれの問いを抱え家畜追込町へ、「場違いな会合」へ、ゾシマ長老の許へと引き寄せられてゆく。

5　ゾシマ長老、「実行的な愛」

「実行的な愛」

さてホフラコワ夫人の問い。「不死」すなわち「永遠の生命」、あるいは「霊魂の不滅」の確信は如何にして得られるのか。有り余る富と美貌に恵まれ、不幸とは無縁のように見えるホフラコワ夫人から迸り出てきたこの問いに対し、ゾシマ長老は優しくも厳しい答えを返す。つまり「死後の生」について動かぬ「証明」と「確信」を求める「不信のトマス」（ヨハネ二十24－25）たる夫人に対し、ゾシマは「実行的な愛《ヂェーヤチェリナヤ・リュボフ》」という言葉を以って答えるのである。

「実行的な愛の経験によってです。自分の隣人たちを飽くことなく実際の行動によって愛するように努めるのです。その愛の努力が実りをあげるにつれて、神の存在にもあなたの霊魂の不滅にも確信が持てるようになるでしょう。隣人愛における完全な自己犠牲の段階にまで至った暁には、その時こそあなたは疑う余地なく［神の存在も霊魂の不滅も］信じるようになり、最早如何なる疑いもあなたの心に忍び寄ることができなくなるでしょう。これはもう経験ずみのこと、確かなことなのです」（二、4）

神存在の問題と霊魂不滅の問題、つまり「神と不死」の問題に対する最終的な確信とは、ホフラコワ夫人が望むような目に見える合理的な証明によっては決して与えられない。その確信とは「飽くことなく実際の行動によって愛するように努める」こと、つまり「実行的な愛」の実践を積み重ねることによって初めて与えられる。しかも「これはもう経験ずみのこと、確かなこと」なのである。このように「神と不死」の確信について語るゾシマが土台とするもの、そして「隣人愛における完全な自己犠牲」という言葉によって彼が見据えるのは、「善きサマリア人」の譬え（ルカ十30－37）を語ったイエス・キリスト、十字架上で磔殺されるに至るまで神と隣人への信と愛を貫いたその姿であると考えて間違いないであろう。

「実行的な愛」の努力、つまり「隣人愛」の実践。修道院で「キリストの御姿」を守り続けてきたゾシマ長老の言葉に託し、ここには神存在の問題と死を超えた「永遠の生命」の問題に対するドストエフスキイ自身の結論と確信、彼の長い福音書との取り組みの到達点が提示されていると考えられる。後に見るように、「神と不死」への確信を具体的な隣人への「愛の努力」の積み重ねの内にではなく、まずはユークリッド的合理的証明に求め、人間と世界と歴史についての「目撃者《アチェヴィーヂェツ》」に留まるイワンへの、またその合理主義的功利主義的精神によって神と人間を疎外し去った西欧近代の「重い病」（六2D・六3E・十一3・4）への、これは正面からの批判と処方箋でもあると言えよう。つまりドストエフスキイは『カラマーゾフの兄弟』の既に第二篇「場違いな会合」において、ゾシマ長老を介し、先の「幸せ」に関する「神の命令（遺訓）」の思想と共に、この書の中核となるメッセージを「実行的な愛」として正面から提示しているのである。

注意すべきことは、このメッセージが直接語りかけられる相手とはホフラコワ夫人であるが、その娘リーザもアリョーシャと共に傍らの車椅子で耳を澄ませているという事実である。目の前で母とゾシマ長老との間に交わされつつある対話を、遠くモスクワで開始されたアリョーシャと自分との対話に重ねるリーザの姿を思い浮かべることも可能であろう。この少女の嵐とは、ただ二人の男性の間に分裂した愛の問題であるばかりでなく、また自分を厚く守る母の愛と富の問題に限定されるものでもなく、人間存在が抱える根本的な問題、「神と不死」の問題と連なり、更にそれは遥か遠く福音書的磁場にまでその根を持つ嵐であることが次第しだいに明らかとなってくる。

「実行的な愛」の困難、母と娘、そしてイワン

さてゾシマ長老によって示された「実行的な愛」、つまり「善きサマリア人」の譬えが表わす「隣人愛」の勧め。この後なおホフラコワ夫人とゾシマとの間には、この「実行的な愛」の困難を巡ってやり取りが続く。その中で、夫人の口から一つの興味深い人間心理が語り出されることに注目しよう。彼女によれば、自分の内にある人類愛は強く、自分の財産の一切を捨て、娘のリーザとさえ別れ、看護婦になろうと空想することもある。空想の中での自分は力に満ち溢れ、どんな傷口でもどんなに爛れた腫瘍でもひるむことなく手当てをしている。ところが更に目を閉じて、自分は果たしてそのような生活に耐え得るかどうかと問う時、浮かんでくるのは一つの光景、自分が成し遂げた実行的な人類愛の行為が、人々によって目もかけられず価値も認められない光景でしかない。自分はそんな忘恩には耐えられない、愛に対する報酬を求めてしまう。つまり「実行的な愛」は困難なのだ。

「実行的な愛」の困難。この問題をゾシマ長老に訴えるホフラコワ夫人は、人類愛のためには娘のリーザとさえ別れると告白する一人の真摯な人間である。たとえそれが母の気紛れな夢想にせよ、この言葉を耳にした娘の心に去来するものはどのようなものだったであろうか。なおこの「実行的な愛」の困難の問題については、イワンがやがて地上世界における「キリストの愛」の可能性を巡り夫人と似た、しかし更に厳しい考えを表明することになる（五4「反逆」）。この重大な問題については改めて取り上げることにして、今はこの問題を娘のリーザに引きつけて考えるために、事の詳細は省き一つのエピソードを取り上げておこう。

アリョーシャがイリューシン少年に左手の中指を骨に達するほどまでに噛み砕かれ、血を滴らせて夫人の家に姿を現した時のことである。ただ悲鳴を上げるだけの母親を傍らに、リーザは凛とした態度で直ちに傷の手当てに取り掛かり、瞬く間に鮮やかに処置してしまう。彼女はその内に備わった実行的かつ実務的な天凛を見事に示すのだ（四3・4）。人類愛に燃えて空想の中で看護婦を演じる母親に対し、ごく自然に看護婦そのものを行動する娘。「空想的な愛」《メチュタチェリナヤ・リュボフ》とは無縁のところで、「実行的な愛」を生きるリーザの姿を読者は一瞬垣間見させられる。

恐らく作者はこの鮮やかなリーザ像を、書かれずに終わったこの作品の後篇で新たに活きて動き出すリーザの原姿として、つまり母の空想を現実のものとして生きる娘の出発点として書き留めておいたのであろう。「場違いな会合」と「実行的な愛」。ゾシマ長老を挟んで、母と娘が逆さ映しに指し示すものは一つである。

存在の「嘘」

再びホフラコワ夫人に戻ろう。「実行的な愛」の困難さを訴え、愛に対する賞讃と報酬を求める自分の心を赤裸々に告白し、自分に対する絶望を表白する夫人。しかしこの夫人の内にゾシマ長老が鋭く見抜いたものとは、絶望についてさえ得々と語る彼女の内に巣食う自尊と自愛の心であった。この後で見るように、それは夫人と会う直前ゾシマが道化フョードルの内に見抜いたのと同じもの、つまり人間が自己の存在に対してさえつく「嘘」の問題である。これこそが長老によれば「実行的な愛」の困難をもたらす根源なのである。

「大切なことは嘘を避けることです。一切の嘘を、特に自分自身に対する嘘を」(二4)

「自分自身に対する嘘」に立つ人間、ゾシマ長老によればそれは「実行的な愛」とは対極の「空想的な愛」に生きる人間であり、「すぐに叶えられるお手軽な功績や、皆に見てもらうことを渇望する」。ここで先のリーザとアリョーシャとの対話(1)のことを思い出そう。その最後に見出されたのは、ゾシマ長老とフョードル二人の死が人々にもたらした衝撃の内に、人間の心が潜ませる罪と悪と嘘への愛を見出し、魂を根底から震撼させられたリーザであった。この時のリーザの心にゾシマ長老の庵室で目の当たりにした母の告白のこと、そして母の内に潜む「空想的な愛」「自分自身に対する嘘」を鋭く見抜き指摘したゾシマ長老の言葉が思い起こされていたとしても不思議はないであろう。

「実行的な愛」を待つもの

「空想的な愛」と「実行的な愛」。ゾシマによれば「空想的な愛」とは実は自己愛に閉じ籠る人間が口先で説く愛にすぎず、このような人間は決して神の愛を知らず、その心は隣人の苦しみや喜びに開かれてはいない。何重にも存在の嘘に立脚する愛である。これと対極にあるのが「実行的な愛」であり、己の存在の一切を投げ出して神と隣人への愛に生きることである。それは「人を恐怖に陥れるほど峻烈なもの」でさえある。最後にゾシマは夫人に、この「実行的な愛」が実際に人に過酷な運命を課すこと、しかし神の愛と力とが究極それを受け止めて目的は達せられることを説き、部屋を出る。

「実行的な愛とは仕事であり忍耐であり、恐らくある人たちにとっては全くの学問でさえあるのです。しかし前もって申し上げておきますが、あなたがあらゆる努力をなさるにも拘わらず、目的には何ら近づかないばかりか、むしろ遠ざかってゆくような気がして、恐怖で慄然とするような瞬間に立ち至ってこそ、あなたは突然目的を達し、あなたを常に愛し、また常に密かに導き続けて下さっていた神の奇跡的な力を我が身にはっきりと見出せるようになるでしょう」（二一4）

一見すると夫人への温かい励ましの言葉のように見える。だが「実行的な愛」を待ち受ける「人を恐怖に陥れるほど峻烈な」試練、「恐怖で慄然とするような瞬間」への覚悟を迫るゾシマの言葉を貫くものは、正に「峻烈な」厳しさである。ここでゾシマ長老は何を念頭に置いているのか、そのことが了解されない限り、彼の「実行的な愛」の勧告は、豊かな有閑夫人の気紛れ的ニヒリズムの発作に対する、単なる慰めとしてしか響かない危険もあろう。この点について、誤りを怖れず解釈を試みておこう。

ヨブの逆説から十字架の逆説へ

「神と不死」の問題に対する最終的な確信。ゾシマによれば、それを与えるのは「完全な自己犠牲」にまで至った「実行的な愛」である。既に見たようにこの言葉が指すのは十字架上のイエスに他ならない。そして十字架上のイエスが至った「恐怖で慄然とするような瞬間」を最も厳しく衝撃的に描くのはマルコ福音書である。ゾシマ長老の念頭にあったのは、恐らくマルコに記されたイエスの十字架であろう。

マルコ福音書は、イエスが十字架上で「エロイ、エロイ、ラマ、サバクタニ（わが神《かみ》、わが神《かみ》、なんぞ我《われ》を見棄《みす》て給《たま》ひし）」と叫んで死んだと記す（マルコ十五34）。神の愛に己の命を賭けたイエスは、遂には弟子たちばかりか神にまで見棄てられ、十字架上から神に向かい絶望の叫びを上げるまでに追いやられたのだ。「完全な自己犠牲」にまで至ったイエスの「実行的な愛」。その「あらゆる努力」は「目的に近づく」どころか「遠ざかり」、遂には「恐怖で慄然とするような瞬間」を迎えたのである。

だがこの「恐怖で慄然とするような瞬間に立ち至ってこそ、あなたは突然目的を達し、あなたを常に愛し、また常に密かに導き続けて下さっていた神の奇跡的な力を我が身にはっきりと見出せるようになるでしょう」。この「恐怖で慄然とするような瞬間」とは、一切を奪われたヨブと対応して、正にイエスが十字架上で神に向かって「エロイ、エロイ」との絶望の叫びを上げた瞬間であろう。だがヨブ記が、ヨブをして絶望の底で「エホバの御名は讃むべきかな」と叫ばせたように、マルコがイエスの絶叫で伝えようとしたものもまた、絶望として迸り出たイエスのニヒリズムではなく、絶望の形をとって迸り出たイエスの愛であり、またそのイエスを「常に愛し、また常に密かに導き続けて下さっていた神の奇跡的な力」の現前感覚《リアリティ》だったのであろう。それだからこそ福音書記者マルコは、この十字架のイエスと「向《む》かひて立《た》てる」異国ローマ軍の「百卒長《ひやくそつちやう》」をして言わせたのだ。「実《げ》にこの人《ひと》は神《かみ》の子《こ》なりき」（マルコ十五39）。マルコが伝えようとした「恐怖で慄然とするような瞬間」とは、イエスが生きて証しようとした神とその愛が、イエスの死と絶望とによって潰え去ったのではなく、他ならぬ「エロイ、エロイ」の叫びと共にこの地上に確かに捕えられた瞬間、「キリストの愛」の逆説的成就の戦慄的な瞬間であったと言うべきであろう。

「地上の移ろいゆく相貌と永遠の真理とがここで共に触れ合うことに、正に偉大なるものが存在する」。幼くしてヨブの物語の内に「地上の真理の前で永遠の真理の業が成就する」にあたっての逆説を直観したゾシマは、更にこの十字架上のイエスの叫びの内にも人間には全くの謎として、矛盾として、そして逆説としてしか映らない「永遠の真理の業」の成就、神の現前と君臨を読み取ったのだ。修道院での禁欲と沈黙と祈りの生の内に彼がひたすら守り続けてきたものとは、何よりもまずこの十字架上の悲惨な死と絶望を自らの身に担い通し、神の愛を地上で貫徹した「キリストの御姿」であり、その「一粒の麦」の死の逆説であったと考えられる。また修道院の僧たちは、ゾシマについて「あの方は、罪がより深い者に心を寄り添わせ、誰よりも罪深い者を誰より強く愛される」と評したと記されるのであるが（一 5）、これは「我《われ》が來《きた》れるは義人《ただしきひと》たちを呼《よ》ばんがために非《あら》ず、罪人《つみびと》たちを呼《よ》ばんがためなり」（マルコ二17）と語り、十字架への道を歩んだイエスの精神を、そのまま己の身に受けとめたゾシマを指すものと考えるべきであろう。ホフラコワ夫人を前にするゾシマの背後には、彼自身が「罪人たち」への愛の捨身において体験した「人を恐怖に陥れるほど峻烈な」苦悩と絶望が、そして「恐怖で慄然とするような瞬間」の数々が横たわっていたに違いない。繰り返しとなるがゾシマの言葉の背後に、十字架上のイエスの絶叫と連なる苦悩と絶望を読み取らない限り、彼がホフラコワ夫人に語る神の「愛」も「奇跡的な力」も、ただ表面的で能天気な「信仰の慰め」としてしか受け止められないであろう。

最後に改めてリーザにも目を向けておかねばならない。車椅子に乗る自分の目の前で、ゾシマ長老に対し赤裸々に明かされた母の内面。またそのニヒリズムに対して指し示された「神の命令（遺訓）」と「実行的な愛」についての教え、そしてその根底にある長老のイエス・キリスト理解。これらのことを果たして彼女がどこまで捉え、何を感じていたのか、作者は何も記さない。だがこの夜アリョーシャに愛の手紙を記すリーザの心には、二年間にわたる別離を超え、彼への「永遠の愛」を表白し得た心の震えの一方、死を間近とするゾシマ長老の草庵で触れた「神と不死」の問題を巡り、新たな暗い空洞が口を開けるのを感じていたと想像するに難くない。

Ⅳ 「神と不死」の問題と福音書

リーザの嵐。この嵐がアリョーシャばかりか母のホフラコワ夫人やゾシマ長老を介して「神と不死」の問題と関わり、聖書的磁場にまで及ぶ展望が開けてきた。殊に『カラマーゾフの兄弟』における福音書については、既に家畜追込町とゲラサの豚群の関係から始まり、エピグラフに置かれたヨハネの「一粒の麦」の死の譬え、アリョーシャが向き合ったイエスの言葉、またゾシマ長老の「実行的な愛」の教えの背後に想定される「善きサマリア人」の譬えやイエスの十字架等々、この作品の構造そのものの中に福音書が広く深く組み込まれ、その思想的展開を支えていることが明らかとなってきた。この作品に用いられた福音書全ての検討は本書の及ぶ範囲ではないが、ここでは改めて「神と不死」の問題との関係で、ヨハネとルカ福音書が果たす役割について検討しておく必要があろう。

1　ヨハネ福音書

エピグラフのヨハネ福音書が伝える「一粒の麦」の死の譬え（ヨハネ十二24）。本書の冒頭近く［「嵐の背景」］

で見たように、この譬えは福音書記者ヨハネが、十字架と直面したイエスを一方に置いて、弟子やその他の人々に対し、彼らが「永遠の生命」に至るためにはイエスの十字架を受け止め、自分自身の十字架を負うべきことの覚悟を迫らせたものであった。

ヨハネによればイエスとは、既にゴルゴタ丘上の十字架につくことで、神から死を超えた「永遠の生命」を与えられ、この世に君臨する存在である（三15・16・35・36、四14・36、五17・24・39他）。ヨハネはこのイエスの圧倒的な君臨感と栄光感の支配の下に、「一粒の麦」の死を全く逆の二方向から提示していると言えよう。つまりイエスを「一粒の麦」としてゴルゴタ丘上の十字架に追いやる弟子たちこそが、逆にイエスから裁かれ、新たに「永遠の生命」に向かい「一粒の麦」として己の十字架を負うことを迫られるという、相反する二方向の「一粒の麦」の死である。小出次雄の言う「ゴルゴタの論理」あるいは「相互磔殺」の逆説論理である。

この作品の登場人物たちはそれぞれが、間もなくゾシマ長老とフョードルという聖俗両極二人の死によって、否、二人を「一粒の麦」としての死に追いやることによって、逆に「永遠の生命」目覚めのドラマへと巻き込まれてゆくであろう。つまり二人の死によって、逆に彼らの魂が打ち砕かれ、今度は各人それぞれが「一粒の麦」としての死を引き受けること、つまり己の十字架を負うことを迫られてゆくのだ。『カラマーゾフの兄弟』とは、この「一粒の麦」の死の逆説が根底を貫く作品と言えるであろう。

これ以外にも「奇跡と信仰」の問題、つまり「信から生まれる奇跡」か、それとも「奇跡が生み出す信」かの問題が、ヨハネ第二十章の「不信のトマス」との関連で重ねて言及されることに注目すべきであろう（一5、十一9）。この問題はゾシマ長老がホフラコワ夫人に別れ際に語った言葉の中に既に響き始め、やがてゾシマ長老の死を巡りアリョーシャの絶望と目覚めのドラマの底に流れる主要通奏低音となるものである。

またその絶望に続くアリョーシャの宗教体験。これはパイーシィ神父によるヨハネ第二章「ガリラヤのカナ」の朗読の下に展開される（七4）。主人公の魂の大きな転換が福音書の朗読と重ねられて展開するという形を、周知のごとくドストエフスキイは既に『罪と罰』において試みている。殺人犯ラスコーリニコフに娼婦ソーニャが聖書を読み聞かせる場面である。そこで朗読されるのもヨハネ福音書であり、その第十一章に描かれた「ラザロの復活」だ。ヨハネ福音書が示すイエス最初の奇跡である「ガリラヤのカナ」と最後の奇跡「ラザロの復活」。これらがドストエフスキイの後期五大作品の冒頭と末尾を逆さの順序で飾ること、ここに宿された意味を明らかにすることは、ドストエフスキイ文学生成の全体像との関連で考察されるべき今後の課題としておこう。

またヨハネ第八章が記す「虚偽《いつはり》の父《ちち》」（八44）。これも存在がつく「嘘」として、ホフラコワ夫人のみならず、父フョードルから息子イワンに連なるニヒリズム、あるいは死と再生のドラマへの重大な伏線をなすものであり、この後すぐに取り上げよう。

このようにざっと一瞥しただけでも、ドストエフスキイが如何に深くヨハネ福音書を読み込み、そこに展開する宗教的思索と表現の深さに触発され、それらを自らの創作に構造的に組み込んでいるかが明らかとなる。

2　ルカ福音書とフョードルの道化

ルカ福音書

さて『カラマーゾフの兄弟』においてドストエフスキイがヨハネ福音書と共に多用し、作品構成の中に深く組み込んでいるのはルカ福音書である。それらの中でもここでは特にルカ福音書が、ゾシマ長老を相手にカラマーゾフ家の父フョードルが繰り返す瀆神的道化の手段として用いられることを見ておこう。この作品の一方の雄であるフョードルの、その異教的とさえ言えるカラマーゾフ的生命力の発現において、彼が読み込んだ福音書世界の知識が如何に活き活きと自在に用いられているか。このことを確認することは、ドストエフスキイ世界の聖書的磁場とは何であるかを理解する上での、極めて具体的かつユニークな一例を手にすることになるであろう。フョードルとルカ福音書。ここに的を絞ることで、更にはフョードルの息子イワンがモスクワで取り組むルカ福音書や、彼が踏み込む神殺しと父親殺しをも遠く見据える視点も獲得されるであろう。

まず初めに、ルカ福音書の冒頭に記されたイエス生誕にまつわる一エピソードである。フョードルは、自分を置いて男と逃げ去った妻アデライーダ死去の報に接するや、往来に躍り出て、両手を天にかざし、悲しみとも歓喜ともつかぬ叫びを発する（一1）。

「主《しゅ》よ、今《いま》こそ御言葉《みことば》に従《したが》ひて僕《しもべ》を安《やす》らかに逝《ゆ》かしめ給《たま》ふなれ」（ルカ二29）

ルカ福音書の第一章と第二章が伝えるのは、洗礼者ヨハネと救世主イエス両者生誕の天上的喜びのドラマであるが、これはその中で、待望のメシア生誕に接した老預言者シメオンの上げる歓喜の叫びである。道化フョードルは、自らをこの喜びに踊る老預言者シメオンに重ね、イエスの生誕ならぬ妻アデライーダ死去への歓喜とも悲しみともつかぬ絶妙な道化的叫びを発するのだ。これと表裏一体の形で作者が報告するのは、妻が残した幼児ドミートリイを「忘れ去り」、ひたすら金と酒と女を求め、老「好色漢」が送る地上的快楽の生への破廉恥な居直りの姿である。このフョードルが表現するのは、生と死、聖と俗、歓喜と悲嘆との境界を定かとしない、否、恐らくはその両者を意図的に混交させての瀆神的道化芝居だ。このエピソードを布石とするかのように、更にフョードルはゾシマ長老との会見の場（第二篇「場違いな会合」）に乗り込んで、ルカを基に次々と破廉恥な道化芝居を演じ続ける。

生誕から遥か時が経って成長したイエスが、ガリラヤ各地で弟子たちと共に「神の国」の宣教に打ち込んでいた頃のことである。ルカ福音書は群衆の中の一女性が感極まってイエスに向かい、次のような歓声を上げたと記す。

「幸福《さいはひ》なるかな、汝《なんぢ》を宿《やど》せし胎《たい》、なんぢの哺《す》ひし乳房《ちぶさ》は」（ルカ十一27）

フョードルはこれを驚くべき表現に変え、ゾシマ長老にぶつけるのだ。

「幸福《さいはひ》なるかな、汝《なんぢ》を宿《やど》せし胎《たい》、なんぢの哺《す》ひし、乳房《ちぶさ》は。殊《こと》に乳房《ちぶさ》こそ！」（二2）

先のイエス生誕にまつわるシメオンの歓喜に続き、フョードルが次に焦点を合わせるのは聖母マリアの育児・哺乳であり、大胆にも彼は句読点までつけ加え、重ねて「乳房」を強調する。聖母マリアさえ肉的・性的な存在として道化の道具とされるのだ。「場違いな会合」を舞台とする「好色漢」の面目躍如たる瀆神的道化、一線の「踏み越え」である。作者はその場に居合わせた人々の反応を報告しない。そこにあったのは、ただの笑いであったであろうか。このフョードルからゾシマに向かい、更に新たな問いが発せられる。

「師《し》よ、われ永遠《とこしへ》の生命《いのち》を嗣《つ》ぐためには何《なに》をなすべきか」（ルカ十25）

先の老預言者シメオンと聖母マリアから、焦点は大きく移動する。ここでフョードルは「師よ」と呼びかけることで、聖者ゾシマをイエスと重ねる。そしてこの道化が新たにぶつけるのは、先に見たホフラコワ夫人と同じ問い、「永遠の生命」についての問いである。修道院でひたすら「キリストの御姿」と、その「永遠の生命」を守り続けてきたゾシマ長老に投げつけられる毒の礫、正面きっての挑戦である。

注目すべきは、これを受けたゾシマの応答である。フョードルの道化の本質を見抜いた長老が返すのは厳しい応答であり、それはホフラコワ夫人の場合と同じく、一言で言えば「嘘をつかぬこと」という警告である。フョードルから吐きだされる言葉の一つ一つ、それが魂の「眞《まこと》」に根を置くものではない「嘘」であること、「実行的な愛」の実践から遠いばかりか、彼の存在そのものが道化的虚偽としてあることをゾシマは見て取ったのだ。長老の前に相次いで立つフョードルとホフラコワ夫人。この親たちの存在の奥深くに根を張った「嘘」。その虚偽が見抜かれ、長老から直截かつ厳しい警告、否、裁きの判決が言い渡されるのである。

3　悪魔の系譜、フョードルからイワンへ

「嘘」、存在の虚偽

存在が宿す「嘘」の問題。ゾシマ長老の警告に対しフョードルは、直ちに今度はヨハネ福音書を典拠に言い返す。自分は生涯にわたり毎時毎瞬「嘘」をつき続けてきた。「誠に嘘は嘘の父なり」であり、自分は「眞」に立つことのない「嘘の子」であっても構いはしない。煮ても焼いても喰えぬフョードル。ルカからヨハネへと聖書を自在に使いこなし、一筋縄ではいかぬ見事と言うべきその道化的切り返しと挑戦だ。彼が典拠とするヨハネ福音書第八章、そこでイエスが「ユダヤ人たち」に対してぶつける痛烈な批判を見てみよう。

「汝《なんぢ》らは己《おの》が父悪魔《ちちあくま》より出《い》でて、己《おの》が父《ちち》の慾《よく》を行《おこな》はんことを望《のぞ》む。彼《かれ》は最初《はじめ》より人殺《ひところし》なり、また眞《まこと》その中《なか》になき故《ゆえ》に眞《まこと》に立《た》たず、彼《かれ》は虚偽《いつはり》をかたる毎《ごと》に己《おのれ》より語《かた》る、それは虚偽者《いつはりもの》にして虚偽《いつはり》の父《ちち》なればなり」（ヨハ

ネ八44）「汝らは己が父悪魔より出でて」。敵対するユダヤ人たち、自分を十字架上の死に追いやろうとしているユダヤ人たちを悪魔の子とする、イエスの痛烈な批判である。フョードルはこのイエスの言葉に深いアイロニカルな自己認識を重ね、ゾシマにぶつけ返したのだ。つまり彼は敢えて自らの出自を「天なる父」とは対極のもう一人の父、悪魔より出た「眞その中になき」「噓の子」ユダヤ人として笑いを誘うばかりか、破廉恥かつ大胆な居直りを決め込んだと考えられる。作者はフョードルが、アリョーシャの母ソフィアの死後ロシア南部に赴き、最後にはオデッサで数年間ユダヤ人社会にも出入りし、金儲けの才覚を磨いたと記す（一4）。イエスから悪魔の子と弾劾されるユダヤ人に重ね、敢えて自らを「眞その中になき」「噓の子」としてゾシマに向かうその道化芝居の背後には、自己嘲笑の道化性と共に、自身の体験から来る人間社会とキリスト教に対する鋭い洞察と暗い反逆の心さえ潜んでいると判断することもできよう。聖書語句を存在の深みにまで組み込み、自己を含め世に対するそして聖者ゾシマに対する狡知に満ちた挑戦と嘲笑の武器として用いるフョードル。恐るべき瀆神的道化である。

息子イワンから「毒蛇」と呼ばれるフョードル（三9）。この男は鋭利な牙で狙った相手に噛みつき、その牙から密かに聖書から吸い取った毒を注入し、その毒がどこまで相手の心に沁み込むかをじっと窺う。この男をただの卑猥で破廉恥な道化芝居の演者と見做すならば、彼はその相手を聖書についての無知さゆえに軽蔑し、最早興味を失ってしまうであろう。彼にとって聖書とは、それへの反応によって人間の深浅を見極める正に聖なる試験紙であり、その点で「ロシアの小僧っ子」の裏返しの父とも呼ぶべき存在なのだ。そのフョードルが乗り込んだのは「己が父悪魔」にとり敵の総本山たる修道院であり、しかもそこで聖者として崇められるゾシマ長老の草庵である。その聖者と正面から対峙して演じられる道化芝居。「己が父悪魔より出でて、己が父の慾を行はんことを望む」。ここにあるのは間もなく開始されるゾシマ長老と、フョードルを正に「己が父」とするイワンとの対決の前哨戦とも言えよう。悪魔からフョードルを経てイワンへと連なる「聖なるもの」否定の系譜である。だがイワンに進む前に我々はまず、「嘘の子」フョードルが長老の草庵で繰り広げる道化芝居を最後まで見届けよう。

スキャンダル

さて、スメルジャコフを除いてカラマーゾフ家の全員がゾシマ長老の草庵に集結する「場違いな会合」。先にも見たようにこの集まりは、ゾシマ長老が「道化爺」フョードルとの対決を「嘘をつかぬこと」との警告を以って切り上げ（二2）、次いで「信仰心の篤い農婦たち」を慰め（二3）、更にあの「信仰心の薄い貴婦人」ホフラコワとの対話に続き（二4）、この会合のハイライトたるイワンとの対決を終えるや（二5）、いよいよ終章に向かう（二6）。ここで長兄のドミートリイが登場し、グルーシェニカを巡ってこの青年と父フョードルとの間には案の定、狂乱の一幕が演じられる。「どうしてこんな人間が生きているのだ！」。怒りに我を忘れたかのように低く呻いたドミートリイは、一同に問う。「いや、教えて下さい、果たしてこんな男がなお大地を汚すことが許されるのでしょうか」。

長男の挑戦を受けたフョードルが新たに焦点を絞るのは、グルーシェニカである。彼はミウーソフから「牝犬」と呼ばれた彼女を弁護して「立派な牝犬」と呼ぶ。このことで「恥を知りなさい！」とイォシフ神父に、続いてカルガーノフにたしなめられたフョードルは、居合わせた全員を向こうに大見得を切って見せるのだ。この新たな道化芝居の道具として彼が用いるのはまたもルカ福音書であり、その第七章に記された「罪の女」のエピソード（七36－50）である。

「何が恥ずべきですか！　あの《姦婦》は、あの《いかがわしい行いの女》はですな、ひょっとしてあなた方ご自身より、つまり行ない澄ましたお坊さま方よりもずっと神聖かもしれませんぞ！　ことによるとあの女も若い頃環境に蝕まれ身を持ち崩したかもしれません。しかし《多く愛した》のです。《多く愛した》女はキリスト様もお赦しになったのです」（二―6）

「多く愛した」。イォシフ神父はこの言葉の意味を卑猥にとるべきでないとたしなめる。待っていましたとばかりにフョードルは反論する。「いいえ、［彼女が赦されたのは］そういう、正にあのような、お坊様、あのような［愛の］ためなのですよ！」。聖母マリアの乳房の場合と同じく、好色漢フョードルがここで用いる武器は「多くを愛した」「罪の女」の「あのような」「愛」である。福音書を自家薬籠中の物とするまでに読み込んだ人間にして初めて可能な、「恥知らずな」しかし舌を巻かされる鮮やかな切り返しだ。

僧院において「毒蛇」の攻撃はこれで終わりとはならない。帰途につくべく呼び寄せた馬車が到着するや、「インスピレーションに駆られた」フョードルが急遽踵を返し、「最後の一幕を演じて差し上げよう」と乗り込むのは、家とは逆の修道院長が催す昼食会だ。そしていよいよこの男の道化芝居が行き着くのは修道僧たちの偽善の弾劾、修道院の存在の否定という正に「最後の一幕」である。

「な、お坊さま方！ あなた方は何故に精進なさるのか？ 何故にそれに対するご褒美を天国に期待しておいでなのか？ そんなご褒美にありつけるのなら、私だって精進しますぜ！ 駄目です、お偉いお坊さま方よ。修道院などに引き籠り、上げ膳据え膳、天国でのご褒美など期待するのはいけません。この世で徳を積み、社会に益をもたらすのです。その方がはるかに難しいことですぞ」（二―8「スキャンダル」）

ゾシマ長老の草庵での集まりから、修道院長による歓迎の宴席へ。「崖から飛び降りる」ように修道院批判にまで行き着いたフョードル。この時この道化を支配していたものとは、恐らくは強烈な興奮と毒念、そして何よりも神聖冒瀆がもたらす、目が眩み心が痺れるような快感、「毒蛇」の陶酔だったに違いない。

「己が父悪魔」の系譜

ゾシマ長老の修道院を舞台とし、福音書を道具にフョードルが執拗に演じる道化芝居を検討してきた今、ここで彼の瀆神的道化芝居を思想的にもまた行動的にも極限にまで押し進めるのが息子イワンであることを見定めておこう。フョードルが図らずもヨハネ福音書により自らの出自を「悪魔」だとした視点、ここから見る時イワンの本質が一つの際立った相貌を浮かび上がらせるように思われる。

次章以降確認してゆくように、イワンとは父フョードルが内に深く宿す虚偽、存在の「嘘」をただの破廉恥な瀆神的道化芝居の次元に留めることなく、文字通り「悪魔」と手を結び、極限にまで自覚化して煮詰め、遂には神とその「眞」、「キリストの愛」の否定にまで行き着く「ロシアの小僧っ子」、「反逆」の思想家と言えるであろう。彼が行き着く先はこれに留まらない。「己が父悪魔」の否定の精神を「太古からの定め」(十一9)として深く内に宿すこの青年は、遂には自らを神とするまでに至るのだ。そして「人神」となったイワンは、その「一切が許されている」との思想を、他ならぬ故郷での父親殺しを以って表現しようとする。「己が父悪魔」に発するフョードルの道化芝居から、フョードル自身の殺害へ。かくしてイワンは、恐るべき運命の悲劇・皮肉を演じることにより、悪魔の系譜に連なる青年、やがてスメルジャコフが見抜くように(十一8)、父フョードルの悲劇的パロディーそのものを生きるべく宿命づけられた青年とも言えるのである。

「己が父悪魔より出でて、己が父の慾を行はんことを望む」「彼は最初より人殺なり」「眞その中になき故に眞に立たず」「虚偽をかたる毎に己より語る」。いささか酷になるが、自らを十字架上の死に追いやるユダヤ人たちを指して投げつけられたこれらイエスの激烈な批判は、フョードルその人ばかりかその息子イワンにも当てはまるものであり、モスクワ時代イワンが行き着く思想と行動の本質を予言するばかりか、『カラマーゾフの兄弟』

が蔵する根本テーマの一つ、人間が「己が父悪魔」と手を結んで試みる「聖なるもの」の否定と拒否というユダ的「反逆」のテーマを鮮やかに浮かび上がらせるとさえ言えよう。神殺しと父殺し。イワンが悪魔と手を組んで試みるこの思想実験については、モスクワにおける彼の思索の跡を辿りつつ次章（Ⅴ）で詳しく検討するが、そこでもルカ福音書は大きな役割を果たすであろう。

4　「永遠の生命」への問い

「師よ、われ永遠の生命を嗣ぐためには何をなすべきか」

さて「死後の生」、言い換えれば死を超えた「永遠の生命」「不死」について問うホフラコワ夫人に対し、ゾシマ長老が説いた「実行的な愛」。これがルカ第十章の「善きサマリア人」の譬えでイエスが示した「隣人愛」に他ならないことは既に見た。ここで改めてこの譬えに目を向けてみよう。これはイエスを試みようとする「或《あ》る教法師《けうほふし》（律法学者）」との問答（十25－29）に次いで、イエスが語った譬え（十30－37）であるが、この導入部の問いとは、実はフョードルがゾシマ長老にぶつけた問い、「師よ、われ永遠の生命を嗣ぐためには何をなすべきか」に他ならない。フョードルとホフラコワ夫人。ドストエフスキイはこれら二人の父と母に、同じルカ福音書の「永遠の生命」への問いを、相前後してゾシマ長老に向かってぶつけさせているのだ。

ルカ福音書でこの問答の全体を確認してみよう。

「師よ、われ永遠の生命を嗣ぐためには何をなすべきか」（ルカ十25）

律法学者から問いかけられ、イエスは問い返す。律法には何と書かれているか、質問者自身はどう読んでいるか（同26）。すると律法学者は［旧約］聖書の聖句（申命記六5、レビ記十九18）を以って答える。「なんぢ心《こころ》を盡《つく》し、精神《せいしん》を盡《つく》し、力《ちから》を盡《つく》し、思《おもひ》を盡《つく》して、主《しゅ》たる汝《なんぢ》の神《かみ》を愛《あい》すべし。また己《おのれ》のごとく汝《なんぢ》の隣《となり》を愛《あい》すべし」（同27）。神への愛と隣人への愛。この男の律法に関する模範的な解釈を受けて、イエスは言う。「なんぢの答《こたへ》は正《ただ》し、之《これ》を行《おこな》へ、さらば生《い》くべし」（同28）。しかし「おのれを義《ぎ》とせん」と欲する律法学者は、頭の中に律法の教えは正しく修めているものの、具体的な隣人のことが思い浮かばない。そこで彼は問い返す。「わが隣《となり》とは誰《だれ》なるか」（同29）。この問いに対し、イエスの口から語り出されるのが「善きサマリア人」の譬え（同30－37）である。

「場違いな会合」。ここでドストエフスキイは死を目前にしたゾシマ長老の前に次々と様々な人々を立たせ、その心の内を曝け出させる。「永遠の生命」に関してフョードルとホフラコソ夫人とが相前後して彼に投げかけた問いとは、ルカ福音書第十章が記す同じ問いであった。そして既にこの問いの出所を熟知するゾシマは、夫人に「実行的な愛」の実践を説くと共に、更に二人に警告したのは「嘘」をつくことの非であった。つまり長老は、二人が「心を盡」さず、「精神を盡」さず、「力を盡」さず、「思を盡」さずして、「主たる汝の神を愛」さず、また「己のごとく汝の隣を愛」さぬこと、つまり自らの存在そのものを虚偽の内に沈めさせていることを見抜いていたのである。更に言えばドストエフスキイがゾシマに伝えさせるのは、人が日々生きる「嘘」を超えたもう一つの生の勧め、つまり人は自らの「嘘」を捨て、イエスがその生と死を以って示した「眞」、神と隣人への信と愛を受け止め、自らの生と死によってそれに応えよとの「実行的な愛」の勧めと励まし、「遺訓」に他ならない。

「永遠の生命」を巡るもう一つの問い

さてここでもう一度アリョーシャの求道の出発点と、彼が向き合ったイエスの言葉についても最低限確認してみよう（一4・5）。

「なんぢ若し全からんと思はば、全てを分ち與へよ、かつ來りて我に從へ」（一5）

この土台としてあった共観福音書の文脈は、先に検討したようにホフラコワ夫人とフョードルの場合と同じく、イエスがある人物との間に交わした「永遠の生命」を巡る問答であった（マタイ十九16－22、マルコ十17－22、ルカ十八18－23）。それぞれの導入部、イエスへの問いかけの言葉を見てみよう。

「視《み》よ或人《あるひと》、來《きた》りて、彼《かれ》に言《い》ふ《善《よ》き師《し》よ！ 永遠《とこしへ》の生命《いのち》をうる為《ため》には、如何《いか》なる善《よ》き事《こと》を為《な》すべきか？》」（マタイ十九16）

「イエス途《みち》に出《い》で給《たま》いひし時《とき》、或人《あるひと》はしり來《きた》り、彼《かれ》の前《まえ》に跪《ひざま》づき、彼《かれ》に問《と》ふ《善《よ》き師《し》よ！ 永遠《とこしへ》の生命《いのち》を嗣《つ》ぐためには、我《われ》なにを為《な》すべきか？》」（マルコ十17）

「或司《あるつかさ》、問《と》ひて言《い》ふ《善《よ》き師《し》よ！ われ何《なに》をなして永遠《とこしへ》の生命《いのち》を嗣《つ》ぐべきか？》」（ルカ十八18）

「永遠の生命」についてイエスに問いかけた人物は必ずしも一致しない。マタイは「或人」で「大いなる資産を持てる」「若者」。マルコは「大いなる資産を持てる」「或人」。一方ルカは「或司」で「大いに富める者」とする。三福音書が一致して伝えるのは、この人物が大変な金持ちであり、律法を厳格に守る人物であったという事実である。ちなみにこの人物は、ドストエフスキイが用いた聖書においては、イエスに語りかけるにあたって「善き師よ」と切り出しているが、ルカの「善きサマリア人」のエピソードにおいては、「永遠の生命」についてイエスに問うのは「或る教法師」であり、彼はイエスに対して「善き師よ」ではなく、ただ「師よ」と語りかけている。

この富める男へのイエスの応答は、単なる「永遠の生命」を得るための心温まる勧告やアドバイスではなく、実は富に対する痛烈な警告と裁きでもある可能性が高いこと、またこれを更に大きな文脈の中で見ると、ヨハネ十二章の「一粒の麦」の死の譬えと同じく、イエス受難史の文脈にあることも先に見た。「一粒の麦」の死としてのイエスの十字架。その十字架と直面した人間が、逆に迫られる自分自身の十字架。つまり相反する二方向の「一粒の麦」としての死。そこで初めて与えられる「永遠の生命」。ドストエフスキイが究極どのようなイエス像を向こうに置き、主人公たちのドラマをどのような方向で描こうとしたか、そして聖書をどのように作品に取り入れたか、そのベクトルは明らかである。

二つの「永遠の生命」の問い

改めて整理しよう。「永遠の生命」のテーマを表現するにあたり、ドストエフスキイは新約聖書から別々二つのエピソードを典拠として用いたのである。その一つが三つの福音書が共通して報告する富める者とイエスとの問答であり、これはアリョーシャに対して用いられた。もう一つはルカのみが報告する「善きサマリア人」の譬えの律法学者とイエスとの問答であり、これはフョードルとホフラコワ夫人に対して振り分けられた。前者はアリョーシャの求道の出発点において、イエスの呼び声に応えようとするこの青年の一途で真摯な精神を表現すべく用いられ、後者はゾシマ長老の死を翌日に控えた「場違いな会合」の場で、長老がフョードルとホフラコワ夫人と問答をする際に用いられ、これら二人の親たちが宿すニヒリズム、その存在の「嘘」を暴き出すべく、また彼らに対する長老最後の警告・裁きと励ましを表現すべく用いられたのであった。ドストエフスキイは二つのエピソードと、そこでの問答を二つの世代に対して使い分け、対照的な福音書的磁場を創出したのである。だがより大きな文脈の中で見れば、これら二つの福音書的磁場が指し示すベクトルは一つである。つまり人が「永遠の生命」を得るための唯一の道とは、イエスの十字架という「一粒の麦」の死を前にして、各人が「一粒の麦」としての死を引き受けること、己の十字架を負うこと。二つが共に指し示すのは、この作品の中心テーマである。

更にルカ福音書について

さて『カラマーゾフの兄弟』を貫く福音書的磁場、殊にルカ福音書の持つ意味について忘れてならないことは、モスクワ時代のイワンがルカ福音書の記すイエスの十字架（ルカ二十三39－43）を凝視し、そこに深く思いを巡らせる青年であったという事実である。これは彼の悪魔が暴露するところであり（十一9）、またこの青年はルカ福音書が報告するこの十字架上のイエス像の延長線上に、マタイ福音書（四1－11）［並行記事はルカ（四1－13）、マルコ（一12－13）］が報告する「荒野の試み」を正面から取り上げ、「大審問官」の劇詩を創り上げるのである。そこではセヴィリアの町へのイエスの登場と共に、「タリタ・クム（娘《むすめ》よ、起《お》きよ）」、少女の死からの甦りが鮮やかに描き出される（マタイ九25、マルコ五41、ルカ八54）。イワンがモスクワで展開した聖書的磁場での思索は次章で検討しよう。

またアリョーシャが自らの編纂する「ゾシマ伝」において、長老が生前愛読し人々にも勧めた様々な「聖典」を紹介することにも注意しなければならない（六2B「ゾシマ長老の生涯における聖典の意義」）。それによるとゾシマ長老は、幼い頃に読み書きを学んだ『新旧訳聖書の百四の聖なる物語』を始めとして、『ヨブ記』や『創世記』などの旧約聖書諸巻を挙げると共に、新約聖書の福音書の中からは特にルカの名だけを挙げている。ルカ福音書とは「善きサマリア人」の譬え（十30－37）、「失われた羊」の譬え（十五1－7）、「放蕩息子の帰還」の譬え（十五11－32）、「ラザロと金持ち」の譬え（十六19－31）等々、神への人間の立ち還りと信の在り方について、ユニークで平明な独自の譬えや伝承を多く擁する福音書としてゾシマ長老が特に好み、民衆や弟子たちへの説教の際に取り上げていたと考えられる。特にこの福音書は人間と神の関係、またイエス・キリストへの随順を説くにあたって、罪の悔い改めの必要や富の放棄の必要を強調し、かつ隣人愛、「実行的な愛」を強調する点で『カラマーゾフの兄弟』の中心テーマと響き合うものが多い。ヨハネ福音書と共に注目すべきものである。

ルカの譬えという点では例えば、ドミートリイは自らの故郷への帰還を「放蕩息子の帰還」と重ね（二6）、イワンもまた、アリョーシャとの対決の中で言及する（五4）。特に注目すべきはアリョーシャが、その「ゾシマ伝」の中で、「ラザロと金持ち」の譬えに関する長老の解釈を紹介することだ（六3Ⅰ）。長老によれば、人間がこの地上に一回だけ生きる機会を与えられたのは、ただただ「生きた実行的な愛」の一瞬を生きるためであり、「ラザロと金持ち」の譬えとはこの真理を伝えるものに他ならない。この譬えを、「実行的な愛」を表わす譬えとして解釈する視点だけでも、ドストエフスキイの聖書解釈のユニークさを示すものであり、また今まで見てきたこの作品の中心テーマ「実行的な愛」を、彼が如何に強く打ち出そうとしているかを示すものとして注目される。この点はまた後に、スメルジャコフの死について考察する際に取り上げよう（本書Ⅶ C 6）。

ホフラコワ夫人とフョードル、そしてリーザとアリョーシャ。ドストエフスキイは二人の親が捕われたニヒリズムを描くにあたり、またその子供たちがそれぞれに辿る「神と不死」探求の旅を描くにあたり、ゾシマ長老ばかりかフョードルをも介し、広く新旧約聖書を用いている。殊に福音書のイエス・キリストの存在は、その十字架を中心に、ある時は強烈かつ鮮明に打ち出され、またある時は遠く漠然と徐々に主人公たちの心に刻印されてゆく。彼らの心に刻まれてゆくイエス像と十字架像の構成を辿ること、ここに細心の注意を払うことが『カラマーゾフの兄弟』の核をなす「神と不死」の問題を、そしてまた「実行的な愛」の教えを始めとするゾシマ長老の思想を理解する上での鍵となると見定め、以下にモスクワにおけるイワンの思索の検討に進もう。

V　イワン

1　イワンの帰郷、二つの「仕事」

カチェリーナへの愛

家畜追込町を目指したのはホフラコワ母娘ばかりではなかった。その二、三カ月前には既に次兄イワンが帰郷し、これに少し遅れて長兄のドミートリイが母の残した遺産の分配を巡る父との争いに最後の決着をつけようと町に乗り込み、その婚約者カチェリーナもやって来る。登場人物一人ひとりがそれぞれの目的と意図を持って一点に集中する、そしてそこで勃発するカタストロフィ。ドストエフスキイ世界の典型的なカーニヴァル的ドラマ展開である。だが家畜追込町に集まって来たこれらの人物たちの中で、イワンの帰郷の真の目的とは何であったのか。

家畜追込町への帰郷の目的について、当のイワンはアリョーシャにこう語る。「ドミートリイなど関係ない。俺はカチェリーナに自分の用事があっただけなのだ」（五3）。ここでイワンは長兄ドミートリイに言及しているが、事の発端はその六カ月ほど前、つまり二月の前後、イワンがまだモスクワにいた頃のことである。彼はドミートリイに手紙である要件を依頼され、兄の婚約者カチェリーナを訪問するや、彼女に一目惚れしてしまったのだ（三5、五3）。これはカチェリーナにとっても運命的な出会いであった。この時からイワンがモスクワを去るまでの三カ月ほどの間に二人の愛が激しく燃え上がったことは、当人がアリョーシャに語るばかりか（五3）、ドミートリイもその事情を知り（三5）、ホフラコワ夫人も明かすところである（四5）。ドミートリイと同じくロマン主義詩人シラーを諳んじ（三3、四5）、ゲーテにも通じる（十一9）「教養豊かで素晴らしい青年」イワンをお気に入りの夫人は、家畜追込町に来る一カ月前からリーザやカチェリーナの叔母たちと共に、二人の愛を成就させようと「陰謀」さえ企んでいた（四5）。

しかし強い倫理観を持つカチェリーナは、国境守備隊に勤務するドミートリイと自分とを結びつけた運命的な事件以来（三4、本書Ⅶ D 3）、ドミートリイへの愛と共に彼への恩も忘れず、イワンとの間に燃え上がった愛に身を委ね切ることができなかった。つまり彼女はその心をドミートリイとイワンとの間に引き裂かれてしまったのである。「俺はカチェリーナに自分の用事があっただけなのだ」と語るイワン。彼の帰郷にあたっての「用事」とは何よりもまず、ドミートリイの帰郷にあたり、彼の婚約者カチェリーナも姿を現すことを知っていて、彼女との愛に一つの結論を出そうとしたのだと考えて間違いないであろう。事実イワンの帰郷以来、同じ屋根の下で暮らすこの息子を観察し、次第に彼への恐怖心を募らせつつある父フョードルも言う。「あいつはミーチャの婚約者を横取りしようと躍起だ」（四2）。

カラマーゾフの二つの血

だがイワンの帰郷の目的を検討するにあたっては、この青年を捕えるカチェリーナへの愛のみに目を向けるだけでは片手落ちとなるであろう。「母親譲りの宗教的痴愚、父親譲りの好色漢」（二7）。これは「場違いな会合」

の日アリョーシャに対し、ラキーチンがカラマーゾフ家の人々のことを評した言葉であり、見事に的を衝いた言葉と言えよう。この二つのカラマーゾフの血については本書前篇の最後に改めて取り上げるが、ラキーチンはイワンの内にもこの二つの血が存在することを鋭く見抜いているのだ。「君と同腹の兄弟イワンはどうだ？　彼もカラマーゾフなんだよ。ここにカラマーゾフ家の問題の一切があるのさ。好色漢、強欲、宗教的痴愚ということなのさ！」（二７）。二つのカラマーゾフの血が脈打つイワン、両者相俟ってのイワンなのだ。家畜追込町を目指すイワンに焦点を当てるにあたっては、カチェリーナへの情熱に燃えるイワンの一方、「神と不死」の熱烈な探求者である「ロシアの小僧っ子」イワン、「宗教的痴愚」としてのイワンも忘れてはならない。

「春の粘っこい若葉」と「瑠璃色の空」

イワンとアリョーシャとが初めて正面から語り合う居酒屋の「みやこ」（五３−５）。ここでイワンは長い間心に保ち続けていた弟への愛と細やかな心を曝け出し、更には自らの内に抑え難く脈打つ「生への渇望」「カラマーゾフの生命力」を大胆かつ率直に打ち明ける。

「春の粘っこい若葉、そして瑠璃色の空を俺は愛する、そうなのだ！　ここには知性もない、論理もない。ここにあるのは心の底から、ここにあるのは腹の底から愛するということだ。生まれたばかりの若々しい自分の力を愛するということなのだ……お前は俺の馬鹿話の少しでも分かってくれただろうか、アリョーシャ、それとも否か？」（五３）

有頂天の喜びを以ってアリョーシャは答える。

「分かり過ぎるほど分かりますよ、兄さん。心の底から、腹の底から愛したい――兄さんは見事に表現しました。そして僕は兄さんがそんなにも生きることを欲していることで恐ろしく嬉しい。僕が思うに、誰もが何よりもまずこの世においては生を愛さなければならないのです」(五3)

「何よりもまず」「心の底から」「腹の底から」「生を愛する」こと。十年余りの別離を超えて、兄弟二人はお互いの内に脈打ち続ける「生まれたばかりの若々しい自分の力」を確認し合う。「春の粘っこい若葉」と「瑠璃色の空」。青年イワンの内に強く脈打つ生命愛、春の自然への熱烈な讃歌が高らかに宣言される。

だがアリョーシャとイワンがお互いの内に確認し合った「生への渇望」とは、果たして人間的愛の情熱の面にのみ限定して捉えてよいものであろうか。「俺はカチェリーナに自分の用事があっただけなのだ」。これとは別のもう一つの「用事」に向けて、青年イワンを帰郷に衝き動かす力もあったと考えるべきではないだろうか。「神と不死」の熱烈な探求者であり、「宗教的痴愚」ともされるイワン。この「ロシアの小僧っ子」イワンの目に映った「春の粘っこい若葉」と「瑠璃色の空」についても検討してみる必要があるだろう。

「場違いな会合」とイワン

イワンの家畜追込町への帰郷を巡って、読者には十分に明かされていない事実が幾つか存在するように思われる。例えばイワンの帰郷の時期である。彼がこの町にやって来たのはリーザ母娘に先立つこと二、三カ月前、恐らくは五月前後のことであろう。これはドミートリイとカチェリーナの到着よりも、また八月末ゾシマ長老の庵室で開かれた「場違いな会合」よりも相当早い。「このかくも早い帰郷」とは作者の表現であるが、これはただカチェリーナの到着を十分な備えを以って待ち受けるためのものだったのであろうか。

注意すべきことはここで作者自身が、イワンの「突然の」「宿命的な帰郷」の「不可解さ」について再度言及し（一3・5）、このことが自分に「不安」を呼び起こすほどの「謎」であったとし、加えて「私には、その後長い間にわたり、ほぼ常に理解し難い問題であり続けた」とさえ記すことである（一3）。更に作者はミウーソフもこのことで不審な思いに捕われ（一3）、アリョーシャもまた、イワンの帰郷に何かただならぬものを感じていたと記す（一5）。兄の帰郷に「この上なく強烈な印象」を与えられたアリョーシャは、当初自分に関心を示してくれた兄が間もなく冷淡となったことの中に、また兄が自分を「放心したかのように」じっと見つめる姿の中に、何か「窺い知れない目的」「極めて困難な目的」、あるいは「この上なく重大なこと」が隠されているのではないかと疑い、「胸騒ぎのする不安」さえ感じたと記すのである。明らかに作者は、読者に、イワンの帰郷の理由について注意をするよう強く促しているのだ。

「春の粘っこい若葉」と「瑠璃色の空」に改めて注意の目を向けてみよう。イワンから語り出された若々しく瑞々しい自然描写。これはイワンの内に脈打つ「生への渇望」が掴み取った自然の風景であると共に、「神と不死」の探求心が捉えた自然の光景と取ることも可能ではないだろうか。これを前者、すなわちカチェリーナとの再会を待ち望むイワンの目に映し出された故郷の春の風景であったとすれば、当然のことながら、そこには彼の内に強く脈打つ生命愛・人間的情熱が浮かび上がってくる。一方この表現を「木の葉一枚一枚、神の光一条一条」への愛、万人万物一切への愛を説くゾシマ長老とも響き合う形で（六2C）、「ロシアの小僧っ子」イワンの心に映し出された故郷の春の光景であったと考えれば、そこに浮かび上がるものとは、大自然が宿す生命の聖なる輝きを敏感に捉える彼の宗教的感性である。イワンの思想を「両極に取り得る」と語るのはイォシフ神父だ（二5）。この青年の帰郷の理由についても、また「春の粘っこい若葉」と「瑠璃色の空」の受け取り方にしても、一方の極のみに傾いた解釈に留まることは危険である。この表現もまた「両極にとり得る」のだ。

「謎」への解答の一つが与えられるのは、長老の庵室で開かれた「場違いな会合」の最後の場面においてである。そもそも会合にあたってゾシマ長老が求められたのは、ドミートリイとフョードルとの間で繰り広げられる金と女を巡る争いの調停であった。およそ調停など不可能なこの会合。これを最初に「冗談交じりに」提案したのは父親のフョードルだったとされる（一 5）。ところが当のフョードルが暴露するところによれば、実は会合設定の背後にいたのは次兄のイワンだというのである。予想通り、フョードルの破廉恥な道化芝居により「スキャンダル」［二 8のタイトル］として終わってしまった「場違いな会合」。その帰路の馬車で怒りを露わにするイワンに向かい、父は言う。

「だがこの修道院での集まりの全てを目論んだのは、お前自身じゃないか。自身がけしかけて、自身が承認しておきながら、今になってなぜ怒っているのだ？」（二 8）

故郷の家畜追込町を目指すイワン。「用事」は一つではなかったのだ。

故郷行きにあたって、悪魔の証言

イワンの「かくも早い帰郷」。その「謎」への解答は更に作品の終幕近く（十一 9）、彼の面前に現れた悪魔が語る一つの事実の内にも与えられている。イワンがこの春モスクワで帰郷の準備をしながら一人密かに思い巡らせていた心の内について、彼の分身たる悪魔が暴露するのである。それによるとイワンは「あそこには新しい人たちがいる」と自らに言い聞かせ、その連中が神を否定するために「人肉を喰らうことから始めて一切を破壊しようとしている」愚を嘲笑い、「必要なのは人類の内にある神の観念を破壊することだけでいいのだ」と断言したという（十一 9・10）。春の帰郷にあたり、イワンの内にはカチェリーナへの思いと共に、あるいはそれと同等かそれ以上の重量さえ以って、自分はこれから故郷の町に乗り込み、「神と不死」について積み重ねてきた思索に総決算の区切りをつけようとの意気込み、あるいは高揚感さえ蠢いていた可能性が浮かび上がってくる。「俺は、人生の渇望に震える若い情熱的な友人たちの思索が大好きだ」。故郷への登場にあたってイワンが、この「若い情熱的な友人たち」あるいは「新しい人たち」という言葉で具体的に誰を指していたのかは必ずしも明らかではない。しかしこの青年は故郷の家畜追込町行きにあたって、自分が一人モスクワで研ぎ澄ませてきた思想を叩きつける相手の存在まで想定していたのだ。「そこでは《一切》〔を与えているの〕か、それともそこでも《ニルーブリ》しか〔与えていないの〕か?」。アリョーシャと同じくイワンもまた「そこ」、つまり家畜追込町あるいはそこの修道院を世界の最前線とみなし、相当の決意と覚悟を持ってモスクワを離れたことは間違いない。この延長線上に「場違いな会合」を設定したイワンがいると考えるべきであろう。

早春の故郷に戻ったこの青年の目に映った「春の粘っこい若葉」と「瑠璃色の空」。これらがカチェリーナへの愛によって光り輝いて見えたのだとしても何ら不思議はない。だがこれから取りかかろうとする「神の観念の破壊」という恐るべき思想実験を前にした戦慄の内で、この青年の目に故郷家畜追込町の春は光と命の輝きに満ち、その美しさと味わいを増して映っていたのだとすれば、彼の帰郷の意味とその奥行きは一層増すであろう。

故郷に戻って、神観念の破壊の開始

事実イワンは故郷に戻るや直ちに、もう一つの「用事」に着手したのである。「場違いな会合」の場で地主ミウーソフは、イワンが最近町の上流夫人の集まりで、人間から「不死」の信仰を根絶させてしまいさえすれば愛も生命力も根絶される、つまり「一切が許されている」と説いていたことを暴露する(一―6)。これは悪魔の指摘の通り、故郷行きを目指すイワンが自らに言い聞かせていた思想そのものである。後に見るのだが、悪魔が明かすところによれば、「神がなければ一切が許されている」という思想、つまり神観念の破壊とそれに代わる人神思想とは、イワンの叙事詩《エポーハ》「地質学的変動」の核となる思想であり、同じく悪魔が叙事詩と呼ぶ「大審問官」の劇詩と共に、この青年がモスクワで一人孤独の内に育んできた思想の集大成とも言うべきものである

（十一9）。それを彼はなんと家畜追込町の上流夫人たちにぶつけていたのだ。ミウーソフの暴露は、いよいよ故郷の町で開始されたイワンのもう一つの「仕事」について、そして彼の「かくも早い帰郷」の背景について決定的な証言を与えるものと言えよう。

スメルジャコフに与えた刃

悪魔の指摘を確証するものはこれに留まらない。イワンが人間の内なる「神と不死」の観念の根絶を説こうと目論んだ相手とは「若い情熱的な友人たち」、あるいは「新しい人たち」であった。町の上流夫人たちは措いて、彼はその至上の対象を複数ではなくとも少なくとも一人、この町で見出していた。スメルジャコフである。このスメルジャコフとイワンの出会いと交流の具体的な経緯について、作者が直接記すことはない。だが父フョードルを別として、この召使いこそイワンが故郷の町で始めた思想実験の最大の被験者、彼の思想の最も気の毒な被害者であると共に、彼の思想を観念の次元から現実の「一線の踏み越え」にまで導き、その思想の虚偽を結果的に命と引き換えに暴き、更には彼を神の裁きの前に引き出す恐るべき「前衛的肉弾《ペレダヴォーエ・ミヤサ》」かつ審判者となることは、第十一篇に報告される三度にわたる二人の対決から明らかとなる（十一6－8、本書ⅦC2－4）。

父フョードルの下男たるスメルジャコフ。後に見るように（本書ⅦC1）、彼はフョードルが町の宗教的痴愚である乞食女スメルジャシチャヤに産ませたであろう非嫡出子であり、しかもイワンとほぼ同年齢という奇しき縁で結ばれた異母兄弟である。他の三人の兄弟とは異なり、この青年は一人料理係の下男という身分に人生の不条理を受け止め、与えられた鋭利な知性を以って密かに「片隅で」「瞑想する人《サゼルツァーチェリ》」、人生に対する復讐の刃を研ぎ澄ませてきた恐ろしくもまた痛ましい存在である（三2・6・7、五2）。

父の下男として忠実に使えるスメルジャコフ。イワンはこの青年が持つ並々ならぬ鋭利な認識能力と思索力、そしてその底に潜ませる暗い反逆心と復讐心を帰郷後いち早く見抜き、彼が自分に近づいて話をするよう誘いの手さえ差し伸べたのであった（五6）。イワンはこの恐らくは異母兄弟の下男に、自らがモスクワで磨いた刃、神を否定し自らを神とする思想、「地質学的変動」という鋭利この上ない刃を提供したのだ。もしこの世界に神は存在せず、究極の道徳律も裁きの主も存在しないとするならば、人間は「人神」として「一切が許されている」（十一9、本書V3）。差し出されたこの刃をスメルジャコフは胸の震えと共に受け取り、イワンの分身としてその思想実験の実行者、「前衛的肉弾」としての役割を自ら担い、遂には父親フョードル殺しにまで行き着くことは、イワンとの対決の最後に彼自身が詳細に物語るところである。

「［私が父フョードル殺しに至ったのは］何と言っても《一切が許されている》のですからね。これはあなたが実際に教えて下さった事なのですよ。というのもあの頃あなたは、このような事を沢山話して下さったのです。《もし永遠の神がいないならば、何の善行もない》と。しかも《そうなればそんな善行など全く必要がないのだ》と。この事をあなたは本気で［話して下さったので］した。ですから私もそう考えたのです」（十一8）

世界の不条理を下男という身に受け止め、憎悪と復讐心を以って一人片隅から世界を窺い続けてきたスメルジャコフ。この異母兄弟に「地質学的変動」の思想をぶつけたイワンとは、次に見るように、そもそもその悪魔的思想を生み出す出発点においては、世界に満ちる不条理、罪なき幼な子たちの涙に目と心を釘付けとされる心優しきイワンである。敢えて言えば、この下男スメルジャコフの存在とは、イワンの目の前に実際に現れた、罪なくして涙する幼な子たちの一人に他ならなかったのである。この二人が向かう父親殺しの顛末については、本書後半の主要テーマとして検討しよう。

ゾシマを目指す帰郷

ここで、アリョーシャとイワン二人の帰郷について、ゾシマ長老との関係で較べておこう。モスクワを去り故郷の町に帰ること。アリョーシャにとってそれは何よりもまず「神と不死」を求め、イエスの呼び声に応え、「一切か二ルーブリか」の求道の旅に出立することであった。これに対しイワンの故郷帰還とは、カチェリーナとの愛の決着を求めると共に、モスクワで積み重ねた思索の結論、つまり神を否定し「キリストの愛」をも否定し、自らが神になるという「人神」思想の最終的な確認と実験の場を求めての出立でもあった。またアリョーシャの求道の旅とはモスクワでの生活の一切を捨て、愛するリーザとも別れ、故郷の町の郊外にある修道院でのゾシマ長老との出会いに行き着く旅であり、そこでこの若者は長老に迎え入れられ、その許で「神と不死」探求の修業生活に入ったのである。

イワンの場合、帰郷にあたって彼の心の中でゾシマ長老の存在はどのような位置を占めていたのであろうか。家畜追込町の修道院にいるゾシマの名はロシア中に知れわたり、この聖者の信仰の深さと徳を慕って全土から人々が集まり、既に弟のアリョーシャもその許で一年近く修業生活を続けていた(一5、四1、六1、七1)。このアリョーシャとイワンとのモスクワでの交流は、先に確認したようにわずか一度の偶然の出会いを除いて皆無であった。しかしアリョーシャがモスクワを去った後、ホフラコワ夫人宅に出入りするようになったイワンが、ここでアリョーシャの消息やゾシマ長老のことを詳しく聞き知るに及んだということは十分に考えられる。人生に一つの総区切りをつけるべくなされる帰郷。カチェリーナの存在と共に、既にイワンの脳裏にはゾシマ長老が存在し、モスクワで積み重ねた「神と不死」に関する思索の全重量を、弟アリョーシャが尊敬し生涯の師と慕うこの長老にぶつける時のことが密かに思い描かれていたと考えることは十分に可能であろう。

アリョーシャとイワン。それぞれの故郷への帰還はゾシマ長老との出会いに行き着く旅であり、またこのゾシマを介し、それぞれの神とイエス・キリストとの新たな出会いに向けた旅でもあると言えよう。その出会いが

「肯定」の方向に、あるいは「否定」の方向になされようとも、故郷家畜追込町を目指す兄弟二人、「ロシアの小僧っ子」が向かうベクトルは同じだったのである。

故郷で出会ったもの

さてひとたび故郷家畜追込町に戻り、ドミートリイとカチェリーナの到着を待つイワンが実際に遭遇したもの。それはイワンがモスクワにおいて想像したよりもはるかに陰影の深い現実と、それを構成する人々の濃密な存在感だったことは想像に難くない。一方の極にいるのは快楽主義の化身、ひたすら金と酒と女の追求に命を燃やし、間もなく一人の女を巡って自分自身の息子とさえ熾烈な争いを繰り広げる怪物フョードル。この男は「神と不死」を否定するに至った息子イワンの思索を、あたかもパロディー化し揶揄しようとするかのように、彼の目の前で破廉恥な道化芝居を演じ続け、「己が父悪魔より出でて、己が父の慾を行はん」と嘯《うそぶ》きさえすることは既に見た。イワン自身、間もなくこのフョードルを「毒蛇」とも「イソップ爺《じじい》」とも呼ぶに至る（三9）。父をじっと観察するこの息子に対して感じる恐怖を、フョードルがアリョーシャに表明することも既に見た。

もう一方の極にいるのは、町の人々の尊敬を集めるばかりか、ロシア全土からも民衆が殺到する聖者。これもイワンの表現によれば「天使の如き神父《パーテル・セラフィクス》」（五5）、ゾシマ長老である。そしてこの長老を心から慕い、その許で修行生活を送る「地上の天使」アリョーシャがいる。この弟もまた「神と不死」の問題について、機会があれば兄と語り合うべく熱い視線を向け続ける「ロシアの小僧っ子」なのだ（五3）。更に今見たように、父フョードルの家で働くスメルジャコフ。異母兄弟と目されるこの下男のただならぬ存在感に目を留め、アプローチを計ってゆくのは他ならぬイワンその人である（五6）。

この家畜追込町の現実の中で、「大審問官」と「地質学的変動」の作者イワンは、スメルジャコフや上流夫人たちを相手にいよいよ「仕事」に着手し、更にはモスクワ以来視野に入れてきたゾシマ長老との出会いの機会を虎視眈々と狙っていたと考えられる。存在の「嘘」の上に立ち、世を相手に瀆神的な道化を演じ続けるニヒリスト、かつ地上的生命と快楽の貪欲な謳歌に命を燃やす「イソップ爺」、「毒蛇」たるフョードル。他方では修道院の内でひたすら「キリストの御姿」を守り続け、アリョーシャも尊敬して止まぬ聖者ゾシマ。これら二人の聖と俗の対極的な巨人を直接ぶつけてみよう。その正に「場違いな会合」からは、「神と不死」を巡りどのような化学反応が生まれるのか、そこに自ら「目撃者」として立ち会ってみよう。機あらば長老に、直接自らの思想をぶつけてみよう。故郷の家畜追込町に足を踏み入れたイワンの内には、このような悪魔的好奇心と野心が芽生え、モスクワで目論んだ思想実験の具体化が、スメルジャコフを巻き込んで着々と動き出していたと考えられる。

「目撃者」

ところで「目撃者」とは、イワンがモスクワでの大学生時代に、新聞に雑報記事を売り込む仕事をしていた頃に用いたペン・ネームである（一3）。幼くして母に死なれ、父からは「忘れ去られ棄て去られ」ても、「明日のことを思ひ煩ふ勿れ」、このイエスの言葉をそのままに生きるアリョーシャとは違い、他人の世話になることを嫌ったイワンは、レッスン単価二十カペイカ程度の家庭教師の仕事や、巷の出来事を十行程度の雑文にまとめる仕事などで生活費を稼ぎ、一人苦学生としての生活を送っていた。しかしやがて大学生活の後半になると、鋭利な頭脳に恵まれた彼は「目撃者」の仕事の成功を足がかりとして、様々な専門テーマについての論評も発表するようになり、モスクワとペテルスブルク両都の論壇でも名を知られるひとかどの存在となっていた。ある聖職者の「教会裁判論」を巡り新聞に［後に見る二5では「雑誌」となっている］一つの論文を発表し、故郷家畜追込町の修道院でも話題となるほど広く世の注目を集めることになったのも、この「目撃者」としての文筆活動の延長線上にある出来事である（一3）。現実世界に「目撃者」として向ける鋭利この上ない観察と批判の目。だが「ひとたび人を愛したからには助けにかかる」「実行的な愛」の人アリョーシャ（四5）とは対照的に、作者ドストエフスキイが造型しようとするイワンとは、その内に燃える「生への渇望」にもかかわらず、現実に対しては一歩を踏み出すことをせず、「遠くから」であれば身近にいる人間は「抽象的に」愛せても、「近くから」ではまず絶対に不可能だと自ら表明する「目撃者」でもあるのだ（五4）。だが今はイワンを、「目撃者」一語の内に閉じ込めることは控えよう。この象徴的なペン・ネームを心に留め、以後イワンの複雑さを分析する上で、一つの手掛かりとすることにしよう。

イワンの思想、二つのアプローチ

さて生活のための文筆活動の一方、イワンはモスクワで「神と不死」に関する思索をどのように積み重ねていったのか。この点については、イワンの分身たる悪魔が様々なデータを提供してくれる。だが悪魔の情報に耳を傾ける前に、まず先の居酒屋の「みやこ」に戻り、ここでイワンが弟のアリョーシャに対してぶつける思想について確認しておかねばならない。それはアリョーシャから「反逆」と呼ばれる思想であり、「神と不死」の問題に関してユークリッド的知性が持つ認識能力の限界性への苛立ちと、この地上に満ちる幼な子たちの涙への怒り、そしてそこからなされる神の世界への弾劾と拒否、更には「キリストの愛」の否定に至るまで、イワンの思索のほぼ全てがここで爆発的に表明されるのである。

家畜追込町でアリョーシャに向かって表出される「反逆」の思想（五3－5）、そして悪魔が明かすモスクワでの思索の足跡（十一9・10）。これらは「神と不死」「キリストの愛」を巡るイワンの思想を、イワン自身とその分身たる悪魔との二つの視点からそれぞれに表出したものであり、両者を表裏一体のものとして視野に納めることで初めて、イワンの人と思想はその全体像を立体的に提示することになるであろう。あの「春の粘っこい若葉」と「瑠璃色の空」について語る青年の熱い心を、ただ単に「生への渇望」に、カチェリーナへの愛だけに還元することの非も、ここから改めて浮かび上がるはずである。

2　イワンとアリョーシャ、「反逆」の思想

イワン、その思想の情報源

イワンがモスクワで研ぎ澄ました思想。まずは家畜追込町の居酒屋「みやこ」で、イワンが弟のアリョーシャと語り合う第五篇（「肯定と否定」）に目を向けよう。その中で「兄弟相知《あい》る」と題された第三章、「反逆」と題された第四章、そして第五章の「大審問官」の三章にわたり、この青年の原点とも言うべき人間と世界と歴史、そして神に対する思想が具体的かつ鮮烈に表明される。これは第十一篇の第九、十章と表裏一体となって、モスクワでの彼の思想とそれが育まれた過程を理解するこの上ない情報源である。殊に前者において兄弟の会話から熱気と共に浮かび上がってくるのは、二人が「狐憑き」と呼ばれた信仰心の篤い母を持ち、共に「ロシアの小僧っ子」「宗教的痴愚」として「世界的な問題」、殊に「神と不死」の問題を探求する一途な求道者としての姿である。

神という観念

まずはイワンが他の凡百の「現代青年」とは違い、「神」という観念に如何に正面から向き合い、真摯かつ本質的な思考をする青年であるかを見てゆこう。

「人間のように野蛮で邪悪な動物の頭にそのような考えが、つまり神の必要性という観念が入り込み得たということ、これは実に驚異的なことだ。それほどこの観念は神聖なもので、それほど感動的かつ聡明なもので、人間に名誉をもたらすものなのだ」（五3）

「神の必要性という観念」。人間はなぜか「神」という観念を心に持たざるを得ない不思議な存在であること。イワンにとって、このことは否定することのできない厳然たる事実であり、およそこの「神」という観念が心に宿ったことほど、人間の歴史において驚異的かつ名誉なことで、しかも厄介なことはなかったのである。イワンとはこの「神」という観念そのものが持つリアリティ、その観念の「神聖」で「感動的」でありさえする在り方に他の誰よりも鋭敏に気づき惹きつけられ、またこの観念の不可思議と正面から向き合い、そこから人間と世界と歴史について命懸けで思索を試みた青年だったと言えよう。同じく「真理」を求める弟アリョーシャ、彼もまた「真剣に思いを巡らせた」末に、「不死と神とは存在する」という「確信」に至って愕然とし、「自分は不死のために生きよう、中途半端な妥協は受け入れられない」と自らに言い聞かせたのであった。紛れもない「ロシアの小僧っ子」、あるいは「宗教的痴愚」としてのイワンとアリョーシャがここにいる。この事実は、たとえ彼らがその神探求の過程で如何なる深い混迷と迷誤の底に落ち込んだとしても、いくら強調されてもされ過ぎることのない事実であり、「名誉」とさえ称されるべきものであろう。

ユークリッド的頭脳

しかしこの「神聖」で「感動的」でありさえする「神」という観念が、この地上にある人間にとっては如何に厄介で悩ましいものか、つまり生来「邪悪で野蛮な」しかも「永遠に背徳的で永遠に下劣な」天性と、限られた認識能力しか持たない人間には如何に把握し難いものか、また「聖なるもの」を人間が如何に必死で避けようとし、しばしば如何に残酷な態度をとりさえするか、要するに「人間の中の悪魔性」についてイワンほど正面から凝視し、またこの事実に苦しんだ若者も稀だと言うべきであろう。「神」が自分を如何に苦しめたかについて、殊にユークリッド的・地上的な認識能力の限界性によって自分は如何に悲痛な結論に追いやられることになったかについて、彼は弟アリョーシャに語り聞かせる。

「俺は自分の頭脳がユークリッド的であり地上的なものであって、この世界以外のことはとても解決できるものではないと結論した。お前にも忠告しておく。この問題は決して考えない方がいい。アリョーシャ。何よりも殊に神の問題、つまり神ありやなしやという問題はだ。これはそもそも三次元についての概念しか持たぬように作られた頭脳には、全く相応しくない問題なのだ」（五3）

人間の心に存在するに至った最も気高く神聖なる「神」という観念、人間を捕えて離さない「神の必要性という観念」。ところが人間が、いざ神について正面から理解しようとすると、その限られたユークリッド的・地上的知性には、神についての確たる認識は何も与えられない。神を求めれば求めるほど神は遠い存在、「隠れた神」となって離れてゆく。神、そして不死と自由。これらメタフィジカルなもの・超越的なるものに関する人間の知的認識能力の限界性について語るイワンとは、高度なカンティアン・近代的インテリとしての運命と、またそれゆえの苦悩と苛立ちを負う「ロシアの小僧っ子」に他ならない。思い起こされるのは、「神と不死」の問題についてゾシマ長老に問いかけるリーザの母ホフラコワ夫人の言葉である。「何によって証明し、何によって確信すればよいのでしょう？」。彼女もまた、ゾシマ長老が指摘したように「嘘」を生きる上流階級の貴婦人であったとはいえ、なおイワンと同じ問題の前に佇み苦しむ一人の「ロシアの小僧っ子」でもあったのだ。

　イワンとホフラコワ夫人。彼らがそれぞれに表現するのは、メタフィジカルなものをリアルに感受する超越的心的能力・「霊覚《デヴィナツィオン》」（R・オットー）を衰退させてしまい、ただ因果律に拠る知的合理性を武器に、計量可能な「証明」と「確証」の対象となる地上的現実のみに目を向けることになってしまった人間、「當体的實在的」体験（小出次雄）から遠く離れてしまった近代人の姿に他ならない。『カラマーゾフの兄弟』が扱う最も困難でしかも重大な問題、西欧近代の神疎外の問題がここにある。この作品の完成（一八八〇）から、「神は死んだ」と宣言するニーチェのツァラトゥストラの登場まで（一八八三）、わずか数年である。なおこの問題に対するドストエフスキイの批判と処方箋については、作品が始まって間もなくの第二篇（「場違いな会合」）で、ホフラコワ夫人に対するゾシマ長老の「神の命令（遺訓）」と「実行的な愛」の教えの中に示されていることは既に見た（二4、本書Ⅲ4）。そしてこの母とゾシマ長老との対話を目の前で耳にしていたのがリーザであり、アリョーシャであったことも忘れてはならないであろう。

「俺は、神は認める」

「俺は、神は認める」。「俺は、神の世界は認めない！」。イワンの神を巡る思索は、第三章で表明されるこれら二つの言葉に煮詰められると言ってよいであろう。これら二つの言葉の中には「神の必要性という観念」に捕われたイワンが、その探求の苦闘の末に突き当たった絶望と自嘲、そして怒りが込められている。この点について考えてみよう。

まず「俺は、神は認める」。人間頭脳のユークリッド性、地上的人間が持つ知的認識能力の限界性を痛切に自覚するイワンがこう語る時、当然だがそこに意味されるのは宗教的認識の極に与えられる超越神との合一、「神発見」の歓喜と感動を言い表わす「ホザナ」ではない。それとは逆であり、ここで彼が表現しようとしているのは神認識の不可能性という限界性の内に閉じ込められた人間の絶望と自嘲、ただ徒に「神の必要性という観念」のみを与えられ、それから逃げることはできず、その観念に引きずりまわされ弄ばされるだけの人間の悲喜劇のことと考えるべきであろう。この「ロシアの小僧っ子」イワンがモスクワで如何に長い間「神」という観念に苦しめられ、「神はありやなしや」の問いの前に、如何に絶望的に未決のまま佇まされ続けたかは、彼の悪魔が証言するところである（十一9）。この「隠れた神」を巡る長く苦しい探求の末に、神が住むと言われる天、否、虚空に向かってイワンが放った叫び、絶望的かつ痛切な自嘲的逆説的表現の形をとった捨てゼリフ、つまり神への絶縁状が「俺は、神は認める」という言葉だと考えるべきであろう。

「俺は、神の世界は認めない！」

ではその悲劇的あるいは喜劇的とも言うべき認識能力の限界性の中で、人間とは無縁な天上の神は措いて、せめて神の被造物たる地上世界だけでも理解しようとする時、そこに見えてくるものとは何なのか。神について何ら認識できないとする人間が、神を前提としたこのような問いを立てること自体が、既に矛盾であり論理的破綻に陥っていると言うべきであろう。しかしなおこの矛盾・破綻の上に敢えて世界と神について思索せずにはいられないところに、「神の必要性という観念」に取り憑かれた「ロシアの小僧っ子」イワンのイワンたるところ、その「自己矛盾的存在」（西田幾多郎）イワンの真摯さと苦悩があると言うべきであろう。そしてこの苦渋に満ちた思索の末にイワンが打ち出したのが、「俺は、神の世界は認めない！」という結論だったのである（五3）。

兄イワンのこの結論の激しさと唐突さに、当然のことだがアリョーシャはその理由の説明を求める。そこでイワンが繰り広げるのが、この地上世界に満ちる人間の苦難、罪なき幼な子たちの涙についての提示と、それを土台とした神の世界の弾劾、地上からの神追放の思想である。

このイワンの思想を、第五篇中の「反逆」と題された第四章で確認しよう。先に見た第三章では、イワンの「春の粘っこい若葉」や「瑠璃色の空」への愛が表明され、また神認識における人間のユークリッド的知性の限界性が指摘される。この第四章では神の世界について、続く「大審問官」と題された第五章ではイエス・キリストについて、それぞれイワンの中心となる思想が次々と開示されてゆくのである。

但しこの第五篇の第四章と第五章の構成について、あらかじめ注意しておこう。第四章「反逆」の冒頭で、イワンは「情け深いヨアン」と呼ばれた聖者の話を持ち出し、地上における愛の不可能性について言及する。ここで兄弟の間で「キリストの愛」を巡って交わされる短い会話。これは実は第四章「反逆」に属するというよりは、続く第五章「大審問官」で展開されるキリスト論の導入部と言うべきものである。そして「大審問官」の叙事詩を語り始めるにあたっても、イワンはその導入として「聖母マリアの地獄（責苦）巡り」という小さな物語を持ち出す。この構成自体が、「キリストの愛」に的を絞るイワンの思想を理解し、かつそれをアリョーシャに伝えようとする彼の戦略を理解する上で興味深い分析の対象となるのだが、これら二つの物語についての検討は後に回し、まずは第四章で繰り広げられるイワンの世界理解と、神への「反逆」の思想について見ておこう。

幼な子の涙の絶対性

「俺は、神の世界は認めない！」。イワンの目に映る地上世界とは、過去から現在を貫く人間の「悪業」と「流血」の世界、つまり「人間の矛盾の腹立たしい喜劇」が繰り広げられるだけの忌まわしい世界でしかない。彼が焦点を当てる地上世界を埋め尽くす人類の苦難、殊に罪なき幼な子たちの苦難の現実。アリョーシャを相手になされるイワンの論証の圧巻はここにある。これに触れる読者は、モスクワのイワンが執拗に人間と世界とその歴史に目を向け、そこに満ちる人間の愚行と苦難について、そして罪なき幼な子たちの涙について、震える胸で凝視する青年であったことを知らされる。幼くして母に死なれ、父からは「忘れ去られ棄て去られた」自らの境遇への凝視と、大学時代に「目撃者」として巷の出来事を拾い集め、雑報記事をジャーナリズムに売り生計の足しとしていたイワンの孤独で苦い体験もこの思索の下敷きとしてあるのだろう。

「愚行の上にこの世界は成り立っている」。ところが「何のために全てがこんな仕組みになっているのか、俺にはさっぱり理解できない」。自らの存在とその認識能力を「南京虫に等しい人間」の「惨めな地上的ユークリッド的頭脳」として絶望的かつ自嘲的に限定するイワンが、ひたすら「事実に即して」見据えるこの地上世界。しかしそこに満ち溢れる不条理、罪なき幼な子たちの涙の必要と理由を説明するものは何も見出せない。一切を説明してくれるべき神は、「隠れた神」として人間の知的認識能力の範囲内には見出されず、人間に与えられているのはただ「神の必要性という観念」のみ。イワンが確実に捉え得るものと言えば、単純な因果関係で相互に連なり合うだけの地上的現実、しかも苦しみに満ちた現実でしかないのだ。

「俺の頭脳、俺の惨めな地上的ユークリッド的頭脳で俺に分かることといったら、苦しみが現に存在しているということ、そのことに責任《つみ》のある人間などいないということ、一切が単純直截に因果関係の連鎖で生じ、一切が流れてゆき釣り合いを保っているということ、これくらいでしかない」（五4）

「罪の連帯性」、そして「赦し」と「調和」の可能性

過去から現在を貫き、地上世界に満ちる苦しみの涙。その理由の説明不可能性。またその現実に対する究極の責任者の不在。「惨めな地上的ユークリッド的頭脳」が行き着く不条理の壁を前に、その息苦しさと苛立ちからイワンの思索が向かうもの。それは未来の「その時」である。いつの日か遠い未来に訪れるであろう「永遠の調和」の時。イワンはその時を想像し、こう語る。

「俺はやがて鹿がライオンの脇に寝そべるようになる日や、斬り殺された人間が起ち上がって自分を殺した奴と抱擁するところをこの目で見たい。何のために全てがこんな風になっていたのかを突然皆が悟る時、俺はその場に居合わせたいのだ」（五4）

黙示録的未来。つまり神の最後の審判と救済の時が到来し、地上に流された涙一切の理由が明らかとされ、万人万物一切が「ホザナ」の叫びを上げる時をイワンは思い描くのである。神についての、また時空の永遠についての認識不可能性を既に十分に了解している知の人イワン。しかし彼の心はなお、人間と世界と歴史を支配して連なる因果の連鎖を垂直に断ち切る究極の支配者たる超越神へ、そしてその神がもたらす未来の「永遠の調和」へと向かわずにはいない。西洋的合理的知性を深く身につけたイワンと、熱い生命愛と求道心を脈打たせ、「神と不死」を求める「ロシアの小僧っ子」あるいは「宗教的痴愚」イワンとの分裂・せめぎ合いである。「神の必

要性という観念」に魅されたイワンの心が今、彼の知を押しのけて、神とその謎の究極的開示を求めているのだ。だがこのイワンが最後に立つ場、それは遥か未来のどこかに開示される「永遠の調和」と「ホザナ」への信でも期待でもない。彼が立つのは、既に流されてしまった幼な子たちの涙の絶対性の傍らである。

「たとえ苦しみによって永遠の調和を贖うために全ての人が苦しまなければならないとしても、この場合子供たちに何の関係があるのだ。教えてくれ」「いったい何のために子供たちまでが材料にされて、誰かの未来の調和のために我が身を肥料にしたのだ？」「人間の罪の連帯ということを俺は理解できる。［罪に対する］応報の連帯ということも理解できる。だが子供たちとの罪の連帯ということに関してはだめだ。もし父親たちの悪業において、子供たちも彼らの父親たちと連帯責任があるとするならば、もうこんな真実はこの世界とは無縁のものであり、俺には理解不可能だ」（五４）

イワンの心は地上に存在する人間の苦しみ、既に流されてしまった子供たちの涙という決定的な事実を前に、神にもまたその子の母親にも、その罪に対する贖いと赦しについての力と権利があることを認めない。この地上世界の苦しみと涙の絶対性。「人間の罪の連帯性」。この事実を前に、時空を超えてもたらされる赦しも永遠の調和もあり得ない。地上で意味もなく流された幼な子の涙一滴が、神と神への「ホザナ」を絶対的に拒否し否定するのだ。自分は幼な子の涙と共にこの地上に留まる。これが最終的にイワンの思索が行き着くところである。

「もしそうなら、つまり母親も子供も赦すことができないとするならば、一体どこに調和はあるのだ？　この世界中で赦すということができるような、赦す権利を持っているような存在は果たしてあるのか？　俺は調和など欲しくはない。人類への愛から言っても御免こうむる。それよりも報復できぬ苦しみと共に留まっている方がいい。たとえ俺が間違っているとしても、俺の報復できぬ苦しみと俺の癒されぬ憤怒と共に留まっている方がよっぽどましだ。それに調和ということにあまりにも高い値がついてしまったから、我々の懐ではこんな法外な入場料を支払うのは土台無理だ。だから俺は自分の入場券は急いでお返しする。正直な人間であるからにはできるだけ早く切符は返す義務がある。俺はそうする。俺は神を認めない訳ではない。アリョーシャ。ただ謹んで神に切符をお返しするだけなのだ」(五4)

「報復できぬ苦しみ」と「癒されぬ憤怒」。幼な子の涙という事実の絶対性を前に、イワンの心の奥に燃える怒りの火だ。そして「自分の入場券は急いでお返しする」。イワンが入場券を返すと言うよりも、彼自身がこの謎でしかない地上世界の入り口に立ち、地上に満ちる幼な子たちの涙を指し示しながら、天上から不法入場を計り、罪の赦しを計ろうとする「隠れた神」に向かい、入場券の付与を拒否していると言った方が適切であろう。「神の必要性という観念」に深く強く捕われ続けたイワン。しかし最早彼は、この地上にその観念自体の存在さえ認めようとはしない。イワンは神を天上に追いやったのだ。イワンにスメルジャコフが身を預けたのは、恐らくはここであろう。だがイワンとアリョーシャとの対決が始まるのは、正にここからである。

「情け深いヨアン」、地上における愛の可能性を巡って、イエス・キリストの存在

イワンとアリョーシャとの対決。その対決のテーマを浮き彫りにするために、ここで検討を先送りとしておいた第四章冒頭の「情け深いヨアン」のエピソードに戻ろう。イワンはアリョーシャに、G・フローベールの『情け深いジュリアンの伝説』(一八七六)を基にした、ヨアンと呼ばれる聖者のエピソードを持ち出す。凍死しかかった旅人を寝床で抱いて暖め、病で膿み爛れて悪臭を放つその口に息を吹きかけてやったと言われる聖者ヨアンの話である。ところがイワンは、この聖者の行為は「発作的な偽善の感情」のなせる業であり、「義務感に命

じられた愛情」「自ら己れに課した宗教的懲罰」からの善行でしかないと決めつけ、アリョーシャにこう告げる。「人を愛するためには、相手が姿を消してくれなくてはならない。相手が顔を見せるや否や、愛は消えてしまうのだ」。地上における愛の不可能性。これが「情け深いヨアン」の話を持ち出したイワンの提示する問題である。

今まで見てきたように、この青年は神の認識不可能性と、地上世界に満ちる人間の苦難、罪なき幼な子たちの涙という事実の絶対性に対する説明と贖い・赦しの不在と、そしてその不可能性ゆえに、神を地上世界から追放したのであった。認識論的神否定から倫理的神否定へ。その行き着く先、イワンの眼前に広がる世界とは、「一切が単純直截に因果関係の連鎖で生じ、一切が流れてゆき釣り合いを保っている」だけの世界でしかない。かつそれは人間の苦難のみが、そして「罪の連帯性」のみが支配する不条理の世界、そしてまたただ「報復できぬ苦しみ」と「癒されぬ憤怒」が駆け巡るだけの殺伐たる荒野でしかない。

だがこのイワンの前に一点、解き得ぬ問題が立ち塞がる。イエスの存在である。この荒涼たる荒野で神を愛として捕え、あるいは神の愛に捕えられ、神に「父よ《アバ》！」とさえ呼びかけ、その愛をこの荒野に証すべく生き、十字架上で磔殺されるに至ったイエスの存在、「キリストの愛」はどう捉えたらよいのか。神不在の地上世界において、もし真実このイエスが神の愛を貫徹したのだとするならば、この地上における「罪の連帯性」と神の不在を結論づけようとするイワンにとり、十字架上でイエスが流した血のただ一滴だけでも彼の論拠は危うくなり、地球を持ち上げる「アルキメデスの梃子」の支点のように、彼の論証は決定的に覆されかねないであろう。後に見るように悪魔が暴露するモスクワのイワンとは、正にこの十字架上のイエスを凝視し、「キリストの愛」について思いを凝らす青年だったのである。

モスクワから家畜追込町へ。ゾシマ長老の許で修業を積むアリョーシャとの対決に当たり、イワンはゾシマ長老の弟子である弟が必ずこのイエスの存在を持ち出し、彼に「キリストの愛」をぶつけてくるであろうことは既に十分に予想していたであろう。「情け深いヨアン」の話を持ち出すことによって、イワンはこの問題に対し予め一つの防御線を張り、弟の反応を探ったと考えられる。「キリストの愛」を巡る戦いを前にした、いわば小さな「前哨戦」の試みである。「大審問官」の導入部のように語られる「聖母マリアの地獄（責苦）巡り」、この「キリストの愛」に関わる小さな、しかし重大な意味を持つ物語については、後に検討しよう（本書Ｖ３）。

かくして「神と不死」の問題に関し、モスクワに発するアリョーシャの求道の旅とイワンの思索の旅とが、ここ二人の故郷家畜追込町において、地上における愛の可能性、「キリストの愛」、そして罪の赦しの可能性を巡り、それぞれの軌跡を切り結ばせる時が来たのである。

「キリストの愛」を巡る応酬

聖者の愛にさえ混じる偽善。「情け深いヨアン」を挙げてこの地上における愛の不可能性を説く兄に対し、アリョーシャはゾシマ長老も同じことを繰り返し話していたと告げ、こう切り返す。

「でも人間にはやはり多くの愛が、しかもキリストの愛にほとんど近いものもありますよ。僕はこのことをよく知っています。イワン……」（五４）

予想通りアリョーシャが切り出したのは「キリストの愛」、そして「キリストの愛にほとんど近い人間の愛」についてであった。「情け深いヨアン」の話を用い、イワンが密かに仕組んだ「前哨戦」。これにアリョーシャは正面から応じたのだ。先のホフラコワ夫人とゾシマ長老との対話からも伺われるように、「実行的な愛」について、またそこに立ち塞がる愛の困難について、ゾシマ長老は繰り返し取り上げ、これが修道院の中で絶えず語られる中心テーマとなっていたことは想像に難くない（一５、二４、四１、六３Ｅ－Ⅰ）。長老はその愛の困難ゆえにこそ、「キリストの御姿」を守り、「絶えず福音書の教えを説く」よう修道僧たちを励ましていたのである

（四1、六3E－F）。人は自らが「万人万物一切に対する罪人」であることを自覚した時に初めて、と長老は言う、「一人ひとりが愛によって全世界を獲得し、世界の罪を己の涙で洗い清めることが可能になる」（四1）。また彼の説くところによれば、この罪の自覚を基に「キリストの愛」に倣い、愛の業をなす修道僧とは決して特別な存在ではなく、「地上の全ての人間が当然そうなるべき姿にすぎない」（同）。そして誰よりもゾシマ自身がイエスに倣い、「誰よりも罪深い者を誰よりも強く愛する」人間であったことも先に見た（本書三5）。ゾシマの言う「罪人たち」あるいは「罪」を、イエスを十字架上に追いやった人間たち、またその後もキリスト疎外を繰り返してきた人間の罪と重ねれば、彼の教えとは「一粒の麦」の死の逆説そのものとなる。「でも人間にはやはり多くの愛が、しかもキリストの愛にほとんど近いものもありますよ。僕はこのことをよく知っています」。この言葉を語った時、アリョーシャの念頭にあったのは正に師ゾシマその人と、その教えであったと考えてよいであろう。

「キリストの愛」、その肯定から否定へ

イワンの切り返しを以下に見てみよう。彼が用いる二つの指示語《エタ》が意味するものを含め、彼の言葉には曖昧さが漂う。だがこの曖昧な応答こそが、イワンその人の矛盾・分裂を表わすものとも、またある意味で彼の巧妙な修辞的戦略とも考えられる。二つの指示語を［　］の中に記すように二段階に受け取り、彼の言葉の解釈を試みてみよう。

「今のところ俺はそのこと《エタ》［人間には多くの愛が、しかも「キリストの愛」にほとんど近いものがあること］は知らないし、理解もできない。また無数の人間たちも俺と同じだ。問題はこのこと《エタ》［人間には多くの愛が、しかも「キリストの愛」にほとんど近いものがあることを知らず、理解もできないこと］が人間の中の悪魔性に由来するのか、それとも人間の本性自体がもともとそうなのかということだ。俺に言わせると、人間に対するキ

リストの愛はこの地上ではあり得ない一種の奇跡だ。なるほどキリストは神だった。だが俺たちは神ではない」（五4）

「人間に対するキリストの愛は、この地上ではあり得ない一種の奇跡だ」。何よりもまずこの言葉に注目すべきであろう。こう語るイワンとは『キリストの愛』を絶対至上のものとし、キリストの場合に限っては、地上世界での愛の可能性を認めるイワンである。彼の「キリストの愛」との直面と感動については、後に改めて悪魔の証言で確認しよう（本書五3）。ところが「なるほどキリストは神だった。だが俺たちは神ではない」。こう語るイワンとはキリストを人間から完全に切り離し、神として天上に追放しようと目論むイワンである。「奇跡だ」とまで言って認める「キリストの愛」を、そしてその愛を地上で生きたイエスを、イワンは「奇跡」であるがゆえに神に属するもの、地上の人間とは関係ない存在として、神に続いて天上に追いやろうとしているのだ。

ここから冒頭の言葉に戻ろう。「今のところ俺はそのこと［人間には多くの愛が、しかも「キリストの愛」にほとんど近いものがあること］は知らないし、理解もできない。また無数の人間たちも俺と同じだ」。ここにあるのはイワンの徹底した人間に対する、更には自分自身に対する不信である。人間の愛を理解しようとしないイワン、またその可能性にも疑いを投げるイワンがここにはいる。

そして更に「問題はこのこと［人間には多くの愛が、しかも「キリストの愛」にほとんど近いものがあることを知らず、理解もできないこと］が人間の中の悪魔性に由来するのか、それとも人間の本性自体がもともとそうなのかということだ」。表現自体は遠慮がちで曖昧な疑問の形をとりつつも、ここには更に歩を進め、人間の「罪の連帯性」にのみ目を向け、人間における愛の可能性を認めることを放棄した、あるいは拒否した人間不信のイワンがいると判断すべきであろう。

要するにここに見られるのは、イワンの人間への徹底的な不信・懐疑であり、またその不可知論の姿勢であり、先の神の認識論的・倫理的否定に続く、新たなイエス・キリストとその「キリストの愛」の否定である。だが繰り返しとなるがその一方でイワンは、イエスと「キリストの愛」の至上性を認め、地上世界での愛の可能性を認めるイワンでもあるのだ。彼の論証は「両刃の刃」としてどちらにも取り得るものであり、神否定において剃刀の刃のように鋭利であったその論証の切れ味は、「キリストの愛」を前にしてこの上なく鈍い。罪なくして涙する幼な子たちの現実を前に、否定の精神に絡め取られ、身動きできずにいるイワン、「自己矛盾的存在」としてのイワンである。

イワンはここに表明したことを今度は「大審問官」において、人類の歴史を向こうに更に大規模に展開する。「情け深いヨアン」の話とは、アリョーシャに対する「大審問官」の提示を前にした小さな、しかしこの上なく重大なキリスト否定への「前哨戦」なのだ。

イワンとイエス・キリスト、「大審問官」の劇詩

「大審問官」の叙事詩が語り出される直前、「反逆」の思想開陳の終わりのことだ。地上に満ちる人間の苦難、罪なき幼な子たちの涙を挙げ、自分は「報復できぬ苦しみ」と「癒されぬ憤怒」と共に留まるとしたイワンは、アリョーシャに激しく問うたのだった。「この世界中で赦すということができるような、赦す権利を持っているような存在は果たしてあるのか？」。この問いを受けてアリョーシャは、改めて正面から「その人」のことを兄に思い出させようとする。地上世界における「罪の連帯性」、あるいはその絶対性を前に、絶対の愛の可能性、つまりはイエスの存在と「キリストの愛」を巡り、二人の対決はいよいよ核心に至る。

「兄さんは今、この世界中に赦すことができるような、赦す権利を持つような存在は果たしてあるのかと言いましたね？　でも、その存在はあるのです。その人は全てを赦すことができるのです。全てのことに対し

て、ありとあらゆるものを赦すことができるのです。なぜならばその人自身があらゆる人、ありとあらゆるもののために罪なき自分の命を捧げたからです。兄さんはその人のことを忘れているのです。その人を土台として建物はたてられ、正にその人に対して《主よ、あなたは正しい。なぜならあなたの道が開けたからだ》という叫び声が上がるのです」（五4）

アリョーシャの言葉を俟たずとも、イワンもまたこの「ただ一人の罪なき人」を「忘れている」どころか、弟がいつ再び正面から持ち出してくるかと、今か今かと待ち構えていたのだ。二人は先に「情け深いヨアン」を巡る問答で、瞬時「人間に対するキリストの愛」について刃を交わし、イワンはアリョーシャの切り込みに対し「キリストの愛」を認めつつも、結局はキリストを神であるとして天上に追放しようと計ったのであった。

この時イワンは、その根拠となるべき人間論と世界論、そしてイエス・キリスト論自体を未だ十分には展開していなかった。だがその後地上世界に満ちる不条理、人間の苦悩と罪なき幼な子たちの涙について、「これでもかこれでもか」とばかりに例を挙げて提示し（五4、「反逆」）、神を完膚なきまでに地上から天上に追いやった今、彼に残されたことは改めてこの人間論と世界論を更に先に進め、「キリストの愛」を完全に否定し、地上から追放することとなのだ。「大審問官」の提示である。この叙事詩を提示し、イエス・キリストを巡って弟アリョーシャと対決すること。この場面も既にモスクワにおいて、ゾシマ長老との対決の場面と共にイワンが何度となく思い描いていた光景だったのではあるまいか。故郷を目指すイワンの脳裏にあった「若い情熱的な友人たち」、あるいは神と「キリストの愛」の否定を計る「新しい人たち」の他方の極に、アリョーシャが存在していた可能性は少なくない。

だが居酒屋「みやこ」でアリョーシャを相手として展開されたイワンの思想、つまり「神の必要性という観念」との出会いから始めて、「反逆」の思想の検討を経て、「肯定と否定」の間に分裂した彼の思想の流れを辿ってきた今、ここで長大な「大審問官」の叙事詩の逐一を取り上げて検討する必要はないであろう。具体的な検討は次章で、モスクワ時代のイワンに目を移し、その思索の足跡を辿る中ですることにしよう。今ここでは、イワンの思想の大きな流れの中で見る時、「大審問官」のポイントは、アリョーシャが直ちに見抜くように、まずはイワンによる「キリストの讃美」に他ならないということを確認すれば足りるであろう。地上世界における人間の「罪の連帯性」を打ち出し、「キリストの愛」の否定を計ろうとするイワンの「キリストの讃美」である。だが注意すべきだが、「大審問官」の終極は結局、「キリストの愛」を讃美するイワンのキリスト否定で終わる。ここにあるものもまた、先の「情け深いヨアン」の場合と同じく、イエス・キリスト像を巡りこの青年が示す深い両極への無限分裂、「自己矛盾的存在」イワンの姿なのである。

家畜追込町からモスクワへ

イワンが抱える分裂と矛盾・撞着の根を検証するために、ここで家畜追込町の居酒屋「みやこ」を離れ、もう一つの「都」モスクワに視点を移し、イワンの分身たる悪魔の証言を基に、この青年のモスクワにおける思索の足跡を辿ってみよう。このことで兄弟二人の対決から明らかとなったイワンの思想を改めて時間軸に沿って組み立て直し、否定に運命づけられたイワンの思想と行動の方向性をより明瞭にし、またそのことを介して、ドストエフスキイがこの作品造型に向けて描いていた「肯定と否定」の基本構図も、より明瞭に浮き彫りにすることを図りたい。

3　悪魔が明かすモスクワのイワン、「否定」の精神

イワンの悪魔

父親殺しの裁判の前夜のことである。スメルジャコフから自分が父親殺しの教唆犯、共犯であるどころか主犯に他ならないことを決定的に悟らされ（十一8）、裁判での自白を決意し帰宅したイワンの前に悪魔が最後の登場をする（十一9）。このイワンの悪魔とは何かという問題については、リーザやアリョーシャの前に出現する悪魔たち、更にはドミートリイが語る「美」を前にした「神と悪魔《ヂヤヴォル》の戦い」も入れて、これから繰り返し考えてゆかねばならない。今は取り敢えずこの悪魔をイワンの分身、イワンが自らの分裂した自己意識を擬人化し表象化したものと捉えておこう。この悪魔とイワンとの対話はモスクワ時代のイワンについて、彼がどのようなテーマでどのような思索を展開していたかを、時系列上に相当程度浮かび上がらせてくれるであろう。ところで彼の思索の足跡を辿ることの可能な「資料」としては、悪魔の証言も入れて、以下の六つが挙げられよう。

1. 「千兆キロの劫罰とホザナ」の伝説
2. 「ルカ福音書（二十三39－43）、三本の十字架」の考察
3. 「聖母マリアの地獄［責苦］巡り」
4. 叙事詩「大審問官」
5. 叙事詩「地質学的変動」
6. 「教会裁判論」批判

これら六つの内、イワン自身がモスクワで創作あるいは執筆したと考えられるものは四つある。「伝説《レゲンダ》」と呼

ばれる1と、「叙事詩」と呼ばれる4と5、そして「論文《スタチヤ》」の6である。6の「教会裁判論」自体はある聖職者の論文であり、イワンはこれに関する評論を新聞［あるいは雑誌］に投稿している。それゆえ「教会裁判論」批判とした。これについて悪魔は直接言及しないが、イワンがゾシマ長老と対決する際に話題となり、両者の思想を浮き彫りにする上で重要な役割を演じるものである。これは後に検討しよう（本書V5）。2は文字通り福音書ルカ伝であり、モスクワでイワンが福音書のどのような問題と取り組んでいたかを示す「資料」として、悪魔の言葉の中から採り出せるものである。3はイワンがアリョーシャに「大審問官」の叙事詩を語り聞かせる際に導入的に語る物語だ。東方教会に伝わるギリシャの古詩を典拠にした物語であり、彼自身の創作になるものではなく、悪魔も言及することはない。だがイワンがモスクワで展開した思索の方向を明らかにする重要な「資料」として、これも検討する必要があるだろう。以下に順次検討してゆこう。

悪魔が明かすモスクワでの思索(1)――千兆キロの劫罰とホザナの伝説

悪魔が明かすモスクワのイワン像。その中でまず興味を引かれることは、悪魔がイワンとは「生の渇望に震える若い情熱的な」青年であり、既に十七歳の彼が、「死後の生」を始めとして「法」も「良心」も「信仰」も一切を否定したある思想家と、この思想家が最終的に至った「ホザナ」について、一つの壮大な「伝説」を創作し、これを友人に語り聞かせていたと明かすことだ。

「死後の生」を否定してきたこの思想家は、自分の死後に初めて死を超えた生、つまり「不死」、来世が存在することを知るに至る。「これは俺の主義に反する」。抗議をした彼は裁判に付され、千兆キロもの距離の踏破を命じる判決が下される。当初は不貞腐《ふて》れて道に寝転んでいたこの思想家は、しかし最終的には何千億年とも知れぬ時間と無限とも思われる距離を歩き通し、その末に開かれた天国の門をくぐったのである。天国に入るや否や、彼は二秒と経たぬうちに歓喜に包まれ、叫び声を上げる。「俺は千兆キロどころか、千兆キロの千兆倍、更にその千兆冪《べき》倍でも歩き通して見せる！」。究極絶対の「ホザナ」がここに発されたのである。「ホザナ」に至る「千兆キロどころか、千兆キロの千兆倍、更にその千兆冪倍」という途方もない距離と、「二秒と経たぬうちに」という極微の時間。仏教的思索を思わせるような若きイワンの思索の徹底的な抽象性とラディカルさだ。十七歳のイワンとは「神と不死」の否定と、他方究極絶対の「ホザナ」への予感・希求との間で、「一切か無か」の両極的な思索を展開する思想家の卵、しかも否定を超えて最終的な「ホザナ」に至る「伝説」を創り上げる若き宗教思想家、要するに熱い心を持つ「ロシアの小僧っ子」だったのだ。「神」という観念、「神の必要性という観念」が正確にどの時点でイワンの心を引きつけ始めたのかは明らかでない。この「伝説」においても「来生」、つまり死を超えた「永遠の生命」「不死」がテーマであり、天の裁きや天国の門について言及はされるものの、具体的に神やイエス・キリストに関するストレートな考察の跡は示されない。これは未だ漠たる宗教的思想劇と言うべきものであろう。だが彼はモスクワで「ホザナ」への予感と期待を胸に、一人この種の思索を開始していたのであり、しかも当然その出発点は十七歳よりも早くからのことだったと推測される。「神と不死」を求めて、その後イワンが辿る運命全体を予告するような印象的かつ象徴的なエピソードである。

悪魔の役割、信と不信

ここで「一切か二ルーブリか」の問いを胸に家畜追込町に帰郷し、ゾシマ長老の許で修行を開始したアリョーシャのことも思い起こしておこう。イワンがこの「伝説」を創作したのは十七歳。四歳ほど年下のアリョーシャがイエスの呼び声に応え、「神と不死」のために生きようとの志を立てたのも兄とほぼ同じ年頃である。「狐憑き」とも「宗教的痴愚」とも呼ばれた信心深い母ソフィアを持つ兄弟は、母の死後、父から「忘れ去られ」、他人の許に預けられ、モスクワでそれぞれの道を歩みつつも、共に同じ星を見つめる理想主義的求道青年、「ロシアの小僧っ子」あるいは「宗教的痴愚」の道を歩み始めていたのである。

だが先に「キリストの愛」を巡る兄弟の対決で確認したように、これら二人が歩んだ道そのものは大きく異なっていた。イエスの呼び声に正面から応え求道の道に踏み出したアリョーシャに対し、十七歳のイワンが創作した「伝説」の中には、死を超えた「永遠の生命」と「ホザナ」を熱烈に求める求道者イワンがいる一方、それに強い懐疑と否定を投げかける気難しい思想家イワンも存在し、十七歳の青年の内には既に「否定」の精神による分裂が生まれていたことが窺われる。この気難しい青年思想家の精神について、悪魔は説明する。「ロシアの教養ある無神論者」の精神と、「鯨の腹の中で三日三晩もすねていた預言者ヨナ」の精神とを混ぜ合わせると、この思想家の精神ができあがるだろう」（十一―9）。悪魔のこのコメントは、イワン自身が当時から自らの「肯定と否定」「信と不信」との分裂を抱えていたことを確証するものと言えよう。更に悪魔はこの千兆キロのホザナの伝説を、改めて今イワンに思い出させた理由について、こう語る。

「だが動揺だとか不安だとか信と不信の戦いだとかいうものは、時によると君のような良心的な人間には首を吊ってしまった方がましだと思うほどの苦しみだからね。僕は、君が少しは僕の存在を信じていることを知っていたから、このエピソードを話して決定的に君に不信を植えつけてやろうとしたのだよ。僕は君を導いて信と不信の間を絶えず行ったり来たりさせる。正にここに僕の目的もあるのだ」（十一―9）

悪魔はなお執拗に自らの役割について語る。人の心が懐疑の虜となった時、自分は「小さな信仰の種子を一粒」放り込んでやる。そこに立派な信仰の「樫の木」が育つようにするためだ。また逆に神に向かって修行に励む人たちがいる時は、これら「星座まる一つ分の価値がある」「ダイヤモンド」たちに付きまとい、彼らを「誘惑」の内に誘い込んでやる。つまり悪魔に定められた役目とは、人に「全く同じ瞬間、このような信と不信との深淵を見つめ」させることなのだ。

この悪魔にイワンは心を譲り渡し、肯定から否定へ、信から不信への傾斜を強めていったのだ。だがその出発点には、究極絶対の「ホザナ」を叫ぶ十七歳の若者が存在し、アリョーシャと同じ「ロシアの小僧っ子」の「肯定」の精神が生きて脈動していたことを忘れてはならないであろう。

悪魔が明かすモスクワでの思索(2)――十字架の凝視

アリョーシャの福音書との出会いについては先に見た。イワンと福音書との関わりについて有益な情報を提供してくれるのは、やはり悪魔である。悪魔はイワンがデカルトやカント哲学を踏まえるばかりか、ゲーテを愛読する「文学と芸術の愛好家」であると同時に聖書にも親しみ、それを自らの思索の場としていたことを明かす。つまり悪魔は自分が、ルカ福音書の伝えるイエス磔殺の刑場であるゴルゴタに居合わせ目撃したことについて語るのだが、それは他ならぬイワン自身の体験の回想であり、この青年は福音書の他のどの部分でもなく、イエス受難史の終結部であり頂点をなす十字架に焦点を絞り、「キリストの愛」について思いを凝らしていたことが明らかとなる。

悪魔が居合わせたというイエス磔殺の現場とは、具体的にはルカ福音書第二十三章が伝えるイエス磔殺の場面である。共観福音書は一致して、ゴルゴタ丘上にはイエスの十字架を含め三本の十字架が立てられていたと記す(マタイ二十七38、マルコ十五27、ルカ二十三32―33)。マタイとマルコとはその事実のみを記すのに対し、ルカは更に、これら三本の十字架上で繰り広げられたイエスと二人の罪人との対話を記す。当該部分を見てみよう。

「[十字架《じふじか》に]懸《か》けられたる悪人《あくにん》の一人《ひとり》、イエスを譏《そし》り、言《い》ふ、『なんぢはキリストならずや、己《おのれ》と我《われ》らとを救《すく》へ』。他《ほか》の者《もの》、彼《かれ》に向《むか》ひ、静《しず》め、言《い》ふ、『自《みずか》らも同《おな》じく罪《つみ》に定《さだ》められしに、神《かみ》を畏《おそ》れぬか? 我《われ》らは然《しか》るべく罪《つみ》に定《さだ》められぬ。我《われ》らの爲《な》しし事《こと》に従《したが》ひて当然《たうぜん》の報《むくい》を受《う》くるなり。然《さ》れど此《こ》の人《ひと》は何《なに》の不善《ふぜん》も爲《な》さざりき』。またイエスに言《い》ふ、『主よ！　御国《みくに》に入《い》り給《たま》ふとき、我《われ》を憶《おぼ》えたまへ』。するとイエス彼《かれ》に言《い》ひ給《たま》ふ、『誠《まこと》に汝《なんぢ》に告《つ》ぐ、正《まさ》に今日《けふ》、我《われ》と偕《とも》にパラダイスに在《あ》るべし』（ルカ二十三39―43）

ルカによれば、イエスに対してお前が本当に救い主ならば自分を救ってみろと毒づいた罪人に対し、その罪人を諌め、自らの罪を悔いてイエスに憐れみを乞うた罪人こそがイエスによって赦され、天国を保証されたのである。悔いる罪人への赦しを強調するルカ福音書ならではのエピソードと言えよう。

　さてこの光景を目の当たりにした悪魔は更にこの後、自分に憐れみを乞うた罪人の魂を抱いたイエス昇天の光景を目撃し、危うく「ホザナ」を叫びそうになったと語る。

「十字架上で死んだ神の言葉キリストは、右隣で磔殺された強盗の魂を胸に抱き、天に昇って行った。その時僕もそこにいて、《ホザナ》を謳い絶叫する小天使たちの歓喜の声と、天地も震えんばかりの大天使たちの雷鳴のような感激の嗚咽を耳にしたのだ。そしてありとあらゆる神聖なるものにかけて誓ってもいいが、僕もそのコーラスに和して皆と一緒に《ホザナ！》を叫びたい気持ちに駆られ、もう今にもその叫びが胸の奥から迸り出そうになったのだ……君も知っての如く、僕は実に感じやすい性質で、芸術的感受性も強いしね」（十一9）

　アリョーシャを相手に語った「反逆」の思想。そこで地上に満ちる不条理を直視しつつ、「ホザナ」を夢見ていたイワンが思い起こされる。モスクワのイワンとは現実の世界と聖書の世界、「肯定と否定」の間を激しく往還する「ロシアの小僧っ子」だったのだ。

　ところでルカ福音書には、罪人の魂を抱いたイエス昇天の光景も、また天使たちの「ホザナ」絶叫の場面も存在せず、他の福音書のどのイエス磔殺の場面にも記されていない。引用にあるようにルカは、イエスが憐れみを乞うた罪人に対し「誠に汝に告ぐ、正に今日、我と偕にパラダイスに在るべし」（二十三43）と語ったと記すだけなのである。

イワンはルカが報告するゴルゴタ丘上の三本の十字架の場面を基に、「十字架上で死んだ神の言葉キリスト」について思索を展開し、そこから彼自身の救済者イエス・キリスト像を創り上げたと考えられる。その際イワンは、自らの罪を悔いずイエスに毒づく強盗とは対照的に、罪を深く悔いてイエスに憐れみを乞うた強盗の方に焦点を絞ったのだ。そして彼はこの罪人に対するイエスの愛と赦しを読み取り、ルカが伝える「誠に汝に告ぐ、正に今日、我と偕にパラダイスに在るべし」というイエスの言葉を、新たに罪人の魂を抱いたイエスの昇天と天使たちによる「ホザナ」の絶叫という光景に結晶させたのである。悪魔が述懐するように、ルカが伝えるイエスと罪人たちとの会話の中に、愛と赦しの「神の言葉キリスト」「キリストの愛」を見出したイワンは、自ら「ホザナ」を叫び、「天地も震えんばかりの大天使たちの雷鳴のような感激の嗚咽」に溶け込んでしまいたいと願ったのであろう。千兆キロの劫罰とホザナの伝説の場合と同じく、究極絶対の「ホザナ」を求める若きイワンがここにもいる。

「ホザナ」の拒否、「常識」

究極絶対の肯定、罪の絶対性を超えた愛と赦しの可能性を求める若きイワン。だが十字架上の「キリストの愛」に「ホザナ」を叫ばんばかりに感動したものの、結局イワンは「ホザナ」を叫ぶことはなかった。その瞬間、「常識」という名の、悪魔の否定の精神が発動されてしまったのだ。

「だが常識が、そう僕の最も不幸な特性がギリギリのところで僕を引き留めて、僕は折角の瞬間を逃してしまった！　というのも自分が《ホザナ》を叫んだりしたら一体どういうことになるだろうなどと、その瞬間に考えてしまったからだ。直ちにこの世界では全てが消え去り、何の出来事も起こらなくなってしまうだろう」（十一9）

イワンを「キリストの愛」と「ホザナ」へと導きながら、結局はそれを否定させ、やがては恐るべき思想実験へと衝き動かしてゆく力、悪魔はこの否定の精神を「常識」と呼び、これが自分の「最も不幸な特性」だと語る。しかも彼は世界の存続にとり、「常識」による「ホザナ」の否定は不可欠のものだとさえ語るのだ。悪魔が自嘲的に用いる「常識」という言葉、その持つ意味の重さと謎の深さは容易には測り難い。この「常識」、悪魔の否定の精神を視野の内に納め、更にイワンの思索の足跡を追うことに努めよう。

イワンと福音書

ところでイワンは、いつから福音書と向き合うことになったのであろうか。優秀な頭脳のゆえに既に中学校入学時からモスクワに送られ、大学理系への進学を果たしたイワンが、その幅広い教養の中に新約旧約の聖書知識をも組み込んでいたことは想像に難くない。だが十七歳にして既にあの千兆キロの劫罰とホザナの伝説まで創作していたイワン、「神と不死」の熱烈な探求者としてのこの青年思想家を聖書の中でも福音書、殊にルカにおける十字架上のイエスとの対決に向かわせたものは何であったのか。

この問題について考える手掛かりとなるものは、先に見た故郷の居酒屋「みやこ」で彼がアリョーシャに語り聞かせた「反逆」の思想（五4）である。モスクワのイワンは、千兆キロの劫罰とホザナの伝説創作と前後して、この地上世界の不条理との正面からの対決に向かい、世に満ちる罪なき幼な子たちの受難に焦点を絞り込むに至ったのであろう。そこからの神の認識論的否定と倫理的否定。そしてこの地上から二重に神を葬り去ったイワンが「報復できぬ苦しみ」と「癒されぬ憤怒」を胸に向かったのが、イエス・キリストの存在との対峙であったと考えるのが自然であろう。神が追放された殺伐たる地上の荒野、そこでイワンは福音書のイエス・キリストと「キリストの愛」と向き合ったのだ。先にも見たように、もしイエスがこの不毛そのものの荒涼たる地上世界で神を愛として捕え、あるいは神の愛に捕えられ、神に「父よ！《アバ》」とさえ呼びかけ、遂にはゴルゴタ丘上の十字架で礫殺されるに至るまでその愛を貫いたとするならば、イワンにとり「キリストの愛」とは既にその十字架という一点で、自分の今までの神否定の思索と論証の一切を覆す「アルキメデスの梃子」ともなり得るであろう。この一点を以って「罪の連帯性」は断ち切られ、地上の荒野は荒野でなくなるのだ。

　家畜追込町のイワンは、弟を相手に「情け深いヨアン」の後、「反逆」の思想を語り終え、次に「聖母マリアの地獄（責苦）巡り」を挟み、更に「人審問官」へと話を進める。「情け深いヨアン」を始め、これから見るように「聖母マリアの地獄（責苦）巡り」も「大審問官」も全て、イエス・キリストと「キリストの愛」を巡る物語と言うべきもので、イワンの福音書との取り組みなくしてはあり得ないものばかりである。千兆キロの劫罰とホザナの伝説を創作したのが十七歳、「大審問官」の創作が二十三歳。恐らく二十歳前後のイワンとは、地上世界の過酷な現実と向き合う中から神を否定し、更に進んで福音書のイエス・キリストに目を向け、その十字架と「キリストの愛」を凝視し思索する「ロシアの小僧っ子」だったのだ。

　だが忘れてならないことは、イワンはルカ福音書との取り組みの最後に「ホザナ」を叫ばんばかりに至りながら、結局は「ホザナ」を叫ぶことなく終わったという事実である。ここに「常識」という名の、悪魔の否定の精神がどのように働いたのか。彼の内で「肯定と否定」はどのような振幅の軌跡をとっていったのか。この問題については結論を急がず、まずは「聖母マリアの地獄（責苦）巡り」、次に「大審問官」の叙事詩、そして「地質学的変動」を検討し、そこに悪魔の否定の精神、「常識」がこの青年を支配してゆく姿を具体的に見つめよう。

悪魔が明かすモスクワでの思索⑶――「聖母マリアの地獄（責苦）巡り」

「大審問官」の劇詩を検討する前に、イワンが導入的に語る「聖母マリアの地獄（責苦）巡り」についても目を向けておく必要があるだろう。

東方修道院に伝わるギリシャの古詩を基にしたこの物語の主人公は聖母マリアである。地獄を訪れた聖母は、そこの「火の湖」に埋められ、「神からも忘れ去られ、苦しみにのたうつ罪人たち」を目にし、涙ながらに神に彼らへの赦しを哀願する。だが神はマリアに向かい、手と足を釘付けにされた磔殺のイエス・キリストを指し、この子を苦しめた彼らとその罪をどうして赦せようかと問い返す。聖母はなお天使たちと共に必死に神に哀願し、その慈悲を乞い続ける。神は遂に聖母の愛に打たれ、受難週の金曜日から五旬節までの間だけ地獄の責苦は中止される。

イエスを十字架上の磔殺に追いやったことで、地獄の底に落とされ、劫罰にのたうつ罪人たち。その罪人たちに注がれる聖母マリアの愛。そして聖母マリアの愛を受けて示される神の慈悲と愛。ここにはイエスという存在、そして「キリストの愛」について考察をする上で、およそ必要な要素の全てが含まれていると言えよう。これはイワン自身の創作によるものではない。また彼がこの物語あるいは原詩をいつどのようにして知ったのかも明らかではない。だがこの極めて短い物語は、青年イワンの思索が如何に深まり、その焦点も如何に鋭く絞り込まれていったかを鮮やかに示すものと言えよう。つまり聖母マリアの愛に目を注ぐイワンとは、先のルカ福音書の三本の十字架を見つめるイワンから遥か先に歩を進め、新たな十字架理解に至りつつあるイワンなのだ。

先にイワンが凝視したのは十字架上で悔い改めた罪人であり、その魂を抱いて昇天してゆくイエスであった。だがここでイワンが見つめるのは、十字架上の二人の罪人を超えて、他ならぬイエスを十字架につけて殺した罪人たちであり、またここから彼の思索が向かうのは、愛する息子イエス磔殺の罪人たちにさえ注がれる聖母の愛と、この聖母の愛に動かされる神の慈悲と愛とに対してである。イエス右隣の十字架上で悔い改めた罪人から、左隣の毒づく罪人を超えて、更にイエスその人を十字架上に追いやった罪人たちへ。そしてこれら罪人たちに対する赦しと愛について。三本の十字架を凝視するイワンの視線は大きく転換しつつあり、その思索もまた一層深まりつつあるのだ。

イエス磔殺の罪人たちと、彼らに向けられた聖母マリアと神の愛と憐れみ。ここにまで焦点を絞り込んだイワンの思索は、ここから更に人間と世界と歴史の一切を視野に置き、ユダ的人間論とキリスト論にまで煮詰められてゆく。それが「大審問官」の叙事詩である。

悪魔が明かすモスクワでの思索⑷——叙事詩「大審問官」

「大審問官」の検討にあたり、地上に満ちる幼な子たちの涙について、イワンとアリョーシャとが交わした会話の最後の部分をもう一度確認しておこう。「この世界中で赦すということができるような、赦す権利を持っているような存在は果たしてあるのか?」(五4)。イワンが「反逆」の思想とその後の思索の全重量をかけて発したこの問いを受け、アリョーシャは「日を輝かせて」答える。「その存在はあるのです」。イワンもいつアリョーシャがこの存在、「ただ一人の罪なき人」イエスのことを持ち出してくるのかと、今か今かと待ち構えていたのだ。地上で幼な子が流した罪なき涙、その一滴を以って一切を否定するイワンと、その幼な子への愛ゆえにイエスが流した血、その一滴を以って一切を肯定するアリョーシャ。家畜追込町の居酒屋「みやこ」において兄弟二人の間で繰り広げられる戦いとは、ゴルゴタ丘上の十字架のイエスに収斂する戦い、地上における「人間の中の悪魔性」・罪の絶対性と、「キリストの愛」・「実行的な愛」の究極の有効性を巡る「肯定と否定」の戦いと言えよう。そしていよいよ時の到来したことを見定めたイワンが、満を持してぶつけるのが「大審問官」の叙事詩である。

悪魔はイワンがこれを一年前に創作したと明かす。家畜追込町への帰還の一年前、二十三歳の時だ。十七歳の時に創られたあの千兆キロの劫罰とホザナの伝説から始まり、モスクワにおけるイワンの「神と不死」に関する思索と創作は、この劇詩においていよいよ一つの頂点に達する。福音書を土台として神とイエス・キリストについて、そして人間と世界と歴史について展開される壮大かつ洞察力に満ちた劇詩。ここに展開するテーマは様々であり、壮麗な修辞に彩られた表現は圧倒的であり、全篇を通して興味が尽きない。だが先と同様、それら全てを逐一ここで辿る必要はないであろう。モスクワにおけるイワンの思索の跡を辿ってきた今、唯一光を当てるべきは「神と不死」に関する彼の思索であり、悪魔の否定を超えた「キリストの愛」の絶対性を巡る、そして究極の「ホザナ」の可能性を巡る彼の思索の行方である。「大審問官」に向かうアリョーシャは、例によって落ち着いて言葉少ない。この青年に兄イワンの思索の頂点はどう映ったのか。ここに焦点を絞ろう。

イワンのユダ的人間論

まずこの叙事詩の冒頭近くに注目しておこう。先に指摘したように（本書Ⅳ４）、そこに描かれるのは、イワン自ら「これがこの叙事詩の最も優れた部分になるだろう」と語る、中世セヴィリアの町へのイエス登場の場面である。イエスは「その胸には愛の太陽が燃え、その眼《まなこ》から人々に注がれる光には、神の光明と叡智と力とが宿る」と描かれる。「それに応える愛で心を打ち震わせる」人々。盲人が癒され、更にその「ホザナ」の歓声の中、死せる七歳の少女の棺の前で新たに発せられる「タリタ、クム（娘よ、起て）」。イワンとは、正にこのイエスと「キリストの愛」に目を釘付けとされ、「ホザナ」を叫ばんばかりに心を揺り動かされる青年なのだ。だがイワンとは同時に、この「キリストの愛」に悪魔の否定の精神、「だが」を発動させる青年でもある。「大審問官」の創作にあたり、彼は新たに福音書のどこを見つめ、イエスの何に焦点を絞ったのか。

この劇詩でまずイワンが目を向けるのはマタイ福音書の「荒野の試み」のイエスである（マタイ四１－11、マルコ一12－13、ルカ四１－13）。イワンにとりイエスとは、荒野で悪魔を相手に人間の生の究極の糧とは神から与えられる天上のパンであるとし、しかも人間は神からその天上のパンに向かうべき自由を付与されているとするイエス、神と人間への絶対の信と愛を示すイエスである。ところが人間はその生来の弱さと愚かさゆえに、イエスの信と愛を受け容れ切れず、自分たちに託された自由をむしろ重荷とするだけであった。このイエスと人間との間にあって、イエスの人間への信と愛を知り、また人間の弱さと愚かさをも知悉し、かつ人間を愛さずにはいられない存在が大審問官である。これら両者の板挟みの苦悩が大審問官を追いやった結論とは、神の名の下に人間に地上のパンを与えること、そのことにより人間を偽りの平安の内に安らわせ、彼らを自らの支配と管理の下に「ひれ伏させる」という道を選び取ることであった。

イワンの目に映った人間と世界とその歴史の一切が、この「大審問官」の劇詩に煮詰められたと言えよう。一方にいるのは、「善悪の認識という呪いを背負い込み」、イエスの「偉業を修正し」、偽りの愛の名の下に人間を奴隷とするに至った大審問官。他方にいるのは、イエスから示された神に向かうべき自由を、「地上のパン」ゆえに嬉々として大審問官に譲り渡してしまった人間、つまり「永遠に背徳的で永遠に下劣な」「鵞鳥のような」人間。イワンにとりこの地上世界とは「選ばれし少数の大審問官」と、その支配下にある大多数の「意気地なしで、哀れな子供のような」人間たちの住む世界なのだ。そしてとどのつまりこれら両者は、地上で神の愛を生きて証し、「天上のパン」に目と心を向かわせようとしたイエス・キリストを裏切り、十字架に追いやるユダたちに他ならない。このイワンが描く大審問官とその人間支配の姿は、ただ単に十五世紀セヴィリアの街を支配した枢機卿大審問官の姿に留まるものではない。またそれはローマ教皇を頂点とするローマンカトリックの人心支配の歴史を暴き弾劾するための象徴で終わるものでもない。イワンが提示しようとしたのは、神と人間に対するイエスの絶対の信と愛を無にする人間の現実、「罪の連帯性」そのもの、全人間がその全歴史を通じて示してきたイエス・キリスト疎外、「キリストの愛」の否定というユダ的現実そのものなのだ。先に彼がアリョーシャに語った「人間の中の悪魔性」。この簡潔かつ的確な言葉がイワンのユダ的人間観の要約であり、叙事詩「大審問官」

の結論と言うべきものであろう。見事な思索の展開、そして論理の凝集性である。

イエス・キリストの接吻

「大審問官」が提示するイワンのこの人間観と、それに対応するイエス・キリスト理解と神理解の根底にある一切について、しかしアリョーシャが下した結論はこうであった。

「兄さんの大審問官は神を信じていない。それが秘密の全てです！」（五5）

アリョーシャのこの言葉を否定せず、イワンは二つのことを語る。自らの「虚偽と欺瞞」を知りつつ「悪魔の指示に従って」人間を導く大審問官の内にも、人間への愛が脈打つということ。大審問官の事業は彼が「生涯その理想をかくも熱烈に信じ続けてきたその人［イエス・キリスト］の名において行われる」という「不幸」、悲劇性を担うこと。このイワンの悲痛な表白とも弁解とも取れる言葉に対し、アリョーシャは「この上ない悲しみ」を以って繰り返す。

「兄さんは神を信じていないのです」（五5）

福音書のイエスを誰よりも深く理解する兄が、そのイエスと「キリストの愛」を否定してしまったこと。その底にいるイワンとは、イエスを捕えた神、またイエスが命を賭けた神を信じてはいないイワン、悪魔の否定の精神に絡め取られたイワンであることを、アリョーシャはゾシマ長老に続いて見抜いたのだ。これが叙事詩の結末かと彼は兄に問う。兄の否定の奥になお潜む一点の肯定を、彼は予感し、信じていたのであろう。

案の定、イワンはまだ「大審問官」の結末を語ってはいなかった。アリョーシャに応え、イワンが最後に描くのは、大審問官に対して沈黙の内に接吻を与えて去るイエス・キリストである。自分を十字架上の磔殺に追いやった裏切り者ユダの接吻に対して逆になされる、イエス・キリストからユダへの接吻。この接吻を描いたイワンとはユダたる大審問官への、更にはまたこの大審問官にひれ伏す人間の弱さと愚かさと残酷さ一切への、つまりは「人間の中の悪魔性」への死を超えて燃え続けるイエス・キリストの信と愛と赦しを見て取ったイワンである。またここにいるのは、愛する息子イエスを十字架に追いやった罪人たちにさえ向けられた聖母マリアの愛と、その愛に応えた神の慈悲と愛を凝視するイワンであり、更に遡ればあのルカ福音書で、悔いた罪人の魂を抱きかかえ天に昇ってゆく「キリストの愛」に、危うく「ホザナ」を叫ぼうとしたイワンであり、更には千兆キロの劫罰とホザナの伝説において、実際に「ホザナ」を叫んだ十七歳のイワンにまで行き着くであろう。

かくして「大審問官」の劇詩とはアリョーシャに向かってなされた、イワンのモスクワにおける「神と不死」探求の決算書、地上に満ちる罪なき幼な子たちの涙を贖い、人間を本来の自由の内に神と「天上のパン」に向かわせようとする「キリストの愛」発見の報告書とも言い得るであろう。「この世界中で、赦すということができるような、赦す権利を持っているような存在は果たしてあるのか？」。アリョーシャにこの問いを発したイワンは、それがイエス・キリストであることを既に十分に知っていたのだ。彼自らも語っていた。「人間に対するキリストの愛は、この地上ではあり得ない一種の奇跡だ」。地上に行われたその「奇跡」の現実性《アクチュアリティ》を、彼は誰よりも強く認める人なのだ。イワンの思索が至ったユダ的人間論とキリスト論、その驚くべき凝集性とラディカルさである。

ブラック・ホールとしての「だが」、悪魔の否定の精神

イワンが描き出したイエス・キリスト像。これはアリョーシャの心をも強く揺り動かすものであった。最後の

接吻の場面に至る前に、既に彼は叫んでいる。「兄さんの劇詩はキリストに対する讃美であって、弾劾ではない」。アリョーシャは、兄イワンが至った「キリストの愛」への並々ならぬ深い洞察を見て取ってもいたのだ。では二人の戦いは「キリストの愛」についての共通の認識を以って終わったのであろうか。

実は「大審問官」の叙事詩はまだ終わってはいなかった。否定から肯定へ。そしてまた否定へ。大審問官へのイエスの接吻に続きイワンが語るのは、彼がなおその先に創り上げた一つの恐るべき場面、この青年の内深くに根差す悪魔の否定の精神が最終的に勝利を占める場面である。

大審問官は牢獄の鉄の扉を開け、イエス・キリストを「町の暗い広場」へと解き放つ。「行け、もう来るな……二度と来るな……絶対に、絶対に！」。イエスを送り出したこの大審問官について、イワンはこう語る。

「この接吻は老人の胸の内に灼きつけられていた。だが彼は己の考え《イデア》に踏み留まった」（五5）

この「だが」という一語に、長い間モスクワで繰り返されたイワンの思索と自問自答の一切が煮詰められたと言っても過言ではないであろう。「神の必要性という観念」に取り憑かれ、また地上に満ちる不条理への怒りと苦悩に捕えられ、「ホザナ」への希求とその否定との間に揺れ続けたモスクワ時代。神についての証が「否定するにはあまりにも多く、確信するにはあまりにも少ない」この地上的現実の中で（パスカル、『パンセ』）、ユークリッド的知性の人イワンはなお人間と世界とその歴史を凝視し、そこに「隠れたる神」を探し求め続け、遂には「神の言葉キリスト」の存在とその愛に行き着いたのである。しかしこの「キリストの愛」を、大審問官への接吻の内に見事に描き切った直後の「だが」。この「だが」によってイワンは、自らを究極の否定の闇・ブラック・ホールの内に投げ込んだと言えよう。イワンの内にかくも深く強く根を張る悪魔の否定の精神、「最も不幸な特性」としての「常識」。イワンを衝き動かし「キリストの愛」を否定させた悪魔は、そのブラック・ホールの内で、更にイワンに何を見出せと迫ったのか。

アリョーシャの反問

劇詩が終わるや否や、「悲しげに」アリョーシャは問う。「で、兄さんもその老人と一緒なんですね、兄さんも？」。アリョーシャはこの「だが」の内に、否定に運命づけられたイワンの「重い病」（十一3）を見て取ったのだ。弟から発せられた問いに対し、イワンはこんな劇詩など愚かな学生の「たわごと」でしかないと言い放ち、宣言する。「俺はせいぜい三十まで生き延びればいい。その後は盃を床に叩きつけてやるだけだ！」。

畳みかけるようにアリョーシャから問いが返される。では兄さんの「春の粘っこい若葉」と「かつてイワンが愛し、これから訪れようとしている西欧の過去の偉大な思想家たちの」「大切な墓」と「瑠璃色の空」と「愛する女性」はどうなるのか。どのように兄さんは生きてゆくのか。どうやって兄さんはそれらのものを愛せるのか。「心や頭にそんな地獄を抱えて」果たして生きて愛することが可能なのか。これらの問いを兄に向かって立て続けに投げかけるアリョーシャの必死さと激しさ、その「激情の奔出」（本書次章）は、隠れていたもう一人のアリョーシャが突如飛び出してきたかのようである。

「カラマーゾフの下劣さの力」

アリョーシャに対し冷笑を浮かべながらイワンが返したのは、自分には「どんなことにでも耐え抜く力」がある、「カラマーゾフの力……カラマーゾフの下劣さの力」を自分は持つとの答えであった。「母親譲りの宗教的痴愚、父親譲りの好色漢」。「神と不死」の探求者イワンの内に住むもう一人のイワン、理屈抜きの「生命への渇望」に貫かれた青年イワンが突如その姿を現したのだ。悪魔の「だが」と共に「キリストの愛」を否定して無限の否定の闇に沈んだこの青年は、今やその闇の底から自らの立つ生命の基盤を「カラマーゾフの下劣さの力」だと宣言するのである。

アリョーシャからはなお激しい問いが迸り出る。そのような「カラマーゾフの下劣さの力」に立ち、放蕩に溺れ、堕落の底で魂を圧殺してしまうようなことが果たして可能なのか。それが兄さんの「一切が許されている」ということの意味なのか。イワンを問い詰めるアリョーシャの激しさと必死さは、神なき兄、「キリストの愛」を否定した兄への信と愛、そして自らの神とキリストへの信と愛を賭けた必死さと激しさであり、読む者の心を揺さぶらずにいない。

次章で詳しく取り上げるが、イワンとの対決の恐らくは直前のことである。将来を誓い合ったリーザからここ数日間彼を捉えていた「悲しみ」について問われ、アリョーシャは自らの内を流れる「地上的なカラマーゾフの力」への目覚めと共に生じるに至った、神への信の揺らぎについて告白する（五1）。アリョーシャにとり人間の魂とは、「神と不死」の問題を解くことなく「地上的なカラマーゾフの力」のみに拠って立つことは不可能であり、天上との繋がりを絶った地上世界とは「愛」も「生」も不可能な「地獄」でしかないのだ。この「母親譲りの宗教的痴愚、父親譲りの好色漢」という二つの「カラマーゾフの血」の浄化・聖化と統合の問題は、ドストエフスキイがこの作品において投げかける最大の問題の一つとして次章で改めて扱おう。

アリョーシャの接吻

神と「キリストの愛」を否定し、今や「カラマーゾフの下劣さの力」に立つことを宣言するイワン。食い下がるアリョーシャ。生の究極の「肯定と否定」を巡る二人の激しい応酬は、そのまま長い間モスクワで繰り返されたイワン自身の自問自答として受け取ることも可能であろう。「キリストの愛」の前に立ちながらイワンが投げつけた「だが」。モスクワ以来イワンはこの悪魔の否定の精神、「常識」に魂を揺さぶられ続け、遂には神に続き「キリストの愛」をも否定するに至ったのだ。兄の「重い病」をはっきりと悟ったアリョーシャが、今や兄の閉じこもる闇の戸を必死で叩いて光を射し込ませ、そこから兄を引きずり出そうとしている。

畳みかけるように発せられる弟の激しく熱い問いに、しかしイワンから返ってくるのは冷たい反応でしかない。「重い病」と「地獄」、否定の闇に沈むこの青年はアリョーシャの必死の問いに追いつめられるや、「思わぬ感情を込めて」絶望と悲しみの言葉をこう発したと記される。

「俺は、アリョーシャ、ここを去るにあたって、俺にもこの世界にせめてお前一人はいてくれると思っていた」「しかし今、お前の心にも俺の居場所はないことが分かった。愛すべき隠遁者くん、俺はあの《一切が許されている》という公式を取り下げるつもりはない。だが、お前はどうだ。この公式ゆえに俺を否定するのか、そうなのか、そうなのだろう?」（五5）

この時である。突然アリョーシャは立ち上がりイワンに歩み寄ると、その唇に自らの唇をそっと押し当てる。「盗作だ!」。イワンは歓喜の情に駆られて叫び声を上げる。

「お前、俺の叙事詩から盗み出したな!　だが、有難う。立て、アリョーシャ。出かけよう。お前も俺もも う出かける時だ」（五5）

一人孤独の内に福音書との格闘から掘り当てたイエス・キリストの接吻。その接吻の内に燃える愛の炎を、イワンは悪魔と共に「だが」の内に封印してしまっていた。今その封印が弟アリョーシャの接吻によって一瞬解かれたのである。「だが、有難う」。ドミートリイから「物言わぬスフィンクス」（十一4）と呼ばれるイワンの存在の底から噴き出した、あるいは彼が吸い込まれたブラック・ホールの内から響いてきた、これはこの上なく短い言葉ではあるが、弟への信と愛と感謝を表わすこの上なく雄弁な言葉と言えよう。アリョーシャの接吻は、兄の不幸を見て取ったアリョーシャの已むに已まれぬ咄嗟の愛の表現だった可能性もある。だがそれはイワンが十字架上のイエス・キリストの内に見て取り、大審問官への接吻として表現した「キリストの愛」を、そのままイワンその人に伝え返す接吻となり、師ゾシマ長老の説く「実行的な愛」を生きて表現する接吻ともなったのである。この青年の凍てついた魂は今、弟のアリョーシャの接吻によって再びこの地上世界における天上的な愛の可能性に目覚めさせられたのだ。イワンの存在の奥深くに流れる信と愛の水脈が、もう一つの水脈である「生への渇望」、原始的生命愛と一つになって一瞬ながら迸り出た瞬間とも言えよう。イワンに一瞬訪れた絶対の「ホザナ」である。作者はイワン自身、内から込み上げる感動をこう表現したと記す。

「いいか、アリョーシャ。もし俺が本当に粘っこい若葉たちに向き合うことになるとするならば、それはお前を思い出すことによって初めてそれらを愛するということなのだ。お前がこの世界のどこかにいてくれるというだけで、俺にはまだ生きてゆくだけの力をなくさずに済むだろう。お前にはこんな話はうんざりか？何なら、これを愛の告白と受け取ってくれてもいい。さあ、それではお前は右、俺は左だ。これで十分だ。そうだろう」（五5）

「愛の告白」。イワンは「しっかりとした声」で弟にこの別れの言葉を告げたと記される。あの「春の粘っこい若葉」と「瑠璃色の青空」への感動とは、イワンにとってカチェリーナへの愛と共に、神の世界への聖なる愛の象徴でもあったことがここに明らかとなる。「さあ、それではお前は右、俺は左だ」。『カラマーゾフの兄弟』の中で最も感動的な別れの場面の一つである。

だがこれはイワンの新たな試練の始まり、より正確には恐るべき否定のドラマの「終わりの始まり」である。

イワンの内なる悪魔の否定の精神に目を据える作者は、この青年に今叫んだばかりの「ホザナ」に対し、またも新たな「否」を投げつけさせるのだ。

イワンの憂愁《タスカ》、スメルジャコフ

アリョーシャと別れたイワン。だが作者はアリョーシャが見守る中、右肩の下がった奇妙な歩みをするイワンを直ちに憂愁が襲ったと記す。追い払われた悪霊は、更に悪質な七倍もの仲間を引き連れて再び元の主人の許に戻って来る。福音書のイエスの言葉である（マタイ十二43－45、ルカ十一24－26）。憂愁と共にイワンを待ち受けていたのは、悪魔とは別に彼を父親殺しの「最後の一歩」へと導くもう一人の分身、「前衛的肉弾」たる下男のスメルジャコフであった。この男を前にして最早イワンに抗う力はない。この二人が辿る思想実験とその帰結が、本書後半における主要テーマの一つである。

さてあの大審問官へのイエスの接吻の熱さを「胸の内に灼きつけられ」ながらも、そしてアリョーシャから再びその熱さを燃え上がらされ、「春の粘っこい若葉」への聖なる愛に一瞬触れさせられながらも、なおイワンを光から遠ざけ闇の内に押し留め続ける根深い否定の力。イワンがこの悪魔の「だが」を極限にまで煮詰めて言葉にしたものが、次に見る「地質学的変動」の思想である。アリョーシャとの対決において、イワンはこの「地質学的変動」の思想について直接語ることはない。だが「大審問官」の叙事詩に次いで、この思想こそが「目撃者」イワンのモスクワ時代の思索の到達点と言うべきものであり、「だが」という否定の精神によって神をもキリストをも天上に追いやり、行ける所まで行き着こうとする若きラディカルな思想家イワンの全体像がここにその全貌を明らかにする。

悪魔が明かすモスクワでの思索⑸――「地質学的変動」

悪魔が曝け出す若きイワンのモスクワでの思想遍歴。その行き着く所にある「地質学的変動」。千兆キロの劫罰とホザナの伝説が十七歳の時（十一9）、「大審問官」の劇詩が一年前の二十三歳の時に創られたと言われるのに対し（五4）、「地質学的変動」は悪魔から「これぞまさしく叙事詩」と茶化し気味に呼ばれるのだが、イワンがこの春故郷に帰る準備をしながら纏め上げたもの、あるいは念頭に置いていた思想であることが仄めかされる（十一9）。これが具体的に論文の形を持つものであったのか、あるいは彼の頭の中だけに存在する思想であったのかについては明らかでなく、また後に見る「教会裁判」に関する考察との前後関係も必ずしも定かではない。しかし内容的には「大審問官」の叙事詩をも踏まえ、イワンはそれまでの思索の全てをここに煮詰めたと考えてよいであろう。彼はこの「地質学的変動」の思想と共に帰郷し、それを密かにスメルジャコフにぶつけ、町の上流夫人たちの集まりで披露し、更にはゾシマ長老やアリョーシャとの対決に備えるなど、自らの思想実験の根拠とし武器としたと考えられる。

以下にその思想を、悪魔の語るままに三つほどに纏めてみよう。冒頭の「彼ら」が具体的に誰を指すのかは明らかでない。しかしこれは先に見たように、故郷に向かう準備をするイワンが逸る心と共に念頭に置いていた人々、つまりあの「若い情熱的な友人たち」「新しい人たち」のことであり、未熟ではあるが神の否定を目指す未来の同胞、更には「地質学的変動」と共に到来すべき新たな人間が想定されていると考えてよいだろう。そして彼らに対し他方の極にいたのが、ゾシマ長老の弟子アリョーシャだったのであろう。

「彼らは全てを破壊して人肉を喰うことから始めようと考えている。愚か者どもめ。この俺様に尋ねようともしないで！　俺に言わせれば、何一つ破壊する必要などないのだ。人間の内にある神という観念を破壊しさえすればよいのだ。仕事に取り掛かるべきは正にそこからだ。そこから始めるべきなのだ。ああ、何一つ理解しない盲人どもめ！　ひとたび人間が一人残らず神を否定しさえすれば（その時は地質学上の時期と並行して必ずや来るに違いない）、その後は人肉など喰わずとも自ずと旧来のあらゆる世界観や、そして何よりも旧来の道徳観の一切が崩壊し、新しきもの全てが到来するのだ」（十一9）

「人間は神のごとき巨人のごとき倨傲の精神によって自らを高め、人神が登場するであろう。自己の意志と科学によって最早留まることなく自然を征服し、人間は他ならぬそのことによって、かつて天上に繋いだ喜びにとって代わる高らかな喜びを絶えず感じるようになるであろう。人間は誰もが自分がやがて死んで復活などありはしないことを知り、神の如く誇らしげに冷静に死を受け入れるようになるのだ。人間はその誇りから人生が一瞬のものに過ぎぬとも嘆くにはあたらぬことを悟り、最早何の報いも求めずに同胞を愛するようになる。愛は人生のほんの一瞬を満たすだけだ。しかし人がその刹那性《はかなさ》を自覚しさえすれば、愛はかつて死を超える永遠の愛を渇仰して燃え上がったのと同じくらい激しく燃え上がることであろう」（十一9）

「いったい何時、そのような時はやって来るのか。もしその時が到来すれば一切は解決され、人類は最終的な安定を見るであろう。しかし人類に深く根差す愚かさを思えば、恐らく今後まだ千年はその安定の到来はないであろう。それゆえ現在でも既にこの真理を認識している者は誰でも、全く好きなままにこの新しい原理に基づいて安定することが許される。その意味で彼には《一切が許されている》のだ。そればかりか、たとえそういう時期が決して到来しないとしても、いずれにせよ神も不死も存在しないのだから、この新しい人間は、たとえ全世界に一人だけしかいないとしても人神になることが許される。またこの新しい地位につく以上、必要とあらばかつて奴隷的人間が持ったあらゆる旧来の道徳的限界を平然と踏み越えることも許されるのだ。神には法律など存在しない！　神の立つ所、即ちそこが神の座だ！　俺の立つ所、それが直ちに

至高の座となるのだ……《一切が許されている》、これでけりがつくのだ!」（十一9）

「人間の内にある神という観念の破壊」と、それにとって代わる「人神」の登場。「かつて天上に繋いだ喜び」、つまり死を超えた「永遠の生命」の観念の放棄による地上的・人間的・英雄的な生の享受と死の甘受。「キリストの愛」とは無縁の、地上的生の刹那性の自覚に立った愛の実践。そして「一切が許されている」とする立場からの旧来の道徳律一切の踏み越え。それを許された少数の選ばれた人間たち。ここにはおよそ『カラマーゾフの兄弟』を衝き動かす闇の力、否定衝動のほとんど一切が煮詰められてあると言っても過言ではない。言い換えればモスクワで「神と不死」を求めるイワンが、熱い心を燃え立たせて仰ぎ見た肯定的価値の一切が、ここでは百八十度否定の方向に転換され表現されているとも言えるであろう。

この思想をぶつけられて感じる衝撃と興奮。それはスメルジャコフ一人のものでなく、家畜追込町の上流階級の夫人たちさえもが何らかの形で与えられた衝撃と興奮であり、西欧的知の持ち主であることを自認する地主ミウーソフが心を騒がさせられ、また父フョードルが恐れと不安を掻き立てられ、ホフラコワ夫人やリーザをも含め彼に触れた人たち誰もが、その思想自体について直接理解はできなくとも、漠然と感じ取った恐れと魅力でもあったに違いない。

忘れてならないことは、この「地質学的変動」の思想をイワンは帰郷後直ちにスメルジャコフにぶつけていたという事実である。モスクワの「目撃者」イワンの思想は彼の手を離れ、家畜追込町の「瞑想家」スメルジャコフの中で新たな生を得る。悪魔はイワンからその異母兄弟にも取り憑き、イワンの思想をこの「前衛的肉弾」の中で現実化してゆくのである（本書ⅦＢ1、Ｃ）。

4　「否定」の精神、没落への意志

イワンを貫く否定の精神

モスクワにおけるイワンの思索の足跡を辿り、その流れのほぼ全体像が見えてきた今、改めて注目されるのは、彼の思索を支配する悪魔の否定の精神の強烈さと根強さである。神の否定に続き、イワンが決定的な出会いをしたイエス・キリストと「キリストの愛」。この「キリストの愛」をも彼は、悪魔の「だが」と共に葬り去ってしまったのだ。この「だが」、「常識」という名の否定の精神とはそもそも何であるのか。何がイワンを、これほどまでに否定へ否定へと衝き動かすのか。「肯定と否定」を巡るイワンとゾシマ長老との対決を理解するためにも、ここで改めて悪魔自身の言葉を頼りに、イワンが自らの内に宿す否定の精神をどう捉えていたのか、その意味とは何であるのか考えておく必要があるだろう。

イワンの存在の奥深く宿る悪魔と、その否定の精神。だが実は悪魔が読者の前に登場するのは一度であり、イワンがスメルジャコフとの最後の対決を終えて住まいに戻った時である。現れ出た悪魔に対し、イワンが如何に激しく抵抗を試みても甲斐はなく、彼はその存在を認めざるを得ない。

「お前は虚偽だ、お前は俺の病だ、お前は幻影なのだ。ただ、どうやってお前を絶滅させたらよいのか俺には分からない。分かることは、しばらく俺は苦しまなければならないということだ。お前は俺の幻覚だ。お前は俺自身の、但し俺のただ一面の、化身でしかない……俺の思想と感情の化身で、しかも最も忌まわしく愚かな一面の化身でしかないのだ」（十一9）

イワンが悪魔との間に繰り広げてきた長い闘いの歴史が窺われる。そして彼は、自分の分身たる悪魔を「絶滅させる《イストレビーチ》」ことを切望しつつも、彼と縁を切ることは不可能だとはっきりと知っているのだ。これに対する悪魔自身の自己規定、つまり悪魔についてのイワンの自己理解を見てみよう。

「僕にはとても理解できない何か太古からの定めで、《否定する》役目が割り当てられている。ところが実際には僕は根っから善良で、否定になど向いてはいないのだ。［ところがその定めによれば］だめだ、行って否定するのだ。否定なしに批判はないだろう。もし《批評欄》がなければ、何が一体雑誌だ？　批判なしでは、ただ《ホザナ》だけになってしまうではないか。とまあ、かくしかじか、［定めで］こんなことになっているのだ」（十一9）

これはイワンという存在を、またその悪魔を理解する上でこの上なく重大な言表である。イワンは自分の内なる悪魔が世界と人間の根本的な成り立ちに不可欠な存在であること、悪魔に割り当てられた懐疑と否定の役割とは「ホザナ」と拮抗するものでさえあること、しかもその「ホザナ」成立のために不可欠な懐疑と否定の役割が「太古からの定め」として自分に割り当てられているとまで感じているのである。

先に「神という観念」に捕われたイワンの苦しみとその真摯さについて見た。イワンとは本来自分自身の存在を超えた究極的な存在との、それが神的なものであれ悪魔的なものであれ、不可分の関係において人間と世界とその歴史を捉えずにはいられない青年なのだ。その視線はユークリッド的知性の限界性を超えて遥か彼方の超越世界を望む視線であり、この青年が如何に本質的思索を展開する哲学者であるか、その存在の内に如何に深く形而上学的・宗教的資質が植え込まれているかは、驚くべきものがある。「我らの思想と感情の根はこの世界ではなく、向こう側の世界に存在する」。こう語るのはゾシマ長老である（六3G）。イワンもまた自らの「思想と感情の根」を「向こう側の世界」に求めずにはいられない人間、紛れもない「ロシアの小僧っ子」なのだ。そして彼は自分の中に植え込まれた否定の精神、悪魔の存在もまた、その「向こう側の世界」に根を持つ何か超越的な存在であることを直観しているのである。だがそれはなぜなのか。

「僕はここに秘密があることを知っている。ところが、その秘密はどうしても僕には明かしてもらえない。というのも事情が明らかになった暁には、僕は恐らく《ホザナ》を謳い始めるだろう。そうなれば突如、必要欠くべからざるマイナスが消え失せてしまい、世界中に思慮分別が広がってしまうだろう。そして恐らくは、それと共に一切に終わりが訪れてしまうだろう」（十一9）

「必要欠くべからざるマイナス」。改めて注目すべきは悪魔すなわちイワンが、自分が負わされたこの「太古からの定め」としての役割が、世界を成立させる上で何か必要不可欠な意味を帯びていること、そこには究極絶対の真理に裏返しで接する何か深い究極の「秘密」が隠されているとまで感じていることだ。そして彼自身いつかはその真理に至り「ホザナ」を謳うであろうこと、否定を超えた肯定に至り着くこと、「結局は自分が和解し、あの千兆キロを歩き通し、秘密を知ることになるだろう」ことを予感し、今の苦しみを苛立ちと共に甘受しているのだ。その究極の「秘密」が開示される時まで、「僕は仏頂面をして、嫌々自分の役目を遂行するのだ」。いくら強調しても強調し足りないことだが、イワンとは自らの存在の根を地上世界を超えた彼方に捉えずにはいない若者、父フョードルのパロディーであるどころか、ゾシマ長老を逆射影的に映し取る存在とさえ言い得るということである。

ゾシマは八歳の時、ヨブに臨んだ悪魔の試練の前に立たされ愕然とする。だがこの不条理な試練と絶望の底でヨブが上げたのは、神への信と讃美の叫びであった。少年ゾシマに与えられた決定的逆説的な「魂の啓示」である。この時彼は「生まれて初めて、神の言葉の最初の種子を意識して魂の中に受け容れた」のだ。一方イワンもまた、モスクワでの長い思索の末に、地上の絶対的不条理のただ中に「キリストの愛」を見出し、感動のあまり「ホザナ」を叫びかかる。だが最終的に彼がしたこととは、この「キリストの愛」を「魂の中に受け容れる」ことではなく、悪魔の否定の精神に身を預けることであった。イワンとは、否定の先にある「秘密」が開示されるまで、この否定の道を最後まで歩み通すことを「太古からの定め」として運命づけられた青年なのだ。

「不定方程式のX」

「その秘密はどうしても僕には明かしてもらえない」。自らの内深くに根を張る悪魔の否定の精神。これが究極の「ホザナ」成立のための「必要欠くべからざるマイナス」とはいえ、その「秘密」を解き明かすことの困難さがイワンを追い込んだ苦しみ。これについても見ておこう。「だめだ、行って否定するのだ」「お前がいないと、何事も起こらないだろう」。イワンの内なる悪魔は、「僕にはとても理解できない何か太古からの定め」に衝き動かされ、「だが」と共に否定の役割を引き受け続けてきたのだ。その結果はどうか。

「僕は苦しんでいる、だが生きていない。僕は不定方程式のXだ。僕は何か人生の幻影のようなもので、全て始めも終わりもなくしてしまった。そして自分を何と呼ぶのか、遂には自分の名前まで忘れてしまった」（十一9）

「不定方程式のX」。太古から定められた「常識」という名の否定の役割を引き受けさせられ、その末に陥った存在感の喪失。「遂には自分の名前まで忘れてしまった」と言う悪魔に向かって、イワンはなお執拗に問う。「神はあるのか、ないのか？」。答えが返される。「本当に、知らないのだよ」。これがモスクワでイワンが無限に繰り返した自問自答だったのであろう。「ロシアの小僧っ子」イワンが担うのは、人間が既に遠くの昔に回避してしまった人間としての役割と責任、そして人間が遠くの昔に忘れ去った高貴なる孤独と苦悩である。

二つの真実

悪魔の多弁と韜晦の中からもう一つ、決定的と思われる言葉に焦点を絞ろう。イワンが無意識の裡に衝き動かされて来た力、その否定の精神が裏返しで触れる究極の「秘密」あるいは「真実」への予感、懐疑と否定の彼方にある絶対肯定の「ホザナ」への予感とも言うべきものについて、悪魔はこう語るのだ。

「そう、この真実が明かされるまでは、僕にとっては二つの真実が存在するのだ。一つはあちら側の《ターマシュニャヤ》、あの方の《イフニャヤ》、僕には今のところ全く知られない真実。もう一つは僕の真実だ。そしてどちらの方がより真実かは、まだ分からない……」(十一 9)

悪魔に「必要欠くべからざるマイナス」の役目を与えた「あちら側の」「あの方の」存在。そして「僕には今のところ全く知られない」その「真実」。悪魔がここで愛憎入り交じった思いを込めて指すのは天上世界、神の存在を措いて他にない。つまりイワンの悪魔は「僕にはとても理解できない何か太古からの定め」によって自分に割り振られた否定の役割が、それと表裏一体の形で神の不可欠の共働者としての役割であることを感じ取っているのだ。

偉大なる「真実」が成立するための「必要欠くべからざるマイナス」。絶対肯定の「ホザナ」を生むための否定とその苦しみ。このような神の『秘密』と「真実」を予感しつつ、モスクワでこの青年は「肯定と否定」の間での往還を繰り返し続けたのである。

このことを彼の悪魔の言葉を借りて、改めて表現し直してみよう。イワンとはこの不条理に満ちる地上世界の中で、至高の「樫の木」あるいは絶対純度を持つ「ダイヤモンド」を一つでも見出そうと努める、愛と理想に燃える青年だったと言えよう（十一9）。その愛と理想が持つ至上の武器が否定の精神であり、この青年は見事な「樫の木」あるいは「ダイヤモンド」を一つでも見出すや、その内なる悪魔、裏返して言えば妥協を知らぬ彼の理想主義的批判精神が直ちに発動し、その真贋を試みるべく、「だが」を以って対象に疑問と懐疑の礫を投げつけ、その対象をも自らをも「肯定と否定」との間のブラック・ホール、永遠の判断停止状態と価値の相対、そして結局は否定のニヒリズムに追い込んでいったのだ。あの聖者「情け深いヨアン」もまた、悪魔の「だが」によって闇の中に葬られた一人だったに違いない。「僕は君を導いて信と不信の間を絶えず行ったり来たりさせる。正にここに僕の目的もあるのだよ」。イワンが言うヨーロッパの「貴重な墓場」に眠るのも、恐らくはそうやって「肯定と否定」「信と不信」の間の判断停止の闇に葬り去られたヨアンたちの屍であろう。エデンの園のアダムとイブからヨブへ、そして荒野のイエスを経て、「情け深いヨアン」や西欧の偉大な精神たちに至るまで、イワンの悪魔は「僕の真実」に従い、これら無数の「義の樫の木」や「神の星座」や「ダイヤモンド」たちの真贋に疑いを投げては否定し、その「魂を滅ぼし」「立派な名声を泥にまみれさせ」、果ては闇に沈ませ続けてきたのであろう。神そのものの否定と天上への追放も、それに次ぐ十字架上のイエス、「キリストの愛」を前にしての「ホザナ」の拒否も、彼に割り当てられた宿命的な否定の業、否定の先のもう一つの「真実」、あるいは究極の「秘密」を求めての、「必要欠くべからざるマイナス」の遂行だったのだ。

否への否、イワンの「没落への意志」

このことが導くのは一つの問いである。「地質学的変動」の思想を携え、故郷の家畜追込町に向かおうとするイワン、彼の決断そのものの中には既に、自分の内なる「常識」、悪魔の否定の精神が自らを追い込んだブラック・ホール、「不定方程式のX」からの決別を計る最後の意志が潜んでいたのではないか、このような問いである。

一切の肯定に否定をぶつけるという「必要不可欠なマイナス」の役割が、彼に運命づけられた「太古からの定め」であったとするならば、その悪魔の「定め」の内に留まり続ける自分自身を否定すること、「否定の否定」「否への否」こそが、この青年の取るべき最後の一歩、論理的帰結だとも言えるであろう。自分が悪魔の否定の精神と共に落ち込んだ陥穽、「不定方程式のX」からの脱出について、この上ない鋭利なイワンの知性が、果たして思い至らなかったであろうか。自らを神として家畜追込町に乗り込むイワンの心の最深奥で、燃え上がるような「人神」としての誇りと野心と共に、その「倨傲の精神」を燃え尽きさせようとのもう一つの根源的な野心、最後の否定の意志が彼を衝き動かしていたと考えることも決して不可能ではない。こちら側の「真実」、全てを否定する「僕の真実」から、「あちら側の」「あの方の」「真実」、「未だ知られない」絶対肯定のもう一つの「真実」へ。そこに向けて「最後の一歩」を踏み出そうとの密かな意志。それは否定の精神が辿るべき論理的必然とも、無意識の根源的願望とも、あるいは宗教的構想力の密かな発動とも、永遠からの呼び声への応答とも、様々な言葉で表現され得るであろう。ここではそれをイワンの悪魔「絶滅」への意志、あるいは「没落への意志」と呼んでおこう。言い換えれば「否への否」、ヨブ的逆説の叫びと連なる最後の「ホザナ」に身を投じようとの、イワンの存在の底から噴き出してきた正に乾坤一擲、大死一番の「没落への意志」である。そして作者ドストエフスキイが、このイワンの「没落への意志」を正面から受け止めさせるのが、「場違いな会合」におけるゾシマ長老、そしてそれに続いてアリョーシャの存在である。

5　イワンとゾシマ長老、「否定」から「肯定」へ

再び「場違いな会合」、イワンの謙虚さ

もう一度あの「場違いな会合」の場に戻ろう。「場違いな会合」が開かれたのは、先に見た居酒屋「みやこ」におけるアリョーシャとイワンとの対決、つまり弟の兄に対する接吻の前日のことである。彼らの父フョードルが暴露したように、この集まりはイワン自身が設定したものであった。イワンがゾシマ長老との会見を思いついたのがモスクワ在住時であったのか、家畜追込町に乗り込んだ後であったのかは確定できない。しかしモスクワでのイワンの精神史を検討してきた今、帰郷時に既にイワンの念頭にはアリョーシャと共にゾシマ長老の存在が大きくあったと考えるのが自然であろう。たとえそうでなくとも、モスクワで神と「キリストの愛」を葬り去り、「地質学的変動」で完成を見た人神思想の真理性を実際に証すべく訪れた故郷の町で、弟アリョーシャが命を預け、その許で修業を続けるゾシマ長老、「キリストの御姿」を守り続けて来た聖者ゾシマとの対決を、遅かれ早かれイワンが計るのは不可避のことであったろう。このゾシマこそ自分がモスクワで至った思想の全重量をぶつける存在である。この認識がイワンをして父をもせき立て、「場違いな会合」を設定させることになったことはまず間違いないだろう。

さて実際にゾシマ長老の姿を前にして会話が始まるや（二－5）、初めの挨拶のぎこちなさは措いて、イワンの中から現れ出てきたものとは、アリョーシャが恐れていたような「慇懃無礼な態度」とは全く逆のものであった。長老に対して「謙虚に控えめに」頭を下げる素朴で誠実な青年の姿について、作者はこう記す。「それは細かな気遣いの窺われる、謙虚で控えめな態度であり、どうやら何の下心もないようであった」。長老と向き合うこのイワンの姿を、決してただ上辺を取り繕った擬態と考えてはならない。ここに読み取るべきは「ロシアの小僧っ

子」イワンの本質的な真摯さと謙虚さであろう。ここを支配するのは「キリストの愛」をも悪魔の「だが」の闇に沈め、自らを神とするに至った青年が故郷の修道院に乗り込み、いよいよ「キリストの御姿」の守護者ゾシマの前に立った張りつめた緊張感であろう。

「教会裁判論」批判、イワンが隠す毒

ホフラコワ母娘との会見を終え、「場違いな会合」の場である庵室に戻ったゾシマ長老は、しばらくその場で繰り広げられる議論に耳を傾けていた。それはある聖職者が公にした「教会裁判」に関する著作に対して、イワンがある雑誌［一3では「新聞」とされる］に投稿した批判を巡ってのものであった。人が犯した罪を裁く力と、その罪を最終的に赦し清算する力はどこにあるのか。イワンと彼の議論相手の神父たちは、その力が最終的には国家ではなく教会に属するとする点で一致していた。だがイワンの論文について、イォシフ神父は訴える。「多くの新しい点が打ち出されています。ところが思想そのものは両極に取り得るのです」。「神と不死」を否定するニヒリストと思われたイワンが、この論文では教会の至上の権威を認めている。罪の裁きと赦しという重大な問題で、イワンがそう容易に教会の至上権を認めるものかと、イォシフのみならず他の神父たちも何か素直には受け取り難いものを感じていたのだ。

しかしこの時イワンは、罪人に対する裁きの至上権を論理的には国家ではなく教会が持つものと認めるものの、決して単純な教会讃美を展開しているわけではなかった。それどころかその論議には毒が隠され、裁きの至上権を認められた「キリストの教会」が陥る決定的な矛盾について、この青年は一つの疑問というよりは痛烈な皮肉と批判、否むしろ否定の矢を密かに放っていたのである。彼は問いかける。もし教会が至上の裁判権を持つとするならば、教会によって裁かれた人々、つまり「破門された人々は、どこへ行けばよいのでしょうか？」「破門された人々は、現在のように人間社会からばかりでなく、キリストからも離れなければならないではありませ

んか」。「破門された人々」を気遣う言葉の陰から吹き寄せるのは、悪魔の否定の精神を孕んだ不穏な風である。

ここにいるのは最早、モスクワでルカ福音書が伝える三本の十字架に目を向け、悔いた罪人に向けられる「キリストの愛」に感動し、危うく「ホザナ」を叫びかかったイワンではない。このイエス右隣の罪人から目を転じ、左隣の罪人を凝視するイワンだ。否、彼は最早この左隣で毒づく罪人への「キリストの愛」に感動するイワンでもない。その更に先、「キリストの愛」さえをも否定する罪人の運命について思索するイワンなのだ。「破門された人々」は「キリストからも離れて」、どこまで行き得るのか。「教会裁判論」批判を展開するイワンとは、既に「大審問官」の劇詩の作者を超え出て、人神の可能性について思いを巡らせる「地質学的変動」の思想家へと変貌したイワンである。

良心の闇取引、教会破門論

イワンの「教会裁判論」批判。これが教会に対する如何に激しい弾劾と挑戦、否定の毒を隠し持つものであったかを更に詳しく確認しておこう。イワンによれば現在、罪人を裁く主体は教会ではなく国家である。この現状の下では、罪人たちの良心は自分自身と「闇取引」をすることが可能である。つまり罪を犯し国家から裁かれたとしても、罪人は自分がまだ教会から離れたわけではない、「キリストの敵」となってしまったわけではないと考え、密かにその良心を鎮めることが可能なのだ。だが、とイワンは続ける。教会が国家の代わりに裁判を司るようになった暁には、果たして罪人の良心がなおこのような「闇取引」をすることが可能であろうか。教会によって裁かれ、教会によって破門された人間は「キリストからも離れ去らなければならない」。彼には最早どこにも行き場がなくなるのだ。「キリストの愛」から見放され、それどころか「キリストの敵」とさえなってしまった人間がこの世に一人孤立したまま、なお自分を唯一正しい「キリストの教会」として立ち続けることなど果たして可能であろうか。たとえ可能だとしても、そこには「膨大な条件、特殊な環境が必要となるであろう」。

一見するとこれは教会から破門された罪人たちの運命を心から憐れみ、また気遣う問いのように見える。だがこの問いが隠し持つものとは毒の塗られた牙であり、「大審問官」たる教会への激しい挑戦状あるいは絶縁状である。イワンの言葉を裏返しに突き詰めればどうなるのか。至上の裁判権を持つ教会から「キリストの愛」を取り上げられ、「キリストの敵」として締め出された罪人。彼には最早どこにも行き場がない。だがこの罪人は、もし「膨大な条件、特殊な環境」が満たされさえすれば、教会からもキリストからも神からも離れ、この世に一人毅然と生きることも可能となるのではないか。その「膨大な条件、特殊な環境」にしても別に大がかりな「地質学的変動」が必要とされる訳ではあるまい。そこに必要な条件とはただ一つ、犯罪者がその内に宿す「良心」を、つまり教会との接触だけは保とう、神とのキリストとの接触だけは断たれまいと「闇取引」に縋っていた奴隷的な良心を根絶させてしまいさえすればよいのだ。［この「根絶させる《ラズルーシチ》」［完］という語や、先の悪魔を「絶滅させる《イストレビーチ》」［完］、更にスメルジャコフの遺書に用いられる「絶滅させる《イストレブリャーチ》」［不完］等の極めて旧約的色彩の強い語については、本書の後篇で扱おう（本書ⅦＣ２・６）］「大審問官」たる教会とも、奴隷的な良心とも縁を切り、完全に「キリストと離れた」彼の心には、最早不道徳とか犯罪という観念さえ存在する余地も、また良心の「闇取引」の必要もなくなるであろう。彼自身が神となり、自らの教会の主となり、今や「一切が許されている」のだ。

これは「大審問官」の思想を行き着くところまで行き着かせたもの、「神という観念」自体を抹消し、「キリストの愛」から離れ、更には「キリストの敵」とさえなり、また「罪の連帯性」などという弱き心を捨て去り、己れ一人が神となるというあの「地質学的変動」の思想に他ならない。イワンはゾシマ長老の前で、モスクワで積み重ねたその思想の全重量を叩きつけているのだ。イォシフ神父たちは正しかったのである。恐らくイワンは「地質学的変動」の完成と前後して、自らの思想を一方では「教会裁判論」批判のような文筆活動の形で発表し始め、他方では故郷の家畜追込町での思想実験の形でその真理性を実証することを目指すに至ったのであろう。そしてこれら二つのベクトルは、最終的にゾシマ長老一人に向かって集中していったのだ。

最後にイワンは、教会が現在持つ異教的な犯罪観、つまり国家と同じように犯罪者を機械的に切り捨ててしまおうとする姿勢から自らを解き放ち、将来その思想を完全に嘘と偽りから解放し、「人間再生の思想、人間の復活と救済の思想に変貌してゆく」必要性を説いてその主張を終える。一方では密かに教会と神とイエス・キリストから人間が離れて独立する可能性を、つまり「人神」思想を宣言し、他方では教会が確かに罪人を庇護し再生と復活・救済を与える愛の存在であるべきことを訴える。この矛盾と分裂の姿がイワンその人に他ならないとも言えよう。表面上は謙虚な姿勢を貫きながら、イワンの「教会裁判論」批判を一貫するものとは、今や徹底的な否定と弾劾の毒を孕んだ教会批判、否それどころかイワンの側からの教会への決別宣言、教会破門論とも言うべきものだ。神と「キリストの愛」を天上に追いやり、そして今「己が父悪魔」と共に教会をも葬り去ろうとするイワン。瀆神的道化フョードルをはるかに凌ぐその知性と論証の、正に悪魔的冴えである。

だがこのイワンという青年の全てを受け止め、彼が内に隠し持つ否定の毒、その論証が宿す「嘘と偽り」、彼が落ち込んだ誤謬と陥穽、その未熟さを完膚なきまでに見抜いて、裁き去り、かつこの青年の未来に温かい励ましを送るのがゾシマ長老である。

「悪業への懲罰《カラ》」と「キリストの律法《ザコン》」

イワンに対するゾシマ長老の応答は、直接はイワンが最後に説いた教会の役割についての批判を受けて始まる。つまり国家と同じように現代の教会は犯罪者を機械的に切り捨てようとしているとのイワンの言葉を強く否定し、ゾシマは「キリストの教会」が「悪業への懲罰」の役目を担い、「犯罪者の悪業への歯止め」として既に重大な役目を果たしていると説くのである。イワンの毒を向こうに深遠で抽象的な宗教思想が重々しく発されるかと思いきや、長老の口から静かに語り出されたのは「キリストの教会」が果たす「懲罰」の役割という意外な言葉であった。ゾシマは、教会が守り続けてきた「キリストの御姿」の厳しく聖なる君臨感《リアリティ》を知らずして、ただ教会について観念論を展開する青年イワンの内実を既に見抜いているのだ。ここに展開するのは、イワンが語った良心の「闇取引」論を受け、それを正面から否定するゾシマ独自の良心論であり、イワンの才智と彼が隠し持つ毒を遥かに圧倒する鋭利な論証、ゾシマ自身が生涯を賭けて求め続けた神と「キリストの愛」を土台とする、罪の裁きと救済論である。それはイワンの思想が陥った決定的な誤謬と限界を見抜き、かつその思想実験の破綻を予言し、イワンの無意識が求めた「あちら側の」「あの方の」もう一つの「真実」を開示する預言とも励ましともなり、更には人間の罪に臨む神とイエス・キリストの裁きと赦しと愛についての、彼自身の証言でもある。

人間の良心に臨む罪意識、これがゾシマ長老の論証の核となるものだ。ゾシマにとって罪人が自らの罪と直面せずに、誰をまた何を相手とするにせよ、良心の「闇取引」をすることなどあり得ないし、決してあってはならないことなのだ。罪人が国家の裁きと教会の赦しとの間で「闇取引」をするというイワンの良心論に対し、ゾシマが提示するのは罪人に臨む神の「真の懲罰」「悪業への懲罰」という良心論である。つまり長老にとっては、罪人はその良心に裁きとして臨む神の現前を決して誤魔化すことはできない、罪を犯した人間の内には必ず良心が動き出し、彼はその良心に臨む罪意識を介して神と出会い、裁かれ、そして初めて赦されもするのだ。これが「キリストの律法」である。このゾシマの良心論を土台とした「懲罰」論の背景については、先に「情け深いヨアン」のエピソードを扱った際に見てある。ゾシマ長老にとり、具体的な「犯罪」を犯した人間に限らず、人間は人間である限り、一人ひとりが全て「罪人」なのだ。万人万物一切に対する「罪」の自覚、これこそが人間の生の真の始まりであり全てなのだ。この自覚を得て初めて「一人ひとりが愛によって全世界を獲得し、世界の罪を己の涙で洗い清めることが可能になる」(四1)。つまりゾシマにとり人間と世界と神を知ること、そしてそれらに対する愛が生まれるのは罪の目覚めと表裏一体のことであり、この罪の意識を介して初めて赦しも与えられ、万人万物一切の聖性も顕かとされるのだ(一5、二4、四1、六2・3、七4)。ゾシマはイワンの良心の「闇取引」論には、この人間一人ひとりが持つ罪についての認識、根源的な罪意識が完全に欠如していることを直ちに見抜いたのである。言い換えれば、ゾシマ長老を前にする時、「人間の罪の連帯」について語りながら、実はイワンとは、その罪に対する自分自身の罪責感情とは無縁の人、つまりは「人間の罪の連帯」の「目撃者」でしかないことを明らかにしたのだ。

懲罰論の根にあるもの、罪意識

良心に臨む罪意識を介しての神との、そして世界と人間との出会い。これに加えてゾシマ長老の懲罰論において注目すべきことは、神の懲罰とは罪人の良心に対して相反する両極性を以って臨む、つまり「心に懼れを呼び起こし」しかも「心を和らげる」という二つの相反する力として働くという思想である。この罪意識を巡る両極的な力の働きが、神の「真の懲罰」「悪業への懲罰」あるいは「キリストの律法」の本質的な在り方とされるのだ。

罪人の存在を絶滅させ無に帰させる裁きと、その無とされた存在を新たな生に呼び戻す赦し。神の怒りと裁き、そして神の愛と赦し。旧約の神と新約の神。これら両極相から成り立つ「真の懲罰」あるいは「キリストの律法」。このゾシマの懲罰論は、恐らく彼自身が生涯の中で味わった深甚な罪感覚の体験と、その底で与えられた愛と赦し、「永遠の生命」の体験を土台としたものであり、その時ゾシマは「心に懼れを呼び起こし」かつ「心を和らげる」という、両極感情が支配する神の現前感を味わったのであろう。先に見たホフラコワ夫人との対話において「実行的な愛」の困難について語るゾシマが言及した「恐怖で慄然とするような瞬間」、これもまた恐らくはイエスの十字架体験と重ねられた彼自身の厳しい実体験が下敷きとなって語られたものであろう。事実このような罪意識を介した神体験については、彼の死後アリョーシャが編纂した「ゾシマ伝」（第六篇「ロシアの修道僧」）の中でも繰り返し取り上げられ、これが日頃如何に強くゾシマ長老によって説き聞かされた教えであったかが窺われるのである。また絶対的な赦しの感覚として臨む神、そして赦しと表裏一体にある人間の罪責感情。この二つを師ゾシマの死を契機とし、自ら体験するのが弟子のアリョーシャである。彼の宗教体験については、本書の後篇で改めて考察しよう（本書ⅦＡ３）。

罪意識に臨む生ける神のリアリティ

「場違いな会合」に戻ろう。「闇取引」に関わり合う良心は真の罪の自覚からは遠く、神の「真の懲罰」にも「キリストの律法」にも容易には触れ得ない。このゾシマ長老の良心論あるいは懲罰論から見る時、イワンが展開した良心の闇取引論とは、鋭く気の利いた良心論であり「教会裁判論」批判ではあっても、そこにイワン自身の罪責感覚を土台としたイエス・キリスト体験も神体験も存在せず、世間の耳目を引きつけはするもののイォシフ神父たちには徒に不安を与え、ましてゾシマ長老の心を微動だにさせなかったことは当然であろう。ゾシマ長老は、教会裁判に関して一見高度な完成度を持ったイワンの論議の奥にある抽象性と否定《ニヒリズム》の心を見抜き、この青年の良心こそが「神と不死」の問題に関して悪魔との「闇取引」をしていること、またその父フョードルを継いで深く「嘘と偽り」の内にいることを見て取ったのだ。イワンの教会裁判を巡る思索、人間の罪に対する裁きの考察に決定的に欠けているものとは罪意識自体についての体験と思索、人間の良心に裁きと赦しとして臨む「活《い》ける神《かみ》」のリアリティであることを見抜いた人物が、ここに初めて現れたのである。そしてこれこそ実はイワンが密かに望んでいたことではなかったか。

先に見たイワンへのアリョーシャの接吻は、このゾシマ長老との会見の翌日のことである。既に見たように、この時アリョーシャはイワンの「大審問官」の思想に接するや、「兄さんは神を信じていないのです」と断言する。イワンの「地質学的変動」の思想は、現実世界でスメルジャコフを「前衛的肉弾」とする父親殺しという恐るべき思想実験、「一線の踏み越え」に向かいつつある一方、既に破綻への歩みも顕在化し始めているのだ。モスクワから家畜追込町へ。イワンの悪魔の否定の精神はゾシマ長老との出会いによって「否への否」、「没落」への最後の一歩を踏み出したと言えるであろう。

「肯定に解くこと」、ゾシマ長老の励まし

教会裁判論に関する議論に続いて報告されるのは、イワンの全てを見抜いたゾシマ長老によってなされる彼への警告と励ましの場面である。その契機となったのはミウーソフが、イワンが町の上流夫人の集まりの場でその思想の一端を披露し、「人肉喰い《ハンニバル》」という衝撃的な言葉まで持ち出したことを暴露したことである。ミウーソフによれば、これに加えてイワンは次のようなことも力説したという。

「たとえば現在の我々のように、神も自分の不死も信じない一人ひとりにとって、自然の道徳律は直ちに従来の宗教的道徳律とは正反対なものに変わるべきであり、かつ悪行に等しいエゴイズムも人間には許されるべきです。そればかりか、むしろそのような立場にとっては必要不可欠で、最も合理的で恐らくは高尚な帰結として認められさえするべきなのです」（二―6）

「神と不死」の否定による善悪の価値転換と、人間の絶対的個我主義《エゴイズム》の受容。「地質学的変動」の思想に他ならない。ゾシマ長老はイワンにこの話の真偽を尋ねる。以下に二人のやり取りの主な部分を再現しておこう。ゾシマを前に、イワンが自分の思索が決定的な壁に突き当たったことを感じる瞬間だ。


「あなたは本当に己の魂の不死への信仰が人間から枯渇した結果について、そのような確信を持っておいでなのですか？」

「はい、僕はこのことを確信しています。もし不死がなければ、善もありません」

「もしそのように信じておいでならば、あなたは幸せか、既に非常に不幸なお方だ！」

「なぜ不幸なのでしょう？」――イワンはにやりと笑った。

「なぜならばあなたは十中八九までご自分の魂の不死も、更には教会と教会の問題についてご自分のお書きになったものさえも信じておいでではないでしょうから」

「恐らくはあなたのおっしゃる通りでしょう！……しかしそれでも僕は全くの冗談話を語ったわけでもありません……」（二―6）

この「異様な告白」と共に、イワンの顔は「みるみる赤くなった」と記される。「もし不死がなければ、善もありません」。満を持してゾシマ長老の前に立ち、最も重大肝心な「神と不死」の問題を「もし」を用いた否定表現で表わす曖昧さ、自分の思想の確たる根の無さを思い知らされ、彼は自ら耐えられなかったのであろう。ゾシマ長老はこのイワンが、「肯定と否定」を前にして「だが」の否定に引きつけられる「不幸」、更には「もし」の曖昧さの中に留まる「不幸」を見抜いたのだ。ゾシマとイワンとのその後の会話もそのまま写し留めておこう。


「全くの冗談話を語られたわけでもない。その通りです。この思想はまだあなたの心の中で解決されておらず、心を苦しめているのです。しかし受難者も、絶望のあまりそうするのでしょうが、時にはその絶望で気晴らしをすることを好むものです。今のところあなたも絶望のあまり、雑誌の論文や俗世の議論などで気を晴らしておいでなのです。ご自分の論証をご自身信じておられず、心の痛みと共に密かに嘲笑しつつ……あなたの内でこの問題は解決されていない。そしてここにあなたの大きな悲しみがあるのです。なぜなら、これは執拗に解決を要求するものですから……」

「しかしこの問題が僕の中で解決されることがあり得るのでしょうか？　肯定的な方に解決されるということが？」

「肯定的な方向に解決されない限り、決して否定的な方向にも解決されません。あなたご自身がご自分の心のこのような特性をご存知でしょう。そしてそこにこそ、あなたの心の苦しみの全てがあるのです。だがこのような苦しみを苦しむことのできる崇高な心をあなたに授けて下さったことで、創造主に感謝することです。

『高《たか》きを惟《おも》ひ、高《たか》きを求《もと》めよ。
我《われ》らが住居《すまゐ》は天《てん》にあり』（コロサイ書三2・1、ピリピ書三20）

神があなたの心の解決を、あなたがまだ地上にある内にあなたにお与えなさるように。そして神がどうかあなたの道を祝福なさいますように！」（二一6）

こう語った後、ゾシマ長老は片手を上げて十字を切ろうとしかける。離れた自分の席からイワンに祝福を与えようとしたのだ。ところが突然イワンは自ら椅子から立ち上がり、長老の許に歩み寄って祝福を受けると、長老の手に接吻をし、黙って自分の席に戻って行ったと記される。この場面の「謎めかしさ」と「一種の厳粛さ」。その場に居合わせた一同は驚き、一瞬沈黙が支配したとされる。アリョーシャの顔に浮かんだのは「怯え」に近い表情であった。イワンのゾシマへの接吻。彼は長老の洞察と祝福に心を揺り動かされたのだ。アリョーシャのイワンへの接吻は翌日のこと。この時もイワンは「有難う」と応え、アリョーシャに深く感謝する。

「肯定的な方向に解決されない限り、決して否定的な方向にも解決されません」。悪魔の「常識」、「だが」によって全てを否定の闇に沈め続けてきたイワンの「大きな悲しみ」について、ここに初めてのしかも決定的な洞察がなされ、最終的な肯定に向けての方向づけと励ましが与えられたと言えよう。「このような苦しみを苦しむことのできる崇高な心をあなたに授けて下さった」創造主。イワンの悪魔が直観していた「あちら側の」「あの方の」「真理」。彼が向かうべき方向がはっきりと指し示されたのである。「高きを惟ひ、高きを求めよ。我らが住居は天にあり」。これこそ「ロシアの小僧っ子」イワンが本来目指したところだったのであろう。イワンの無意識が望んだ、あるいは彼の悪魔の「常識」が最後に試みた「否への否」、「没落への意志」を、ゾシマは正面から受け止めたのだ。

VI 「надрыв《ナドルィフ》」（激情の奔出）

「надрыв」

本章では第四篇に焦点を絞り、その表題として用いられた「надрыв（激情の奔出）」という語に注意を向けたい。この語は登場人物たちが直面する様々な問題を表わすべく、様々な意味で用いられるのだが、殊にアリョーシャの新たな目覚めを表現する極めて象徴的な語として注目される。「надрыв」。この名詞は『岩波ロシヤ語辞典』［一九七一］によれば「①切目、切口、②苦しい緊張、極度の努力、③疲労、へとへとになること、意気消沈、④感情の強い発作」等の意味を持つとされる。対応する動詞は「(上面・端を) 少し裂く」という意味の他動詞 надрывать《ナドルィヴァチ》［不完］、надорвать《ナダルヴァチ》［完］である。この語を正確な日本語に移し換えることはなかなか難しく、従来の様々な翻訳においても第四篇の表題の訳は、例えば「破裂」（米川・中山・池田訳）、「病的な興奮」（原訳）、「激情の発作」（北垣訳）、「うわずり」（江川訳）、「一種の錯乱」（亀山訳）等々、基本的には②と④の方向で解釈され、それぞれの訳者による苦心の跡が見られる。これまで平穏に維持されていた日常的な秩序や意識が、何らかの契機でその表面に少しでも鋭利な断裂を与えられるや、突如その裂け目から表面下に隠されていた感情・認識が迸り出て、それと共にそれまで思いもかけなかった事実や真実が現れ出て来る、その瞬間を映し取る語が надрыв

である。神からの「啓示《アザリェーニエ》」とは違い、このнадрывによって事実や真実の全てが一瞬の内に明らかとなるわけではない。そこには人間的誤謬や錯覚も含まれる。だが主人公たちの意識の奥深くに隠されていた感情や認識を現実の場にもたらす、これは極めてドストエフスキイ的な激しいドラマ性を含んだ言葉と言えるであろう。本書ではその訳語を北垣訳の線上で「激情の奔出」としておきたい。「надрыв（激情の奔出）」［以下では主に「ナドルィフ」とのみ表記する］この語と共にアリョーシャは新たに如何なる目覚めを与えられるのか、またこれを切り口として『カラマーゾフの兄弟』は新たに如何なる問題を提示するのか。

求道青年が直面するもの

「場違いな会合」の翌日、アリョーシャがイリューシン少年に左手中指を咬み砕かれ、ホフラコワ夫人宅に辿り着いた時のことである。夫人宅では折しもカチェリーナとイワンとの間に激しい諍いが繰り広げられていた（四4・5）。長兄ドミートリイの婚約者カチェリーナと次兄イワンとの間に進行しつつあった愛。既に見たように、この愛は六カ月前モスクワにおいて、兄ドミートリイの依頼でイワンがカチェリーナを初めて訪問した時に燃え上がったものである。「そう、俺はあのお嬢さんに、女学生にぞっこん惚れ込んだ。彼女のことで苦しんだ」（五3）。だがアリョーシャは、カチェリーナをドミートリイの婚約者であると受け止める以外、イワンとの恋については全く知ることがなく、二人が家畜追込町に持ち込んだ熱気にも殆ど気づかずにいたのである。

ひと月近く前から、アリョーシャの耳にも幾つかの方面から「噂」は届いていた。このことで彼も不安を覚えなくはなかったが、意識の片隅に追いやってしまっていたのだ。イワンのカチェリーナへの愛について、ドミートリイ自身が弟に「告白」したのもつい昨日、あの「場違いな会合」の直後のことでしかなかった（三5）。またその日の晩カチェリーナ宅を訪問した際、アリョーシャは彼女とグルーシェニカとが激しい対決を繰り広げる場面にも遭遇したのだが、その背景にある恋愛の力学については殆ど理解していなかったのである（三10）。そして父フョードルから、イワンが兄からカチェリーナを「横取りしようと躍起だ」と聞かされたのもつい先刻、夫人宅を訪れる前に父を訪問した時のことであった（四2）。要するにこの一途な求道青年は、カチェリーナという女性の内面について殆ど何も理解することなく、彼女とイワンの間に燃え上がる恋にも気づかず、ただただカチェリーナは兄ドミートリイを一途に愛しているものと固く信じて疑わなかったのだ。

カチェリーナの愛の分裂

ドミートリイとカチェリーナとの間に起こった事件のこと、ドミートリイとグルーシェニカとの出会いなどについて、その詳しい経緯は本書の後篇で見ることにしよう。だがアリョーシャの「ナドルィフ」を、そのプラスとマイナスを含めて、バランス良く理解するためにも、ここで予め一点だけ確認しておかねばならない。イワンとの間に燃え上がる愛の一方、カチェリーナの心の中では婚約者ドミートリイへの愛も依然強く生き続け、彼女はその心を二人の間に分裂させ、深い苦悩の内にいたという事実である。このことを知る人間は、彼女を愛する当のイワンとドミートリイ以外は誰一人としていなかった。作者がこの事実を明白に記すのは、エピローグに至ってのことである（エピローグ1・2）。ところが後に見るように（本書Ⅶ D 3）、カチェリーナとドミートリイの出会いから婚約に至る事件の歪《いびつ》とも言うべき独特な性格ゆえに、またカチェリーナの倫理観の強さゆえに、ホフラコワ夫人を始めとして読者さえもが、この女性が今ではただドミートリイの婚約者としての義務感にのみ縛られ、イワンへの愛を無理やり押し殺そうとしていると見なしがちである。問題はそう単純ではない。カチェリーナの愛の分裂という事実を心に留め、アリョーシャの「ナドルィフ」を見てゆく必要があるだろう。

晩生《おくて》青年に迫るもの

イエスの呼び声に応え、ひたすら「神と不死」を求め生きるアリョーシャ。作者はこの青年が中学生の頃から、

「女性についてのある種の言葉やある種の会話を聞いていることができない」「常軌を逸したほどの激しい羞恥心と純真さ」の塊であったと記す（一4）。「神と不死」に関する真実を一途に求めるアリョーシャを貫くのは「一切か二ルーブリか」の精神であり、彼はモスクワで愛するリーザとも別れ、故郷に向かったのであった。しかしこの晩生の求道青年にも、グルーシェニカを巡るドミートリイとフョードル親子の争いの勃発や、家畜追込町に持ち込まれたイワンとカチェリーナの愛の熱気の様々な余波、更には愛するリーザとの二年ぶりの再会を一つの節目として、もう一つ別の真実に関する決定的な覚醒の時が迫りつつあったのである。作者はカチェリーナとグルーシェニカとの激突に立ち合った夜、アリョーシャが一晩中この激突の夢にうなされ続け、明け方にはその夢に応えるかのように、半覚半睡のまま「ナドルィフだ、ナドルィフだ」との叫び声を上げていたと記す。二年ぶりの再会を果たして間もないリーザから、あのラブ・レターをもらった日の夜のことだ。

ここで再びアリョーシャがホフラコワ夫人宅を訪れた時に戻ろう。リーザによる指の傷の手当ての後である。夫人は彼に向かい、今正にカチェリーナとイワンとが客間で「深刻な話し合い」の最中であることを告げる。夫人によれば、そこで起こっていることは「恐ろしいこと」であり、「私に言わせれば、あれはナドルィフです」。夫人の報告は続く。「お二人とも、何のためなのか分かりませんが、自ら我が身を滅ぼそうとされ、自らそれと承知しながらその事を楽しんでおいでなのです」「恐ろしいこと。まさに幻想的な喜劇です。あの方［カチェリーナ］はあなたのお兄さまのイワン・フョードロヴィチを愛しておいでなのに、自分はドミートリイさんを愛していると必死に思い込もうとなさっているのです。恐ろしいこと！」（四4）。

図らずも夫人の口を衝いて出た「ナドルィフ」。つい明け方、夢とも現とも分からぬ中でアリョーシャ自身が叫んでいた言葉だ。偶然と言うにはあまりにも衝撃的な符合。自らの内と外の両方向から押し寄せてくる新たな恐るべき何ものかの力に、この青年は「ほとんど震え上がらんばかりに」なったと記される。指の痛みは既に忘れ去られていた。

アリョーシャの「ナドルィフ」

カチェリーナとイワン。アリョーシャが夫人に連れられ客間に入った時、二人の話し合いは終わりかけていた。部屋を支配するただならぬ雰囲気が話し合いの紛糾を物語っている。イワンに好意を持ち、彼とカチェリーナとの恋の成就を願うホフラコワ夫人によれば、カチェリーナはドミートリイの婚約者としての義務の念にあまりにも強く縛られ、イワンに惹かれる自分の心を解き放ってやることが叶わない。事実イワンを前にして、自分はドミートリイの「神となって」「彼の幸福のための道具に、機械に」なるのだと言い張るカチェリーナ。イワンは苦しみと苛立ちのあまり、全てを捨ててモスクワへと去ることを告げる。だが顔を歪めながらも、カチェリーナは彼を引き留める術を知らない。

途方に暮れたホフラコワ夫人は、アリョーシャに意見を求める。おずおずとした口調で、しかし断固と彼は語り始める。この青年の内部で無意識の裡に蓄積されてきたもの、「曖昧模糊とした混乱」が突如一点に凝集し激しく迸り出る瞬間、「ナドルィフ」の時が到来したのだ。アリョーシャはこう語り出したと記される。

「実際僕自身もよく分かりません……突然僕には啓示のようなものが……僕はこんなことを口にするのはよくないと分かっています……でも僕はやはり全てを言ってしまいます」「どうしてこのこと全てを言おうという気になったのか分かりません。でも誰かが真実を語る必要があるのです……と言うのも、ここでは誰一人として真実を口にしたがらないのですから……」(四5「客間でのナドルィフ」)

アリョーシャの心に突然閃いた「啓示のようなもの」。それをアリョーシャは直ちに言葉として奔り出させる。アリョーシャの「ナドルィフ」は、まずはカチェリーナに向かって発せられる叫びとして迸り出るのである。彼は「屋根からでも飛び降りるように」、こう語ったと記される。

「今すぐドミートリイ兄さんを呼んで下さい――僕が見つけて来ましょう――兄さんをここへ来させたら、あなたの手を取らせ、それからイワン兄さんの手も取らせ、［ドミートリイ兄さんに］二人の手を結び合《あわ》させます。なぜならば、あなたはイワン兄さんを愛しておいでだからこそ苦しめておいでだから……なぜ苦しめておいでかというと、あなたはドミートリイ兄さんをナドルィフで愛し……真実に反して愛しておいでだからです……なぜならば、あなたはご自分にそのように信じ込ませて……」（四5）

アリョーシャの心に突然閃いた「啓示のようなもの」。それはカチェリーナが「真実に反して」「ナドルィフ」の愛でドミートリイに向かい、愛するイワンを苦しめる不自然さについての直観であった。二重に「真実に反する」彼女の姿は「喜劇」であり、葛藤の全てはここに発すると思われたのだ。だがドミートリイに対する「ナドルィフ」の愛について言及した時、アリョーシャの訴えは怒りに唇を歪ませたカチェリーナによって断ち切られる。

「あなたは……あなたは……ちっぽけな宗教的痴愚よ。それがあなたよ！」（四5）

アリョーシャの言葉はカチェリーナの逆鱗に触れたのである。この青年の「ナドルィフ」は、「真実」の半面を欠く「ナドルィフ」だったのだ。

「啓示」と「真実」

改めて注意すべきは、作者がアリョーシャの「ナドルィフ」を、当の本人にも「啓示のようなもの」と言わせていることだ。それは「啓示」に似たものでありながら、飽くまでも「ナドルィフ」でしかなかったのである。

それはカチェリーナの心の「真実」に関する認識の点でも、また彼女への愛の指南としても全く未熟と言う外ないものであった。その直後、居酒屋の「みやこ」でイワンも厳しく告げる。「恋愛の話に口は挟むな！　お前に似つかわしくない。さっきも、さっきも、お前はいきなり口を出してきた！」（五3）。

事実カチェリーナの心の「真実」の全てを知る人間は、彼女を愛する当の二人以外には誰一人としていなかったのである。つまりカチェリーナがイワンへの愛の一方で、実はなお深くドミートリイをも愛し続けていること、この婚約者の内に高潔で純粋な魂を見出し、その感動は消えてはいないこと、そして二人への愛の「真実」を如何に貫くかに心を分裂させられ苦しんでいること。更にはまた、彼女の心の「真実」を知るイワンもドミートリイも共に深い苦悩の内にいること。カチェリーナとの出会いの「エピソード」については、既にドミートリイの「告白」によって知ってはいても（三4、本書ⅦD3）、これら複雑な愛の力学の全てをアリョーシャが漸く直視するに至るのは、ドミートリイの有罪判決が確定した後のことである（エピローグ2）。

人間的情熱についての一知半解、否、その理解のほんの出発点に立ったばかりのアリョーシャは、カチェリーナの心の「真実」全体を知らぬままに、突然訪れた「ナドルィフ」に身を委ねて突っ走ってしまったのだ。しかも軽々に「啓示」を口にし、他人の心に踏み込んでしまったのである。「あなたは……あなたは……ちっぽけな宗教的痴愚よ。それがあなたよ！」。カチェリーナの怒りは当然だったのだ。

「ナドルィフ」が指し示すもの

ドストエフスキイがアリョーシャの「ナドルィフ」によって浮かび上がらせた問題。それは愛の情熱とは、たとえそれが二つの「真実」として分裂しようとも、人間が誤魔化すことなく対峙すべき情熱であり、「神と不死」探求の宗教的情熱と同じ根を持つ根源的かつ聖なる情熱として本来あるということであろう。それは「神と不死」探求の過程でイワンがぶつかった二つの「真実」の分裂、「こちら側」と「あちら側」の「真実」の分裂、神と悪魔の分裂と同じく解き難く困難な問題である。しかしドストエフスキイはそれを、人間がその生涯において正面から対峙し、誤魔化しなく解くべき根本的な課題として提示していると考えるべきであろう。

カチェリーナの怒り。これは「宗教的痴愚」、晩生の求道青年アリョーシャの未熟なお節介に対する咄嗟の拒絶反応に他ならない。だがこの時彼女が図らずも用いた「宗教的痴愚」という言葉は、アリョーシャの「ナドルィフ」の内に含まれた「真実」を言い当てていたとも言うべきである。つまりこの初心で晩生の求道青年が、「啓示らしきもの」という言葉と共に男女の愛の情熱の「真実」について語り出した時、彼は地上的人間的愛の情熱の中にも、たとえそれが分裂の愛だとしても、「神と不死」探求において誤魔化しが許されないのと同様、誤魔化しなく「真実」が貫かれてあるべきだということを迫った点では、決して「真実に反して」はいなかったのだ。そしてこのことこそカチェリーナが苦しんでいたことだったのである。なるほどこの時アリョーシャは、今まで当然と信じて疑わなかったカチェリーナのドミートリイへの愛という「真実」の半面は忘れ去っていた。だが彼がカチェリーナに、イワンへの愛を誤魔化さずに貫くように迫ったこと自体は、真摯な求道青年の魂から迸り出た「ナドルィフ」の「真実」として、彼女の胸に突き刺さったのだ。彼女はイワンに対する「真実」を、今度はドミートリイに対する「真実」に目を塞ぎ、やがて裁判の証言席で貫くことになろう。

アリョーシャの立たされた新たな課題

しかしアリョーシャはこの「ナドルィフ」によって、他ならぬ自分自身をも新たに複雑で困難な立場に追いやることになる。なぜならば彼を心から愛し、つい前日あのラブ・レターで永遠の愛を誓ったリーザその人が、同時に今その心をイワンによって引き裂かれつつあるからだ。リーザのイワンへの愛。それは恐らくアリョーシャが宗教的真実を求めて彼女の許を去った後、モスクワで新たに芽生えたものであり、アリョーシャはこの「真実」についてはまだ何も知ることはない。だがカチェリーナを前にして噴き出した彼の「ナドルィフ」は、同時にリーザと自分自身に向けられた「ナドルィフ」ともなり、彼は自らの言葉に対し「真実」を貫くことを迫られてゆくであろう。事実作者は、アリョーシャの「ナドルィフ」のすぐ直後に、まるでこの青年に追い討ちをかけるかのように、リーザをしてイワンに対する「真実」、彼女の愛を表白させるのである。

リーザの「ナドルィフ」

先の「ナドルィフ」の直後のことだ。アリョーシャはカチェリーナに依頼され、ドミートリイによって公の面前で侮辱されたスネギリョフ、つまりイリューシン少年の父親の住まいを訪ねるべく外出する(四6「小屋でのナドルィフ」)。ドミートリイの犯した罪に目を注ぎ、そのことで苦しむ人間の心を想うカチェリーナがここにいる。この点ではカチェリーナとアリョーシャの心根《こころね》は一つである。その後再びホフラコワ夫人の屋敷に戻って来たアリョーシャが知らされたのは、イワンに続き彼が去った後、カチェリーナが猛烈なヒステリー状態に陥ったということであった(五1)。今度はカチェリーナの「ナドルィフ」である。彼女の心も深い分裂の内にあったのだ。このことを含め今日起こった出来事の全てに気を動転させられた夫人は、アリョーシャにしばらくリーザの相手をしてくれるよう依頼する。二人が過ごす短い時間。二人は将来を誓い合う。ここにもドストエフスキイが見事に描き取った青春の一齣がある。

この時のことだ。再会以来ここ数日、アリョーシャが特別な「悲しみ」の内にいることを敏感に感じ取っていたリーザは、その悲しみの理由について問い質す。「そう、リーザ、口にできない悲しみもあるのです」。アリョーシャは、なぜかどぎまぎしつつリーザの心遣いに感謝し、しかしその悲しみを今は明確に言葉にし得ないことを詫び、いずれ後に話すことを約束する。この答えに今一つ釈然としないものを感じつつ、リーザは続けてアリョーシャに向かい、彼が兄たちや父のことでさぞ苦しんでいるのだろうと問いかける。「そう、兄たちのことでも」。リーザの指摘と問いを否定せず、アリョーシャがこう答えた時である。突然彼女の口から思いもかけない言葉が飛び出してくる。

「私、あなたのお兄さまのイワン・フョードロヴィチのこと嫌いよ。アリョーシャ」（五1）

生涯の愛を誓い合った直後、リーザが発した衝撃的な言葉。それはあまりにも幼く無邪気で残酷な言葉であった。カチェリーナに迫った「真実」との直面を、アリョーシャは直ちに自らの身に引き受けることを迫られたのだ。リーザの残酷な「ナドルィフ」である。アリョーシャはこの言葉を「ある種の驚き」と共に心に留めたまま、正面から取り上げることはしなかったと記される。

アリョーシャの新たな「ナドルィフ」

リーザの言葉を胸に納めたアリョーシャ。彼が重い口を開いて語り出したのは、彼の心を押しつぶす様々な問題についてであった。彼の言葉をそのまま挙げておこう。

「兄たちは自分を滅ぼそうとしています」

「父もそうです。そして他の人たちをも一緒に滅ぼしてしまうことでしょう。ここにはいつかパイーシィ神父がおっしゃった《地上的なカラマーゾフの力》が働いているのです。地上的で、凶暴で、むきだしの力が……この力の上にも神の霊が働いているのか、それさえ僕には分かりません。分かっているのは僕自身もカラマーゾフだということだけです……僕は修道僧です。修道僧ですよね？　僕は修道僧でしょう、リーザ？あなたはたった今僕のことを修道僧だと言いましたよね？」

「でも僕は、ひょっとすると神を信じていないかもしれません」

「それに今、他のことはさておき、僕の友がこの世を去ろうとしているのです。世界で一番の人がこの世を去ろうとしているのです。ああ、リーザ、あなたが分かってくれれば、分かってくれればいいのですが。どれほど僕がその人と繋ぎ合わされ、固く結ばれているかということを！　僕は一人で取り残されてしまうのです……僕はあなたの所に来ます、リーザ……これからはずっと一緒にいましょう……」(五1)

アリョーシャの新たな「ナドルィフ」である。「地上的なカラマーゾフの力」をそのままに生きる父と兄たち。この血を分けた肉親が今や、他の人々をも巻き込んで陥ろうとしている破滅の運命。また他ならぬ自らの内にも流れ、今にも迸り出ようとしている「カラマーゾフの血」の自覚。その血が持つ「地上的で、凶暴で、むきだしの力」を前にしての神への信の揺らぎ。その危機を待ち構えていたかのように迫りくる師ゾシマ長老の死。死を超えた「永遠の生命」。リーザへの愛……アリョーシャを捉えていた漠然とした不安と悲しみ、また彼が今直面する、そして間もなく直面させられるであろう問題のほぼ全てが、ここに未だ混沌のまま表出されたのである。

「この力の上にも神の霊が働いているのか、それさえ僕には分かりません」「でも僕は、ひょっとすると神を信じていないかもしれません」。「カラマーゾフの血」、あるいは「地上的なカラマーゾフの力」の自覚が、新たにアリョーシャを導き入れようとしている神への信の揺らぎ。言い換えれば、自分の内に流れる「父親譲りの好色漢、母親譲りの宗教的痴愚」という二つの「カラマーゾフの血」の自覚を迫られると共に、アリョーシャはその二つの血を浄化・聖化し統合させるという困難な課題の前に立たされたのだ。

「母親譲りの宗教的痴愚」、「父親譲りの好色漢」

主人公たちが直面した課題を確認するために、ここでもう一度第二篇に戻っておこう。「場違いな会合」の日のことだ。合間を縫って神学生ラキーチンが、この集まりについてアリョーシャにしきりに探りを入れている。

カラマーゾフ家の人々に対し、殊にアリョーシャに対して複雑な感情を抱くラキーチンは、この会合に集まった人々についても歯に衣を着せぬ切り口で批評の刃を向ける。「君の家では情欲が炎症を起こすほどだ」。ラキーチンの辛辣な批評は続き、カラマーゾフ家の父親フョードルを始めとし、長男のドミートリイも次男のイワンも誰も彼もが皆「好色漢」であり、「その三人の好色漢が今や互いの尻を追いかけ回し合っているのだ」とまで断じるに至る。そればかりかラキーチンは、晩生で「初心な坊や」のアリョーシャにもその血は流れているとし、こう言い放つのである。

「君もまたカラマーゾフだ。れっきとしたカラマーゾフなのだよ。血筋ってことさ。君は母親譲りの宗教的痴愚、父親譲りの好色漢なのだ」「君と同腹の兄弟イワンはどうだ？　彼もカラマーゾフなんだよ。ここにカラマーゾフ家の問題の一切があるのさ。好色漢、強欲、宗教的痴愚ということなのさ！」（二―7）

ラキーチンという若者に対しては様々なアプローチが必要であり、出世欲に固まった俗物の合理主義者、辛辣な皮肉屋、哀れな狂言回しでしかないと一概に決めつけることは危険である。少なくともここで彼が描いて見せるカラマーゾフ家の人物評は辛辣ながらも的確で、この兄弟の内に流れる二つの「カラマーゾフの血」についての分析、つまり「父親譲りの好色漢、母親譲りの宗教的痴愚」という分析は鋭利で見事だ。ラキーチンの指摘は、「神と不死」の探求者アリョーシャが、「ナドルィフ」と共に新たに踏み込みつつある人間的愛の情熱について考える上で、またその情熱が「神と不死」を求める情熱と同根のものであることを知る上でも、実に的確な分析であり指針と言うべきであろう。また彼のこの評言は、カラマーゾフの兄弟たちが負わされた運命について、更には作者ドストエフスキイが主人公たちに向ける視線についても注意を促してくれるものである。「神と不死」探求における「肯定と否定」の分裂と統合の問題と、人間的愛の情熱の分裂と統合の問題。言い換えれば二つの「カラマーゾフの血」の浄化・聖化と統合の問題。二つの「真実」の問題。これはドストエフスキイがこの作品において投げかける最大の問題と言うべきものである。

ドミートリイとカチェリーナとイワン、イワンとリーザとアリョーシャ、そしてドミートリイとグルーシェニカとフョードル。この作品の登場人物たちが織り成す複雑な人間的情熱の関係は、これら三組の男女間のみに限られるものではない。作者は更にアリョーシャとリーザとカルガーノフ、またラキーチンとホフラコワ夫人とペルホーチンとの間にも少なからぬ愛の葛藤が存在することを記す。やがてドミートリイとグルーシェニカとアリョーシャ、更にはイワンとカチェリーナとアリョーシャとの間にもこの問題が生まれ出る可能性も否定できない。アリョーシャが今まで辿ってきた「神と不死」の問題を巡る「あれかこれか」の厳しい二者択一の道に対し、「ナドルィフ」によって彼の前に新たに開かれたのは人間的愛の情熱の分裂の問題、愛の真実を巡る誤魔化しのない「あれもこれも」の困難な道である。二つの「カラマーゾフの血」の問題。相次ぐ「ナドルィフ」により『カラマーゾフの兄弟』という不定方程式、あるいは高次方程式は、それを構成する変数の数と共に飛躍的にその複雑さを増してゆく。

「娘の恋は母親の死」

さてアリョーシャとリーザ二人は、自分たちの行方に待ち構える嵐の予感の内にも永遠に「一緒である」こと、「幸福になる」ことを改めて誓い合って別れる。ところがリーザの部屋から外に出たアリョーシャを待ち構えていたのはホフラコワ夫人であった。話を盗み聞きしていた彼女は、二人の婚約を「子供の戯れ」「愚劣で馬鹿馬鹿しい話」と断じ、アリョーシャに今後の家への出入り一切を禁止し、自らはリーザを連れて町を去ることを宣言する。「何もかも聞きました」「娘の恋は母親の死なのです！」。アリョーシャは夫人に、また翌日に訪問することを告げて辞去するのだった(五1)。

アリョーシャがその後夫人宅をいつ再び訪問することになるのか、そして若い二人がどのような経緯で結婚の約束を解消することになるのか、作者は何も記さない。この日の夜遅くゾシマ長老が世を去り、続いて翌日の夜にはフョードルが殺害されてしまうのだ。これ以降若い二人が一緒にいるのが記されるのは父親殺しの裁判の前日、あの冒頭の場面のみである。ゾシマ長老とフョードル二人の相次ぐ死がこの二カ月間、カラマーゾフの兄弟たちとグルーシェニカやカチェリーナを陥れた絶望と破滅と再生のドラマについて、またリーザが受けた衝撃とその心に吹き荒れることになった嵐について、本書後半ではこれらのテーマを扱おう。

後篇

Ⅶ　二つの死

二つの死がもたらすもの

アリョーシャとその兄イワンとの間に心を引き裂かれたリーザ。この少女の嵐の検討から出発し、「神と不死」を求める「ロシアの小僧っ子」アリョーシャとイワンのモスクワでの思索の跡を辿る中で明らかになったことは、これら三人の若者が抱える問題とは決して個別的に存在するものではなく、それぞれが互いに呼応し合いつつ家畜追込町の修道院、ゾシマ長老の許に収束してゆくということであった。しかもそれらの問題は大きくは二つの「カラマーゾフの血」の問題に収束し、彼ら自身の個別的な問題でありつつも、それらの浄化・聖化と統合という課題を含めて、そのまま福音書的磁場に連なる問題であることも浮き彫りにされてきた。

これらの問題は、これから立て続けに起こるゾシマ長老とフョードル二人の死によって、更に複雑かつ危機的な様相を呈してゆく。ゾシマ長老がその庵室で息を引き取るのは「場違いな会合」の翌日、アリョーシャの「ナドルィフ」の夜である（第六篇）。長老はその死後間もなく「聖者」たる者に似つかわしくない強烈な腐臭を発することで町中を醜聞《スキャンダル》の内に放り込み、アリョーシャを絶望の底に追いやる（第七篇）。更にその日の夜には兄弟の父フョードルが惨殺され、近郊のモークロエ村でグルーシェニカと狂宴を繰り広げていた長兄のドミートリイが逮捕され、このことは町中ばかりかロシア全土をも大醜聞の内に放り込むのである（第八篇）。モスクワから家畜追込町へ。「場違いな会合」からゾシマ長老とフョードル二人の死へ。カラマーゾフの方程式はその変数を増し、しかも新たに加わる変数とは二つの「死」という虚数であり、問題はその複雑度を飛躍的に増す。またそれらの問題と変数は強く福音書的終末論的磁場を帯び、『カラマーゾフの兄弟』を貫く聖と俗の二重構造はますます捉え難いものとなってゆく。ゾシマ長老とフョードル。本書後篇が扱うのは、これら二つの「一粒の麦」が「地に落ちて」生む様々なドラマについてである。その延長線上にリーザの嵐もまた、今よりも明瞭な姿を以って立ち現れるであろう。

A　アリョーシャ

1　アリョーシャの絶望

長老の死とアリョーシャ

師ゾシマ長老の死がアリョーシャを落とし入れた深い悲しみと絶望。このドラマについては「アリョーシャ」という題名の下に第七篇全篇が充てられ、読者は最後にこの青年が与えられる一連の宗教体験について、恐らく世界の文学史上でも稀に見る見事な描写に触れるであろう。「彼はひ弱な青年として大地に倒れ伏した。しかし起ち上がった時には生涯変わることなき戦士となっていた」（七4）。モスクワで始まった彼の求道の旅は、ゾシマ長老の死と腐臭の試練を経て、ここに一つの決定的な到達点、更には転換点に至る。第七篇が詳細に記すアリョーシャのドラマについて、ここではそのポイントを二つ検討しよう。一つはゾシマ長老の死とその死体が発した腐臭がアリョーシャを落とし入れる絶望について。もう一つはアリョーシャがこの絶望の底から引き上げられる体験、つまりグルーシェニカ訪問から始まる彼の一連の宗教体験についてである。師ゾシマの死はこの青年に何を体験させるのか。

腐臭事件

ゾシマ長老の死とその死体があまりにも早く発してしまった強烈な腐臭。「神と不死」を求めるアリョーシャの旅は、敬愛する長老の死に臨んでの祈りと瞑想の内に、生と死の究極の秘密に触れさせられ、その幕を閉じるというような平和で穏やかな展開とはほど遠い。彼が与えられるのは、師の腐臭が巻き起こす醜聞という衝撃的な試練である。

作者は死体からの腐臭の発生自体は「本来取るに足らぬ自然なこと」と記す。これがアリョーシャにとって「決定的な事件」となった第一の原因は、その腐臭を巡っての人々の反応であった。作者はアリョーシャも含め修道院や町の人々の間には、ゾシマ長老の死期が近づくにつれ、この聖者の死が何か想像を絶する「奇跡」を起こすのだという期待が大きく膨らんでいたと繰り返し記す（一5、七1・2）。ところが長老は皆の期待を見事に裏切り、なんとその死後直ちに、誰にもあまりにもと思われるような強烈な腐臭を放ち始めてしまったのである。特にアリョーシャの心に衝撃と絶望を与えたのは、それまで人々の間で高まっていた興奮と期待が直ちに失望と嘲笑へと転じ、長老の名声はあっという間に恥辱の底に突き落とされてしまったことであった。修道院のみか町全体をも巻き込む醜聞が巻き起こったのである。聖者の失墜。「人は正義の人の堕落と恥辱を好む」（七1）。ゾシマ長老の言葉がそのまま現実のものとなったのだ。

聖者の失墜

この腐臭事件とアリョーシャが陥った絶望に関しては、作者自身が詳しい説明を加えている。作者はまずアリョーシャが、その若い純真な心に宿す「万人万物一切に対する愛」を、この一年間ひたすらゾシマ長老という「義人」に注いでいたことに注意を促す。事実既に作品の冒頭第一篇で作者はこの点に繰り返し注意を促し、彼の長老への愛は「鎮めがたい心の、自分の全愛情を熱烈にぶつける、初恋とも似た」傾倒ぶりだったとさえ記される（一4）。そして「至高の正義」を体現する長老に対して青年が抱く愛と夢と理想は、他の誰とも同じくごく自然に「奇跡」への強い期待と結びついたのだとされるのである（一5）。その末に起こった腐臭事件。聖者が引き起こすはずであった「奇跡」は、あまりにも早いあまりにも強烈な「腐臭」へと転じ、ゾシマは世からの嘲笑と侮辱の的となる。聖者は失墜し、「至高の正義」は打ち砕かれ、アリョーシャの心は残酷無残に引き裂かれ、絶望の底に投げ込まれてしまったのである（七2）。

聖者の失墜劇。「救世主」としての栄光のエルサレム入場から一転して、ゴルゴタ丘上での惨殺に至るイエスの受難劇を典型として、「至高の正義」が容赦なく打ち砕かれる残酷な悲劇は、人類が飽くことなく繰り返してきた歴史ドラマである。この悲劇をアリョーシャは、自らが愛し慕う師ゾシマ長老の死と腐臭事件として現実に体験させられ、しかもそのような悲劇が彼にとって人生の「最も必要な時に」、全く思いもかけずに生じてしまったのである。このアリョーシャの心を、作者は次のように表わす。

「何のために？　誰が裁いたのか？　誰がそんな判断を下しうるのか？」
「どこに神の摂理と神の御手はあるのか？　何のために神は《最も必要な時に》（と彼は考えた）御手を隠され、如何にして盲目で物言わぬ無慈悲な自然の法則に自らを従わせる気になられたのか？」（七2）

「何のために?」「誰が?」「どこに?」「如何にして?」。これら極めて素朴な疑問詞こそ、人が人生の解き難い謎の前に立たされた時、その困惑と絶望を表現すべく残された唯一の手段《ことば》であり、「隠れた神」(詩篇四十四24、五十五1、イザヤ書四十五15他)に向かって、その「摂理」と「御手」を求めて発せられる激しい問いを導く尖兵となるのであろう。アリョーシャもまた、これらの疑問詞と共に世とその軽薄さと残酷さを弾劾し、「奇跡」を起こすどころか世に「聖者の失墜」を許した神への激しい問いを投げかけるに至ったのである。

「信と愛の人」アリョーシャ

聖者ゾシマを「盲目で物言わぬ無慈悲な自然の法則」の下に従わせてしまった神。この神に向かって絶望的な問いを投げかけるアリョーシャの信について、作者はこう記す。

「彼の心の中では、根本的ないわば自然発生的な信の一部でも揺るがされることはなかった。彼は自分の神を愛していたし、たとえ突然不平を言い始めたとしても、やはり揺るぎなく神を信じていたのである」(七2)

「根本的ないわば自然発生的な信」。つまり彼の存在の底に生来植えつけられた神への信と愛。作者によれば、これがアリョーシャを根底から貫くアイデンティティなのだ。「ホザナ」を求め「ホザナ」と出会いながらも、結局は「否定」に身を置くイワン。この兄とは対照的に、アリョーシャが根を置くのは「肯定」であり、彼が発した「不平」も神の不可解な振舞いへの強い不平、ヨブ的絶望と抗議ではあれ、決して神そのものの否定ではない。「根本的ないわば自然発生的な信」。作者は、不平と絶望という形でなおこの青年は「神の摂理と御手」を求め、「隠れた神」と結ばれていると言うのである。

メシア待望と絶望、「作者」と「作家」の隙間《ズレ》

「根本的ないわば自然発生的な信」。ではアリョーシャが絶望したのは、飽くまでも「聖者の失墜」をもたらした「神の世界」でしかなく、彼の生来の神への信と愛自体は本当に微動もしなかったのであろうか。そもそもゾシマが体現する「至高の正義」を打ち砕いてしまった世への絶望とは、神への信と愛と表裏一体にある「万人万物一切への愛」、隣人への信と愛が揺らいでしまったことであり、これもまた神への深い絶望であり、神への「反逆」とさえ言うべきものではなかろうか。そこには「目撃者」イワンと同じく、「人間の中の悪魔性」、毒蛇性への懐疑と絶望、更には世を自らと切り離し弾劾する傲慢さえも少なからず潜み、この時アリョーシャの生来の神への信と愛が深刻かつ重大な危機に陥っていたことは否定できないのではないか。

ところでこの物語中の「作者」は、ほぼ「作家」ドストエフスキイ自身と重なるものと考えられ、本書も今までそのように扱ってきた〔本書二十二ページを参照〕。だがここでは「作家」ドストエフスキイは、この物語中の「作者」との間に敢えて隙間を設けているように思われる。モスクワにおけるイエスの呼び声への応答以来、アリョーシャを造型してきた「作家」ドストエフスキイの視野は今、この物語中の「作者」の視線を超えて、アリョーシャの神への信と愛を「根本的ないわば自然発生的な信」から、様々な試練と苦難を経て、更に大きな地平にもたらそうとしていると考えられる。それはこの物語中の「作者」が記すように、決して固定された揺るぎない生来の信に留まるものではないのだ。但しこの隙間はここに限られ、この後の「作者」は、再び「作家」ドストエフスキイとほぼ重なると考えてよいであろう。

アリョーシャが陥った絶望と信の危機。改めて目を向けるべきは、彼の「奇跡」への姿勢である。ゾシマ長老の死が引き起こすであろう「奇跡」。作者も繰り返すように、この「奇跡」への期待に胸を熱くする青年が他ならぬアリョーシャであり、彼もまた「聖者の失墜」を招いた人間の一人に他ならなかったのだ。作者によれば、「長老の死後、修道院には桁外れの栄誉がもたらされるに違いないという確信」は、修道院の他の誰にもまして

強くアリョーシャの内に宿るものであったとされる。更にその確信は、彼の内で「炎のような歓喜」となって燃え上がり、「この長老もまた自分の前で一人の人間に他ならないこと」など、少しも彼を戸惑わせることはなかったとさえ記されるのだ（一5）。師ゾシマの死が近づくと共に、アリョーシャの期待と興奮はいや増しに高まり、彼は「信から生まれる奇跡」ではなく、「奇跡が生み出す信」への待望という倒錯した思考経路の陥穽に落ち込んでしまっていたのである。ゾシマこそが民衆の待ち望む「聖者」である、その死が決定的な「神の真理」の到来をもたらすのだという期待、一種の性急で軽薄で熱狂的なメシア待望と言うべきものが、この青年の内では極限近くにまで醸成されていたのである。本来人間の死という事実、人間の生の一大事と直面すべき厳粛な機会を、アリョーシャは師ゾシマから与えられたのだ。ゾシマ長老の「一粒の麦」としての死である。ところが彼は、長老の死と正面から対峙することによって、そこにある「神の真理」を感受するという弟子としての、また求道者としての根本的課題を忘れ去り、他の人々と共に、否、他の誰よりも先頭を切って未熟で性急なメシア待望の中に自らを投げ入れてしまったのだ。そして長老の死と腐臭事件。裏切られた期待。愛する師ゾシマの死への深い悲しみと、世間が見せた露骨な失望と嘲笑。「聖者の失墜」劇がもたらしたあまりにも強い衝撃により混乱したアリョーシャは、他ならぬ自分自身がそれまで陥っていた興奮と熱狂の軽薄さと危険性について十分な自覚も反省もないままに、世を自分と引き離し、自らの「邪《よこしま》な心」（七3）が招いた過誤との直面を世の人々への絶望とすり替え、厳しい批判と弾劾の対象としてしまったのだ。ここに恐らくは彼の絶望の最大の原因があり、その絶望がもたらす最大の信の危機があったと考えるべきであろう。これを福音書的磁場に置いて言えば、アリョーシャは師ゾシマ長老を裏切り、かつ師が愛した世と世の人々をも裏切るという二重のユダ的裏切りの罪を犯してしまったのである。先に記したように、「作家」ドストエフスキイが見据えるこの問題を、ここではこの物語中の「作者」は共有せず、アリョーシャの生来の神への信と愛は不変であったとする。だがゾシマ長老の「一粒の麦」としての死の逆説を見据える「作家」ドストエフスキイは、この作品の後篇をこの物語中の「作者」よりも広い視野の下に入れ、師ゾシマと世の人々に対するユダ的裏切りの問題を、まずはアリョーシャの意識の底に沈めさせたままに置いたと考えられるのである。

信の揺れの開始

この問題との関連で改めて思い出すべきは、アリョーシャが他ならぬ長老の死の当日、あの「ナドルィフ」の時、リーザに対して自分の内にも働く「地上的なカラマーゾフの力」への不安を告げ、次のように語っていたことである。「この力の上にも神の霊が働いているのか、それさえ僕には分かりません」「でも僕は、ひょっとすると神を信じていないかもしれません」。新たに心の内に開かれた二つの「カラマーゾフの血」の深淵を前に、また差し迫ったゾシマ長老の死を前に、そのメシア待望と奇跡への熱烈な期待の一方で、アリョーシャは自らの内なる神への信という生来のアイデンティティ、「根本的ないわば自然発生的な信」が根元から揺れ動き始めつつあることも既に感じていたのである。ゾシマ長老の死とフョードルの死という二つの死によって、アリョーシャが投げ込まれてゆく深淵。それを恐らく「作家」ドストエフスキイは、『カラマーゾフの兄弟』の書かれずに終わった後篇をも視野に入れ、「偉大なる罪人」がさ迷う底知れぬ深淵として描き出すことを期していたのであろう。先に見たアリョーシャの「ナドルィフ」、それはカチェリーナの愛の「真実」に対してぶつけられて始まったものであった。だがその「激情の奔出」は更に恐るべきドラマの開始、神への信と愛の根本的組み換えの開始を告げる序曲だったのだ。神への信と愛を持つことと、神の信と愛の透徹した認識・受容とは別なのだ。

絶望とユダと罪意識

さて改めてゾシマ長老の腐臭事件、「至高の正義」を世が打ち砕くという悲劇から福音書世界を眺め返す時、そこに見出される最大の悲劇はイエスの受難劇を措いて他にないであろう。「神の国」の到来を告げるイエス。

神を愛として捕え、あるいは神の愛に捕えられ、その愛を説き生きるイエスに感動し、彼を師あるいはメシアとして熱狂的に従ってきた弟子たちや信従者全員が、いざとなると師を裏切り、ゴルゴタ丘上の十字架に追いやってしまったあの裏切りのドラマ。福音書が教えることとは、世の人間全てが、結局はそれぞれの形で「聖なるもの」を裏切るユダに他ならないという事実である。ゾシマ長老の死と腐臭事件を契機としてアリョーシャの目に映ったものもまた、福音書の時代に限らず今も無数のユダたちで満ち溢れる世界であり、更に突き詰めれば、ユダ的裏切りに運命づけられた人間存在の弱さと愚かさだったと言えるであろう。この点でアリョーシャはイワンの認識と絶望と同じ線上に立ったのだ。

イワンの場合、彼を「人間の内なる悪魔性」への絶望に追いやったのは世に満ち溢れる不条理、罪なき幼な子たちの涙への凝視であり、この絶望が更に彼をして人類の歴史一切を、大審問官に支配されたユダ的人間が犯す神とイエスに対する裏切りの歴史として総括させたのであった。アリョーシャも絶望の底からラキーチンに言う。「僕は僕の神に反逆しているのではない。ただ《神の世界を認めない》だけだ」（七2）。居酒屋の「みやこ」で兄が語った言葉を、翌日弟はそのまま「剽窃」したのである。しかし「神の世界」とそこに満ちるユダ的人間に対する絶望の底から発された言葉である限り、これは「剽窃」どころか、兄の認識と絶望をそのまま受け入れた「反逆」の表明以外の何ものでもない。

「神の世界を認めない」深い絶望。その中でイワンが神否定に続いて辿ったのは、この不毛な世界で神の愛を十字架に至るまで貫いた「キリストの愛」をも否定し、自らを神とする「地質学的変動」の思想への道であった。「神と不死」の探求に命を賭ける求道青年アリョーシャ。彼もまたゾシマ長老の死を契機として、「聖者の失墜」をもたらす世への絶望の底から、自らのユダ的裏切りは意識の底に沈めたままで、イワンと同じく「反逆」の道を歩むのであろうか。「邪な心」を抱え、アリョーシャがラキーチンに導かれるのは、グルーシェニカの許である。

2　グルーシェニカの許で

グルーシェニカの過去

「聖者の失墜」を喜ぶ世の人間への絶望。「毒を喰らわば皿までも」。アリョーシャは修道院の聖餅の代わりにソーセージをもウォットカをも、更にはグルーシェニカをも厭わずと、自らの「邪な心」をラキーチンの誘いに乗るに任せる。グルーシェニカの告白によれば、彼女は彼女の方で以前からこの求道青年の破滅を狙い、「一呑みにして笑ってやろう」と待ち構えていたのだ。だがこの時、二つの「卑劣で邪な心」の間に起こったこととは、「人生で滅多に起こることのない、魂を激しく揺り動かすようなこと」であった（七3）。

アリョーシャがグルーシェニカを訪問した日とは、アリョーシャにとってのみかグルーシェニカにとっても「運命の日」であった。その意味を知るためには、この日に至るグルーシェニカの過去について知っておく必要があるだろう。だがこの女性の遠い過去について作者が記すことは殆どなく、読者が知ることと言えば彼女が聖職者の家庭に生まれ育ったということでしかない。

グルーシェニカが読者の前に姿を現すのは五年前、彼女が十七歳の時である。ポーランド人将校に騙され捨てられたグルーシェニカは、恥辱と貧困の内に県庁所在地の町に取り残されたのだ。それから彼女が如何なる生活を送ったのか、作者は記さない。一年後の十八歳の時、彼女は商人サムソーノフの「囲い者」として家畜追込町に連れてこられる。この町で彼女はまず品行の点で、好色で嫉妬深いサムソーノフの信頼を獲得するや、次には彼の指導の下に利殖の才に磨きをかけ、フョードルとも手を組んで手形決済の仕事でボロ儲けするまでの「ユダヤ女」に成り遂げる。痩せて、物思わしげで愁いを帯び、哀れな傷ついた孤児は四年後、血色も肉付きもよい、しかも自信に満ちたロシア的「絶世の美女」に変身していたのである。

このグルーシェニカの女性としての魅力の虜となったのは、「旦那」のサムソーノフを除き、まずはフョードル、次に息子のドミートリイであった。カラマーゾフ家の父と長男との間では、ドミートリイの母アデライーダが残した遺産ばかりか、グルーシェニカを巡る激烈な争いも繰り広げられることとなる。グルーシェニカ自身は既に、「高潔な」ドミートリイに心を傾けていた。だが彼女は持ち前の巧緻さ《コケットリー》により本心を明かさず、イワンが「毒蛇がもう一匹の毒蛇を喰う」と評したように（三9）、父と子の争いは金銭の争いと共に、いよいよ行き着くところまで行こうとしていたのである。その矢先、グルーシェニカに一通の手紙が舞い込む。五年前に彼女を捨てて去ったポーランド人将校からの手紙で、妻を亡くし今や一人身となったこの男が、町の近郊にあるモークロエ村で待つとの知らせであった。その指定された日が、アリョーシャの訪問した日だったのだ。着飾ったグルーシェニカは、父との争いで嫉妬と猜疑の塊となったドミートリイが、この上になお嫉妬と猜疑の炎を燃やすことを怖れつつも、今か今かとモークロエからの知らせを待っていた。全ての人物と問題が「まるでわざとのように」、ある一点一刻に向かって集中してゆくドストエフスキイ的ドラマ展開。この日アリョーシャとグルーシェニカの運命もまた、ゾシマ長老の死を介して劇的に切り結ばれようとしていたのである。

ポーランド人将校との恋愛事件から現在に至るグルーシェニカの前史を踏まえた上で、もう一つの事実に着目しておこう。この五年間のグルーシェニカ変身劇の裏に隠されたもう一つのドラマ、つまり彼女が孤独の内に育んできた人間への不信と憎悪の心、いわゆる「地下室人間」の心理についてである。彼女の心とアリョーシャの心とが深く切り結ばれる必然はここに見出されるであろう。

グルーシェニカの地下室

モークロエ村で彼女を待つポーランド人将校について、グルーシェニカの心の中には複雑な感情が渦を巻いていた。自分を捨て去った将校と世に対して湧き上がる怒りと絶望、そして復讐心。しかしその一方でなお彼を愛し赦さずにはいない心。グルーシェニカは将校が去って以来の五年間、一人密かに夜の闇の中で涙を流しながら愛と憎の間を揺れ動き続けてきたのだ。

「私はベッドから床に身を投げ出し、甲斐のない涙を流しながら夜明けまで震えていたの。そして朝起きる時には犬よりももっと刺々《とげ》しい気持ちで、世界中を一呑みにできたら嬉しいと思ったの」（七3）

愛と憎。赦しの心と復讐の心。暗く蠢く両極の心を抱え、グルーシェニカは商人サムソーノフに身を託し、お金というマモン神に魂を売って利殖の才を磨き、遂には高飛車な独立自尊の姿勢で世に向かう人間となり、内気で繊細な少女から誰もが一目を置く「ユダヤ女」に、そしてまた男心を誘わずにはいないロシア的な美女へと変貌したのだ。「世界中を一呑みにできたら嬉しい」と語るグルーシェニカ。彼女の五年間とは、自分を捨てた男と世を向こうに置いて絶望と憎悪に身を焼く女性、ドストエフスキイ的地下室人間誕生の五年間でもあったのだ。

この地下室の闇の中からグルーシェニカが見つめていたアリョーシャ。作者が描くその視線は地下室で育くまれた愛憎の交錯劇、グルーシェニカの人間への信と不信が凝縮された視線であり、それは正にドストエフスキイ的分裂、『カラマーゾフの兄弟』を貫く「肯定と否定」の両極性を象徴する地下室的心理と言うべきものである。

この地下室の心が、実際にアリョーシャを前にして、如何に爆発するに至ったのか。

地下室で、アリョーシャへの愛

さてアリョーシャを迎えたのは、ラキーチンの言葉によれば「全身これ喜びといった感じ」のグルーシェニカであった。前々日アリョーシャがカチェリーナの家で目撃した「敵意に満ちた悪賢い振舞い」は消え、今やこの女性に浮かぶのは「善良そうな快活な笑い」である。彼女の動作も「物憂げで気取った」ものから、「全てが簡素で素朴で、素早く直線的で、信頼に満ちた」ものへと一変している。突然訪れたアリョーシャを前にグルーシェニカ自身、今や自分が「いい人間」になったのだと繰り返し、アリョーシャの膝の上に飛び乗り、その首に優しく手を回す。晴れやかで陽気そのもののグルーシェニカである。

「淫乱な目で」事の成り行きを見守っていたラキーチンの「期待」と「想像」は見事に裏切られる。一方この晴れやかで陽気なグルーシェニカに接したアリョーシャの内に生じたものも、全く新しい感覚であった。作者はそれを「ある新しい奇妙な感覚」とも、「全く別の思いもかけぬ一種特別の感情」とも、また「彼女に対する度外れに大きい純真な好奇の感情」とも記す。アリョーシャは予期していた「邪な心」とは反対に、彼女の内に脈打つ善良さと純朴さを直ちに感じ取ったのだ。すぐ後で彼は言う。「僕は邪な心を見出すつもりでここに来た。ところが僕が見出したのは誠実な姉だった。宝を、愛に満ちた心を見出したのだ」。

更に驚くべきことが起こる。膝に乗ったグルーシェニカの口から飛び出してきたのは、アリョーシャへの愛の告白であった。「アリョーシャ、私は心からあなたを愛しているの、信じてくれる?」。「よせ、恥知らず!」。冷笑家から突如常識人に転じたラキーチンの叫びだ。「それがどうしたの、私、愛しているの」。「では将校さんはどうなるのだ?」。ラキーチンを無視し、彼女の口からは更に重大な告白がなされる。

「それとこれとは別よ。私はアリョーシャを別の意味で愛しているの。アリョーシャ、確かにこれまで私はあなたに対して邪な考えを持っていたわ。私は卑劣だし、気の触れた女だから。でも別の時には私、あなたのことをよく私の良心として見ていたの。アリョーシャ、私いつも考えるの、《私がこんな風では、あの人は今後こんなに汚れた私のことを軽蔑するに違いない》って。おとといも、あのお嬢さん［カチェリーナ］の家から走って帰った時、そう思ったわ。ずっと前から私はそんな風にあなたに目をつけていたの、アリョーシャ。ミーチャも知っているわ。あの人には話したことがあるから。ミーチャはちゃんと分かってくれている。実を言うとアリョーシャ、時には本当に私、あなたを見て自分が恥ずかしくなるの。自分の何もかもが恥ずかしくなるのよ……どうしてあなたをそんな風に考えるようになったのか、いつからそうなのか自分でも分からないし、覚えてもいないのだけれど……」（七3）

「邪さ」と「汚れ」と「卑劣さ」の自覚と共に、グルーシェニカは一人絶望の涙に暮れ、自分を捨てた男と全世界への復讐心を研ぎ澄ませつつ、アリョーシャを自らの「良心」として仰ぎ見ていたのだ。一切を捨ててモスクワからこの町のゾシマ長老の許にやって来たアリョーシャ。この青年の一途な求道の姿が発する「聖なるもの」の不可侵な高貴さを、彼女は自らの地下室の闇の底から感じ取る鋭敏さと純粋さを失ってはいなかった、あるいは育んでいたのである。聖職者の父を持つという彼女の出生も、このような彼女の感性を養うのに遠く与ったのであろうか。更に注目されることは、このアリョーシャへの愛と尊敬の心を彼女がドミートリイに語り、ドミートリイもまた彼女のアリョーシャへの心を十分に理解していたということだ。「地上の天使」アリョーシャを挟んでグルーシェニカとドミートリイ。「母親譲りの宗教的痴愚」と「父親譲りの好色漢」。二つの「カラマーゾフの血」が浄化・聖化され統合される一つの可能性、少なくともそこに通じる透明な空気がここには僅かながらも存在するように思われる。このグルーシェニカの姿を決して擬態と考えてはならないであろう。

地下室で、アリョーシャへの憎

アリョーシャに対する愛と尊敬。だがその一方で、グルーシェニカがアリョーシャに対して抱いていたもう一つの心、毒に満ちた「邪な心」のことも忘れてはならない。アリョーシャを「良心」として仰ぎ見る一方、彼女はその地下室で、彼に対する激しい憎悪の心も育んでいたのだ。

「私はねアリョーシャ、あなたを破滅させる気でいたの。本当よ。すっかりその気でいたの。その一心で、あなたを連れてくるようラキートカ［ラキーチン］にお金を掴ませたくらいなの。それほど私が強く望んだ理由をお分かり？　あなたはアリョーシャ、何も知らなかったから、私に会っても顔を背《そむ》け、目を伏せて通り過ぎて行ったわ。でも私の方はこれまでに百遍もあなたを眺めては、あなたのことを皆から聞き出しにかかっていたの。あなたの顔が心に焼き付いてしまったの。《あの人は私を軽蔑して、目をくれようともしない》。こう思い、遂にはすっかりそんな感情の虜になって我ながら驚かされるほどだった。どうしてあんな坊やが怖いのだろう？　いっそ一呑みにして笑ってやろう。こう思ったの。腹が煮えくりかえったの」（七3）

絶望の底から「良心として」仰ぎ見たアリョーシャ。そして「煮えくりかえる腹」で一呑みにしてやろうと狙ったアリョーシャ。グルーシェニカにとってアリョーシャとは、自らの「良心」、内なる「聖なるもの」の象徴として尊敬と愛の対象であると同時に、またそれゆえにこそ、自分を捨てた男と世界への煮えたぎる憎悪と怒りの的、その内なる「邪な心」が向かう否定と破壊の最大の対象ともなっていたのだ。光と闇、深い分裂と矛盾を抱えた地下室人間グルーシェニカがここにいる。そしてその事を正直に告白するグルーシェニカがここにいる。

グルーシェニカとリーザ

アリョーシャを見つめるこのグルーシェニカの視線を、ここでリーザのそれと重ねておこう。アリョーシャの求道の姿が持つ犯し難い聖性と高貴さ、その前に立つ少女が置かれた困難さと複雑さが改めて浮かび上がってくるのではなかろうか。アリョーシャが去ってから二年後、母に連れられ家畜追込町を訪れたリーザは、この青年との再会の喜びの中で直ちに手紙を送り、内に燃やし続けた愛を一気に告白するに至ったのであった。だが先に見たように、モスクワで二人が幸せの絶頂にあった時も、既に二人の間では彼女の恵まれた豊かな富を巡り、何らかの形で争いが開始されていた可能性が高かった。また家畜追込町においても、リーザはゾシマ長老を前に噴き出た母のニヒリズムを目の当たりにしている。更には自分自身の動かぬ足。イワンに引きつけられる心。この少女の心に暗い大きな空洞も口を開けていたことは想像に難くない。

「私に会っても顔をそむけ、目を伏せて通り過ぎて行った」アリョーシャ。グルーシェニカにとってと同じく、リーザが見つめるアリョーシャとは、ゾシマ長老の許でひたすら求道の道を歩む青年である。この青年を仰ぎ見て愛する心と、逆にこの青年を通して射し込む聖なる光から目を逸らし、それを憎む「邪な心」。アリョーシャの求道への敬意と関心、その一方で「家を燃やし」聖なる世界をも拒否し、一切を否定し去ろうとする毒心。グルーシェニカの地下室を介し、アリョーシャを前に深い分裂と困難な問題を何重にも抱えるリーザと、その地下室的心理もまた浮かび上がってくる。

人間的な愛《エロス》の真実と、天上的な愛《アガペー》の真実

ドストエフスキイが見つめる人間的な愛の情熱。それは複雑で混沌とした愛憎の分裂のドラマとして展開し、多くの場合最後に待つのは悲劇的な結末でしかない。この作家が見据える人間は、天上的な愛の真実の探求においても人間的な愛の真実の探求においても、共に深い分裂の中に身を曝すことを強いられ、その分裂と絶望の闇の果てに光と出会う人物はまず稀である。ドストエフスキイの悲劇世界において、人間的愛の情熱が闇を超えて聖なる光を帯びることを可能とされる殆ど唯一の例外は、『罪と罰』におけるソーニャとラスコーリニコフの場合のみであろう。そしてこの場合も、地上的な愛の情熱が天上的な愛と結びつくことを可能とされるのは、飽くまでもソーニャという稀有な信と愛の人の存在があってのことなのだ。しかもその新たな愛の可能性も、殺人犯ラスコーリニコフがシベリアで送る長い徒刑生活の先に遠く望見されて小説は終わるのである。

ドストエフスキイが見据えていた人間的な愛、エロス的情熱の浄化と聖化の問題は、どこにその最終的な答えを見出し得るのか。彼の思索が根を置く福音書もその答えを正面から提示しているようには見えない。イエスにより律法の頸木《くびき》から解き放たれた「罪の女」（ルカ七36－50他）。七つの悪霊・悪魔を追放され、イエスに従って十字架の傍らにまで付き添い、その復活の使信に誰よりも早く触れたとされるマグダラのマリア（同八2他）。またラザロの復活を目の当たりにしたマルタとマリア姉妹（ヨハネ十一1－43）。そして姦淫の場で捕えられた女（同八1－11）。これらの女性たちとイエスとの間に生まれた天上的な愛の交流は人の心を深く動かさずにはいない。だが彼らの間に人間的な愛、エロス的情熱の通い合いが生じた可能性は一切なかったのか、四つの福音書は何も記さない。ダマスコ途上での決定的な体験から、イエス・キリストと神への新たな信と愛に貫かれるに至ったパウロも、人間的な愛の情熱の問題に関しては、積極的な生と思索を展開する聖者であるよりも、切迫した主の再臨に向けて独身者としての生を貫く道を選んだ「聖者」なのである。

二つの「カラマーゾフの血」の浄化・聖化と統合の問題、あるいは二つの愛の真実の問題、更に言い換えれば地上的エロス的愛の情熱と天上的な愛の統合の問題。『カラマーゾフの兄弟』がその核の一つとして宿すこの問題へのアプローチについて、アリョーシャとグルーシェニカとドミートリイとの間に、またドミートリイとカチェリーナとイワンとの間に、そしてアリョーシャとリーザとイワンとの間に、更にはイワンとカチェリーナとアリョーシャとの間にさえも、作者ドストエフスキイはこの作品の後篇をも含め、その愛の可能性の探求を視野に入れていたように思われる。だが先に見たように、アリョーシャも「ナドルィフ」を以ってこの道を歩み始めたばかりである。その可能性がどの方向に探られるのかは、作者の胸の内に残されたままである。

長老の死、そして「一本の葱」

さてゾシマ長老の死と腐臭事件によって見失われてしまった「神の御手」が、グルーシェニカを介して、いよいよアリョーシャに臨む時がやって来る。アリョーシャに対する愛憎相反する心を抱いたグルーシェニカと、彼女の内に「邪な心」を見出すことを予期していたアリョーシャ。それぞれの地下室、人間への不信と絶望を抱えた二人の心の壁が打ち破られる時が来るのだ。そのきっかけは、運ばれたシャンパンで乾杯の音頭を取るべくラキーチンが「天国の扉のために！」と声を上げたことだった。この時グルーシェニカは初めてゾシマ長老の死を知る。「ゾシマ長老がお亡くなりになった！」。彼女は叫び声を上げる。「ああ、私知らなかった！」「それなのに、私この人の膝に乗ったりして！」。咄嗟に敬虔に十字を切った彼女は、怯えたような叫び声を上げたかと思うと、アリョーシャの膝から飛び降り、ソファに坐り直す。

グルーシェニカが長老の死を知って上げた叫び。咄嗟に切った十字。アリョーシャの膝から飛び降り、ソファに坐り直した動作の素早さ。死についての報知が本来人の心に引き起こすべき、これら極めて自然で真摯かつ直截な咄嗟の反応。また心から愛し尊敬する存在たる「宝」ゾシマを失ったアリョーシャへの、言葉の真の意味での「憐れみ」を全身で表現する彼女の振舞いに、彼は人が本来死に向き合うべき原点に一瞬にして引き戻される。ゾシマ長老の死がもたらすはずの「奇跡」への期待のみに心を奪われ、それゆえ長老の腐臭事件に心をかき乱され、また「聖者の失墜」をもたらした世の人々への不信と絶望に心を占領されてしまったアリョーシャ。彼は師ゾシマの死が与えてくれるはずの、最も厳粛で荘厳な「神の御手」との出会いの瞬間を、そして人間への信頼の回復の機会をグルーシェニカから与えられたのである。

アリョーシャの顔は明るく輝き始め、彼は「大きな確とした声で」語り出す。

「ラキーチン、僕が神様に謀反を起こしたなどとからかわないで欲しい。僕は君に対して恨みなど抱きたくない。だから君ももっと善良になってくれたまえ。僕は君が一度も持ったことのないような宝《ひと》を失ったのだ。だから君も今、僕のことをあれこれ言わないで欲しい。この女性をもっとよく見給え。この女性が僕のことをどんなに憐れんでくれたか、君も見ただろう？　僕は邪な心を見出すつもりでここに来た。そういうものに惹かれたのは、僕自身が卑劣で邪だったからだ。ところが僕が見出したのは誠実な姉だった。宝を、愛に満ちた心を見出したのだ……この女性は今僕を憐れんでくれた……僕はあなたのことを言っているのです、アグラフェーナ・アレクサンドローヴナ「グルーシェニカ」さん。あなたは今、僕の心を甦らせてくれたのです」（七3）

グルーシェニカの地下室。そこに「邪な心」を見出すことを予期していたアリョーシャ。彼が出会ったのは「誠実な姉」「宝」「愛に満ちた心」だったのである。

アリョーシャの感動と感謝に対してグルーシェニカから返されたのも、深い感動と謙抑の心の表明であった。彼女はアリョーシャに「一本の葱」の寓話を語り聞かせる。幼い頃料理女のマトリョーナから語り聞かされて以来、彼女が空で言えるほどまでに愛し親しんできた寓話である。そして彼女は最後にこう付け加える。

「私は一生を通じてたった一本の葱を与えたことがあるだけ。私の善行といったらそれくらいのこと。だからアリョーシャ、もうこれからは私のことなど褒めないで。私は邪な心で、この上なく邪な心で、本当に邪な心なの。褒めたりすれば私に恥をかかせるだけ」（七3）

「邪な心で、この上なく邪な心で、本当に邪な心」。グルーシェニカの言葉は縺れる。だがこの言葉の縺れこそ、「一本の葱」授受の感動を表わすものに他ならない。「人生で滅多に起こることのない、魂を激しく揺り動かすようなこと」。作者が記すそのこととは、人間への信と愛を失った人間が、自らの心の「邪さ」と「卑劣さ」を自覚させられると同時に、再び人間への信と愛に素直に心を開かされた瞬間、つまりは「一本の葱」授受の瞬間に他ならない。「一本の葱」を与えたのはグルーシェニカであり、またアリョーシャでもある。そしてこの「一本の葱」の授受、魂の甦りを可能としたのはゾシマ長老の死、その「一粒の麦」としての死に他ならない。アリョーシャが修道院に戻って体験する「ガリラヤのカナ」。彼があれほどまでに待望した「奇跡」は、既にここに始まっている。

3　アリョーシャの宗教体験、その罪意識

「ガリラヤのカナ」と満天の星空の下で

アリョーシャが修道院に戻って見る「ガリラヤのカナ」の婚宴の夢（ヨハネ二1－12）。そして僧院の外、満天に輝く星々の下での大地への接吻。「一本の葱」の体験から始まり描き出されるのは、アリョーシャが与えられる一連の宗教体験であり、それらは恐らく世界の文学史上でも稀に見るような人の心を揺り動かす描写である。それらはゾシマ長老の死を介してなされるアリョーシャの、まずは人間グルーシェニカとの、次にはイエス・キリストとの、そして最後には神との真の意味での遭遇体験であり、ドストエフスキイはこれら三段階にわたってなされるアリョーシャの「聖なるもの」との出会いを、真正面から見事に描き切ったと言うべきであろう。「彼はひ弱な青年として大地に倒れ伏した。しかし起ち上がった時には生涯変わることなき戦士となっていた」。「神と不死」を求めるアリョーシャの旅は、ゾシマ長老の死と腐臭の試練を経て、ここに一つの到達点に至る。

ドストエフスキイが描いたアリョーシャの宗教体験、この神韻縹渺たる名場面の逐一を辿り説明する愚は避けるべきである。ここでは「ひ弱な青年」がひとまず行き着いた終着点、否、折り返し点を迎えた求道の旅を、今

まで彼が辿って来た道筋の確認をしつつ、新たに直面するであろう問題への展望の内に位置づけるに留めよう。

「ガリラヤのカナ」で

イエスの脇でゾシマ長老がアリョーシャを招いている。

「なぜ私を見て驚くのだ？　私がここにいるのは一本の葱を与えたからだ。ここにいる人たちの大部分も、たった一本の葱を与えたに過ぎない。たった一本ずつ、しかも小さな一本の葱を……我らの仕事はどうなっている？　もの静かでおとなしい私の少年よ、お前も今日餓《かつ》えた女に一本の葱を与えることができた。始めるのだ、倅よ、自分の仕事を始めるのだ。おとなしい少年よ！　我らの太陽が見えるか、お前にはあのお方が見えるか？」（七4）

イエスの呼び声に応え、モスクワで始まったアリョーシャの求道の旅は、ゾシマ長老とグルーシェニカの導きによる「一本の葱」の体験に続き、「ガリラヤのカナ」の婚宴、「我らの太陽」イエス・キリストが与える喜びのブドウ酒の祝宴に招き入れられるに至る。この祝宴への招待状が与えられる唯一の条件とは、ゾシマ長老の言う「我らの仕事」、つまり「一本の葱」を与え与えられるという仕事を果たすことに他ならない。この「一本の葱」を福音書的磁場で言い直せば、ルカ福音書の「善きサマリア人」の譬えでイエスが語った「隣人愛」のことであり、更には「場違いな会合」でゾシマ長老がリーザの母ホフラコワ夫人に語り聞かせた「実行的な愛」、そしてまたイワンが「キリストの愛」と呼んだものも結局はこの「一本の葱」の授受を指すと言えよう。アリョーシャは「実行的な愛」を生きることこそが、人間の地上における生の全てであり、「われらの仕事」であることを、ここイエスとゾシマの臨席するカナの祝宴で決定的に悟らされるのだ。

二つのイエス・キリスト像

ところで『カラマーゾフの兄弟』において、ドストエフスキイは二つのイエス・キリスト像を描いたことになる。しかも注目すべきことにそれら二つは共に、「神と不死」を求める「ロシアの小僧っ子」イワンとアリョーシャの心に映し出されたイエス・キリスト像である。「大審問官」と「ガリラヤのカナ」。陰惨な異端狩りが繰り広げられ死臭漂う中世セヴィリアの街と、イエスがその生の大部分を生きた自然の風光豊かなガリラヤのカナ。闇と光、死と喜びの空間。沈黙のイエスと祝宴のイエス。対照的な空間であり、対照的なイエス像とも言えよう。だが実はイワンが描き出したイエス像のエッセンスもまた、自らを裏切って死に渡したユダに対する、イエスの側からなされた愛の接吻であり、イワンとアリョーシャの心が描き出したイエス像とは、とどのつまりは一つ、「一粒の麦」としての死を超えた「永遠の生命」に輝くイエス・キリスト像に他ならない。事実「大審問官」の叙事詩において、セヴィリアの町に登場し、新たな「タリタ・クム」の奇跡を演じるイエスを、イワンは「その胸には愛の太陽が燃える」と言い表わしている。これがドストエフスキイの見つめていたイエス・キリストの原像なのであろう。イワンはモスクワで一人悪魔との対話を重ねつつ、このイエス像に行き着き、今アリョーシャもまたグルーシェニカに、そしてゾシマ長老に導かれ、「我らの太陽」イエスの前に立ったのだ。

満天の星空の下で

「歓喜にあふれた」アリョーシャの魂は、「自由と空間と拡がりを求め」庵室の外に歩み出る。夜空を埋め尽くし、星々が静かに輝いている。燃える太陽から、満天に輝く星々へ。見事な場面転換である。

「大地の静けさが天界の静けさと溶け合い、大地の神秘が星界の神秘と触れ合っているかのようであった」（七4）

立ち止まり、この壮大な光景に目をやっていたアリョーシャは、突然大地に倒れ伏し、涙と共に大地をかき抱く。「お前の喜びの涙で大地を覆い、そのお前の涙を愛するのだ」。彼の心に響いてきたのは、再びゾシマ長老の声であった。星々の輝く下、「この天空のように確かで堅固な何ものか」が青年の心を満たしてゆく。

「あたかもこれら神の世界からの無数の糸が、一時に彼の魂に集中したかのようであった。彼の魂全体が《他界と接触して》震えていた。彼は一切のことのために、全ての人を赦したいと思い、また赦しを、ああ！　それを自分のためではなく、全ての人と全ての物、一切のために乞いたかった。《自分のためには、他の人が赦しを乞うてくれるであろう》。再び魂に声が響いてきた。しかし彼は手で触れる如く確かに感じていたのである。この天空のように確かで堅固な何ものかが自分の魂の中に入り込むのを。何か理念《イデア》のようなものが彼の頭の中を支配し、しかもそれは既に全生涯、永遠のことのように思われた。彼はひ弱な青年として大地に倒れ伏した。しかし起ち上がった時には生涯変わることなき戦士となっていた。そして彼は突然このことを、自分のこの歓喜の瞬間に自覚し、かつ感得もしたのである。そしてアリョーシャはこの瞬間のことをその後の生涯を通じて決して、決して忘れることはできなかった。《あの時、誰かが僕の魂を訪れたのだ》。その後彼は自分の言葉を固く信じて、こう語るのであった……」（七4）

「彼はひ弱な青年として大地に倒れ伏した。しかし起ち上がった時には生涯変わることなき戦士となっていた」。神の君臨感の見事な表現と言うべきであろう。

「ひ弱な青年」アリョーシャが、『戦士』となるべく通過させられた三つの体験。第一の「一本の葱」の体験とは、アリョーシャがグルーシェニカに導かれての、亡き師ゾシマ長老との出会いであったとするならば、次の「ガリラヤのカナ」の体験とは、このゾシマ長老に導かれ、長老が生涯を賭けて仰ぎ、守り続けてきた「我らの太陽」

イエス・キリストとの出会い。そして第三の満天に輝く星々の下、彼が涙と共に大地をかき抱いた体験とは、ゾシマ長老とイエス・キリストに導かれての一切の根源、神との出会いと言うことができるであろう。最初の二つの体験においてアリョーシャは「一本の葱」の授受、つまりイエス・キリストからゾシマ長老を貫く「実行的な愛」、人間への信と愛の実践こそが生の意味の一切であることを悟らされ、しかもそれが喜びの感覚として魂の底に刻まれたのであった。これに対し最後の神の現前体験において何よりも注目すべきは、アリョーシャの心が触れた「赦し」の感覚であろう。神の前でこの青年は、自分は万人万物一切を赦したい、そして万人万物一切のために赦しを乞いたいとの心に領される。自らの赦しについては「他の人が乞うてくれるであろう」。赦し赦される、アリョーシャに臨んだ神とは何よりもまず、このような根源的な「赦し」の感覚として現前する神だったのである。つまりアリョーシャへの神の現前感覚、「他界との接触」とは、万人万物一切の根源的な罪性の覚醒感覚としてであり、この時彼の魂に刻まれたのは、神から罪を赦され、また隣人相互が赦し赦されることへの存在を挙げての希求《いのり》だったとも言えよう。アリョーシャが与えられたこのような神体験の原型を聖書世界に求めるとすれば、旧約においてはイザヤの神体験（イザヤ書六1－7）、また新約においては洗礼者ヨハネによるイエスの受洗体験（マタイ三13－17他）が、その筆頭として挙げられるであろう。

また注意すべきはこの罪性感覚、つまり罪意識と赦しという相反する逆方向の感覚が、イエス・キリストが臨在する「ガリラヤのカナ」の祝祭感覚に続き、満天の星空の下で大地をかき抱くアリョーシャの内から溢れ出る歓喜の涙と共に与えられたということである。「幸せのためにこそ人間は創られている」。先にこの被造物感覚こそが、ゾシマ長老の言う「神の命令（遺訓）」の原点であり、長老の思想のエッセンスであることを見た。そして「晴々とした」「喜ばしい」「幸せな」、これらの言葉がゾシマ長老を形容すべく用いられる、またコーリャやリーザたち「幼な子」の魂を持つ少年少女たちとも通じる、作者ドストエフスキイのキー・ワードであることも確認した。罪意識と赦しの感覚、そして喜びの感覚。これらはゾシマ長老が表現する相反する根源的な宗教感覚であり、また作者ドストエフスキイ自身の魂の最も奥に秘められた神感覚、永遠感であり、更にはイエス・キリストの臨在感、彼自身を貫く存在感覚だったのでもあろう。ドストエフスキイはゾシマ長老を介し、この聖なる存在感覚《リアリティ》をアリョーシャに伝え、長老の死後修道院の外で待つ俗界への新たな旅の杖として送り出すのだ。

二つの罪性、罪感覚

さてこの根源的な罪意識と赦しの感覚に関連し、本書後篇の考察の土台としても、ここで人間が持つ二つの罪意識、あるいは罪性感覚・罪責感情について考えておこう。ドストエフスキイにあっては、人間が神の前に立つための最も基本的な在り方、あるいは不可避の通路とも言うべきものとして二つの罪意識、あるいは罪性感覚・罪責感情が考えられており、これらが彼の聖書とイエスと神理解の根底に存在し、また人間と世界と歴史に関する理解の土台となるものであるように思われる。

まず注意すべきは、アリョーシャが満天の星空の下で赦しの感覚と表裏一体に与えられたものは、個別的具体的な「犯罪《プレストプレーニェ》」と結びついた罪責感情、つまり通常の罪意識とは異なるということである。それは万人万物一切が神の現前にあたり与えられる罪意識、根源的な被造物感情としての「罪《グレフ》」の感覚であり、それ以外のものには還元できない存在の原感覚、R・オットーが『聖なるもの』で扱う言説を超えた「ヌミノーゼ」感覚と呼ぶべきものであろう。神の現前、「他界との接触感」によってアリョーシャが喚起させられたのは、まずはこの自らの存在そのものが罪であり、万人万物一切が罪の内にある、「聖なるもの」を前に無でしかないという圧倒的な罪意識であり、それと同時に彼が触れさせられたのは、その罪について万人万物一切がただ神に赦しを乞うしかない、そこから万人万物一切も互いに赦しを乞い合うしかないとの感覚であった。しかも先に記したように、アリョーシャはこの根源的な罪意識と、それへの赦しの希求の心を歓喜の涙と共に体験していることも忘れてはならない。この両極的な感覚が混然一体としてあるところに、ゾシマ長老の弟子たるアリョーシャの神体験の特色があり、またその真実性と現実性もあると言うべきであろう。

これに対しもう一つの罪意識とは、人間が犯す具体的な罪、いわゆる「犯罪」［ロシア語で「一線の踏み越え」を意味する］を契機に、良心を介して人間に神が臨むという裁きの感覚と結びついた悲劇的罪責感情であり、この罪意識の底からなされる懼《おそ》るべき「裁きの神」への赦しの希求である。この罪意識については、次章でイワンとスメルジャコフを取り上げる際に改めて考えよう。周知の如くこの人間の良心に対する罪意識現前のドラマは、先にイワンに対してゾシマ長老が示した「悪業への懲罰」を見たが、既に『罪と罰』においてラスコーリニコフの内に完膚なきまでに描き出されたものであり、ドストエフスキイは『カラマーゾフの兄弟』でイワンのドラマ以外にも、ゾシマ長老の語る「謎の客」マルケルの罪意識として見事に凝縮された物語を描き出している（六-1D）。これら二つの罪意識を土台として、これ以降イワンやスメルジャコフ、そしてドミートリイやグルーシェニカ、更にはリーザの嵐を検討してゆくことにしたい。

残された課題、アリョーシャのユダ的裏切りの罪

ゾシマ長老によって導かれ、アリョーシャが体験した一連の宗教体験。そこにあった根源的な罪意識と、それと結びついた赦しと歓喜の感覚。ドストエフスキイによるこれらの描写は、人間の魂が体験する宗教体験の精髄をこの上ない深さと鮮やかさで描き出した見事な文学的・宗教的達成と言うべきものである。しかし最大限に注意すべきことは、『カラマーゾフの兄弟』全体の流れの中で見る時、アリョーシャはここで与えられた体験によって、彼が抱えた問題の全てを解決し切っているわけではないということである。先に注目したように、作者ドストエフスキイはこの青年を長老の死の直前、「ナドルィフ」と共に新たに大きな課題の前に立たせたばかりであった。つまりアリョーシャは「父親譲りの好色漢、母親譲りの宗教的痴愚」という二つの「カラマーゾフの血」の浄化・聖化と統合という困難な課題に直面させられ、生来の神への信と愛が根元から揺るがされ始めたことを

リーザに告白しているのである。その日の夜遅く起こったのが、師ゾシマ長老の死と腐臭事件であった。このことで投げ込まれた絶望。しかしこの絶望自体が、彼が自らをあまりにも性急で軽薄な「奇跡」への期待とメシア待望の内に投げ込んでしまったことに起因する絶望であり、しかも彼はその絶望の原因を自らの外に見出し、「聖者の失墜」をもたらした世と世の人々に対して非難の矛先を向けてしまったのである。アリョーシャが師ゾシマと世の人々に対して犯した二重のユダ的裏切りの罪。殊に前者、師ゾシマへの裏切りについては、作者ドストエフスキイはなお彼の意識の底に沈めさせたままなのである。

ところでアリョーシャがグルーシェニカの許に走った時、この青年はグルーシェニカに対して、自分が彼女の許を「卑劣さと邪さ」を抱えて訪れたこと、彼女の内にも「邪な心」を見出すことを期待していたことを正直に告白している。これはアリョーシャの内に埋もれようとしていた罪意識・罪責感情が、早くも現れ出たものと捉えられるべきなのであろうか。だがアリョーシャによってこの「邪な心」という言葉が、自分の師ゾシマに対するユダ的裏切りの事実を指して用いられることは一度もない。「邪な心」という言葉も、「卑劣さと邪さ」という言葉も共に、飽くまでも「聖者の失墜」をもたらした世と世の人々への絶望、更にはその世と世の人々によって絶望させせられた自分自身の心を指して用いられるものであり、その奥に隠された彼の罪を指すものとは言えないのである。

師ゾシマへのユダ的裏切りの罪という問題を意識の底に埋めたまま、そしてまた二つの「カラマーゾフの血」の自覚と共に、神への生来の信と愛の揺らぎという問題を抱えたまま、これから後アリョーシャは、イワンとスメルジャコフが共に苦しむ父親殺しの罪意識について、そしてまたドミートリイの宗教的認識やリーザの罪意識について、見事な判断と洞察を示し、彼らに寄り添い続けるであろう。そしてこの「肯定と否定」の深い矛盾・分裂の姿こそ、ドストエフスキイが見据える人間のリアリティであり、またアリョーシャの生そのものとも考えるべきものであろう。

モークロエ村を目指すグルーシェニカ

最後にグルーシェニカに目を向けよう。ゾシマ長老の死を介し、アリョーシャをイエス・キリストと神との出会いに導いた彼女もまた、「一本の葱」の体験によってその内に抱える問題の全て、「迷い」の一切を葬り去ったわけではない。むしろ逆にこの女性を待ち受けるのは、彼女の人生の、殊にこの五年間の地下室生活の総決算となるべき最大の試練である。彼女はアリョーシャに最後の問いを投げかける。

「アリョーシャ、ここに座って。そして私に教えて。私はあの男を愛しているのかしら？　私を捨てたあの男を私は愛しているのかしら、いないのかしら？　あなたたちのやって来る前、私はこの暗闇に横になってずっとこの心に尋ねていたの。あの男を愛しているのかどうかと。アリョーシャ、あなたがこの迷いを解いて。とうとうその時がやって来たのよ。赦すべきなのか、どうなの？」（七3）

つい先刻与えられたばかりの「一本の葱」の体験。「邪な心」「卑劣な心」を赦し赦されるという天上的な体験から一転して、グルーシェニカは再びあの「赦すべきか赦さざるべきか」という地下室的愛憎と分裂の世界に引き戻されてしまったのだ。「もう赦しているではありませんか」。アリョーシャの答えに対し、しばし考え込んでいたグルーシェニカが、自らに向かい発するのはこの言葉である。「何て卑屈な心！」。

「アリョーシャ、私は五年にわたる悲しみがとても好きになってしまったの……もしかしたら私が好きになったのは自分が受けた侮辱だけで、あの男などではなかったのかもしれない」（七3）

今もなお愛憎の両極に揺れ動く地下室人間の心理。グルーシェニカが最後に選び取るのは、男の待つモークロエへの道である。使者が到着するや彼女は叫ぶ。「お声がかかった！」。「口笛が鳴ったのよ！　さあ、犬ころ、這っておゆき！」。

グルーシェニカの決定的な運命のドラマが始まるのは、ここからである。

B　イワン

1　イワンの「悪業への懲罰」

二人の死から裁判まで、アリョーシャを中心に

カラマーゾフ家の父親フョードルが殺害されるのはゾシマ長老の死の夜に続く夜のこと、アリョーシャがグルーシェニカ訪問を終えて修道院に戻り、一連の決定的な宗教体験を与えられたのと同じ夜のことである。これら相次ぐ二人の死からフョードル殺害事件の公判まで、主人公たちは激動の二カ月間を体験することになる。

アリョーシャは一連の宗教体験の三日後、ゾシマ長老の命に従って直ちに修道院を出る。一人在俗の生活を始めた彼は、グルーシェニカやリーザ、また誤認逮捕された長兄のドミートリイやカチェリーナなどを足繁く訪問してはその言葉に耳を傾けてやっている（十一-1-5）。父親殺しに対する「悪業への懲罰」の始まったイワンとスメルジャコフとの交流については、この後詳しく検討しよう。また彼はドミートリイに公の面前で侮辱されたスネギリョフの息子で、傷心の内に死を迎えようとしているイリューシン少年を絶えず見舞い、コーリャら少年たちとの交流も深めてゆく（第十篇「少年たち」）。更に彼は亡き師ゾシマ長老の言説をまとめ、いわゆる「ゾシマ伝」

の編纂と取り組み始めた、あるいはその準備を開始した可能性もある（第六篇「ロシアの修道僧」）。この小冊子の編纂の過程や完成の具体的な時期などは不明で、裁判の前には既にラキーチンが「亡きゾシマ長老の生涯」を世に出している（十二2）。しかし二つの「ゾシマ伝」の関係は詳《つまび》らかではない。またアリョーシャの「ゾシマ伝」の中には、彼が重ねたと思われるスメルジャコフとの交流の跡が色濃く見出される。このことから判断すると、先にも記したようにアリョーシャの「ゾシマ伝」は、裁判前夜のスメルジャコフの自死や裁判自体、またイリューシンの死と葬儀も終わった後、つまりこの作品前篇のドラマ全てが終了してから、彼がそれらを振り返りつつ編纂したものと考えるのが妥当であろう。いずれにせよ第十篇から第十一篇にかけては、師ゾシマの死によって与えられた回心体験を基に、俗世において「実行的な愛」の生を開始したアリョーシャを中心に、裁判に向けた様々な動きが報告されると共に、作品後篇に向けての布石も着々と敷かれつつあることが知られるのである。

その後リーザとアリョーシャとの交流はどうなったであろうか。本書前篇の最後で見たように、二人が結婚の約束を交わした直後、アリョーシャはホフラコワ夫人から今後の出入り一切を禁じられる（五1）。だがその後夫人は再び彼に訪問を許したようである（十一2）。夫人が、いわば二人の父親を相次いで失ったこの青年に同情したためであろうか。あるいは夫人の身に起こった幸福ゆえの寛大さであろうか。あるいは母のアリョーシャ禁足令を、リーザが強引に解除させたのであろうか。具体的な経緯は不明である。いずれにせよアリョーシャが裁判の前日リーザを訪問した時とは、恐らく二人の突然の婚約解消から四日目のこと、リーザの要請でイワンが彼女の許を訪れてから六日目のことである。この二カ月間で二人の間には具体的にどのようなドラマが展開していたのか、作者は直接何も記さない。

問題へのアプローチ、リーザの嵐解明のために

今までに明らかとなったように、この作品の構成はアリョーシャとイワンが辿る「神と不死」探求の旅を縦糸

とし、家畜追込町におけるゾシマとフョードル二人の死が核となるものである。そこにドミートリイの激情の生、更にはスメルジャコフの運命への復讐劇が加わり、この上なく複雑な織り模様を呈してゆく。殊にフョードル殺害に関するイワンとスメルジャコフの罪意識自覚のプロセスは、ゾシマ長老の「悪業への懲罰」との関係で、またアリョーシャやドミートリイとの関わりにおいて、更にはカチェリーナやリーザとも連なって、実に様々な角度から多層的に描き込まれ、そこに提示される問題も容易には把握し難い。高次方程式たるこの作品のヤマとも言うべき大きな迷路がここにあり、様々な変数を一気に確定し、迷路から抜け出すことは容易でない。

だがリーザの嵐の解明、本書の出発点にあった彼女とアリョーシャとの対話の後半部分に戻るために、この迷路を通ることは避けられない。彼女の嵐もまた、ゾシマ長老の死は言うまでもなく、フョードルの死とも大きく関わるものであることは、既に先のリーザとアリョーシャとの対話の中にも現れていた。つまりフョードル殺害事件が暴き出した人間の心に潜む毒蛇性に、リーザは衝撃を与えられたのであった。このフョードル殺害の原点にいるイワン。しかも彼女が愛するイワン。ゾシマ長老の死がアリョーシャにもたらしたドラマに続き、以下ではフョードル殺しがイワンを、そして彼の「前衛的肉弾」スメルジャコフを追い込んだ「悪業への懲罰」のドラマ、そしてドミートリイを巻き込んだドラマも追い、そこからリーザに戻ることにしよう。

もう一つのイワン像

さてイワンが目指した故郷の町での思想実験。何よりも注目すべきこと、そして驚かされることは、「神と不死」の問題に関するこの上なく研ぎ澄まされた思想、「地質学的変動」における人神理論にまで至り着いたイワンが、その一方でこの実験に臨んで示す意外とも言うべき曖昧さと臆病さと躊躇《ためらい》である。自らモスクワから故郷へと乗り込み、スメルジャコフを唆し企てた父親殺しであるにもかかわらず、いざこの「前衛的肉弾」が計画実行に向けて着々と歩み始めるや、当のイワンはその計画の現実性と恐ろしさに尻込みするかのような、否、そもそもそのような計画の存在することなど知らぬかのような反応しか示さない。スメルジャコフによれば、神がいなければ「一切が許されている」と「始終言っていた」イワン（十一8）。そしてまたアリョーシャに対しても、自分は父親の死を「期待する権利を保留する」とまで大胆にも宣言したイワン（三9）。そのイワンが父親殺しの実行を仄めかすスメルジャコフを前にするや、まるで蛇に睨まれた蛙のようになる姿は滑稽であり、哀れささえ誘うものがある。逆に、それだけスメルジャコフが内に秘める刃の不気味さと鋭利さが浮かび上がってくる。要するに「地質学的変動」の思想実験、神殺しと重ねた父親殺しはいざ実行の段になると、主従の関係は完全に逆転してしまうのだ。思想と行動の分裂を急速度に露呈するイワン、その一方で若旦那イワンの優位を簒奪する下男かつ異母兄弟のスメルジャコフ。作者が如何に周到にこれら対照的な両面から父親殺しへの動きを刻んでいるか、第五篇の終わりを中心に具体的に見ておこう。

父親フョードルはイワンに、森林販売の件で近郊のチェルマーシニャに赴くよう依頼していた。イワンが了承して家を離れることは、フョードルにとってはグルーシェニカを金で家に呼び寄せる絶好の機会であり、スメルジャコフにとってもイワンの承諾が出て、いよいよ計画実行の時の到来を意味する。ところがイワンはそんな事情など自分と何の関係があるのかと言わんばかりに、あるいは父親殺しの承諾を与えるのを躊躇うかのように、チェルマーシニャ行きに関しては曖昧で煮え切らない態度をとり続けていた。

しかしスメルジャコフの「学者じみた冷静さ」に絡め取られたイワンは、抵抗しつつもいつの間にか明朝チェルマーシニャに向けて発つことに同意してしまう。スメルジャコフの驚いたことに、この時イワンは出し抜けに声を上げて笑い出し、なお笑い続けながらその場を去って行ったと記される（五6）。更にその真夜中のことだ。階段の上には「何か異様な好奇心を燃やし、胸は動悸を打ちながら、息を殺して」階下の父の気配を覗うイワンの姿があった。更に作者はイワンがその後一生の間、一人密かにこれを「醜悪な行為」と呼び、「生涯で最も卑劣な行為」と見なしていたとも記す（五7）。神を殺し、「キリストの愛」も否定し、父を殺すこと。「一切が許されている」とし、心の奥深くでこの思想実験への意欲を燃え立たせるイワンは、実際には自らの心を正視できぬままに「前衛的肉弾」スメルジャコフに手を引かれ、半覚半醒の酔っ払いのようにゲラサの湖の急坂を転げ落ちて行く。主導権は既に完全にスメルジャコフの手に落ちたのだ。

翌朝イワンはチェルマーシニャ行きの受諾を父に告げ、またスメルジャコフにもその由を告げて家を出る。最終的なゴー・サインである。「やはり、賢いお方とはちょっと話をしただけでも面白い、こう世間で言うのは本当でございますね」。スメルジャコフは「感に堪えぬような」視線と共にこう発したとされる。しかしイワンはチェルマーシニャには寄らず、七時発の汽車でモスクワへと直行する。漸く得られた解放感。しかしこれも一瞬にして消え、「闇」が心を閉ざす。作者はこの青年の内で、生涯初めて味わう痛切な憂愁が疼き始めたと記す。「俺は卑劣だ！」(五7)。その夜車中でイワンが発したこの言葉こそ、モスクワに始まった「神と不死」に関する思索とその実験がどこに行き着いたかを告げるものである。自らが神であることを証すべく故郷に帰った彼は、スメルジャコフに呑み込まれ、卑劣さの自覚と共にモスクワへと逃げ帰ったのだ。

思想実験の行き着くところ

モスクワに戻ったイワン。だが追いかけるように父親殺しの知らせが届く。再び故郷に戻った彼が、父親殺しの「真相」を知るべく直ちに訪れたのは、スメルジャコフの許であった。それから二週間後、そして一カ月余りが過ぎた裁判の前日、彼は三度にわたりスメルジャコフを訪れてはチェルマーシニャ行きの事情の確認から始め、ほぼ同じ問いをぶつけ続ける。父親殺しへの罪意識がイワンの内で如何に自覚化され、彼の心を占領してゆくか、それを記す作者ドストエフスキイの詳細かつ執拗な筆は圧巻である。それら三度の対決劇とはイワンの罪の自覚の深化のプロセスであると共に、彼からバトンを受け取った、否、奪い取ったスメルジャコフが辿る罪と罰のドラマの進展でもある。二人の三度の対決の詳細については、主従関係の逆転してしまった二人の内で、スメルジャコフの方に主な重点を置いて次章で検討することにし、まずはイワンの思想実験が行き着くところ、その罪の自覚史の到達点を確認しておこう。

「神が見ておいでだ」

イワンが辿った罪の自覚への痛ましく長い道。その道が終わるのは父親殺しの裁判の前夜、三度目のスメルジャコフ訪問の時である。ここでイワンはスメルジャコフから、いよいよ自分こそが父親殺しの教唆犯であるどころか共犯、否、主犯に他ならないとの決定的な自覚を与えられる（十一8）。「だったら言いましょう。あなたが殺したのです」「私はあなたと一緒にやっただけです。あなたと一緒に殺したのですよ」。スメルジャコフの最後の宣告により、完膚なきまでに父親殺しの罪を悟らされ半狂乱となったイワンは、しばし奇妙な躊躇の間をおいた後、突然大声で叫び始める。

「おい、この不幸な、見下げ果てた奴め！　お前には分からないのか。今までまだ俺がお前を殺さずにいるのは、お前を明日の裁判で答弁させるために押さえているからに他ならないのだ。神が見ておいでだ……」（十一8）

「神が見ておいでだ」。この言葉を発しながら、イワンは「片手を上に」挙げたと記される。この叫びの瞬間こそが、たとえそれが半狂乱の状態で発せられた凶暴な叫びであり、スメルジャコフの心を理解する余裕など全くない冷酷な叫びであったとしても、モスクワで開始されたイワンの「神と不死」探求の旅と故郷で試みた思想実験の全てが、ひとまずは完全な終わりを迎えた時であると言えよう。

「神が見ておいでだ」。この言葉を発したイワンは決して発狂したのでも、無意識裡の凶暴な行動に走ろうとしたのでもない。スメルジャコフを脅そうとしたのでもなく、まして冗談を言ってみせたのでもない。神について不可知論の立場に立つイワンの、また神とイエス・キリストを天上に追いやり、自らを神だとしたイワンの行き着いた、これは決定的な最後の認識であり振舞いだと考えるべきであろう。この瞬間イワンは神を見たのではなく、神に見られたのだ。イワンの認識論の究極の到達点である。二カ月前アリョーシャが「ガリラヤのカナ」の体験に続いて満天の星空の下で体験した「他界との接触」感覚、「あの時、誰かが僕の魂を訪れたのだ」という神の現前感覚をイワンもまたここで、それは「悪業への懲罰」の行き着く先、父親殺しの罪の覚醒という痛ましい形ででではあるが、初めて確実に与えられたのである。

「悪業への懲罰」の完成

「神が見ておいでだ」。この叫びの瞬間を境として、イワンの言葉と行動とは決定的に変化する。その後の悪魔との最後の対決が示すように、彼の「信と不信との間を行ったり来たり」の揺れは、ますます激しくその振幅の度合いを増すであろう。だがそれらの振り幅の全てを含んで、これ以降イワンの言動が指し示すベクトルはただ一点、神である。そしてこのイワンが向かう神とは、彼に翌日の法廷への出頭と父親殺しの自白を迫る裁きの神である。町中ばかりか全ロシアが注視する裁判とは、イワンにとってそのまま神が召喚する裁きの場となるのだ。「場違いな会合」の場でゾシマ長老は、イワンが説いた良心の「闇取引」論をきっぱりと否定し、罪を犯した人間の良心に臨む神の厳然たる裁きについて説き聞かせたのであった。罪を犯した人間は地上の裁判の如何にかかわらず、必ずその良心に自覚される罪意識によって一人神の裁きの前に立たされ、そしてその裁きの先に初めて赦しも与えられる。罪人の良心に臨む罪意識、罪意識を介した神の裁きの現前と赦し。これがゾシマの言う「キリストの律法」、つまりは「キリストの教会」による「悪業への懲罰」「真の懲罰」であり、罪人に対し「キリストの愛」の逆説が貫徹される究極の姿《ドラマ》である。ドストエフスキイがゾシマ長老を介しイワンに体験させたのは、正にこの神の「懲罰」だったと言えるであろう。この時ゾシマ長老はパウロの言葉を引き、イワンに祝福と励ましを与えたのであった。「神があなたの心の解決を、あなたがまだ地上にある内にあなたにお与えなさるように。そして神がどうかあなたの道を祝福なさいますように！」。ゾシマの祈りは神に届いたのだ。

没落の完成、悪魔との決別

さてこの直後、イワンの前に現れる悪魔（十一9）。この悪魔は、自分に課された「必要欠くべからざるマイナス」の役目をなお執拗に果たそうと試みる。それは旧きイワンが自分に臨んだ神を遠ざけよう、そして神をもイエス・キリストをも天上に追放しようとしていた頃の自分、あの傲然たるモスクワ時代の自分をもう一度取り戻そうとする必死の試みであり、イワン自身の懐疑と否定の精神、あの悪魔の「常識」がする最後の抵抗と考えられる。「揺れ戻し」である。だが悪魔の役目は翌日、イワンが裁きの場で父親殺しの罪を告白することを以って終わりを告げるであろう（十二5）。イワンはこのことを自らの人格崩壊と引き換えに成し遂げる。「否への否」。イワン自らがその心の最深奥で意志した「没落」はここに完成し、否定の精神たる悪魔があれほど予感し懼れつつも望んでいたもの、即ち「向こう側の」「あの方の」もう一つの「真実」に彼は至り着くのである。

だがこの悪魔との最後の対決を終えようとする時、アリョーシャがイワンに一つの恐るべき知らせをもたらす。スメルジャコフ自殺の報だ。このスメルジャコフを死に追いやったイワンの罪、父親殺しに続く兄弟殺しの罪については次章で確認することにして、今は法廷での証言後、イワンが辿る運命を最後まで見通しておこう。

法廷での痛ましくも見事な告白。しかし全てを語り終えたイワンは発狂同然の状態となっていた。意味不明の叫びを上げるこの青年は警備員たちに取り押さえられ、法廷から運び出される。「極めて危険な譫妄《せんもう》症の発作」で意識不明となった彼は、病院に横たわる身となる（十二5）。その後のイワンについて報告するのはエピローグである。世間のあらゆる噂や非難を無視し、イワンを自分の邸宅に引き取ったのはカチェリーナであった。結局彼女はイワンの側に立ち、ドミートリイの有罪を証言してしまったのだ。アリョーシャのあの「ナドルィフ」の訴えに応えることにはなったものの、この時彼女はイワンへの「真実」を貫き、ドミートリイに対するもう一つの「真実」は覆い隠してしまったのだ。新たな葛藤の始まりである。

カチェリーナは意識不明のイワンが間もなく病から癒えること、そして以前彼が立てたドミートリイ脱走の計画についても万事取り仕切ってくれることを期待している。だが町の医師二人は、イワンの将来について何ら確かな希望を持てぬまま治療にあたっている（エピローグ1）。アリョーシャはイリューシンの葬式に集まった少年たちに向かい、兄イワンが「死の床」にあることを告げる（エピローグ3）。「謎の客」ミハイルと同じくイワンもまた、自らの命と引き換えに父親殺しの罪の告白を果たし、病床から「楽園」へと旅立つのであろうか。

だが作者ドストエフスキイはイワンの将来について、エピローグで一つの重大な布石を置いている。監獄を訪問したアリョーシャに対し、ドミートリイが次のように語るのだ。

「聞け。兄弟イワンは全員を超えるだろう。生きるべきは彼で、俺たちではない。彼は回復するだろう」（エピローグ2）

何気なく発せられたような言葉。だがこれは驚くべき「予言」であり、同時に「預言」でもあると言えよう。作者はイワンを、長い「死の床」の試練の後に新たな道へと踏み出させようとしているのだ。だが後に見るように、父親殺しの罪の自覚と自白、つまり悪魔「絶滅」のドラマの後に新たに彼を待つのは、異母兄弟スメルジャコフを死に追いやったもう一つの罪の自覚のドラマであろう。師ゾシマへのユダ的裏切りの罪の自覚という課題を抱えたアリョーシャと同じく、兄弟殺しという罪の自覚の問題を抱えるイワンが歩む道が平坦なものであるとは想像し難い。かつイワンの未来には、なお彼があれだけ激しく弾劾した地上の不条理、罪なき幼な子たちの涙が横たわり、カチェリーナへの愛とリーザへの愛の分裂の問題も控えている。だがこの「偉大なる罪人」の新たな生は、ゾシマ長老と父フョードル、そしてスメルジャコフの「一粒の麦」としての死を正面から受け止め得た先には、「キリストの愛」「実行的な愛」を真に生きる人物の一人として、ドミートリイの預言通り『カラマーゾフの兄弟』後篇においてこの上なく重要な役割を担うことが予想される。彼はアリョーシャと共に、ドストエフスキイ世界が生み出す最もキリスト教的な愛と知と力に満ちた人物の一人として、新たな生を生きる可能性と使命を帯びているとさえ言えよう。ドミートリイの預言はそのままに受け止めてよいのではなかろうか。

2　リーザの手紙とイワン

残された課題

ゾシマ長老とフョードルの死。その衝撃はあまりにも大きく、一度でその影響の全てを把握することは不可能である。イワン一人に限っても、なお検討されていないことは多い。「神が見ておいでだ」。この叫びと共に、イワンがモスクワ以来の思索と行動における決定的な転換点に至ったことが確認され、またドミートリイの言葉を頼りに、彼が将来辿るであろう思索と行動の方向もある程度見渡せる地点にまで至ったとはいえ、なお彼の抱える問題全てが解明されたとは言えないのだ。殊に「神が見ておいでだ」という決定的な転換点の前後で、この青年の心の内には如何なるものが渦巻いていたのか、この点についての検討は未だ十分にはなされていない。そこではどのような古い殻が破られ、新しい芽が生まれ出ようとしていたのか、その一方でどのような旧い殻が依然保たれ、なお課題として残されたままだったのか。

イワンが辿った罪の自覚のドラマ、つまりゾシマ長老が語った「悪業への懲罰」現前のプロセスと、その彼の内に蠢めいていたものにアプローチする大きな手立てを、ドストエフスキイは二つ与えてくれているように思われる。一つは彼がスメルジャコフとの間に繰り広げた三度の対決であり、もう一つは彼がリーザによって罪の自覚に追いやられるドラマである。イワンとスメルジャコフ、そしてイワンとリーザ。これら二つの関係は、本書がこれから扱うべき大きなテーマである。ここではその下準備の作業として、冒頭で取り上げた場面、リーザがアリョーシャの手にイワン宛ての手紙を押し込んだ場面を受けて、この手紙の運命を追うことで、まずはイワンの罪の自覚史における重要な転換点を確認しておこう。

リーザの手紙の運命

最初に第十一篇の時系列的な再確認をしておこう。翌日の裁判に向けて、アリョーシャはまずグルーシェニカ宅を訪問した後（十一 1）、ホフラコワ夫人を訪ね（十一 2）、ここでリーザとの対話をし、彼女の手紙をポケットに納めると（十一 3）、監獄にドミートリイを訪ねる（十一 4）。それから彼はカチェリーナ宅を訪問し、外に出たイワンを追う。彼が兄にリーザの手紙を渡すのはこの時、街頭でのことだ（十一 5）。この後イワンはスメルジャコフへの三度目で最後の訪問をする。作者はこの機会をとらえて、イワンとスメルジャコフとの三度の対決をまとめて報告する（十一 6－8）。続いて悪魔との対決が記され（十一 9・10）、イワンが罪を最終的に自覚するプロセスが次々と描かれてゆく。なおこの日アリョーシャがリーザを訪問した六日前、イワンがリーザの許を訪れて五分間の対話をしたこと、そしてその二日後の四日前には恐らくリーザとアリョーシャとの婚約が解消されたことも（十一 3）、改めて確認しておこう。

これらの中で今強く焦点を絞るべきは、イワンが悪魔との対決を終えた後、ほとんど半狂乱の状態で語る言葉である（十一 10）。その支離滅裂な言葉の中からは、リーザの手紙への反応も含め、裁判の正に前夜、イワンが直面していた二つの問題が鮮やかに浮かび上がる。この重大な意味を持つ言葉を十全に理解するためにも、まずはリーザの手紙へのイワンの反応と、その後の彼の行動を確認しておく必要があるだろう。

さてアリョーシャがカチェリーナ宅を訪問した時、彼女は明日の裁判を前に、父親殺しの犯人を巡りイワンと激しく言い争っているところであった。アリョーシャは二人の話しぶりから、既に二人の仲が並みの親密さを超えたものであることに気づく。またイワンは既にこの頃には半ば狂乱状態にあり、カチェリーナをも怯えさせていた。外に出たイワンを追いかけた彼は、街頭でようやくリーザの手紙を兄の手に渡す。「ああ、これはあの小悪魔からだな！」。イワンは意地悪く笑うと、封も切らず、突然手紙を何枚にも引きちぎり、風に向かって放り投げてしまうのであった。アリョーシャの怒りと悲しみ。この時交わされた兄弟の会話を以下にそのまま挙げておこう。［イワンの言う十六歳とは、ロシアで女性が成人に達したとみなされる年齢である］

「まだ十六歳にもならないようなのに、もう媚を売ってきやがって！」

「どうして媚なんか売るのですか？」

「分かっているだろう。淫売女たちが媚を売るようにさ」

「何ということを、兄さん、あなたは何ということを言うのです？」「子供なんです、あなたは子供を侮辱するのですか！　病気なんです。彼女自身が病気で、彼女もまた、ことによると発狂しかねないんです……僕は兄さんに彼女の手紙を渡さずにはいられなかったのです。僕は、反対に、あなたから聞きたかったのです……彼女を救うようなことを」

「俺から聞くことなど何もない。彼女が子供だとしても、俺は彼女の乳母じゃない。黙れ、アレクセイ。続けるな。俺はこのことについて、頭にはない」（十一5）

イワンは話を断ち切り、カチェリーナに話題を転じてしまう。だがこの時本当にイワンの内にリーザは存在していなかったのであろうか。アリョーシャが訴えるリーザの「発狂しかねない」ほどの「病気」、そしてその「救い」について、またリーザについてイワンはどのような理解を持っていたのであろうか。

ここで、スメルジャコフと悪魔との対決を終えた後のイワンに進もう。

錯乱の饒舌の中から

スメルジャコフとの三度目で最後の対決によって、父親殺しの決定的な自覚を与えられたイワンは、明日の裁判での自白の決意を胸に帰途に就く。「神が見ておいでだ」。良心に罪意識を介して臨んだ神の現前感覚に支配され、この時のイワンは罪の清算に向けて正に力に満ち溢れる若者であった。雪の中で行き倒れになったままの酔っ払いを助けた時、このまま検事の許へ出頭しようかとの考えさえ一瞬脳裏をかすめる。ところがこの考えを「全ては明日だ！」と斥けるや否や、直ちに今までの高揚感は去り、彼の心は「何か氷のようなもの」に触れ、家に帰りつくや彼はまたも憂愁の虜となる。そしてその憂愁の中から登場するのがあの悪魔である。この悪魔との対決から浮かび上がるモスクワ時代のイワンについては既に見た。

スメルジャコフが首つり自殺をしたのは、イワンが彼の許を去って間もなくのことである。知らせを持って駆けつけたアリョーシャに向かい、悪魔によってズタズタにされたイワンの心の裂け目から驚くべき言葉が次々と発せられる。自分は既にスメルジャコフの自殺を承知していたこと。悪魔が現れ、人類七千年の歴史が習慣で作り出した良心などは捨て去り、神になろうと誘ったこと。またこの悪魔は、お前は自白のために裁判の場に出頭などしないだろうと請け合ったこと。なぜならばお前は自分が信じてもいない善のために、また役に立ちもしない犠牲のために自白に行くことなどあり得ない、そもそもお前には本当はまだ決心がついていないから、勇気がないからだと語ったこと等々等々。

このイワンを落ち着かせようとアリョーシャが濡らしたタオルを頭にのせてやり、彼と並んでベッドに腰かけた時である。イワンの口からは、つい先ほどその手紙を開けもせず破り捨て、「小悪魔」とも「淫売女」とも呼び捨てたリーザについて、驚くべき言葉が飛び出してくる。

「さっきお前は俺にリーザのことで何と言ったかな？　俺はリーザのことを気に入っている。俺は彼女のことでお前に何か下劣なことを言ったようだ。俺は嘘をついた。俺は彼女のことを気に入っているのだ。俺は、明日はカーチャのことが心配だ。何よりも心配だ、これからのことが。彼女は明日俺を見棄てて足で踏みにじるだろう。彼女は俺が彼女への嫉妬心からミーチャを破滅させるだろうと思っている！　そう、彼女はそう思っているのだ！　とんでもない！　明日は十字架で、絞首台ではない。否、俺は首を吊ったりはしない！　お前は知っているな。俺は決して自殺などできないことを、アリョーシャ！　卑劣さからだろうか？　俺は臆病ではない。生への渇望からなのだ！　なぜ俺はスメルジャコフが首を吊ったということを知っていたのだろう？　そうだ、これはあいつ〔悪魔〕が言ったのだった……」（十一10）

発狂寸前の支離滅裂な饒舌。この一見混乱と錯乱に見えるものは、イワンの心の異常を最終的に証明するものというよりも、むしろその混迷の中でイワンが如何なる問題を心の中に住まわせているかを物語るものであり、彼が如何に正面から様々な問題に立ち向かおうとしているか、彼の内部で如何なる力が蠢き、また未来に向けて如何なる蠢動さえ始まっているか、これらを明らかにする極めて重大な言表と考えるべきであろう。ドストエフスキイの見事なリアリズムである。

イワンの問題(1)——罪意識

イワンの一見支離滅裂な言葉から響き出てくるもの。それは今この青年の心を大きく占める罪意識の問題と女性の問題、これら二つと判断される。まずは前者から検討しよう。

「明日は十字架で、絞首台ではない」。謎のような響きを持つ言葉だ。だがこれも、モスクワ時代のイワンを思い起こせば納得がゆくであろう。イワンとは聖書に慣れ親しみ、しかもゴルゴタ丘上のイエスの十字架を凝視し、思索を続けた青年なのだ。このイワンが今もなお、と言うよりは父親殺しの罪の決定的な覚醒と共に神と出会い、また悪魔との最後の対決を繰り広げる今であるからこそ、あの福音書的磁場に立ち還ったのだと考えれば不思議は消えよう。イワンは「大審問官」の叙事詩において人間と世界の歴史一切を、イエスを十字架につける大審問官とその奴隷たる人間として捉えたのだった。今の彼はその原点に戻り、十字架上のイエス・キリストの前に立ち、自分自身をイエスを売ったユダやペテロと重ね、新たに己の十字架を担おうとしているイワンである。

聖書が伝えるユダは、イエスを売ったことへの痛切な後悔の末に自ら縊死の道を選び(マタイ二十七3-5)、他方イエスを否認し十字架からも逃げ去ったペテロは、自らの罪に対する悔恨の果てに、最終的には己の十字架を負うに至る(行伝二38他)。ユダの道か、ペテロの道か。父親殺しの罪を逃げ場なく悟ったイワンが直面していたのも、これらユダかペテロか、二者択一の道だったのだ。そして「明日は十字架で、絞首台ではない」。彼が選び取ったのは、スメルジャコフが選ぶであろう「絞首台」への道に対し、「十字架」への道だったのだ。恐らくイワンは既にスメルジャコフとの別れ際、彼が自らの罪に対し自己処罰の道を選ぶことを直感したのであろう。

だがここで幾つかの重大な問いが生まれる。もしスメルジャコフが「絞首台」への道を選ぶのを直感したのならば、イワンはなぜそれを止めなかったのか。またスメルジャコフの選ぶ道を「卑劣」あるいは「臆病」とし、自らが選んだ「十字架」への道を「生への渇望」が選ばせる道だとするイワンは、その存在の奥底にはなお克服されない混沌の闇を色濃く潜ませていると言わざるを得ないだろう。スメルジャコフを「絞首台」に追いやったのは他ならぬイワン、下男の心を理解することよりも、まずは自分自身が裁きの神に応え、己の「十字架」を負うことのみを急いだ若旦那イワンその人だったとも言い得るのだ。これらの問題は、スメルジャコフについて考える際に改めて考えねばならない（本書ⅦＣ４）。

イワンの問題⑵――人間的愛の情熱

もう一つは人間的愛の情熱、女性の問題である。この時イワンの心には、二人の女性が存在していたことが明らかとなる。誰よりもまず「狂おしい愛」の対象であるカチェリーナ。「彼女は明日俺を見棄てて、足で踏みにじるだろう」。イワンにとり明日の裁判の場とは、自らの罪を神の前で告白する場であるばかりではない。カチェリーナがドミートリイを選び取ることを公の面前で宣告する場であり、彼女の愛が永遠に失われる場でもあるのだ。嫉妬の炎に燃え、健全な判断力を失ったイワンがここにもいる。

だがこの時イワンの心にはカチェリーナ以外に、リーザもまた一つの確かな位置を占めていたのだ。「俺はリーザのことを気に入っている」。つい先刻アリョーシャの前でリーザのことを悪し様《あざま》に罵り、その手紙を破り捨ててしまったイワン。しかし彼の心の裂け目から噴き出してきたのは、カチェリーナに加えてリーザにも向けられた強い関心と、恐らくは愛と言ってよいであろう。イワンがリーザをいつどのように意識し、その心の中に住まわせ始めることになったのか、作者による直接の言及はない。だがモスクワ時代、カチェリーナとの間に進展する狂熱的な恋の一方で、ホフラコワ夫人宅を訪れるイワンの心の中に快活で怜悧で美しい少女リーザが、たとえそれが如何に小さなものであれ、次第しだいに消し難い存在となっていったとしても不自然ではない。またこの少女の存在が、六日前わずか五分間の間にイワンの心の内に消し難い決定的な痕跡を刻んだ出来事。これは本書の最後で考察すべき重大な問題の一つである（本書Ⅷ２）。

さて作者は悪魔の支配下にあるイワンの錯乱と饒舌に乗せて、この後もう一度、彼にカチェリーナとリーザについて言及させる。

「カーチャは俺を軽蔑している。俺はもう一カ月間、このことは分かっている。そしてリーザも俺を軽蔑し始めることだろう！」（十一10）

一カ月前とは、後に見るようにイワンが二度目にスメルジャコフを訪問した時のことであろう（十一7）。この時スメルジャコフの犯行と自分自身の罪とを確信したイワンは、半狂乱となってカチェリーナの許に飛び込み、彼女に全てを告白する。だがイワンを愛するこの女性から示されたのは、彼女が持つドミートリイからの手紙であった。そこには父親殺しの意図を明言するドミートリイの言葉が記されていた。イワンは「完全に安心してしまう」。だが自らの罪への疑惑はこれで消し去られることはなく、生き続けていたのである。かくしてこの一カ月間、イワンの心の中でカチェリーナとは狂熱的な愛の対象であると同時に、なお兄ドミートリイへの愛を捨てられぬ女性として狂おしい嫉妬の対象でもあり続け、かつ彼女は自分の罪を知り、自分を「軽蔑」する裁き手ではないかとの苦しみの源ともなっていったのだ。

このカチェリーナに加え、イワンの心の奥深くに既に住み着いていたリーザが、後に見る五分間の対話によって、彼の心に新たな消し難い足跡を残すことになった可能性については、先に記したように、本書の最後に改めて取り上げよう。リーザもまた罪を犯した自分を、あるいは罪を逃げた自分を「軽蔑」と共に見つめる存在となるであろう。イワンの内ではこのような疑念と不安、そして恐れが募っていったのだと考えられる。父親殺しの罪意識が追いやる「十字架」への道と「絞首台」への道。そしてカチェリーナとリーザ。イワンは二つの地獄を内に抱えていたのだ。

旧き人格が崩壊しつつある混沌と錯乱の中で「絞首台」を拒否し、「十字架」への道を選ぶことを宣言したイワン。またその一方、心の内に住む二人の女性についても正直に告白したイワン。だがアリョーシャに対し彼が明かしたこれら二つの問題は、ただ彼の精神の忌まわしく痛ましい分裂を証する地獄とのみ考えてはならない。この表白は、長い「死の床」を経た後でやがてイワンが負うべき「十字架」について、また二つの「カラマーゾフの血」の浄化・聖化と統合の問題について、確かな展望と考察の手掛かりを与えてくれる「預言」としても受け止められるべきであろう。事実アリョーシャは、人格崩壊と発狂の危機にあるこのイワンの言葉の内に、悪魔との戦いに勝利しつつある兄の姿、その罪意識の闇を超え「真実の光」が射し込みつつあることを感じ取ったのである。

新たな覚醒の始まり

このアリョーシャの新たな覚醒がはっきりと描かれるのは、彼が錯乱状態にあった兄を漸く鎮めて寝かしつけ、自らも床について神に捧げる祈りの内である。本書の始め近くに見た祈りに続き、ここで作者が記すアリョーシャのもう一つの祈りも見ておこう。

「彼にはイワンの病気のことが分かって来た。《誇り高い決心の苦しみだ。深い良心なのだ！　彼の信じなかった神とその真実が、未だ従うことを欲しない心を征服しようとしていたのだ》。《そう》、既に枕に横たえたアリョーシャの頭の中を、このような考えが掠めた。《そうだ、スメルジャコフが死んでしまった以上、兄の供述を誰も信じはしないだろう。だが兄は出かけて行き、供述をするだろう！》。アリョーシャは静かに微笑んだ。《神さまが勝つのだ！》。こう彼は考えた。《真実の光の中に起ち上がるか、あるいは……信じていないものに仕えたがために、自分と全ての人間に恨みを晴らしつつ、憎悪で身を滅ぼすかだ》。アリョー

シャはこう悲痛な気持ちで付け加えると、再びイワンのために祈るのであった」(十一10)

「神さまが勝つのだ！」。イワンが神と出会った日とは、同時にこの兄を介してアリョーシャが、人間の罪を超えて最終的に射し込む「真実の光」への確信を与えられた一日、闇が光へと変わる「真実」を新たに体験した一日でもあったと言えよう。「彼の信じなかった神とその真実が、未だ従うことを欲しない心を征服しようとしていたのだ」。この言葉から浮かび上がってくるのは、イワンが陥った闇をじっと見つめ、その罪意識が行き着く先が光であるのか、あるいは破滅であるのかに息を凝らし続けてきたアリョーシャである。

「信じていないものに仕えたがために、自分と全ての人間に恨みを晴らしつつ、憎悪で身を滅ぼす」。これは「絞首台」への道を選んだスメルジャコフを指すのであろう。次章で見るように、イワンと共にスメルジャコフもまた、「真実の光」に立ち還ることを信じていたアリョーシャは、彼の自殺がその光を強く拒絶する悪魔の側に立った結果であると感じたのだ。だが、この時のアリョーシャの祈りの内から聴き取れるものは、死の向こうへと去ってしまったスメルジャコフへの痛恨の思いでこそあれ、決して自殺した彼を冷たく突き放す言葉の響きはない。

イワンの「前衛的肉弾」として、彼らの共通の父フョードルの脳天を打ち砕いたスメルジャコフ。次章ではカラマーゾフ家の中で最も不幸な運命を担わされたこの青年が辿った道を、アリョーシャに導かれつつ、正面から光を当てるよう努めよう。アリョーシャは、イワンとスメルジャコフという二人の兄に対する「悪業への懲罰」の現前にどのように寄り添ったのか。この弟は兄イワンに対して臨んだ神と「真実の光」が、もう一人の兄スメルジャコフに対しては臨まずに終わったと捉えたのか、あるいはその逆なのか。

C　スメルジャコフ

1　スメルジャコフの悲劇性と悪魔性

『カラマーゾフの兄弟』のブラック・ホールとも言い得るスメルジャコフ。この存在が担う悲劇性と悪魔性は、アリョーシャとイワンとドミートリイという他の兄弟三人の在り方について、厳しい角度から光を当てる可能性があり、場合によっては彼らをもブラック・ホールの内に吸い込む恐ろしささえ備えていると言えるであろう。フョードルが町の乞食女である知恵遅れの宗教的痴愚リザヴェータ・スメルジャシチャヤ［臭い女］に産ませたとされるスメルジャコフ［臭い奴］。彼の誕生にあたり、育ての親グレゴーリイはこの赤ん坊のことを「悪魔の息子と信心深い女とから生まれた」と語る（三2）。この「悪魔の息子」という言葉で、グレゴーリイはフョードルを指したのであろうが、カラマーゾフの兄弟たちを「父親譲りの好色漢、母親譲りの宗教的痴愚」と呼んだラキーチンの評言と較べても、この言葉はそれと匹敵するかそれ以上にスメルジャコフという存在が担う悲劇性と悪魔性を的確に言い表わすものと言えよう。

パーヴェル・フョードロヴィチ・スメルジャコフ。まずはこの名前に焦点を当てておこう。洗礼名パーヴェルは、グレゴーリイが聖パウロからとって与えたもの。父称のフョードロヴィチは、父と目されるフョードルに因んで誰が言うともなくこう呼ばれるようになったものだが、フョードルは自分が父親であることは否定しつつも、この名称自体は面白がっていたという。苗字のスメルジャコフ。これは他ならぬフョードル自身が、母の綽名のスメルジャシチャヤからこう名付けてやったとされる（三2）。既に名前そのものに、この青年が背負わされた運命が刻印されていると言うべきであろう。

この地上を支配する不条理、罪なき幼な子たちの流す涙について訴えるのはイワンである。だがスメルジャコフとは、その幼な子の運命そのものを生きることを定められた存在であり、地上の不条理をそのまま身に負わされた悲劇的存在に他ならない。この青年が体現する悲劇性、そしてそこから生まれ出る悪魔性とは、彼が運命によって担わされた一方的な負荷であり、この存在を描くドストエフスキイがイワンと重ねて見つめていたもの、そして描こうとしたものとは、その悲劇性と悪魔性を突きつめると共に、それを包み込むより大きな視野、光であったように思われる。

スメルジャコフについての最低限のデッサンは既にしてある（本書Ｖ１）。ここでは先に言及しなかったエピソードを三つほど付け加え、後は専らこの青年の出生と死に焦点を絞ることにしたい。スメルジャコフのこの上なく捉え難い在り方の中で、その驚くべきまた痛ましい出生と死とは、彼が直接この世に残した動かぬ生の句読点であり、殊に「己自身の意志と好みによって己の命を絶滅させる。誰にも罪を負わせぬため」という遺書は、ここから私について考えよと、彼が世に残した唯一の確かな手掛かりであり課題であるように思われる。スメルジャコフの生と死は、『カラマーゾフの兄弟』を貫く「一粒の麦」の死の逆説、あるいは「永遠の生命」の問題とどう関わるのか。またこのアリョーシャとイワンとドミートリイの異母兄弟であり下男である青年は、「神と不死」を求める「ロシアの小僧っ子」たちの中にどのように位置づけられるのか。

猫と犬、二つのエピソード

スメルジャコフ。この捉え難い存在の内に入り込む手掛かりとして、また彼の悲劇的かつ悪魔的運命の象徴としても注目すべきは、彼と動物にまつわる二つのエピソードであろう。一つは猫に関するエピソードであり、彼の少年時代のもの。もう一つは犬に関するもので、これは彼が父フョードルを殺害する直前、一週間ほど前の出来事である。

作者は少年時代のスメルジャコフが「大好き」だったこととは、猫を縛り首にし、それからその猫の葬式ごっこをすることであったと記す。縛り首にした猫の死骸の上で、シーツを僧衣のように身に纏ったこの少年は、何か香炉のようなものを振り回しながら歌を歌っていたのだという。全ては「こっそりと」「極秘の内に」なされていた。ところがある時育ての親グレゴーリイが現場を押さえ、スメルジャコフは厳しく鞭打たれる。「片隅」に潜り込んだ少年は、その後一週間、そこから白い目をむいていたという。「お前など人間じゃない。風呂場の湿気から湧いて出た奴だ」。グレゴーリイの罵りの言葉だ。町を徘徊する「宗教的痴愚」スメルジャシチャヤが何者かに妊娠させられ、その出産の夜大きな腹を抱えた彼女はなぜかフョードルの屋敷に向かい、そこに張り巡らされた高塀をよじ登って越え、湯殿でスメルジャコフを産み落として死んだのである。この事実を踏まえたグレゴーリイの悪罵を、彼はその後も絶対に赦そうとはしなかったという（三6「スメルジャコフ」）。

自らの出生を憎むスメルジャコフ。この青年は自分を慕うマリア・コンドラーチエヴナにこう語る。「グレゴーリイさんは、私が自分の出生に対して反逆していると非難するのです。《お前は母の胎を切り裂いたんだ》と言ってね。母の胎のことはさておき、私はせめてこの世に全く生まれ出ないで済むのだったら、母の胎内で自殺することを［自分に］許したでしょうよ」（五2「ギターを抱えたスメルジャコフ」）。呪われた己の運命に重ねての猫の絞殺と、その葬式ごっこ。弱き哀れな猫の死骸に向かって歌われる鎮魂の哀歌。スメルジャコフの内に暗く蠢く憎悪と復讐の心、その底知れぬ悲しみが浮かび上がってくる。なおこの痛切な言葉を、偶然アリョーシャが立ち聞きしてしまう。この事実を我々は記憶に留めておくべきであろう。

犬についてのエピソードとは、父の失職により一家が貧困の底に沈んだイリューシン少年に関わるものである。彼より二歳年上の少年コーリャの説明を借りて事の顚末を記しておこう。ゾシマとフョードルの立て続けの死の一週間ほど前のことだ。スメルジャコフがイリューシンを唆し、ピンを埋め込んだパンを犬のジューチカに呑み込ませたのである。二人が知り合った経緯は不明である。だがここにいるのも、運命の薄倖に対する怒りと悲しみを抱えた幼い存在に対して鋭敏な目を向け、そこに自らを重ねるスメルジャコフである。コーリャの表現によれば、この「残酷で卑劣な悪戯」によってジューチカは悲鳴を上げてのた打ち回り、そのままどこかに姿を消してしまったという（十4）。この時スメルジャコフがこの犬に対して、如何なる鎮魂の歌を歌ったのかは記されない。

この事件に先立つコーリャとイリューシンの交流における心理的葛藤（十4）。その後のイリューシン少年の痛切な良心の呵責劇（十4）。ジューチカ事件の直後に起こるドミートリイによる少年の父スネギリョフ侮辱事件（三5、四3－7、五1）。アリョーシャへの復讐（四3）。このアリョーシャやコーリャたちとの交流を含んだジューチカの復活劇（十4・5）。そしてイリューシン少年の死と埋葬（エピローグ3）等々。ジューチカ事件と前後して展開するのは、複雑に入り組んだ一連の胸を打つドラマである。だが今は、この少年の心の痛みを一貫して受け取めるのがアリョーシャであることを確認して、スメルジャコフに焦点を絞ろう。

呪わしくも忌まわしい己の運命に重ねられた犬の虐待と、その虐待劇に誘い込まれる少年の悲劇を介し、ここに浮かび上がるのもまた己の運命に対するスメルジャコフの憎悪と悲しみ、そして研ぎ澄まされた復讐の刃である。フョードル殺害は、この一週間後のことだ。

「観照者」

少年スメルジャコフと青年スメルジャコフにまつわる二つのエピソード。これらの姿をそのまま延長した先に、父親フョードルを目がけて文鎮を振り下ろし、その脳天を叩き割るスメルジャコフの姿があると言えるであろう。スメルジャコフが表現するものとは、「風呂場の湿気から湧いて出た」存在が投げつける世と運命に対する憎悪と復讐の怨念であり、また「宗教的痴愚」たる町の乞食女スメルジャシチャヤを、放蕩生活の一エピソードとして身籠らせ死なせたと目される好色漢、更には己を料理番の下男として運命づけた父親フョードル・パーブロヴィチに対して下される怒りの鉄槌であると言えよう。

スメルジャコフの内面を伝えるべく、またその悲劇性と悪魔性がどこに行き着くのかを示すべく、作者が置いたと思われるエピソードをもう一つ取り上げておこう。作者はスメルジャコフについて記した最後に、この青年がよく庭や通りで立ち止まっては「物思いに沈み《ザドゥームイヴァツァ》」、そのまま十分位は佇んでいたと付け加える。そしてスメルジャコフの「物思い《ザドゥームチヴァスチ》」とは、「思考《ドゥーマ》」や「思索《ムイスリ》」と言うよりは「観照《サゼルツァーニエ》」であったとされ、そこにロシアの有名な画家クラムスコイの傑作「観照者」が重ねられるのである。

「それは冬の森を描いた絵で、森の中の道で、この上なく淋しい場所に迷い込んだ百姓が、ボロの百姓外套に木皮の靴を身に着け、一人ぽつねんと立って何やら物思いに耽っているかのようである。しかし彼は考えているのではない。ただ何かを《観照》しているのである。［略］自分が観照している間に受けた印象《フペチャトレーニエ》を、彼は自分の内に秘め隠すのであろう。しかもこの印象は彼にとって貴重なものであり、恐らく彼はそれらを密かに、無意識の裡にさえ積み重ねてゆくのだ。――何のため、なぜなのか、勿論知りはしない。ことによると、長い年月をかけて印象を積み重ね、放浪と魂の救済のため、突然一切を放棄してエルサレムへと出かけて行ったり、またことによると突然故郷の村を焼き払ったりすることもあろう。いや場合によっては、その両方が一度に起こるということもあり得る。観照者は民衆の間には相当多い。そして恐らくスメルジャコフもまたそのような観照者の一人で、自分でもなぜかは未だ殆ど分からぬままに、印象を貪るように蓄積していたのであろう」（三6）

モスクワで「目撃者」イワンが人間と世界と歴史についてじっと凝視し、更に自らの内で重ねた「思考」と「思索」。そして家畜追込町で「観照者」スメルジャコフが長い年月をかけ「貪るように蓄積していた」「印象」。これらがいよいよ交差する時、つまりイワンの「地質学的変動」の思想がスメルジャコフの心を捉え、その「観照」によって蓄積された「印象」を一挙に凝集させ、爆発させる時が来る。「神も不死もない」、そして「一切が許されている」。運命に対する憎悪と復讐の心を育んできた料理番の下男に、この若旦那イワンの言葉は衝撃的な福音として臨み、遂にこの下男は異母兄弟の「前衛的肉弾」として「突然故郷の村を焼き払」う、つまり父親の脳天を叩き割るのだ。これに対し「観照者」が向かうもう一つの方向、「放浪と魂の救済のため、突然一切を放棄してエルサレムへと出かけて行った」スメルジャコフについては、後に改めて考えねばならない。

2　スメルジャコフの「悪業への懲罰」

イワンとスメルジャコフ。注目すべきは血の一線を踏み越えた後、これらほぼ同年齢の異母兄弟二人がそれぞれに辿った罪の自覚のドラマである。イワンに起こったことは驚くべき程に緩慢な、父親殺しの罪についての自覚劇であった。既に計画段階から下男に主導権を奪われたこの青年の意識は、二カ月もの長きにわたって、父親殺しの「真相」から遠く離れたところを周辺飛行し続ける。モスクワから颯爽と登場したイワン、神をもイエス・キリストをも天上に追放し去った若き思想家の面影は、「肉弾的前衛」として血の一線を踏み越えたスメルジャコフを前に、見るも無残に砕け散ってゆく。イワンが辿ったこの「悪業への懲罰」のドラマ、「神が見ておいでだ」という叫びに至る罪の自覚劇の最終的な到達点については既に見た。

血の一線を踏み越えたスメルジャコフ。落ちた偶像イワンに代わって、ではこの異母兄弟こそが「人神」となったのであろうか。ドストエフスキイがこの青年の内に描くものもまた罪意識との対決史、もう一つの「悪業への懲罰」のドラマである。詳細に描き出されるイワンの罪の自覚史の陰に隠れ、その運命に似てとかくスメルジャコフの罪の自覚史は我々読者の意識からすり落ち、片隅に追いやられがちである。だがイワンとスメルジャコフの三度にわたる対決劇とは、イワンの罪の最終的な自覚に向けたドラマであると共に、ドストエフスキイの冷徹かつ簡潔なリアリズムとシンボリズムによって刻まれた、スメルジャコフの痛切な罪意識との対決劇でもある。「神が見ておいでだ」。後に見るように、このイワンの叫びも実はスメルジャコフが導いた、否、むしろ彼の罪意識によってイワンが追い込まれた決定的な覚醒の言葉と考えるべきであろう。イワンとスメルジャコフとが表裏一体となって追い込まれてゆく「悪業への懲罰」のプロセス。これは『カラマーゾフの兄弟』の内に密かに展開する圧巻の同時進行劇である。イワンに続き、スメルジャコフの罪と罰のドラマに焦点を絞るためにも、まずは彼が残した遺書に目を向けておこう。

スメルジャコフの遺書

スメルジャコフの遺書に最初に接するのは、注目すべきことにアリョーシャである。イワンが悪魔との最後の対話を繰り広げている頃、マリア・コンドラーチエヴナがアリョーシャの許に駆けつける。スメルジャコフを愛しかつ尊敬するこの女性は、今は婚約者として病で衰弱した彼を町の病院から引き取り、手厚く看護していた。イワンが去った後サモワールを片づけに部屋に入った彼女は、「壁の釘にぶら下がっている」スメルジャコフを発見する。彼女は警察にも「誰にも知らせず」、「真っ先に」「走り通しで」アリョーシャの許に駆けつけたのだ。取って返し二人が駆けつけた時、スメルジャコフはまだ壁にぶら下がったままであり、傍らのテーブルに見出されたのは彼が残した遺書であった。

「己自身の意志と好みによって己の命を絶滅させる。誰にも罪を負わせぬため」（十一10）

「己の命を絶滅させる」。先にイワンにおいて見たように（本書五5）、この「絶滅させる」という動詞は、「滅ぼし尽くす《ウニチタジャーチ》」という動詞と共に、怒りと裁きの神エホバがユダヤ民族の敵のみならず、己から心を逸らし離反した人間たち、ユダヤの民をも絶滅させ、滅ぼし尽くし、無とするという極めて旧約的終末論的色彩の濃い強烈な表現であり、「聖絶」とも言われる（創世記六13・17、申命記七2・10、ヨシュア記十一12、イザヤ書十三5、四十三28、エレミヤ書五十21・26、五十一3他）。少年時代、『創世記』を教え込もうとしたグレゴーリイに向かい、世界創造にあたり神が第四日目に太陽や月や星々を創られたとするならば（創世記一14－19）、第一日目に光はどこから射していたのかと辛辣かつ鋭利な問いをぶつけ、頬を張り倒されたスメルジャコフ（三6）。その後この少年は、旧約聖書の内に繰り返し登場する「聖絶」の思想、神の創造の対極にあるこの恐るべき言葉から与えられた強烈な「印象」を、その「観照」生活の中で心の底に沈みこませていったのであろう。彼の遺書がまず表現するものとは、怒りと裁きの神エホバに代わり、自分自身が「己自身の意志と好み」によって「己の命を絶滅させる」との断固たる意志である。しかも「誰にも罪を負わせぬため」。ここには最早イワンに対する恨みも、自分を辱め蔑んだフョードルを始めとする世や運命に対する憎悪や復讐の心も一切ない。ここに見られるのは一人神の前に立ち、神の創造世界に対する「聖絶」を自らの存在に重ね、自らを「絶滅させる」ことによって罪を贖おうとの毅然たる意志、透明とさえ言えるほどの自己弾劾と自己清算の決意の表明と言うべきものである。「信じていないものに仕えたがために、自分と全ての人間に恨みを晴らしつつ、憎悪で身を滅ぼす」。先に見た、アリョーシャの祈りの中の言葉である。この遺書を読んだアリョーシャはこの時、怒りと裁きの神の前で、「真実の光」に向かっての決定的な歩を進めたイワンに対し、自らの命を「絶滅させた」スメルジャコフが、一瞬悪魔の手に渡ったと考えたのであろう。愛と赦しの神に信を置くアリョーシャがこの遺書から受け取ったのは、それほどまでの自己「聖絶」の厳しさと痛ましさだったのだ。アリョーシャとスメルジャコフの交流については、この後順次考えてゆかねばならない。

「神が見ておいでだ」。この叫びと共に悪魔の「絶滅」に向かい、十字架への道を選び取るイワン。他方イワンとの最後の別れ際、スメルジャコフは絞首台への道を選び、直後この遺書を残し自らの命を絶つ。フョードル殺害から自死に至るまでの二カ月間、スメルジャコフの内では何が起こっていたのか。この自死とは、彼が生前マリアに語っていた母の胎内での自殺願望の最終的な成就なのか、あるいは更に大きな力に衝き動かされての死であるのか。またそこにアリョーシャは如何に関わっていたのか。これらのことを知る最大の手掛かりは、二カ月の間に三度にわたって行われたイワンのスメルジャコフ訪問である。

一度目のスメルジャコフ訪問

モスクワからの帰還の当日である。イワンは早速スメルジャコフの許を訪れる。この時のスメルジャコフは、フョードル殺害直後に襲われた真正の癲癇発作によって意識不明の状態に陥り、町の病院に収容される身であった。だが肉体の極度の衰弱と医師たちの悲観的な見立てにもかかわらず彼の意識は冴えわたり、イワンの問いを受けて逸らす知力も論証ぶりも鋭利この上ない働きぶりを示すのであった。このスメルジャコフに対して、癲癇の発作とチェルマーシニャ行きに関してイワンが次々と繰り出す的外れな問いは、犯行前と同じく、臆病な「目撃者」としての姿勢の延長でしかない。スメルジャコフは、あの「地質学的変動」を生んだ鋭利な知性とは対照的に、イワンが示す父親殺しへの鈍感極まりない意識と姿勢、「一切が許されている」とするその人神思想の内実を、ここで決定的に見て取ってしまうのである（十一6「一度目の訪問」）。

注目すべきは二人の対話の最後近く、スメルジャコフが神について言及することだ。

「今だって、この私たちの話を聞いているのは誰もいません、正にこの神さま《プロヴィヂェーニエ》以外には」（十一6）

この言葉を何気なく発されたものだとして無視することも、冗談で発されたものだと言い捨てることも、また逆にこの時スメルジャコフは神と正面から向き合っていたのだと断言することも早計であろう。この言葉が根ざすところは、彼とイワンとの二度の対決を辿ることの中から、自ずと明らかとなるはずである。

イワンの一度目の訪問においてもう一つ注目すべきは、作者が病床のスメルジャコフを訪れる人々が少なからずいたと記すことだ。スメルジャコフはまず、グレゴーリイの妻マルファが「今まで通りの親切さで、必要なことなら万事につけ私を助けてくれる」と語り、また後には、この育ての親たちについてこうも語る。「あの人たちは、私が正に生まれ落ちてから常に優しくしてくれたのです」（十一8）。この青年は自分に注がれ続けた育ての親二人の愛を十分に知っていたのだ。作者は更に、彼を「毎日のように訪ねてくれる」という「親切な人たち《ドーブリエ・リューヂ》」についても記す（十一6）。それらが具体的に誰を指すのかは明らかでない。そこに「婚約者」のマリアとその母が入ることは言うまでもないであろう。

アリョーシャのスメルジャコフ訪問

ここで「親切な人たち」の中に、アリョーシャを加える可能性も考慮すべきであろう。作者はこの青年が、一貫してスメルジャコフを父親殺しの犯人として信じて疑うことがなかったと記す。だがそのことと、彼がこの殺人犯を「毎日のように訪ねてくれる」「親切な人たち」の一人であったということとは決して矛盾するわけではない。冷静な認識のリアリズムと「実行的な愛」の行動の共存が、アリョーシャその人と言えよう。

何よりも思い起こされるべきは、先に見たスメルジャコフの遺書のことである。スメルジャコフ自殺の報を警察にもたらす前に、婚約者のマリアが「誰にも知らせず」、「真っ先に」「走り通しで」駆けつけたのはアリョーシャだった。彼女にとって、自分が愛し尊敬するスメルジャコフの死を真正面から受け止めてくれるのは、アリョーシャ以外にはいなかったのだ。アリョーシャが二人の会話を偶然立ち聞きして以来、彼らの間に如何なる交流が始まったのか、直接記すことのないドストエフスキイは、スメルジャコフの自殺にあたり、決定的とも言うべき事実を一瞬、我々読者に垣間見せてくれたと考えるべきであろう。

この事実に加え、またこれとの関連で、スメルジャコフに対するアリョーシャの深い理解と愛を示す葬送と鎮魂の辞《ことば》が、後に彼が編纂した「ゾシマ伝」の最後に確認できるであろう（本書ⅦC6）。そこに見出されるのは、スメルジャコフが恐らく生前アリョーシャにぶつけていたと思われる「神と生命とを呪う」激しい言葉と、この自ら命を絶った人間に対する彼の痛切な思いと深い理解、そして愛である。それはアリョーシャがイワンに対してばかりか、異母兄スメルジャコフにも注いでいた温かい目と心、そして少なからぬ交流を想定しない限り、まず生まれることのあり得ない辞である。先に見た祈りにおいて、イワンの闇から「真実の光」への立ち還りを神に感謝する一方、スメルジャコフについては闇の内に「身を滅ぼした」と判断したアリョーシャが、この自殺者への葬送と鎮魂の辞《ことば》を記すに至るまで、作者が直接記すことのない彼のスメルジャコフについての認識の深化について、なお繰り返し考察してゆかねばならない。その過程で考えるべきは、『カラマーゾフの兄弟』の中心に存在する異母兄弟間の交流と、そこにある「真実」の問題である。

二度目の訪問

一週間後になされた二度目の訪問（十一7）。この時のスメルジャコフは「婚約者」マリアの許に身を寄せる身であった。裁判後カチェリーナが、法廷での供述と共に発狂状態に陥ったイワンを自宅に引き取るのと同じく、マリアもまたスメルジャコフを自宅に引き取り、その母親と一緒に彼を手厚く看護してやっていたのである。恐らくフョードル殺害後のスメルジャコフが、健康の点でも知力の点でも頂点にあったのはこの頃であろう。作者はイワンを迎える彼の態度が今や生気と自信に満ちて傲然とし、敵意と憎悪に満ちたものであったと記す。彼の内で展開していた振幅の激しいドラマを窺わせる事実である。「なぜ、のこのことやって来るのですか。だってあの時、話は全てついているではありませんか。一体何の目的で、またぞろやって来たのです?」。イワンには彼がこう言っているかのようにさえ感じられたと記される。既に前回の対決で、若旦那イワンが父親殺しの前に見せていた優柔不断さ通り、やはり実は鈍感で臆病な赤子のような存在でしかないことを見て取ってしまっていたスメルジャコフ。彼に最早遠慮はない。駄目を押すかのように、またこの若旦那を追い払おうとするかのように宣告が下される。イワンが父親殺しの願望を持っていたこと、だが勇気のない彼は自ら手を染めようとはしなかったこと、そしてスメルジャコフを当てにしていたこと。

完膚なきまでに自らの罪を自覚させられたイワンは、カチェリーナの許に半狂乱となって飛び込む。このイワンが彼女から、父親殺しの意図を表明したドミートリイの手紙を見せられる経緯は先に見た。作者はこの手紙によってすっかり安心させられたイワンが、その後一カ月ほどはスメルジャコフのことを誰にも尋ねることはなかったと記す。だがこの間にスメルジャコフが重い病気に陥り、頭もおかしくなったとの噂が二度ほど流れてくる。若い医師ワルヴィンスキイもイワンに、スメルジャコフが「発狂して死ぬであろう」との見立てを語る。あれほど傲然と生気に満ちていたスメルジャコフに、この一カ月の間で何が起こったのか、作者は一切記さない。だがドミートリイの手紙を見せられ安心し切ったイワンの一方で、そのイワンを既に葬り去ったスメルジャコフの内部では、その精神を発狂に、またその肉体を衰弱させ、遂には死に追いやるような何事かが確実に、しかも急速かつ激烈に進行していたのである。

3　「活ける神」の現前

三度目の、最後の訪問

一カ月ほどが過ぎると、スメルジャコフと呼応するかのように、イワンの心身両面にもまた極度の悪化の兆候が現れ始める。作者はその原因が大きくは二つあったと記す。一つは意識の底に眠っていた、あるいは抑えつけられていた罪意識が次第しだいに頭を持ち上げてきたことだ。十日ほど前、彼はドミートリイに脱走計画を持ちかけていた。前回の訪問の際に、父親の死がもたらした四万ルーブリの大金のことをスメルジャコフに指摘されたイワンは、彼の指摘が的外れなものだと証《しめ》そうとするかのように、必要となる三万ルーブリの提供も入れて、この脱走計画を提案したのだ。だがイワンの心が鎮まることはなかった。もう一つはカチェリーナとドミートリイの愛への嫉妬である。ドミートリイが犯人であることを信じて疑わなかったはずのこの女性が、いつの間にかスメルジャコフを訪問している。彼女は一体いつスメルジャコフを訪れ、二人の間ではどのような話が交わされたのか。イワンの心は乱れに乱れていたのである。

さてイワンを迎えたマリアによれば、スメルジャコフの健康は既に危機的な状態にあったばかりか、今はその精神も「ほとんど正気ではない」状態にあった。だが暴れるわけでもなく、それどころか「この上なく静かにしている」のだという。マリアは哀願する。「あまり長くお話にならないで下さい」。事実イワンが目の当たりにしたスメルジャコフは「すっかり面変わりがし、すっかり痩せ、色は黄ばんでいた。目は落ち窪み、目の下には青い隈があった」。死相が表われ出たような鬼気迫る相貌となり果てたスメルジャコフ。だがこの青年に向かい合うイワンその人もまた、今や発狂寸前の危機に追い込まれていたのである。作者は二人の間のテーブルの上に「黄色い表紙の何か分厚い本」が置かれていたと記す。『我らが聖者シリアのイサクの言葉』［『シリアの聖イサクの苦行説教集』」である。

「殺したのはあなたではありません」

既にイワンを意識から葬り去ったスメルジャコフ。そのイワンが一カ月も経ってまたぞろ現れ、カチェリーナは何のためここに来たのかなどと問い始める。答えを拒否するスメルジャコフとイワンとの間にはしばらく押し問答が続く。スメルジャコフの眼差しは前回と同じ「狂気の如き憎悪」から始まり、「軽蔑」と言うよりは殆ど「嫌悪」に近いものに変わったと記される。「家にお帰りなさい。横になってゆっくりとお休みなさい。何もびくびくすることはありません」。この言葉に驚いたイワンはこう返す。「俺にはお前の言うことが分からない……明日何を俺が恐れることがあるのだ?」。この言葉を発した時である。突然イワンの心に「何か冷たい驚愕のようなもの」が吹き込んだと記される。

「お分かり・に・ならない?」（十一8）

「物好きなことだ、賢いお方がこんな喜劇を自作自演するとは!」。父親の頭に力任せに三度振り下ろした文鎮の感触、その全プロセスで彼が感じた不安と恐怖と慄き。そしてその不安と恐怖と慄きを介して彼に臨んでいたもの、血の一線を踏み越えたスメルジャコフが向き合っていたもの。つまりやつれ果て死相が浮き出たような相貌になるまでの苦しみとその原因の一切を、「地質学的変動」の思想家は想像さえできず、否、しようともせず、「俺にはお前の言うことが分からない」などと口にしている。

「家にお帰りなさい。殺したのはあなたではありません」［*не*《ニェ》 *вы*《ヴィ》 *убили*《ウビーリ》］（十一8）

イワンは父フョードルを殺しはしなかった。当然だ。それどころかイワンには殺す力もなく、そもそも殺そうとの意志を持つ資格さえなかった。運命に対するスメルジャコフの復讐劇に、若旦那はお呼びではなかったのだ。注目すべきことは、スメルジャコフがこの言葉を発した瞬間、イワンはアリョーシャのことを思い出し「慄然とした」と記されることだ。「殺したのはあなたではありません」。イワンがスメルジャコフの許を訪れる直前、街頭でリーザの手紙を手渡した直後、これとほぼ同じ言葉をアリョーシャが兄に向かい繰り返し叫んでいたのである。


「いいえ、お兄さん、あなた自身自らに、殺したのは自分だと何度か言ったのです」

「この恐ろしい二カ月間一人で取り残された時、あなたは自らにこのことを言い聞かせていたのです」

「あなたは自らの罪を認め、殺人犯は自分以外の誰でもないと自らに告白したのです。でも殺したのはあなたではありません［убил《ウビール》 не《ニエ》 ты《トゥイ》］。あなたは考え違いをしています。あなたは殺人犯ではないのです［не《ニエ》 ты《トゥイ》 убийца《ウビイツァ》］。いいですか、あなたではありません！［*не*《ニエ》 *ты!*《トゥイ》］。僕を神さまが、あなたにこのことを言わせるためお遣わしになったのです」（十一 5）

イワンを「慄然と」させたのは、単にスメルジャコフとアリョーシャが発した言葉の偶然の一致ではないだろう。注意すべきは、「僕を神さまが、あなたにこのことを言わせるためにお遣わしになったのです」というアリョーシャの言葉である。当然のことながらこの時アリョーシャは、イワンをかばい彼の罪をスメルジャコフ一人に押しつけようとしていたのではない。心の最深奥で父親殺しの罪意識に脅かされ続け、発狂に至りかねない「重い病」に陥ったイワンをじっと見守り続けたアリョーシャは、いよいよ錯乱の度を増す兄に対し、まずは自分が神の前に如何なる「罪人」であるかを正しく認識することを迫ったのであろう。ここにいるのもリアリストたるアリョーシャだ。何よりも注意すべきは、スメルジャコフがいよいよ神について語り出すのはこの直後であるということ、そしてイワンが「神が見ておいでだ」との叫びを上げるのもそれに続いて間もなくのことだという事実である。作者ドストエフスキイは、イワンの意識下で進行する罪意識の自覚のドラマをじっと見守るアリョーシャと、既に自身の罪との直面によって「裁きの神」の前に立つスメルジャコフとを導き手として、いよいよイワンを神の前に立たせようとしているのだ。

「これは正に神さまです」

「殺したのはあなたではありません」。このスメルジャコフの言葉に対し、イワンは言い淀み、最後まで答え切れない。

「俺でないことは分かっている……」（十一 8）

「憤怒を込めて」、スメルジャコフの最後の宣告が下される。

「お分かり・ですって？　では申しましょう。その、あなたが、正に殺したのです」（十一 8）

イワンこそが主犯であり、自分は共犯者に過ぎないこと。「憤怒」と共に囁かれたこの宣告と共に、突然イワンの体が小刻みに震え出す。「喜劇の自作自演」どころか、イワンが示す紛れもない恐怖と真剣さに、今度はスメルジャコフが強烈な衝撃を与えられる。

「本当に、本当に、今までご存知ではなかったのですか」（十一8）

二人を隔てる壁が、今や取り払われようとしている。

「分かるか？　俺は恐ろしい、お前は夢ではないのかと。お前は幻で、俺の前にこうして座っているのではないのかと」（十一8）

イワンの目と心を覆っていた「恐怖」や「夢」や「幻」が消え、彼の前にスメルジャコフが新たな姿を以って立ち現れる。より正確には、スメルジャコフが直面するものにイワンの焦点がはっきりと絞られると言うべきであろう。スメルジャコフが、いよいよ自分の向き合ってきたものについて語り出す時が来たのだ。


「どんな幻もここにはおりません。私たち二人と、その他にもう一人、第三の存在以外には。疑いもなく、その存在は今ここにいます。その第三の存在は、私たち二人の間にいるのです」

「誰だ、それは？　誰がいるのだ？　誰だ、第三の存在とは？」

「この第三の存在とは、神《ボフ》です。これは正に神さま《プロヴィヂェーニエ》です。それ《アノ》が今ここに、私たちのそばにいるのです。ただ、あなたには探しても、見つかりはしません」

「お前が殺したなどということは、嘘だ！　お前は気が狂ったのか、そうでなければこの前のように俺をからかっているのだ！」（十一8）

「気が狂った」のでも「からかっている」のでもない。やつれ果て、部屋で一人「この上なく静かにして」いたスメルジャコフ。血の一線を踏み越えた彼がその沈黙の中で向き合っていたのは、神だったのである。「神です。これは正に神さまです。それが今ここに、私たちのそばにいるのです」。「神と不死」を求める「ロシアの小僧っ子」たちの物語、『カラマーゾフの兄弟』の中で、ここに記されるのは最も密やかな、しかも懼るべき「裁きの神」の現前である。スメルジャコフを相手にイワンの内で進行していった父親殺しの罪の自覚劇。それはスメルジャコフにとっては、モスクワから現れた輝ける星に託した夢の失墜劇の体験に他ならなかった。また同時にそれはスメルジャコフ自身の「悪業への懲罰」進行のドラマであり、神との出会いに至る二カ月だったのだ。イワンの一度目の訪問の際、スメルジャコフが彼に語った言葉が思い出される。「今だって、この私たちの話を聞いているのは誰もいません、正にこの神さま以外には」（十一6）。血の一線を越えた彼の内では、この時既に懼るべき「裁きの神」の現前が開始されていたのだ。

この後スメルジャコフは、三千ルーブリの金の奪取から癲癇の仮病のこと、更には父親殺害の詳細からチェルマーシニャ行きの経緯に至るまで、長い間「恐怖」と「夢」と「幻」の向こうに間眠《まどろ》み続けたイワンに、事の全てを手に取るように説明してやる。彼が父親殺しの「主犯」に他ならないことを納得させてやるのだ。モスクワから颯爽と登場し、「一切が許されている」こと、「永遠の神がなければ、いかなる善行もなく、その必要もない」と教えてくれた英雄は、今や赤子のようにスメルジャコフの前に立っている。

懼るべき「裁きの神」

改めて注目すべきは、スメルジャコフがイワンに説明して聞かせるフョードル殺害の顚末の懼ろしさ、そしてその各所に顔を覗かせる彼自身の罪意識、その懼れと慄きである。この「肉弾的前衛」は知の人イワンも舌を巻くような、悪魔的とも言うべき周到な下準備をしたものの、フョードルの殺害自体はドミートリイの手になることを期待していたのだった。その期待が外れたことが判明するや、闇の中で直ちに「正に今この場で、一切のけりをつけてしまおう」と決断した時の心の震え。実際にフョードルを前にしての恐怖と足のすくみ。その頭蓋骨を三度にわたり文鎮で叩き割った感触。そして再びベッドに戻り、横になって捕えられた恐怖感。これら全てをイワンに告げるスメルジャコフは、「興奮し、苦しげに息をつき、その顔には汗が浮かんでいた」と記される。血の一線を踏み越えた青年に臨んだのはゾシマ長老の「悪業への懲罰」、罪人の良心を介して現前する「裁きの神」であり、それは『罪と罰』のラスコーリニコフが、そしてまたゾシマの許を訪れた「謎の客」ミハイルが血の一線を踏み越えることによって捕えられたのと同じ、あの筆舌に尽くし難い圧倒的な罪意識、怒りと懼れとして臨む「活ける神の御手」、「裁きの神」だったのである。

ルカ福音書のイエスは言う。

「わが友《とも》たる汝《なんぢ》らに告《つ》ぐ、身《み》を殺《ころ》して後《のち》に何《なに》をも為《な》し得《え》ぬ者《もの》どもを懼《おそ》れるな。懼《おそ》るべきものを汝《なんぢ》らに示《しめ》さん、殺《ころ》したる後《のち》ゲヘナに投《な》げ入《い》る権威《ちから》あるものを懼《おそ》れよ。われ汝《なんぢ》らに告《つ》ぐ、げに之《これ》を懼《おそ》れよ」（ルカ十二4―5）

殺人犯ラスコーリニコフとミハイルが共に、この「懼るべきもの」「殺したる後ゲヘナに投げ入る権威あるもの」の手の内に落ちたように、イワンもスメルジャコフも共にそれぞれが懼るべき「裁きの神」の手の内に落ち、「ゲヘナ」に投げ込まれたのだ。たとえフョードル殺害の「主犯」「共犯」「教唆犯」が誰であろうとも、彼らは懼るべき「裁きの神」「活ける神の御手」の内に落ちた点で何ら違いはなかったのである。イワンに向かってスメルジャコフが発した「殺したのはあなたではありません」[*не вы убили*《ニェ ヴィ ウビーリ》]、そして「その、あなたが、正に殺したのですよ」[**вы-то и убили**《ヴィータ イウビーリ》]。これらの言葉は共に正しく、また共に正しくない。「殺したる後ゲヘナに投げ入る権威あるもの」、「活ける神」の懼るべき圧倒的な「権威」を前に、人間は己が犯す如何なる罪に対しても「主犯」でも「共犯」でも、また「教唆犯」でさえもあり得ない。また同時にこの「活ける神」の圧倒的な現前《リアリティ》を前に、全ての人間が神殺しの「主犯」であり「共犯」であり「教唆犯」としての罪ある存在に他ならず、それに向かって赦しを乞う他ない。この真理をアリョーシャはスメルジャコフに恐らく繰り返し説き聞かせ、そしてまた街頭でイワンにも叫んだのであろう。

「活ける神」、アリョーシャの使命

先に見たように「ガリラヤのカナ」のキリスト体験の後、満天の星空の下でアリョーシャが与えられた神体験とは、喜びの涙と結びついた神の赦しの体験であり、またその赦しの感覚と表裏一体に与えられる人間の罪性の自覚体験でもあった。つまりそれは愛と赦し、怒りと裁きの両極相を含んだ「活ける神」の圧倒的な現前の体験だったのである。一方血の一線を踏み越えた後の「悪業への懲罰」の現前によって、見る見るうちに肉体も心も衰弱させてゆくスメルジャコフに臨んだのは、同じ「活ける神」とはいえ、懼るべき「裁きの神」の現前である。この「裁きの神」を前に、存在そのものの否定にまで突き詰めかねないスメルジャコフ。この異母兄の前に立ったアリョーシャが試みたこととは、自らが体験した神の愛と赦しと喜びに彼の目を向けさせ、真に懼るべき「活ける神」の圧倒的な君臨感を示すことだったのであろう。

「殺したのはあなたではありません」。街頭でイワンに対してこの言葉を発したアリョーシャの背後にあったもの。それもまたスメルジャコフに対する場合と同じく、怒りと裁きばかりか、愛と赦しの両極相を含んだ「活ける神」の君臨感であり、彼の言葉はイワンに向かってなされた慰めでもなければ、またスメルジャコフへの責任転嫁の叫びなどでもない。それはスメルジャコフと同様に罪意識から発狂に陥りかねないイワン、あるいは自ら存在の消滅さえ計りかねない「重い病」の底に沈む兄イワンに向かって発された叫びであり、生も死も人間の側の計らいが及ぶものではないこと、一切は懼るべき「活ける神の御手」の内にあることに気づけ、そしてまずはその神の前に正しく「罪人」として立てとの命懸けの叫びだったと言えよう。

イワンのスメルジャコフ訪問と並行して進行していたであろうアリョーシャのスメルジャコフ訪問。師ゾシマの命によりその死後直ちに修道院を出たアリョーシャが託された使命とは、正にこの兄たちを始めとして、世の人々に対する「実行的な愛」を実践することであった。「始めるのだ、倅よ、自分の仕事を始めるのだ」。そしてこの「実行的な愛」の実践とは、ただ甘美で人道主義的な隣人愛を説くこととは遠い。アリョーシャは師ゾシマの死によって与えられた神体験を土台として、まずは二人の「父親殺し」の罪に苦しむ兄たちに対し、「活ける神」の真のリアリティを悟らせるという厳しく困難な課題・使命を負ったのである。

ゾシマ長老の「一粒の麦」としての死に続き、フョードルの「一粒の麦」としての死の逆説もまたここに浮かび上がってくる。この「好色漢」、瀆神的道化たるニリヒストは、己の脳天を息子たちに叩き割らせ、「父親殺し」の罪に追い込むことによって、彼らに己の内なる悪魔と直面させ、そして「絶滅」させ、「活ける神」との出会いに導くという正に逆説的道化を演じたのである。

4　新たな悲劇、兄弟殺し

懼るべき「裁きの神」との直面への二カ月。遂にイワンは片手を上に挙げて叫ぶに至った。「神が見ておいでだ」。先にスメルジャコフが彼に向かって語った言葉も改めて思い起こそう。「この第三の存在とは、神です。これは正に神さまです。それが今ここに、私たちのそばにいるのです。ただ、あなたには探しても、見つかりはしません」。このスメルジャコフに導かれイワンは、自分が懼るべき「裁きの神」の正面に立たされていたことを悟るに至ったと言えよう。だがもう一つの悲劇が始まるのは、ここからである。

逃げ場なく自らの罪を悟らされたイワン。注目すべきは、イワンがこの瞬間から己の罪と「裁きの神」に対して示す反応の素早さと潔さ、そしてラディカルさである。「裁きの神」に応えるべくイワンが直ちに選び取ったのは十字架への道であった。理想主義者イワンの見事とも言うべき覚醒と決断だ。だが同時に彼がスメルジャコフに対して取る態度、これもまた驚くべき程に性急で厳しく、そして容赦のない自白の強要である。理想主義者であり鋭利な知性の人イワンの行動の型であり、若旦那イワンが持つ横暴さと冷酷さと言うべきものであろう。つまりイワンの決断とは、異母兄弟スメルジャコフの心を一切思いやることなく噴き出してきた、自分自身と相手とに対するこの上なく性急で、この上なく厳しい自己処罰への要求であり、それはスメルジャコフにとり暴力的とも言うべき選択の強要となるであろう。スメルジャコフに導かれ神と出会い、十字架への道を選ぶイワンが、新たにスメルジャコフを導く道、否、追いやる道が絞首台への道である。

イワンの突然の変貌に戸惑い、なおその真偽を計りかねるスメルジャコフ。二人の間に繰り広げられる最後の戦いとは、共に「裁きの神」の前に立った異母兄弟の新たなすれ違いの悲劇であり、ここに展開するのは神殺しと父親殺しに続いてイワンが犯す、新たな「兄弟殺し」の罪とも言うべきものである。ごく僅かな時間の内に繰り広げられるこの最後の戦い、すれ違いの悲劇に焦点を絞ろう。

スメルジャコフの「夢想《ミェチタ》」

明日の裁判への出頭を強く迫るイワン。これに対しスメルジャコフが示す反応とは、次々と繰り出される痛烈な「揺さぶり」である。あなた［イワン］がそのような恥さらしをしたところで何もならないであろう。私［スメルジャコフ］は、あなたが兄さんのドミートリイを愛するあまり、この私に罪を着せたと言ってやるだろう。またこうも言うだろう。そもそもあなたは私のことを「人間とは思わず、せいぜい蠅くらいにしか思っていなかったのだ」と。そもそもあなたの言うことを信じる人間は誰もいないだろう。証拠は何もないのだから。

異母兄弟を隔てていた壁、そしてイワンの持つ原罪性がここに顕れ出る。世に満ちる罪なき幼な子たちの涙を凝視するイワンが、他ならぬその幼な子の一人、自らの異母兄弟スメルジャコフを「蝿くらいにしか思わず」、その涙を知ろうとさえしなかったのだ。だがスメルジャコフの言葉の中で、イワンが直ちに反応を示すのは、唯一「証拠は何もない」という言葉でしかない。知の人イワンにとって、スメルジャコフが先に取り出して見せた三千ルーブリの札束、これこそ「証拠」に他ならないのだ。スメルジャコフはシリアの聖イサクの本を持ち上げ、その下に置いていた札束をイワンに渡す。「この金のために殺人を犯しておきながら、なぜ俺に渡してしまうのだ?」。「私には全く必要ありません」。スメルジャコフは片手を振りながらこう答えると、更に「震える声で」次のように語ったと記される。

「以前は、こんな大金を持ってモスクワか、いっそのこと外国へでも行って新しい生活を始めようと思ったこともありました。そんな夢想もしたのです。何と言っても《一切が許されている》のですからね。これはあなたが実際に教えて下さった事なのですよ。というのもあの頃あなたは、このような事を沢山話して下さったのです。《もし永遠の神がいないならば、何の善行もない》と。しかも《そうなればそんな善行など全く必要がないのだ》と。この事をあなたは本気で［話して下さったので］した。ですから私もそう考えたのです」（十一 8）

世に対する、またフョードルに対する憎悪と復讐心の一方で、スメルジャコフを捕えていた「夢想」、そしてイワンに対して抱いた熱い思いもここに明らかとなる。三千ルーブリという金とイワンの存在とは、この料理番の下男にとっては夢の世界への導き手だったのだ。彼が最後まで示すこの三千ルーブリへの関心と執着を嘲笑することは、この存在をただの下男として蔑むもう一人の「若旦那」の立場に立つことでしかない。イワンは問う。「自分の頭でそこまで考えたのか？」。「あなたのお導きで」。イワンとスメルジャコフとの出会いの実相、そのすれ違いの悲劇がここに決定的に顕在化する。

「地質学的変動」の思想によって自らを神とし、故郷でその思想実験を目論む若旦那と、呪われた出生に対する怨念と悲しみを胸に、世に対する復讐の刃を研ぎ澄ませてきた料理番の下男との出会い。先に見たようにスメルジャコフとは、イワンの思想が生まれ出た根にある、罪なき幼な子の運命そのものを、父の下男として生きる「孤児」であり、世の不条理をそのまま身に負わされた存在に他ならない。二人の異母兄弟は、その血が繋がる以上の絆で結ばれていたのだ。だが若旦那は下男の心を読み取ることのないまま自らの思想実験に乗り出し、下男は自らの夢想を若旦那の思想に重ね、その「前衛的肉弾」としての役を担ったのだ。これら「呉越同舟」の異母兄弟は、各自それぞれの血の一線を踏み越え、共に懼るべき「活ける神の御手」の内に落ち、その野心と夢の一切を打ち砕かれた今、初めて真の出会いの場に立ったのである。だが若旦那イワンは、この時もなお依然その心を下男スメルジャコフに開くことはなかった。「神が見ておいでだ」。イワンを見つめる「活ける神」とは、ひたすら懼るべき「裁きの神」として臨み、彼を裁きの場での自白へと駆り立てる神だったのだ。

三千ルーブリが隔てるもの

イワンとスメルジャコフとを隔てるもの。その越え難い壁を描くべく作者は、スメルジャコフが取り出した三千ルーブリになお焦点を絞り続ける。

「ところが今、金を返すということは、どうも神を信じたということのようだな？」
「いいえ、信じたのではありません」（十一8）

「いいえ、信じたのではありません」。こう「囁くように」答えたスメルジャコフは、注意すべきだが、神を知らないとも否定したとも言っているわけではない。スメルジャコフが今この若旦那イワンに、どうして自らの心の最深奥を曝け出そうか。そもそも「殺したる後ゲヘナに投げ入る権威あるもの」の前に立たされた人間が、どうして「信じる」とか「信じない」という手垢のついた言葉で、その懼るべき「権威あるもの」について語り得ようか。ここにいるのは、イワンが消え、イワンと三千ルーブリに託した夢想が消え、今はただ懼るべき「裁きの神」の前に立つスメルジャコフである。

イワンにはスメルジャコフが取り出した三千ルーブリの背後にあるもの、彼がこの二カ月間直面してきた苦悩と葛藤を理解できない。だがその逆もまた真であり、スメルジャコフもまた、イワンがこの二カ月間「悪業への懲罰」の現前によって苦しみ、今やその彼にもまた懼るべき「裁きの神」が臨んでいることに気づかない。残された僅かな時間で二人が交わす会話とは、それぞれの「裁きの神」の前で二人が新たな隔絶を決定的なものとする記録、十字架と絞首台、兄弟が永遠の別れに至るすれ違いの悲劇の記録に他ならない。

別れ

「では、なぜ返すのだ?」。「沢山です……［話すことは］何もありません!」。自らの心の内を語る意志は既にスメルジャコフにはない。ひたすら法廷での自供に突き進むイワンを追いやるものとは一体何なのか、スメルジャコフに残された関心はただこの一点である。

「そもそもあなたはあの頃、《一切が許されている》と常におっしゃっていたではありませんか。それを今になって、なぜそんなにびくついておいでなのです、あなた御自身が? 自供にさえ行きたがっておいでだ……絶対にそんなことはなさいません! 決して自供には行かれないでしょう!」(十一―8)

断固言い放つスメルジャコフに対し、イワンは返す。

「見ているがいい！」（十一 8）

イワンが罪の決定的な自覚に至ったこと、「裁きの神」の前に立ったこと、このことを未だ理解し切れないスメルジャコフから、なおもイワンに対する「揺さぶり」が続く。あなたは自分に不利な証言になど出かけて行くはずがない。なぜならばあなたはお金が好きで、プライドが高く、名誉も女性も好きで、何よりも安穏な生活を望み、誰にも頭は下げたくないお方なのだから。この点であなたは父親と瓜二つの方なのだ。そのあなたが法廷でそれ程の恥を身に受け、人生を永久に無にする気を起こすはずがない。

「お前は馬鹿ではない」。自分を見つめていたスメルジャコフの眼力の鋭さにイワンは愕然とし、その顔には血が上る。イワンは相手に「突然何か新たな視線を向けて」次のように発したと記される。それに続くスメルジャコフの答えも続けて挙げておこう。

「お前を馬鹿と思っていた。お前は真剣だな！」。

「私を馬鹿と思っていたのは、あなたが傲慢だったからです。さあ、この金をお受け取り下さい」（十一 8）

下男の心の内を一片たりとも理解することのなかった若旦那の「傲慢さ」。スメルジャコフはイワンに託した夢の一切を、三千ルーブリにこの言葉を添えて突き返したのだ。「証拠」を受け取ったイワンは言う。「明日これらを法廷で見せてやる」。ひたすら神の裁きの場に立ち、己の罪を自供しようとの衝動に駆られるイワン。彼に対しスメルジャコフが返す言葉は依然辛辣この上ない。「法廷では誰もあなたの言うことを信じないでしょう。

あなたの所にはお金があったのだ、しかも今や自分のものがどっさりと。だから手金庫から取り出して持ってきたのだ、と」（十一8）

「神はいない」こと、「一切が許されている」ことをモスクワから告げに来たイワン。そのイワンが今や神と直面するに至った。だがこの若旦那の神は、下男とは何ら関わりのない神だったのである。札束をポケットに納めたイワンが席を立ち際に言う。「もう一度言っておく。お前を殺さなかったのは、ただ明日のためなのだ。肝に銘じておけ。忘れるな！」。この瞬間スメルジャコフは「異様な目つき」と「異様な口調」でこう発したとされる。「さあどうぞ、お殺しなさい。今すぐお殺しなさい」。「こんなことさえおできにならない」。苦々しい笑いと共に彼は付け加える。「何もおできにならない。前は大胆なお方だった！」。この人間にしばしでも夢の一切を託した自分。その「己の命を絶滅させる」こと。スメルジャコフを、自己処罰と自己清算の心が貫いた瞬間であろう。だがそれはイワンの前でなく、「裁きの神」の前に立っての自己処罰、自己「聖絶」の決意であった。

「明日な！」。去りかけたイワンを呼び止め、スメルジャコフはもう一度札束を見せてくれるよう頼む。取り出された札束を「十秒」見つめていた彼は、去りかけたイワンを再び呼び止める。「何だ？」。振り返るイワンに発されたのは次の一言であった。

「さようなら！」（十一8）

「明日な！」。再び叫んでイワンは小屋を出る。十字架への道を踏み出したイワンに対し、己の「夢想」に永遠の別れを告げたスメルジャコフ。彼が向かったのは絞首台への道である。

「私を馬鹿と思っていたのは、あなたが傲慢だったからです」。スメルジャコフのこの言葉が示すように、見事に鋭利な認識力を備えたイワンが、「裁きの神」との出会いを遂げながらもなお表現するのは、その内に抜き難く根を張る自己中心の我性と倨傲の精神、異母兄弟であり下男でもある相手の心の内に一切関心を示さない「若旦那」の冷酷さ、「目撃者」として他者の心を自らの心とすることからの遠さである。

神殺しと父親殺し、そして兄弟殺し。ドミートリイの言う通り、やがて「死の床」から起ち上がるであろうイワン。だがこの青年が神と「キリストの愛」に対して、父フョードルに対して、また異母兄弟スメルジャコフに対して贖うべき罪は小さくない。イワンが沈む「死の床」は深く、スメルジャコフが選び取った絞首台に対し、彼が歩むべき十字架への道は長く険しい。

福音書の「ユダ」

マタイ福音書は、イエスを裏切ったユダが悔恨の末に縊死したと記す。「彼《かれ》その銀《ぎん》を聖所《せいじょ》に投《な》げすてて去《さ》り、ゆきて自《みづか》ら縊《くび》れたり」（二十七5）。また使徒行伝は「かの不義《ふぎ》の価《あたひ》をもて地所《ぢしよ》を得《え》」たユダが、その地で陥った凄惨な死を報告する。「俯伏《うつふし》に落《お》ちて直中《ただなか》より裂《さ》けて臓腑《はらわた》みな流《なが》れ出《い》でたり」（一18）。だがどの福音書も示すように、イエスを十字架上に追いやったのはユダのみではなかった。ペテロを筆頭として、味方も敵も誰もが一人残らずそれぞれの「ユダ」を立派に演じたのである。だが新約聖書はイエス復活の喜ばしき知らせや、ペテロら使徒たちへの華々しい聖霊の付与と多くの「不思議と徴」を行う権能の付与を報告する一方で、ユダのみを「悪魔」とし「盗人」とし「滅びの子」として闇に葬り去ったのである。ユダ当人のみならず、イエスを十字架上に追いやって逃げた全ての「ユダ」たちが体験したであろう痛切な悔恨、ゴルゴタの丘を向こうにしての絶望と孤独、そしてそこで初めて彼らに臨んだ光。これらキリスト教誕生の根幹をなしたと思われるドラマの詳細について、福音書が直接示すことは殆ど何もない。

ドストエフスキイがイワンとスメルジャコフの悲劇を通して描こうと試みたものとは、新約聖書が正面から語ることのないユダとペテロの罪、否、人間である限り犯さざるを得ない無数の「ペテロ」たち「ユダ」たちの罪について、そしてその罪に対する「懲罰」のドラマ、つまりその悔恨と絶望のドラマについてであり、更にはその闇を超えて射し込む光についての詳細な記録であると言えよう。殊に『カラマーゾフの兄弟』においてドストエフスキイが目指したのは、十字架の道を選び取ったペテロたるイワンがなお抱える罪について見つめ、その後彼が歩むべき長い道を見定めること、そして更にユダたるスメルジャコフの悲劇に対する「真実の光」の提示、彼に心からの鎮魂と葬送の辞を捧げる可能性の探求であったと考えられる。言い換えれば、怒りと裁きとして現前する神と、愛と赦しとして現前する神、これら両極の姿を持つ懼るべき「活ける神」は、如何にして「砕かれし魂」（詩篇五十一17）に対しその究極の姿を顕すのかについての考察だったとも言えるであろう。

アリョーシャが捧げるユダ・スメルジャコフに対する鎮魂と葬送の辞について考える前に、スメルジャコフが父親殺しという運命への復讐劇以外に犯した、もう一つの重大な罪についても見ておかねばならない。ドストエフスキイが提示する「真実の光」とは、この青年が犯した二重の罪を見つめる先に初めて射し込む光であると思われる。

5　スメルジャコフの罪

スメルジャコフが犯した罪。今までスメルジャコフについて専ら焦点が当てられたのは、彼が犯した父フョードル殺害の罪に対してであった。それは呪われた出生に対する怒りと復讐の心、運命の悲劇性が彼を追いやった罪と言うべきものである。だがスメルジャコフの罪をこの「犯罪」のみに限定して考えることは、徒にこの青年を過酷な運命の悲劇的被害者としてのみ扱うことになり、彼が犯したもう一つの重大な「罪」、この青年が抱えていた悪魔性を看過することになりかねないであろう。

新たに目を向けるべきは、この不幸な青年を日々訪れていたという「親切な人たち」の存在である。これら「親切な人たち」に対してスメルジャコフが犯した罪。ここに目を据えていた作者ドストエフスキイの厳しい視線を見逃してはならない。

「親切な人たち」

スメルジャコフに温かく接した「親切な人たち」。この言葉からまず脳裏に自然に浮かぶのは、婚約者のマリアだ。イワンを引き取ったカチェリーナと同じく、彼女もまた病に伏せるスメルジャコフを自宅に引き取り、その母と一緒に最期まで彼を手厚く看護してやった正に「親切な人たち」の一人であり、この青年に愛と尊敬の心を注いだ存在であることは間違いない。彼の死をアリョーシャに知らせるべく、夜の町を必死で走るマリアの姿を読者は決して忘れることはないであろう。貧困の底にいた母娘が如何にして、傾きかけたとは言いながらも一軒の丸太小屋に移り住み、新たに彼を引き取ることになったのか、その具体的な経緯については何も記されない。そこにアリョーシャの支援の影を見出す可能性もあり、スメルジャコフとこの母娘が去勢派集団に属していた可能性も考え得るであろう。だが外的な事情は措いて、この女性の内に見出されるのは、母の胎内で自殺した方がよかったと、自らの運命を呪うこの青年に向ける純朴な愛以外の何ものでもない。彼の死を自らの悲しみとして深く心に受け止める存在が確かにここにはいるのだ。

忘れてならないのはグレゴーリイ夫妻である。「あの人たちは、私が正に生まれ落ちてから常に優しくしてくれたのです」（十一 8）。マルファは言うまでもなく、グレゴーリイの無教養で粗野な言葉と振舞いの裏に隠された愛情を、スメルジャコフは決して見逃してはいなかったのだ。殊に目を向けるべきはグレゴーリイである。スメルジャコフが「生まれ落ちた」正にその日、彼が赤ん坊のスメルジャコフばかりか人間と神とに対して示した心と姿勢。ここにドストエフスキイは、この作品を根底から支える精神を表現したと思われる。

「自然界の混乱《スメシェーニエ・プリローディ》」とグレゴーリイ

二十余年前のことだ。グレゴーリイ夫妻に赤ん坊が授けられる。だがそれは六本の指を持つ子であった。イスラエルを罵り、ダビデとその家臣団に滅ぼされた六本指のペリシテの巨人を思わせる異型の赤子の誕生である（歴代誌・上、二十4－8）。三日間ひとり押し黙って裏庭の菜園を耕していたグレゴーリイは、洗礼授与の日が来ると司祭に対し、この赤ん坊に洗礼を与えることを拒否する。「竜《ドラコン》ですので」。「自然界の混乱が起こったので……」。六本指の赤ん坊は二週間後に世を去る。この子を小さな棺に入れてやったグレゴーリイは、深い悲しみの内にその死に顔を見つめ、墓穴に土がかけられるや墓前に跪き、地面に額をつけるようにして祈っていたという（三1）。

その夜中のことだ。乞食女スメルジャシチャヤがフョードル邸の高塀を乗り越え、湯殿で赤ん坊を産み落として死ぬという醜聞が生じる。グレゴーリイはこの子を抱き上げ、住まいに連れてくると妻を座らせ、膝の上にのせた赤ん坊を胸に押しつけるようにしてこう語ったという。

「孤児《みなしご》というものは神さまの子だ。誰にとっても身内だ。俺たちにとってはなおさらのことだ。これは俺たちの死んだ赤ん坊が送ってくれたのだ。これは悪魔の息子と信心深い女とから生まれたのだ。育ててやるんだ。これからは泣くな」（三2）

一日の内に立て続けに体験させられた二人の赤ん坊の死と生。耐え難い、また信じ難い生の悲劇に直面させられたグレゴーリイが、湯殿から抱き上げて来たスメルジャコフを胸に押しつけるようにして語ったこの言葉は、ヨブが神と悪魔とから与えられた理不尽極まりない悲劇と絶望の底から発した叫び、神への絶対の信と讃美の叫びに匹敵する真実の響きを持つと言えよう。

この「墓場の時」以来、グレゴーリイは「神さまのこと」を学ぶようになる。「自然界の混乱」がグレゴーリイの心を「神さまのこと」に向かわせ、その手に取らせたのは『殉教者列伝』や他ならぬ『ヨブ記』、そして『シリアの聖イサクの苦行説教集』であった。作者はグレゴーリイが、中でも聖イサクの説教集を何年にもわたり根気よく読み続けていたと記す。彼にはその内容を何一つとして理解できなかった。だからこそこの書物は最も大切なものであり、愛読もされたのだと作者は記すのである（三1）。だがグレゴーリイは既にそこに記された真実を知り、確信もしていたのだ。「孤児というものは神さまの子だ」「育ててやるんだ。これからは泣くな」。他ならぬ神からさえ言語道断の試練に投げ入れられること。それがこの地上における人間の生であり、その言語道断の絶望の底でも悪魔に心を委ねず、神と人間への愛を貫き通すこと、そこに初めて真実が現れ出るという『ヨブ記』が説き、また聖イサクが繰り返し説く逆説をグレゴーリイは黙って生きていたのだ。ゾシマ長老がアリョーシャと共に未来を託したのも、このグレゴーリイ夫妻やマリアのような「親切な人たち」、信仰の究極の逆説を自然に巧まず生きるロシア民衆の聖性に他ならない（六3E）。マルファと共に自分を育ててくれたグレゴーリイの粗暴さと無教養の奥に、スメルジャコフが自分に向けられた愛を感じ取っていなかったと誰が言えよう。

スメルジャコフの、そしてイワンの罪

スメルジャコフの犯した罪がフョードル殺害の内にあることは言うまでもない。だが更に重大な罪とは、むしろ彼がマリアや育ての親たちの愛を見失ったこと、否、その愛を十分に知りながら、自らは積極的に愛を返すこ

とがなかったところにあると言うべきであろう。彼の悲劇性と悪魔性とはこれらの愛に触れながら、殊にグレゴーリイが生きる神と人間への愛の磁場に生きながら、その愛を正面から受け容れず、自分を父の下男とした忌まわしい運命への、具体的には放蕩の戯れの一齣として乞食女に自分を孕ませたと噂される父フョードルへの、専ら憎悪と復讐に身も心も委ねてしまったところにあると言うべきであろう。

スメルジャコフばかりでない。「キリストの愛」の前に立ちながら、それを受け容れることを拒否したイワン。彼もまた父親殺しと「キリストの愛」の拒否という二重の罪を犯した点では、スメルジャコフと同じだったのである。二人は共に、人間と世界と歴史の根底を究極支配するものが、運命の不条理でしかないとの否定的な結論に心を委ね、身近にそれを超える愛が存在することに気づきながら、その愛に応える「実行的な愛」からは目を背け、遂には血の一線を踏み越えるという悪魔の陥穽に陥ってしまった異母兄弟と言えるであろう。

二人を「悪業への懲罰」に委ねたドストエフスキイがイワンに、兄弟殺しへの罪は措いて、まずは十字架への道を選ばせる一方、絞首台への道を選ぶスメルジャコフの手に取らせるのは、『シリアの聖イサクの苦行説教集』である。六本指の赤ん坊の死とスメルジャコフの誕生とが交錯するところ、重なる「自然界の混乱」を前に、育ての親グレゴーリイが長年にわたり押し黙って手に取り続けたこの書物を、新たに「自然界の混乱」に反旗を翻し復讐の鉄槌を振り下したスメルジャコフその人が、今や自らの手に取るに至るのだ。

シリアの聖イサク

イワン最後のスメルジャコフ訪問の場に二度登場する、黄色い表紙の書物。作者ドストエフスキイは、このシリアの聖イサクがスメルジャコフの空間に登場するに至った具体的な経緯を一切説明しない。聖イサクの書物に関して読者が知らされることは、スメルジャコフがこの書物を自分のテーブルの上に置いていたということ、そしてイワンの前で、殺害した父親の部屋から盗み出した三千ルーブリの札束を取り出し、暫くの間この本の下に置いていたという事実のみである。だが既にこの事実自体が、いくら多くの言葉を尽くしても説明し尽くせない象徴性を持つように思われる。以下に幾つかの解釈を試みておこう。

イワンとの三度の対決劇から明らかになったように、フョードル殺害の後「悪業への懲罰」の現前にあたりスメルジャコフは、育ての親グレゴーリイがかつて取り組んだ「神さまのこと」に、具体的にはシリアの聖イサクの書物に初めて取り組み始めたと考えてよいだろう。そうでなければ作者ドストエフスキイは、懼るべき「裁きの神」の前に立ち、死相が表れたような憔悴し切った青年のテーブルの上に、この書物をただのアクセサリーとして置くであろうか。先に見たように、スメルジャコフ誕生に当たってのエピソードで、聖イサクはグレゴーリイと共に主役とも言える役目を演じているのである。グレゴーリイとスメルジャコフを結ぶシリアの聖イサク、この構図は作者の視野にしっかりと納められていたと考えるべきであろう。

次に注目すべきは、作者がスメルジャコフの信仰観について記す一つのエピソードである。「場違いな会合」の後、フョードルの自宅で皆が食卓を囲んでいた時のことだ（三7「論争」）。フョードルやイワンやアリョーシャを前に、スメルジャコフがグレゴーリイを執拗に揶揄する形で、突如棄教者の心理を分析し、神の前に人間の信仰心の脆弱さを指摘し始める。作者が「バラムの驢馬」が口を開いたと記す場面である（民数記二十二21―35）。この時スメルジャコフは、山をも移す「芥子種一粒《からしだねひとつぶ》ほどの信仰《しんかう》」（マタイ福音書十七20）の至難さについて語り、そのような信仰を持つ人間など「全世界でもせいぜい一人か、多くても二人くらいのもの」でしかないと断言する。そして彼はそのような人間も「どこか遥かエジプトの砂漠あたりで密かに修行しているため、彼らを探し出すことなど決してできはしない」と力説するのである。

このエピソードが示すのは、スメルジャコフがどこかの時点で、既にグレゴーリイが持つ砂漠の修道僧聖イサクの説教集を密かに紐解いていた可能性である。またここからは、スメルジャコフの内面を様々に窺わせる可能性も生じるように思われる。つまりこの青年が、グレゴーリイの信の磁場と決して関わりのない存在ではなかったこと。彼がグレゴーリイを仮想の論敵として、人間の絶対的神信仰の可能性について思索する若者であったこと。彼の想像力が人間世界から遠く離れた砂漠に思いを馳せ、そこの修道僧の心に生まれ得る純粋かつ至上の信仰について思いを巡らせていたこと。これらのことは全て、あの創世記の光のエピソードの延長線上に置かれる時、「ロシアの小僧っ子」スメルジャコフとしての姿を浮かび上がらせるであろう。

またこのエピソードが示すスメルジャコフは、絶対の「肯定」という「ダイヤモンド」を求めて「否定」を重ねるモスクワのイワン、「神と不死」を求める妥協なき理想主義者としてのイワンとそのまま通じる宗教思想家としての姿も浮かび上らせる。フョードルはイワンに言う。「これは、奴は、これは皆お前のためにやっているんだぞ。お前に褒めてもらいたくて」。フョードルの鋭い勘通りに、スメルジャコフはこの時イワンに、この世界の究極がイワンの言うように、果たして「否定であるのか、肯定であるのか」、「絶対的神信仰は可能か、否か」との問いを投げつけ、更に進んで「教会裁判論」批判と同じく、破門者が宿す神否定の可能性、人神誕生の可能性についての問いを投げつけていた可能性も少なくないのである。

シリアの聖イサクとグレゴーリイ、そしてスメルジャコフと連なる線上に、ここでアリョーシャを加える可能性も考慮されるべきであろう。この青年は修道院のゾシマ長老やパイーシィ神父の下で修行する間に、聖イサクの書物を知る機会は十分にあったと考えられる。スメルジャコフがグレゴーリイの許から取り寄せ、取り組みつつあったこの本をテーブルの上に見出し、アリョーシャが彼と聖イサクの思想について語り合った可能性は少なくないであろう。あるいはスメルジャコフに聖イサクの書物を勧めたのは、アリョーシャその人であったことも考え得る。この問題は本章の最後に再度取り上げよう。

ところでこの聖イサクの書物が伝えることとは何であったのか。この書物を開いたスメルジャコフは、何と向き合っていたのか。

聖イサク、そしてゾシマ長老

誤りを恐れずに記せば、聖イサクの書物を貫くものとは、（1）何よりもまず圧倒的な「神の愛」を前にしての感動と讃美、そしてその神の愛についての「聖なる洞察」、「セオリア」の提示であり、（2）その神の愛は計り知れず、如何に大きな「人間の罪」を前にしても揺らぐことはなく、それを遥かに凌いで深く強いという認識と驚嘆、（3）またその神の愛を地上において現実のものとした「イエス・キリスト」とその「十字架」に向ける畏れと感謝である。（4）そしてこの地上にある限り人間が陥らざるを得ない「試練と試み」の必然、（5）またその厳しい試練と試みを正面から受け止め、自らが十字架を担う時に初めて顕れ出る「神の意図」と「恩寵の不可思議」の強調。（6）更にその神とキリストの「愛と赦し」を前にしても、なお人間が陥る「罪」の深さへの凝視と、絶えざる「悔い改め」と「謙抑の心」の必要と勧告。（7）また人間が計り知れぬ神とキリストの愛に至り、そこに溶け入るための「祈り」の必要と勧告。（8）究極的には「祈りを超えた祈り」、神を求める人間に与えられる奥深い「神秘体験」とその感動。これらのものに要約可能であろう。［以上の要約で「　」を付したものが聖イサクの主要概念《キー・ワード》と言うべきものである。なお巻末に補遺として『シリアの聖イサクの苦行説教集』から八つの説教を選び、彼の思想の最小のアンソロジーとして提示した。本章の叙述と共に参照されたい］

ここで聖イサクとゾシマ長老との全面的な比較は不可能である。だがゾシマ長老が説く「悪業への懲罰」、あるいは「真の懲罰」を一方に置く時、聖イサクの思想の特色も浮かび上がり、二人の思想の大きな共通点と相違点がある程度は明瞭となるであろう。

既に見たように、ゾシマ長老が説くのは罪人に臨む神の両極的な二相、つまり神の怒りと裁き、そして神の愛と赦しである。聖イサクの説教を貫くものもまた、罪人たる人間に賜物として臨む様々な試練と試み、そしてそれらを介して顕れ出る神の愛と赦しだ。罪と苦難を介して人間が神の現前に触れ、究極はその赦しと愛という神の意図の内に摂取されるとする点で、両者が展開するのは共に典型的なキリスト教的救済論と言えるであろう。

だがドストエフスキイが描くゾシマ長老の救済論とは、まずは「悪業への懲罰」を介した救済論であり、徹底したユダ的人間論がその根底に置かれる。そこでは福音書的磁場での罪意識、つまり「キリストの愛」に対する裏切りを巡る人間の罪のドラマが具体的かつ複雑に展開するところに最大の特徴があると言えよう。これに対し聖イサクの場合、具体的で複雑な人間ドラマとして展開する救済論というよりは修道院での修行、殊に祈りに焦点が絞られ、祈りがもたらす様々な神秘体験、「聖なる洞察」あるいは「セオリア」と呼ばれる神の愛についての観想に重点が置かれるところに特徴がある。その「神の愛の炎」についての認識と記述はこの上なく熱い。だがそもそも彼の書物自体が「説教」であり、直接は砂漠の修道院で一人孤独に修行を続ける修道僧に向けて語られた形のものである以上、地上の生活を厭いそれからできる限り離れようとの傾向、静的な救済論の性格を持つことは避けられない。

だが「神の愛」を説く聖イサクの言葉一つひとつが、その背後に宗教体験の確かさと奥深さと熱さを湛え持ち、そこには不思議な魅力と説得力がある。イワンやスメルジャコフのような「ロシアの小僧っ子」、つまり人間と世界の究極の真理、神の存在と神の意図についての肯定的な確信に至り得ず、否定と懐疑の内に苦吟する青年にとっても、聖イサクの存在と思想とは、人間を超えた超越的存在とその聖性と愛を指し示す直線的かつ端的な一方の極として、否定し難い魅力を持つと言えよう。グレゴーリイに続いて、自らに割り当てられた運命の理不尽という「自然界の混乱」と直面したスメルジャコフが、遂には血の一線を踏み越え、「悪業への懲罰」の現前と共に生死の境界線上に追い込まれ、聖イサクの説教集を手に取ったとしても決して不思議ではない。聖イサクこそ「自然界の混乱」の正に逆、地上と天上を貫く究極の秩序たる「神の愛」を説く「砂漠の聖者」だったのだ。そして聖イサクの思想と極めて近いゾシマ長老の愛弟子であったアリョーシャが、このスメルジャコフに寄り添い耳を傾け、二人が神の愛について論じ合った可能性も大いにあり得るだろう。その際スメルジャコフがアリョーシャにぶつけたであろう激しい否定の精神を、我々は次章でアリョーシャが彼に捧げた鎮魂歌の内に見出すであろう。

神の愛とスメルジャコフ

スメルジャコフと、彼が向き合う『シリアの聖イサクの苦行説教集』。改めてここから浮かび上がる最大の問題は、血の一線を踏み越え、怒りと裁きの神の現前に触れつつあるスメルジャコフに対し、シリアの聖イサクとゾシマ長老が説く人間の罪を超える圧倒的な神の愛が如何に響いたのか、あるいは響かなかったのかという問題であろう。

聖イサクが説く神の愛、それはゾシマ長老の場合と同じく決してただ甘美なものとしてあるのではない。それは人が投げ込まれた過酷な試練や試みの中で、正に「恐怖で慄然とするような瞬間」に立ち至らされた先に初めて輝き出る光であり恩寵としてあるのだ。自らの生を痛切に呪い、運命に対する嫌悪と復讐心を糧として生きてきたスメルジャコフが、血の一線を踏み越えた後で「悪業への懲罰」の現前に追い込まれ、正に憔悴し切ったその身体と心の全てを以って、神の愛と赦しの内に自らを託すに至ったのか。あるいは父フョードルの頭蓋骨を叩き割った文鎮の感触に苦しめられながらもなお、自らの運命と世を呪い続けて自らの命を絶ったのか。それとも自らに臨む神の怒りと裁きの一方、愛と赦しの神に目覚めつつ、その両極の間に苦しみ続けた末に命を絶ったのか。

スメルジャコフが辿った道は「肯定と否定」の間、この最後の道だったように思われる。スメルジャコフの最期を巡る「肯定と否定」。それへの答えを全面的な「肯定」の方向に見出すことは困難である。スメルジャコフがゾシマの兄マルケルのように、一切万物に対する自らの罪を悟り、涙と共に神の愛と赦しを受け容れ、魂の底から転換させられたという形跡、晴々とした喜びに満ちた生命の内に甦ったことを示す痕跡はない。ドストエフスキイのリアリズムが描き出すのは、むしろスメルジャコフに懼るべきリアリティを以って臨む怒りと裁きの神、「殺したる後ゲヘナに投げ入る権威あるもの」の現前であり、その延長線上にあるのが衰弱し切った殺人者の姿、「ほとんど正気ではない」状態に追い込まれ、部屋で一人「この上なく静かに」佇む青年の姿である。

だがスメルジャコフの最期を全くの「否定」の方向に取ることも困難である。そこには単なる死のニヒリズムを超えた「真実の光」が射し始めてもいるのではないか。このことを示すのが彼のイワンに対する重ねての神への言及であり、またその遺書である。

自己弾劾・自己懲罰としての縊死

「己自身の意志と好みによって己の命を絶滅させる。誰にも罪を負わせぬため」。先に見たようにスメルジャコフの遺書の中には、イワンの傲慢さを指摘しその罪を糾弾する心も、そのイワンに儚い夢を託した己の愚かさに対する嘲笑の心も、また呪われた己の運命への憎悪や復讐の心も一切ない。ここにあるのは己の罪に対して臨む怒りと裁きの神を前にした、悲痛とも言うべき潔い自己弾劾と自己処罰への意志であり、神に代わっての自己「聖絶」に向かう厳しく痛ましい姿勢である。ここからはある透明な風が吹き寄せてくると言っても過言ではない。「活ける神」の現前、それはスメルジャコフにとっては神の愛と赦しの内に包摂されるというよりは、自らの犯した罪に対して臨む怒りと裁きの神の炎に焼き尽くされることであったと考えるべきではないか。それはマタイ福音書が記すユダの最期、イエスを売り十字架上に追いやったユダが「悔い」て（マタイ二十七3）辿った痛ましい自己清算の道に連なるものだと言えよう。そこにあるのは、神の愛と「キリストの愛」を前にしながら、その愛を受け容れる前に、自らの罪の重さに耐え切れずして選ぶ絞首台への道の悲劇である。

ドストエフスキイは既に『罪と罰』において、ソーニャと彼女が体現するキリストの愛に触れながら、忌まわしい過去の一切を清算すべく自らの頭に弾丸を撃ち込むスヴィドリガイロフの内に、このユダ的自己処罰・自己清算としての自死の悲劇を描いている。『悪霊』におけるスタヴローギンの縊死もまた、キリストを前にした悔い改めの可能性を知りながら選び取った、自らの犯した罪に対する自己処罰・自己清算の自死と言えよう。また『夏象冬記』の旅で、ドストエフスキイが時を忘れて読み耽ったと言われるV・ユゴーの『レ・ミゼラブル』（一八六二）。この作品においても主人公ジャン・ヴァルジャンが体現する新約の愛の神に対し、旧約的律法と怒りの神に賭けた検事ジャベールは、その壁に突き当たり、自ら死を選び取る。ここにもまた人の胸を打つ痛ましい悲劇がある。

彼らと同じくスメルジャコフもまた何重にも彼を包む「親切な人たち」の愛に触れながら、そしてその愛に目覚めながら、つまり聖イサクとゾシマ長老が説く「活ける神」の愛と直面しながら、最終的に選び取ったのは絞首台への道、「裁きの神」に応え、自らが犯した罪を贖うべく「己の命を絶滅させる」という悲劇的選択肢であった。旧約の神と新約の神。「裁きの神」と「愛の神」との狭間に命を絶つユダたちの自己処罰・自己清算の道。福音書から『カラマーゾフの兄弟』を貫く最も痛ましい一つの水脈がここにある。

地上の生を捨て新たな旅に出た若き巡礼スメルジャコフ。彼の洗礼名パーヴェルの原点であるパウロが、ダマスコへの途中でイエス・キリストとの決定的な出会いを与えられたように（使徒行伝九1－9他）、この彼を「エルサレム」において愛と赦しの神が確かに待つこと、そのゴルゴタ丘の十字架上でイエス・キリストが彼を迎えること、死を超えた「永遠の生命」の内に彼が迎え入れられることを伝えるのはアリョーシャである。作者ドストエフスキイが、スメルジャコフの悲劇的な生の一切を正面から受け止めさせ、マリアやグレゴーリイ夫妻に代わり、聖イサクとゾシマ長老の言葉を以って葬送と鎮魂の辞を贈らせるのは、このスメルジャコフとイワンの共通の弟アリョーシャに他ならない。

6　スメルジャコフへの鎮魂歌

アリョーシャの「ゾシマ伝」

スメルジャコフに対するアリョーシャの葬送と鎮魂の辞が見出されるのは、この青年がゾシマ長老の死後に編纂した小冊子「神に召されし苦行修道僧ゾシマ長老の生涯より」、つまり「ゾシマ伝」においてである。既に見たように、アリョーシャが「ゾシマ伝」の編纂に本格的に取り組み始めたのは、ゾシマとフョードル二人の死が呼び起こした様々な事件の一段落がついた後と思われる。彼は師の言葉に立ち還り、更には恐らくそれに聖イサクの言葉を重ねつつ、家畜追込町に吹き荒れた幾多の嵐が持つ意味を改めて振り返って考察し、その嵐を越えて自らが、そして他の人々が新たに進むべき道を模索し、その旅に携えるべき杖を用意しようと試みたのであろう。それらの嵐の一つがスメルジャコフであり、その自死だったのである。「地獄と地獄の業火について、神秘的考察」と題された「ゾシマ伝」の最後の部分から浮かび上がってくるのは、スメルジャコフとアリョーシャとの交流の跡である（六3Ⅰ「ロシアの修道僧」）。

二人の交流の可能性については、今まで何度か検討してきた。まずはスメルジャコフがマリアに、自分は母の胎内で自殺した方がよかったと語るのを、アリョーシャが偶然立ち聞きしたエピソード。スメルジャコフを病院に毎日のように訪れる「親切な人々」の存在。マリアによって誰よりも早くアリョーシャに伝えられたスメルジャコフ自殺の知らせ。そしてスメルジャコフとアリョーシャとを、グレゴーリイやゾシマ長老を介して結ぶ可能性のあるシリアの聖イサクの存在。更にはこれから見るように、アリョーシャが編纂した「ゾシマ伝」の最後に置かれた自殺者に関する考察。殊に「神と生とを呪う」激しい言葉。そして自殺者をも死を超えて包み込む神と「キリストの愛」の高らかな宣揚。これらは全て、生前のスメルジャコフとアリョーシャとの交流を想定しない限り、読者の胸に納まり切らない事実であろう。

「ゾシマ伝」の最後に置かれた一章に目を向けて見よう。この「地獄と地獄の業火について、神秘的考察」においで注目すべきことは、アリョーシャがここでスメルジャコフ考察の基準点を唯一、ゾシマ長老と聖イサクの説く「愛」に絞ったということだ。スメルジャコフの生と死の全てを振り返った時、アリョーシャにとり問題の一切は「愛」という一語に凝集されたのである。

地獄とは何か?

「地獄とは何か?」。この問いと共にアリョーシャは、次のようなゾシマの言葉を記す。

「それは最早二度と愛することが出来ないという苦しみだ」(六3Ⅰ)

ゾシマ長老によれば、人間がこの世に生まれたことの意味とは「我存す、ゆえに我愛す」と自らに言う能力を与えられたこと、たった一度だけ「実行的な生ける愛の瞬間」が与えられたことである。つまり人間の地上の生とは、その限られた時間の中でただ愛を生きることのためだけに与えられたものなのだ。

更にアリョーシャが挙げるのは、ルカ福音書の「金持ちのラザロ」の譬え(ルカ十六19－31)である。ゾシマによればこの譬えとは、地上で愛を軽んじた人間が、死後天国で愛を知る人々と出会い陥る苦悩について語ったものである。ゾシマの解釈はこうだ。愛を知らない人間も天上に昇ることは許される。だが彼は天上の愛を知る人々に触れることで痛切な苦しみを味わうことになるであろう。たとえ天上の人々がその苦しみを見て赦してくれ、限りない愛を以って招いてくれたとしても、最早手遅れである。なぜならば天上の愛に報いるべく、新たに愛を求める炎がその人間の内に燃え上がろうとも、地上を去った今となっては最早愛は不可能だからだ。愛するために人間に与えられた唯一の場とは、地上の生活に他ならないのである。

だがこの不幸な人間にも、その不幸からの出口が決して完全に閉ざされてしまっているわけではない。愛は最早不可能だと自覚すること、この自覚によってだけでも苦しみが和らげられることはあり得るからだ。つまりその愛に報いることは不可能なままに、この不幸な人間が「天上の」義人《ただしきひと》たちの愛を受け容れる時、正にこの従順さと謙虚さの行為の中には、地上で軽蔑したあの「実行的な愛」の似姿の如きもの、それと似た行為のようなものが見出されるからである。

ここにいるのは、ゾシマの言葉に重ねて、地上で愛を生きることのないままに死の彼方へと去ったスメルジャコフについて、そしてその死を超えた「永遠の生命」について思いを巡らせるアリョーシャであろう。自らの心と生を、専ら呪われた運命への憎悪と復讐に振り向けてしまったスメルジャコフ。また「親切な人々」の愛に包まれ、その愛を十分に知りながら、それに積極的な「実行的な愛」を以って報いることをせず、イワンの悪魔の否定の精神に身を委ねてしまったスメルジャコフ。更には、父親殺しの罪の重荷に耐え切れず、「裁きの神」を前に自己処罰と自己清算の道を選び取ったスメルジャコフ。アリョーシャはこのスメルジャコフを、彼の自死の後も凝視し続けたのであろう。そしてその生と死をゾシマ長老の言葉と重ね、死後においてさえなお天上の愛に触れ、「実行的な愛」の「似姿の如きもの」によってであれ、彼が死を超えた「永遠の生命」に招き入れられる可能性について思いを巡らせていたのだ。そこにシリアの聖イサクの思想が重ねられていた可能性も少なくないであろう。

自殺者への鎮魂歌

続いてアリョーシャが紹介するのは、自殺者について語ったゾシマの次のような言葉である。

「おお哀れなるかな、地上でわれと我が身を滅ぼしたる者よ。おお哀れなるかな、自殺者よ！　我が考えでは、誰もこの者たち以上に不幸な者はあり得ない。彼らのことを神に祈るのは罪であると人は言い、見たところ教会も彼らを斥けているかのようである。だが私は、彼らのためにも祈ることは差し支えあるまいと心の奥底で思っている。というのも、愛に対してキリストも怒りはしないであろうから。このような人たちのことを、私は全生涯を通じて心密かに祈って来た。神父諸兄よ、このことを私は告白する。そう今も日々私は祈っている」（六３Ｉ）

「愛に対してキリストも怒りはしないであろう」。これもまた師ゾシマの神と「キリストの愛」についての確信、そしてまた聖イサクの言葉とも重ねられたアリョーシャの確信であり、不幸な死を超えてその人が愛の内に摂取されることを説く「愛の讃歌」と言うべきものである。人が犯す如何なる罪も神の愛を超えることはできない。グレゴーリイが何年にもわたって黙々と読み続け、そしてスメルジャコフも恐らくは死の直前に取り組んだ聖イサクの思想の中核、この聖者が生涯を賭けて説き続けた神の愛と赦しがゾシマ長老を介し、そしてアリョーシャを介し、「己の命を絶滅させ」たスメルジャコフに伝えられ、この不幸な青年のための愛の祈り、葬送と鎮魂の辞として捧げられたと考えられる。エピローグにおいてイリューシン少年に対して捧げられる葬送と鎮魂の歌と並んだ、これはアリョーシャのもう一つの葬送と鎮魂の歌、あるいは惜別の辞とも考えるべきものであろう。

死の不可能

最後に取り上げるべきは、アリョーシャが「ゾシマ伝」を括るものとして提示する、ゾシマ長老の衝撃的とも言えるほどに激しい言葉である。

「正に地獄にあって、論駁出来ぬ認識を得ながら、また否定できぬ真理を観照しながら、傲慢で残忍でいる者たちがいる。悪魔とその傲慢な精神に全面的に身を預けた恐るべき者たちがいる。彼らにとっては地獄とは、既に自分の意志で飽くことなく求める場なのであり、既に彼らは己の好みでなった受難者なのだ。と言うのも彼らは神と生命とを呪うことで、自らを呪ったからである。彼らは、まるで飢えた者が荒野で己の体から己の血をすすり始めるように、己の憎悪に満ちた傲慢さで自らを養っている。だが永遠に飽くことを知らず、赦しを拒み、彼らに呼びかける神を呪うのだ。活ける神を憎悪なくしては観照できず、活ける神が存在しなくなることを要求し、神が神自身とその全創造物とを絶滅させることを要求する。そして彼らは己れの怒りの炎の中で永遠に燃え続け、死と無とを渇望する。だが死を受け取ることはない……」（六3Ｉ）

『カラマーゾフの兄弟』の内で、これほど「神と生命への呪い」、否定の精神が正面から強く激しく叩きつけられる場はまず他にない。人間が如何に激しい否定の精神を内に宿し得るか。如何に恐ろしい「死と無を渇望する」悪魔的精神に自らを委ね得るか。この悲劇をゾシマは熟知し、恐らくは日頃修道院においてもアリョーシャたちに説き聞かせていたのであろう。そして「悪業への懲罰」、怒りと裁きの神の現前にあたって、実際にスメルジャコフ自身がこのような激しい呪い、憎悪と反逆の心を、自らに臨む懼るべき「活ける神」を向こうに、アリョーシャに叩きつけていたのではないか。事実ここに用いられた言葉は「観照《サゼルツァーニエ》」とか「傲慢な《ゴールドゥイ》」とか、また「自分の意志で《ダブラヴォリヌィ》」や「己の好みで《ダブラアホートニエ》」や「絶滅させる《ウニチュタジーチ》」など、正にスメルジャコフ的用語そのものがゾシマ長老の言葉に重ねられていると考えられる。

またこのスメルジャコフの否定精神の激しさは、イワンの神弾劾と否定の激しさとも重ねられていると考えるべきであろう。彼がアリョーシャに語った「反逆」の思想とは、ここに取り上げられた言葉ともそのまま通じる激しさに満ちたものであった。アリョーシャが触れたスメルジャコフとイワンとは共に、このような激烈な否定地獄を生きる「ロシアの小僧っ子」、「重い病」を病む異母兄弟だったことを忘れてはならない。

先に見たようにアリョーシャは、地上で人を愛することなく死んだ人間も天上に迎え入れられる可能性、そして天上の愛によって新たな「実行的な愛」に、たとえその「似姿の如きもの」であるとしても与り得るとのゾシマの教えを提示したのであった。そのアリョーシャが「ゾシマ伝」の末尾において提示するこの否定地獄。「エルサレム」において「永遠の生命」の内に迎え入れられるはずのスメルジャコフを、なぜアリョーシャはここで改めて「傲慢で怒りに駆られた者」「悪魔とその傲慢な精神に全面的に身を預けた恐るべき者」という、かくも激しい言葉で打ち出すのか。このような激烈な否定の精神とその表現が、師ゾシマによる喜ばしき「福音」の報知、いわば「第五福音書」とも言うべき「ゾシマ伝」の最後の最後に至ってなぜ置かれたのか。

アリョーシャの意図は、正にその最後に置かれた長老の言葉に表現されていると考えられる。「彼らは己れの怒りの炎の中で永遠に燃え続け、死と無とを渇望する。だが死を受け取ることはない」。この「だが」、これこそがアリョーシャの提示したかった究極最後の一語だったのであろう。アリョーシャはその「ゾシマ伝」を終えるにあたり、改めて強調したのだ。この地上において如何に強く「死と無とを渇望する」者も、結局は「活ける神の御手」の内に摂取され、決して「死を受け取ること」はなく、死を超えた「永遠の生命」の内に摂取されるであろうこと。なるほど「懼るべきもの」が「殺したる後ゲヘナに投げ入る権威あるもの」であることは否定できない。だが、そのゲヘナに「愛」を「投げ入る権威あるもの」こそが、正に究極の「懼るべきもの」であることを。アリョーシャが提示しようとしたゾシマ長老の、そしてシリアの聖イサクの教えの究極がここにある。この一切の罪を受け止め、贖う神の無限の愛については、既に「場違いな会合」においてゾシマが静かに力強く説く所のものである（二ノ3）。

スメルジャコフの自死。この悲痛な死に対し、マリアとマルファとグレゴーリイが深い悲しみに沈む姿を思い描くことは難しくない。少年時代のスメルジャコフが自ら首を絞めて殺した猫の葬式を一人で司り、香炉代りに何かを振り回しながら葬送と鎮魂の歌を歌っていたように、彼らもまたこの哀れな青年のために葬送と鎮魂の祈りをあの六本指の赤ん坊の墓の傍らで上げたであろう。そしてアリョーシャもまた「ゾシマ伝」に託し、一つの葬送と鎮魂の辞をこの青年に捧げたのだ。

D　ドミートリイ

1　その光と闇

「愛」と「金」、そして「神と不死」

リーザの嵐の中核に迫る前に、カラマーゾフ家の長男ドミートリイにも焦点を当てておこう。他の兄弟たちと較べて、彼こそがこの作品中で怒りと憎しみ、そして愛と喜びの両極を最も激しくストレートに表現して生きる存在であろう。だがいざその本質を捉えて言葉にしようとすると、なかなか容易でないのがドミートリイである。ドミートリイを一つの織物として譬えてみると、まず確認できることは、彼が婚約者であるカチェリーナとの愛を捨て、グルーシェニカとの新たな愛に一切を賭け、その果てに父親殺しの犯人として逮捕され裁判に至る一連の縦糸《ドラマ》である。また愛の問題と共に存在するのは、彼独自の神観というもうひとつの縦糸だ。この愛と神の問題と不可分の形で、金と名誉の問題を巡る極めて具体的かつ現実的な悲喜交々の横糸《ドラマ》が織り込まれる。愛と神の問題、そして金と名誉の問題。これら二つの変数たる縦糸と横糸を念頭に置いて見てゆく時に初めて、ドミートリイの思考と行動が表現する上下左右の激しい振幅の向こうに、この存在が織り成す織物の全体像と独自性が浮き彫りとなり、彼の「神と不死」に関する姿勢も他の主人公たちとの異同を明らかにするであろう。

ドミートリイについて検討する上でまず目を向けるべきは、第一篇の「ある家族の歴史」と、「好色漢」と題された第三篇である。前者においてはドミートリイの前史が簡潔に報告され（一1・2）、後者の「熱き魂の告白」ではこの青年が今抱える問題のほぼ全てが、弟アリョーシャに向かって次々と語り出される（三3－5）。しかしここではまず、第十二篇の法廷で報告される一つのエピソードを確認しておこう。そしてこのエピソードを、激しい明暗と振幅を以って生きるこの青年の根底を貫くアイデンティティとして、作者ドストエフスキイが我々読者の「裁きの場」に提出した証言と考えておこう。

一フントの胡桃のエピソード

七十歳になる町の医師ヘルツェンシュトゥーベ。彼はドミートリイの裁判に証人として出廷し、幼いミーチャとのささやかな交流の思い出を物語る（十二3）。彼が家畜追込町にやって来たのは四十五歳の時であった。ドイツのある厳格なプロテスト教団に属する敬虔な信者であるこの医師は、その「驢馬のように頑固」な性格とも相俟って、やがて町で「良心的な医師」としての信頼と尊敬を獲得するに至る。医師としての腕は措いて、親切で情に厚いヘルツェンシュトゥーベは、貧しい病人や百姓たちから診察料を取るどころか、彼らのボロ小屋に自ら往診に赴いた上に薬代を置いてきさえするのであった。

この医師が町に来て間もない頃のことである。彼はカラマーゾフ家の裏庭で、長靴も履かず、ボタンを一つ残しただけのズボンで走り回っている幼いミーチャを目にする。三つになるミーチャを置いて、母のアデライーダがある教師と駆け落ちをした後、フョードルは我が家を完全なハーレムと化し、自分の子のことも「忘れ去って」しまっていたのだ。一人残されたミーチャは、母の従兄弟であるミウーソフがパリから帰国し、一時的な義憤に駆られ後見人の一人として彼を引き取るまで、下男のグレゴーリイ夫妻の手元に置かれ、ほぼ一年の間召使部屋で暮らしていたのである。

ミーチャに「憐れ《ジャーリ》」を感じたヘルツェンシュトゥーベは、一フント［約四百グラム］の胡桃を買い与え、指を一本立て、「坊や！　Gott der Vater《ゴット デア ファータ》［父なる神よ］」とドイツ語で語りかけてやる。するとミーチャは笑って鸚鵡返しに応える。「Gott der Vater」。次に医師が「Gott der Sohn《ゴット デア ゾーン》［子なる神よ］」と発すると、彼は再び笑って「Gott der Sohn」と応え、更に「Gott der heilige Geist《ゴット デア ハイリーゲ ガイスト》［聖霊なる神よ］」と語りかけられるとまたも笑い、やっとのことでこの難しいドイツ語を発音するのであった。三日後に再びヘルツェンシュトゥーベが通りかかると、今度はミーチャが自分の方から叫んでくる。「おじちゃん、Gott der Vater, Gott der Sohn」。ところが「Gott der heilige Geist」は忘れている。このドイツ語を思い出させてやったヘルツェンシュトゥーベは、再び強くこの子のことを「憐れ」と思う気持ちに心を揺り動かされる。だがこの子は間もなく「どこかへ連れて行かれ」、その後医師が彼を目にすることは二度となかった。

それから二十三年後のある朝のことだ。すっかり髪の白くなったヘルツェンシュトゥーベの診療室に突然、溌剌たる生気に満ちた若者が飛び込んでくる。誰かと訝る医師を前に、この青年は指を一本立てて言うのだった。「Gott der Vater, Gott der Sohn, Gott der heilige Geist, 僕は今戻りました。そしてあなたに一フントの胡桃のお礼を言いに来ました」。老いた医師の心は感動のあまり「ひっくり返る」。「君は感謝の心篤き青年だ。私が君の幼い頃にあげたあの一フントの胡桃のことを生涯忘れずにいてくれた」。老いた医師は青年を抱きしめて祝福し、涙を流し始める。この青年は笑っていた。だが医師によれば、実際には「彼は泣いていた」。というのも「ロシア人は泣くべき所で、実にしばしば笑う」からだ。

ヘルツェンシュトゥーベは、今や父親殺しの犯人として被告席に立つ身となったミーチャを前に、彼の回想・証言をこう終える。「今や、なんたることでしょう！」。だがこの言葉を受けて、突然ミーチャが被告席から叫ぶ。

「今も泣いていますよ。ドイツ人の先生。今も泣いていますよ。あなたは神のような人だ！……」。

ドミートリイと「神と子と聖霊」

「母親譲りの宗教的痴愚」というカラマーゾフの血を色濃く受け継ぐ他の三人の兄弟たちに対し、ドミートリイはその生活を直接「神と不死」の探求に献げることはない。この青年の内に強く流れるのはまずは「父親譲りの好色漢」の血と、いわば「母親譲りのロマン主義的精神」であり、女性美を「裏町」にも求めて彼が送るのは酒と放蕩の日々である。だがドミートリイとは、裏庭でボロをまとい一人走り回る幼な子を憐れみ、一フントの胡桃を買い与え、一本の指を立てて不思議な異国の言葉を発する「おじちゃん」の語ることの意味は理解できずとも、そこに込められた愛と憐みの心は誰よりも強く深く受け止め、二十年以上の歳月がたっても決して忘れず、感謝の涙を流し続ける「坊や」なのだ。ドミートリイとは「父なる神」についても、「子なる神」についても、また「聖霊なる神」についても宗教的思弁に関わる存在ではない。だがこの青年がその心で直接感じ取るのは、**Gott der heilige Geist**、正に活きて働く「聖霊なる神」の働きであると言えよう。これから見てゆくように、彼が示す思考と行動の激しい矛盾・分裂。だがこの「自己矛盾的存在」の姿とは別にもう一つ、ドイツ人医師ヘルツェンシュトゥーベに感謝の涙を流し続ける彼の魂があることを忘れてはならないであろう。

カラマーゾフの兄弟たちにおける「神と不死」の問題。この問題に関するドミートリイの思考と行動を考えるにあたって、「神と子と聖霊」というあまりにも高度に抽象的な問題はここでは措こう。まず確認すべきは、彼がその魂を飛翔させるロマン主義的心性、具体的にはシラーの詩的世界と、そこに謳われたギリシャ神話的磁場の存在である。そしてそれら「高き魂の飛翔」の底にあるドミートリイの愛と神と、そして金と名誉を巡る現実と、彼が実際に演じる具体的な激しい人間ドラマを浮き彫りにし、この青年の分裂を通して現れ出る問題性と豊かさとを明らかにすることを目指そう。

2　「第一の告白」、カラマーゾフの二つの血

「父親譲りの好色漢」と「母親譲りのロマン主義」

「父親譲りの好色漢」。ドミートリイの内に渦巻くこのカラマーゾフの血に加え、彼を理解する上で忘れてならないのは母親の血である。イワンとアリョーシャの母ソフィアが「狐憑き」とも呼ばれる「宗教的痴愚」であり、二人の「神と不死」探求に大きな影を落とし、スメルジャコフの母スメルジャシチャヤもまた町を徘徊し皆から愛される「宗教的痴愚」の乞食女であったのに対し、前述のようにドミートリイの母アデライーダはその血の内にロマン主義的心情を強く宿し、これがドミートリイの血の内に深く濃く流れ込んでいると言えよう。そのことを表わす好例は、アデライーダが生涯で二度試みた「駆け落ち」である（一―1・2）。最初の「駆け落ち」とは、彼女が受け継ぐべき資産に目を付けたフョードルが仕掛けたものである。夢想家アデライーダはこの好色漢の奥の手に乗り、全てを棄てて家を飛び出す。ところがドミートリイが三つになる頃、今度はアデライーダ自らが夫のフョードルも子供も「棄て去り」、ある教師との「駆け落ち」に走るのだ。ヘルツェンシュトゥーベが目撃したのはこの母に棄てられ、父にも「忘れ去られた」ミーチャの姿である。以下に見てゆくのも、カチェリーナとの愛を棄て、新たにグルーシェニカとの愛に一切を賭け、彼女との正に「駆け落ち」を計るドミートリイである。「父親譲りの好色漢」と、いわば「母親譲りのロマン主義」。これら二つのカラマーゾフの血を、ドミートリイ理解への基本的視野としよう。

母親譲りのロマン主義。ドミートリイが母から与えられた大きな正の遺産。それは彼がその内に「美」と「愛」と「至高なるもの」、そして「善なるもの」「正義」「名誉」「高潔」等のロマン主義的価値観への強い感受性と希求心を脈打たせる人間として成長したということであろう。ドミートリイがカチェリーナへの愛からグルーシェ

ニカへの愛の遍歴、言い換えれば「変心」について物語る長大な「熱烈なる魂の告白」（三3－5）。ここでドミートリイはアリョーシャに、ギリシャ神話を題材とするシラーの詩に乗せて、自分の人間観と世界観と神観を熱く説き聞かせる。まずは彼が謳う自作の短詩、「至高なるもの」への讃歌に耳を傾けておこう。

「この世の至高なるものに栄光あれ、
わが内なる至高なるものに栄光あれ！」（三3）

ドミートリイの心の内には、常にこのような「至高なるもの」に向かっての詩《うた》が鳴り響いていたのであろう。そしてこのような詩を本気で熱く弟に謳い聞かせるのがドミートリイなのだ。この讃歌を彼は二日後にもう一度、ペルホーチンを相手に謳い出す。「神の見守り」（八4）、あるいは、「母の祈り」「聖霊の接吻」（九5）のお蔭で、父親殺しは避けられたものの（八4）、グレゴーリイを殺害したと思い込んだ彼は、「一切が終わった」との絶望感から自殺を決意する。そして血まみれの姿のままで、またもやこの短詩を「魂の底から迸り出す」のである（八5）。ドミートリイの魂がわずか二晩を隔てて体験する天国と地獄。その喜びと絶望の両極において謳いあげられる「至高なるもの」への讃歌。この青年が母から受け継いだロマン主義的感性と思考と行動全ての原型《エッセンス》が、このわずか二行の詩句の内に何よりも雄弁に表現されていると言えよう。

この「至高なるもの」への讃歌から始まり、ギリシャ神話を素材とするシラーの詩「エレウシスの祭」へ。そして再び自らの「神への讃歌」から、ベートーヴェンが第九交響曲で用いたシラーの詩「喜びの歌」へ。「第一の告白」においては、ドミートリイの魂の内なる喜びと慄きの一切が、次々とこれらの讃歌と詩に乗せられて熱く語り出される。そこから浮かび上がるのは母親譲りのロマン主義的心情の高揚、言い換えれば「悪臭と汚辱」と「光と喜び」の両極分裂に苦しむ青年の魂の現実である。

「虫けらの情欲」

「詩はもう沢山だ！」。「第一の告白」の最後、ドミートリイがこの言葉と共に新たに語り出すのは、シラーの「喜びの歌」の終わり近くに謳われる「虫けらには――情欲を……」、この一行についてである。殊にドミートリイが焦点を絞るのは「虫けら」の一語であり、「神が情欲を授けた虫けら」たるカラマーゾフの血についてだ。「高き魂の飛翔」から「虫けら」、即ち地上の「悪臭と汚辱」の現実へ。いよいよドミートリイの心を現実に苦しめる問題が前面に現れ出る。カチェリーナとの愛を捨て、今やグルーシェニカの許に走ろうとしている「虫けら」たる自分と、その「虫けらの情欲」が引き起こす嵐。ドミートリイが見つめる地上の現実。アリョーシャに訴えようとしているのは、正にこの嵐についてなのである。

だが彼はこの「虫けらの情欲」が自分の内に吹き荒れる嵐であるばかりか、カラマーゾフ家の全員の内に吹き荒れる嵐であり、それは天使アリョーシャの内にも蠢くものだと断言する。ドミートリイのこの指摘は、前篇の最後に見たアリョーシャの「ナドルィフ」自覚に向けた一つの布石ともなる点で、改めて注目しておこう。彼は言う。

「《虫けらには――情欲を！》。俺はな、正にこの虫けらなのだ。これは特に俺のことを言っているのだ。そして俺たちカラマーゾフは皆同じなのだ。そして天使であるお前の中にもこの虫けらは住んでいて、お前の血の中に嵐を巻き起こすのだ。これは――嵐だ。と言うのも情欲は嵐だから。否、嵐以上だ！」（三3）

天使たるアリョーシャの内にも住む「虫けら」と「虫けらの情欲」。この指摘をアリョーシャは否定しない。

彼も正にこの「虫けら」の蠢動と共に、自分の生来の神への信と愛が揺らぎ始めるのを感じていたのである。彼の「ナドルィフ」は翌日のことだ。この言葉から、ドミートリイが如何に厳しく人間の内なる「悪臭と汚辱」を見つめる観察者であり生来の思索家であるか、また彼自身が実際如何に痛切に「悪臭と汚辱」と「光と喜び」の両極分裂に苦しむ人間であるかが明らかとなる。

「マドンナの理想」と「ソドムの理想」

さて「虫けらの情欲」が巻き起こす嵐についての言及を終えるや、ドミートリイは突如「美」について語り始める。「第一の告白」の総括ともいうべき圧倒的な雄弁を以って、この青年は人間の心の内で繰り広げられる「美」を巡る神と悪魔との戦いについて論じるのだ。この「美」についての言及と共に、いよいよ彼は実際に、自分自身の内を吹き荒れる嵐を曝け出してゆく。彼の「熱烈な魂の告白」が、その「第二の告白」と「第三の告白」として実質的かつ具体的に始まるのは、ここからである。

「美—これは恐ろしい、人をぞっとさせるものだ！　恐ろしいというのは定義できないからだが、定義できないというのも神様が謎ばかりお出しになったからなのだ。そこでは両極が一つとなり、またそこではあらゆる矛盾が共存している。知っての通り、俺はひどい無教養な人間だ。だが俺はこのことについては随分考えた。恐ろしいほど多くのことが秘密となっている！　あまりにも多くの謎が地上の人間を圧しているのだ。その謎を解けというのは、濡れずに水から出て来いと言うようなものだ。美よ！　俺に更に我慢がならないのは、高度な知性を備えた高潔な心を持つ人間がマドンナの理想を以って始めながら、ソドムの理想を以って終わるということだ。一層恐ろしいことは、既に胸にソドムの理想を持つ人間がマドンナの理想をも否定しないということ、またその理想ゆえに心を燃え立たせるということ、しかも無垢な若き日々のように真実、真実燃え立たせるということだ。いや、人間［の心］は広い、あまりにも広過ぎる。俺が縮めてやりたいほどだ。一体どうなっているのか。そこだ！　頭には汚辱と思われることが、心には全くの美なのだ。ソドムの中に美はあるか？　いいか、大多数の人間にとってはソドムの中にこそ美があるのだ――お前はこの秘密を知っていたか、どうだ？　ぞっとさせることは、美がただ単に恐ろしいだけではなく神秘的なものでもあるということだ。そこでは悪魔が神と戦っている。そしてその戦場は――人間の心なのだ。ところで、人は痛みのあるところに話が向かうものだ。さあ、いよいよ本題だ」（三3）

「美」について、「マドンナの理想」と「ソドムの理想」について、そして「美」を巡り人間の心で繰り広げられる「神と悪魔」の戦いについて。自らを「ひどい無教養な人間」と宣言する人間が示す、驚くべき洞察の深さと力である。だがこれら極めて抽象的・思弁的で、しかも感動的な雄弁のみに心を奪われることは危険である。「さあ、いよいよ本題だ」。彼が目指すのは、今自らが捕えられた「美」の問題、自分の心の内で繰り広げられている「マドンナの理想」と「ソドムの理想」との戦い、この具体的現実、自らの「痛み」をアリョーシャに語り聞かせることにあるのだ。彼が生きる地上的生の現実を、まずは確認しよう。

問題はそう複雑なものではない。彼が生きる地上的現実とは、彼が「マドンナの理想」すなわちカチェリーナへの愛を捨て、「ソドムの理想」すなわちグルーシェニカへの愛に走ろうとしているという一点に尽きる。またこの青年が繰り返すロマン主義的「光と喜び」に対する「悪臭と汚辱」。これも具体的な現実に引きつけて表現すれば、彼はカチェリーナから預かった三千ルーブリの金の半分を、グルーシェニカとのモークロエ村での豪遊で使い果たしてしまったということであり、その「名誉」回復を、母の遺産の分配を父に請求することで果たそう、カチェリーナとの名誉の別れを果たそうと目論んでいるということなのである。要するにこの青年は今、女と金と名誉を巡り「生活破綻者」とも言うべき状況に追い込まれているのだ。彼自ら言うように、その「告白」

は「いよいよ本題」にさしかかろうとしている。果たしてドミートリイは、自らが実際に生きる「悪臭と汚辱」にまみれた地上的現実から、如何に天上の「光と喜び」に向かおうとしているのか。

3　「第二の告白」、カチェリーナへの愛

父との争い

「マドンナの理想」から「ソドムの理想」へ。ドミートリイとグルーシェニカとの新たな愛のドラマに焦点を絞る前に、まずそのドラマの出発点にあるドミートリイとカチェリーナとの一つの「エピソード」を確認しておかねばならない（三4、「エピソードに託して」）。この「エピソード」自体が孕む衝撃性。それを当の二人が未だ明確な自覚も消化もできぬままに、ドミートリイはグルーシェニカとの、そしてカチェリーナはイワンとの新たな愛の世界に飛び込み、激しい嵐に巻き込まれてしまったのだ。この「エピソード」とは何であったのか。そこで二人は何に触れたのか。そこに至る背景として、作者が記すドミートリイの前史についても確認しておく必要があるだろう（一1・2）。それは彼と父フョードルとの金にまつわる争いの歴史に他ならず、ドミートリイという存在を理解する上で欠かせない一つの地上的現実である。

先に見たように、「父から忘れ去られた」ミーチャを引き取ったのは母の従兄弟ミウーソフであった。後に彼はパリに発つにあたり、この子をモスクワの従姉妹にあたる上流夫人の許に預ける。更に二度ほど養育者の変わったミーチャは、高等中学校を中退した後、陸軍関係の学校を出て、やがてコーカサスで軍務につく。将校に昇進したものの決闘事件で兵卒に降格させられた彼は、その後復官するのだが、女遊びと金の使いぶりの激しさ

から相当の借金を重ねる。だが他の異母兄弟たちと違い、母が残した遺産を当てにできるのがドミートリイであった。成年に達した彼は、父フョードルの許を訪れて幾ばくかの現金を手にし、更に今後の遺産分配に関して父との間に曖昧な協定を結ぶ。それから四年後、父からの仕送りの少なさに業を煮やした彼は再び故郷に戻る。だがドミートリイは父から、母の残した財産の内で自分の取り分は既に使い果たしていることを告げられ、怒りに駆られ正気を失う。作者によれば、このような事情がやがてフョードル殺害事件という悲劇《カタストロフ》に繋がってゆくのである。イワンの言葉によれば「二匹の毒蛇」は既に長い間、父は妻の、子は母の遺産を巡る争いで火花を散らし続けてきたのだ。

「エピソード」

ドミートリイが国境守備大隊の少尉補としてある町に勤務していた頃のことである。「金は俺にとってアクセサリー、魂の熱気、小道具なのだ」とするドミートリイは、町の皆からも好かれ、「俺は卑劣な行為を愛する。だが卑劣漢ではない」と嘯きつつ、「今日のお相手は奥様、明日のお代りは街の女」という放蕩三昧の日々を送っていた。「裏町」にも「淫蕩」と「淫蕩の恥辱」を求め、「残酷さ」を愛するこの青年は「虫けらの情欲」を満足させる「カラマーゾフ」、正にフョードルの息子だったのである。そのあまりもの放蕩ぶりを咎められた彼が、中佐である大隊長によって三日間の営倉入りを余儀なくされたのもこの頃のことだ（三4）。

このドミートリイが、青年時代のゾシマと酷似していることに注目する必要があるだろう（六2C）。「場違いな会合」の場においてゾシマ長老は、突如ドミートリイの足元に身を伏せて跪拝し、同席の人々を驚愕の内に陥れる（二6）。ドミートリイを見た瞬間、長老は自らの青春時代の姿をそこに認め、この青年が宿す多くの苦難と不幸を見て取り、その将来の平安と幸せを祈ったのだ。「わしは昨日、あの方の大いなる将来の苦悩に対して跪拝をしたのだ」（六1）。ゾシマはその放蕩生活の中で、ある決闘事件を契機に俗世を捨て「神の道」に入る

（六2C）。これに対し、ドミートリイがその放蕩生活の只中で体験するカチェリーナとの「エピソード」。これがやがて彼が父親殺しの罪で誤認逮捕され、長い徒刑生活を宣告される遠い出発点となることは、ゾシマの生を逆さ写しに映し取る象徴的な事件と言えよう。

さてある時、首都の貴族女学校を卒業した大隊長の娘カチェリーナが、父の許にしばらく滞在すべく町にやって来る。二人の出会いや恋の駆け引きについては省略しよう。「エピソード」が起こる発端は、カチェリーナの父で砲兵大隊長である中佐の不正が発覚しかかったことにある。四千五百ルーブリの公金流用が敵の策謀によって露見しかかり、中佐とその家族は、町に乗り込んだ師団長から辞表の提出を迫られるという絶体絶命の危機に陥る。折しもドミートリイには、父親のフョードルから最後の六千ルーブリが送られてきたところであった。父親に対し「正式の権利放棄書」なるものを送り付け、これで全てを「清算」にする、もうこれ以上の要求は一切しないと宣言した結果である。大金を手にしたドミートリイは、親しい友であったカチェリーナの義理の姉アガーフィヤと出会う。この「素晴らしい目」をした女性は、その純朴さと快活さゆえに誰からも好かれ、言葉の真の意味でドミートリイにとっての「親しい友」だった。この彼女に向かってドミートリイは言ったのだ。お宅の女学生さんを自分の所に寄こしなさい、そうすれば必要な金は用立てよう。怒りと嫌悪感からアガーフィヤは発する。「ああ、なんというあなたは卑劣漢なんでしょう！　なんというあなたはひどい卑劣漢なんでしょう！」。

いよいよ新任の少佐が大隊の引き継ぎに町に乗り込み、官金の提出を迫ってくる。自殺を図った中佐は、娘のアガーフィヤにより必死の思いで取り押さえられる。ドミートリイの部屋にカチェリーナが現れたのは、その直後のことだ。

「姉が申しました。あなたが四千五百ルーブリを下さると。もし私がそれを頂きにお伺いするならば……あなたの許に、一人でと。私、参りました……お金を頂きたいのです！……」（三4）

美を前にして神と悪魔とが戦う戦場。それが人間の心であるとは、先にドミートリイがアリョーシャに語ったことだ。カチェリーナの美を前にした彼の心が正にその戦場であった。「あの瞬間の彼女の美は、彼女が高潔なのに俺は卑劣漢であるということ、また彼女は持ち前の心の大きさと、自分を父の犠牲に献げようとの威厳に包まれていたのに対し、俺の方は南京虫だというところにあったのだ」。カチェリーナの美と威厳を前に、ドミートリイの「卑劣漢」としての思い、「カラマーゾフ的な思い」は極限にまで達する。「奈落の底に落ちるならば、いっそのこと一直線に頭の先からもんどりうって落ちてやれ」「卑劣この上ない、豚か商人がするような悪ふざけをしでかしてやれ」。自らを「南京虫」とも「虫けら」とも、あるいは「ムカデ」とも「毒蜘蛛」とも呼ぶドミートリイが、この時カチェリーナの美を前に感じた「煮えたぎる悪意」と「憎悪」。しかしドミートリイの内で美への感動が、この憎悪に満ちた悪魔の心から「気も狂わんばかりの愛」に変貌を遂げ、昇華される顚末について、彼自身の「告白」をそのまま記しておこう。

「信じられるだろうか、俺にはどんな女の場合にも決してこのような時に、相手のことを憎悪の目で睨みつけるなどということはなかった。だが誓ってもいい、俺はその時彼女を三秒か五秒の間恐ろしい憎悪の目で睨みつけていたのだ――しかもその憎悪とは、そこから愛にまで、しかも気も狂わんばかりの愛にまで紙一重の憎悪だったのだ！　俺は窓のところまで歩み寄った。そして凍りついた窓ガラスに額を押し付けた。今も覚えているが、俺の額を氷が焼いた。まるで火のように。心配することはない。長いこと待たせはしなかった。振り返って、机に近づき、引出しをあけ、額面五千ルーブリの五分利付き無記名債権を取り出した（俺のフランス語辞書の中に挟んでおいたのだ）。それから無言のまま彼女に示し、折り畳んで手渡し、自分で彼女に玄関に通じるドアを開けてやった。そして一歩下がり、低く頭を下げ、この上なく礼儀正しい、これ以上とないほどに心のこもったお辞儀をしたのだ、本当だ！」（三4）

カチェリーナの反応について、彼はこう伝える。

「彼女はブルっと身を震わせるや、一瞬食い入るように見つめ、恐ろしいほどに真っ青になった。そうテーブル・クロスのように。すると突然、相変わらず一言も発さず、発作的にではなく、実に物柔らかに、深々と、静かに、真っ直ぐ、俺の足元に全身をかがめ――額を床につけたのだ。女学生流にではなく、ロシア流にだ！　そして跳ね起き、走り出ていった」（三―4）

以下は、カチェリーナが去った後のドミートリイ自身についてである。

「彼女が走り出ていった時、俺は軍刀を下げていた。俺は軍刀を引き抜いて、その場で自分を突き殺そうと思った。なぜなのか――分からない。勿論、馬鹿らしさはこの上ない。だが多分歓喜のあまりだったのだろう。お前には分かるだろうか。ある種の歓喜のあまり人は自殺することもあり得るのだ。しかし俺は自殺せず、軍刀に接吻しただけで、再びそれを鞘に納めた」（三―4）

何が起こったのか？

「俺の額を氷が焼いた。まるで火のように」。カチェリーナの美を前にしての悪魔と神との戦い。そして悪魔が滅ぼされ、美への感動が「気も狂わんばかりの愛」へと変貌を遂げたのだ。自らの内に「南京虫」「毒蜘蛛」を住まわせる「父親譲りの好色漢」、その「虫けらの情欲」が焼き滅ぼされた瞬間である。ドミートリイの内なるカラマーゾフ的生命燃焼の極点と言えよう。そしてカチェリーナの跪拝。彼女が去った後の感極まっての自殺への衝動。その感動と衝動を鎮めるべくなされた抜き身の軍刀への接吻。「悪臭と汚辱」の底でのたうち苦しんでいた青年に訪れた「光と喜び」、絶対的栄光の瞬間である。
他方ドミートリイの前に「全身をかがめ――額を床につけた」カチェリーナ。彼女もまたこの青年に魂を根底から揺り動かされたのだ。父への犠牲愛に衝き動かされ、一切を覚悟して「卑劣漢」の許に飛び込んだ彼女の目の前で、およそ想像を絶するような奇跡が展開したのである。窓ガラスに押し付けた額を、火のような氷で焼かれたドミートリイ。目の当たりにしたこの「卑劣な魂」の「高潔な魂」への転換劇。「虫けらの情欲」が「至高なるもの」に一瞬の内に浄化された瞬間、カチェリーナの魂も焼き尽くされたのだ。この時恐らく当人たちも、実際に何が起こったのか明瞭には理解し得ぬままに、その心は何ものかの炎で焼き尽くされたのだ。この感動がこの女性の内から、たとえイワンとの新たな運命的な出会いを迎えようと、どうして簡単に忘れ去られることがあろうか。そしてまたこの炎がドミートリイの内で、たとえグルーシェニカとの電撃的な出会いに撃たれようと、どうして消え去ろうか。

直後、運命は急転回する。カチェリーナの父の死。モスクワへの転居。莫大な財産の相続。カチェリーナの許からは借用した金が送られてくる。続いて届いた手紙にはこう書かれていた。「気も狂わんばかりに愛していま す」。

悪魔が遺した毒

美を前にしての悪魔と神との戦い。神の勝利。しかしこの栄光の内に含まれていた毒、打ち負かされた悪魔が残した負の遺産にも冷静な目を向けておく必要があるだろう。「愛にまで、しかも気も狂わんばかりの愛にまで紙一重の憎悪」が煮えたぎる中で繰り広げられたドミートリイの魂の逆転劇。そこには彼自身も言うように、カチェリーナの美を前に「卑劣この上ない、豚か商人がするような悪ふざけ」の心が潜み、彼女を睨みつけるドミートリイの目には悪魔の視線、「恐ろしい憎悪の目」が光っていたことを忘れてはならない。この「憎悪の目」の裏に一瞬でも、「ムカデの思い」と「虫けらの情欲」が蠢いていたことは否定できないのだ。あの純朴で「素晴らしい目」を持つアガーフィヤが重ねて発した言葉を忘れてはならない。「ああ、なんというあなたは卑劣漢なんでしょう！　なんというあなたはひどい卑劣漢なんでしょう！」。

たとえこのドミートリイの「悪ふざけ」が、実は「憎悪にまで紙一重の愛」から出たものであったとしても、「毒ある虫けら」が宿す「地上的で、凶暴で、むきだしの力」、つまりカラマーゾフ的「虫けらの情欲」に一瞬でも曝されたカチェリーナの奥深くに、その「虫けら」の毒が沁み込まなかったと誰が言えよう。「気も狂わんばかりに愛しています」。この愛はやがて「気も狂わんばかりの愛にまで紙一重の憎悪」と転じてカチェリーナの魂を苦しめ、更にはその愛とイワンへの愛との分裂によって、彼女をなお一層の苦悩の底に追いやることになるであろう。『カラマーゾフの兄弟』前篇を通して、この苦悩を引きずり続けるのがカチェリーナである。

カチェリーナの心に刻印された感動と憎悪。この問題との関連で、ここでドミートリイにまつわる金の問題についても触れておかねばならない。

金という悪魔

カラマーゾフ的「虫けらの情欲」を最終的には焼き尽くし、軍刀に接吻したドミートリイの高潔さ、そしてその「光と喜び」。しかしその一方で、「卑劣漢」の美への感動から騎士道的愛への見事な魂の変貌劇がなお残した「虫けら」の毒。この問題について考える際、ドミートリイにとっての「金」という要素を忘れてはならないであろう。四千五百ルーブリの金を借用すべく目の前に現れたカチェリーナの触れ難い美を前に、「卑劣この上ない、豚か商人がするような悪ふざけをしてやりたくなった」と言うドミートリイ。「金は俺にとってアクセサリー、魂の熱気、小道具なのだ」と嘯くこの青年はこの時、たとえ一切が彼女の美を前にしての感動が原因であったとはいえ、金を道具として、女性に対し決してしてはならない愛の駆け引きを仕掛けてしまったのだ。アガーフィヤの目に映ったのは、その卑劣さだったのだ。カチェリーナがドミートリイの許に赴いたのは、公金流用という醜聞が明るみに出ようとし、自殺まで計った父の絶体絶命の危機に追いつめられ、その父を救うための身を挺しての犠牲愛の行動であった。このカチェリーナにとって金で自分をおびき寄せた男の部屋に赴くことは、二重の意味で金にまつわる屈辱的な体験だったのである。たとえそこで思いもかけなかった魂の変貌劇に立ち会い、跪拝に至るほどの強い感動を与えられたにせよ、この時彼女の心には、容易には消し難い傷が刻み込まれたとしても何ら不思議はない。四千五百ルーブリの金と共に、ドミートリイは「豚か商人」の姿をとった悪魔に魂を譲り渡していたのである。その「悪臭と恥辱」が焼き尽くされ「光と喜び」の極に至った瞬間とは、悪魔がドミートリイに代わってカチェリーナの魂に忍び込んだ瞬間でもあったのだ。

カラマーゾフの兄弟たちと「金」

改めてこの角度から見る時、『カラマーゾフの兄弟』の作者は「金」を巡り、兄弟たち一人ひとりを実に丁寧な筆で刻んでいることが明らかとなる。既に見たように、アリョーシャの「神と不死」を求めての旅立ちの背景について、作者はこの青年が「明日のことを思ひ煩ふ」ことのない、いわば「幼な子」あるいは「宗教的痴愚」の魂を持つ天使のような存在であると描いていた（一 4）。加えて作者は地主のミウーソフに、この青年は見知らぬ大都会に無一文で投げ出されても誰かが見捨ててはおかず、決して飢えさせることも凍えさせることもしない「世界でただ一人の人間」かも知れないと評させ、この青年に関しては、生活のための苦しみということがそもそも問題として成立しない稀有な存在であるとまで言わせている（一 4）。リーザの「豊かさ」の問題に関するアリョーシャの指摘も既に見た（十一 3）。一方兄のイワンについては、これも既に見たように、彼が十歳の頃から自分が他人の世話になっていることを苦にし、大学時代の前半には自ら進んで様々なアルバイトに打ち込む苦学生としての生活を送り、このことが彼の思想形成に少なからぬ影響を及ぼしたと記される（一3）。このイワンが金と女と名誉が好きで、安穏な生活を好みプライドも高い点で、父親フョードルと瓜二つであるとのイワン像をぶつけるのがスメルジャコフであった（十一8）。父の料理番を務める下男としての運命を担わされたスメルジャコフ。金銭に関してこの上なく潔癖であると記されるこの青年にとっても（三6）、父親殺しから得られる三千ルーブリという金は、モスクワから若旦那が携えてきた人神思想と共に、己の忌まわしい運命と憎むべきロシアから永遠に決別し、異国での新たな生を保証してくれる夢でもあり現実でもあったのだ（十一8）。

これら三人の兄弟たちに対し長兄のドミートリイだけは、自分には少なからぬ財産が母から遺され、成年に達すればそれを基に自立可能だとの「確信」を持ち得たのである（一2）。その確信があればこそ、成長と共にこの青年の生活は乱脈を極めるようになり、放蕩三昧の日々を支える資金を得るべく、父との間で、母の遺産を巡る争いを繰り広げるに至ったのだ。このドミートリイと同じ放蕩生活の中から、親の遺産全てを清算し、信仰生活に入ったのがゾシマであったことも、ここで思い出しておこう。

先に見たように、「母親譲りのロマン主義」がドミートリイの受け継いだ大きな正の遺産であるとの視野からすれば、この青年が「金は俺にとってアクセサリー、魂の熱気、小道具なのだ」と嘯く言葉も、このロマン主義的心情の純粋かつ素朴な表出として必ずしも否定的に取る必要はないであろう。だが他方、この言葉を「今日のお相手は奥様、明日のお代りは街の女」という言葉と重ねる時、そこには「虫けらの情欲」を「裏町」に求める快楽主義者ドミートリイ、父親フョードル譲りの放蕩に身を埋没させ、湯水のように母の遺産金をばらまく「南京虫」「毒ある虫けら」としてのドミートリイ像も浮かび上がってこよう。この側面は、彼が担った大きな負の遺産として認めざるを得ず、ドミートリイをただ強烈なカラマーゾフ的生命感に貫かれた痛快かつ高潔な青年というイメージだけで纏め上げることは危険である。

「旦那」、その原罪性

ここで「第一の告白」に戻り、ドミートリイが謳ったシラーの詩「エレウシスの祭」に目を向けてみよう。［ここで謳われる大地の豊穣を司る神デーメーテールが、ドミートリイの名の由来である］彼はこの詩に描かれた、汚辱の内に沈む地上の人間に自らを重ね、自分が「この上なく、この上なく深い堕落の底に嵌り込むような」時、そして「自分が踏み込んだのが、悪臭と汚辱の中なのか、それとも光と喜びの中なのか分からない」時のことに言及し、その出口を見出せない苦しみについてこう語る。

「問題は、如何にして俺が大地と永遠の契りを結ぶかということだ。俺は大地と接吻もしなければ、大地の胸を切り開くこともしていない。果たして俺が農夫や羊飼いになれようか？」（三‐3）

文字通りに正直な「告白」とみなすべきであろう。ここに表出されたのは、この青年の天翔けるロマン主義的苦悩、その「熱烈なる魂の告白」の裏にある卑近な地上的現実と考えられる。そしてその現実の底にあるのは、この青年が軍務に就きつつも、放蕩三昧の生活を支えるべき資金は母の遺産に頼り、決して大地に足をつけて生活することはないという事実、そしてこのことが彼に与える存在の空虚感と言うべきものだ。そしてこの空虚感の上に立ち、彼自身も正直に表明するのである。「果たして俺が農夫や羊飼いになれようか？」。
自らの汗で生活の資を得ることとは無縁の「旦那」、それがドミートリイなのだ。この点でこの青年は、昔父フョードルが様々な貴族の家に居候を重ねる「食客」であったという事実をパロディー的に反復しているのだとも言えよう。このことはイワンについても言えることだ。既に見たように少なくともスメルジャコフに対して、イワンの「若旦那」としての高目線は一貫したものであり、スメルジャコフを死に追いやることになった一因も、この青年の内に宿る「傲慢さ」であったことは否定できない。カラマーゾフの血の内に流れる原罪性としての旦那性。この問題は「神と不死」を求める兄弟たち、殊にイワンとドミートリイが、これから直面するそれぞれの罪意識の問題に抜き難く付きまとい、彼らに誤魔化しのない対決を迫り続けるであろう。

高潔さと旦那性。見事な魂の飛翔の一方にある、金と名誉に関する不透明性。「自己矛盾的存在」(西田幾多郎)ドミートリイの内に流れるこの原罪性をじっと見つめるドストエフスキイの冷徹な筆は、なおエピローグに至るまで一貫する。カチェリーナとの「エピソード」に含まれた毒を始めとして、この青年の内なる矛盾と原罪性が根を絶たれるまで、彼がなお辿るべき道は長く険しい。次に見るドミートリイの「告白」、つまり彼のグルーシェニカへの愛、そして彼女を巡る父フョードルとの争い、それらの激しく心打つドラマを衝き動かす力もまた、この角度から見れば直接はすべて、旦那にまつわる金と名誉の問題なのである。

4 「第三の告白」、グルーシェニカへの愛

「雷」、そして三千ルーブリの現実

三章にわたるドミートリイの「熱烈なる魂の告白」の中で、今まで辿ってきたのは彼の内に脈打つロマン主義的心情の告白(三3)から、カチェリーナとの「エピソード」の告白(三4)まで、二つの「告白」である。彼が最後に語り出すのはグルーシェニカとの出会い、そこで突如鳴り響いた「雷」についての「告白」だ(三5)。これもまた直接は、母の遺産をめぐる父子の争いから始まる。フョードルは代理人である二等大尉スネギリョフを介し、ドミートリイ名義の手形を密かにグルーシェニカに流していた。彼はこの「ユダヤ女」に手形を脅しの武器として用いさせ、ドミートリイにこれ以上金の請求をすることを諦めさせようと図ったのだ。スネギリョフ

を公の面前で叩きのめした後、グルーシェニカを「ぶん殴りに」乗り込んだドミートリイは、しかしそのまま彼女の家に居座ってしまう。彼は言う。「雷が轟いたのだ」「ペストにかかったのだ」「一切が終わったのだ」「時の円環が一巡したのだ」。「雷」と共に、彼の内で何が起こったのか。その魂の天翔ける飛翔と、地上的現実を追ってゆこう。

折しもその日の朝、彼はカチェリーナから送金を依頼され、三千ルーブリの金を預かっていた。ところがドミートリイはその金を懐に、グルーシェニカと共にモークロエ村へと繰り出してしまったのである。ジプシーを呼び、村の誰にも彼にもシャンパンを振舞い、三日にわたる「どんちゃん騒ぎ」「狂宴」が繰り広げられる。その果てに残ったのは、グルーシェニカに指一本も触れられなかった彼への世の嘲笑と、カチェリーナの金三千ルーブリの半分、千五百ルーブリであった。「マドンナの理想」から「ソドムの理想」へ。「雷」の轟と共に、ドミートリイの新たな飛翔劇、あるいは失墜劇が始まったのだ。

話を一気に先に進めよう。延々と続いた「熱烈なる魂の告白」の末に、ドミートリイの意図が判明する。結局彼は弟アリョーシャに二つの用事を依頼しようとしていたのだ。一つは父の許に出かけ、母の遺産の最後の取り分として三千ルーブリを要求すること。既に父フョードルにとっては、「法律的には」息子に対する支払いの義務は何もない。だがドミートリイにとっては、「道義的に」父はなお息子に対して負債を持つのだ。彼は言う。このことで父は「もう一度父親になるチャンスがある」。なぜならば「神様がそのチャンスをお与えになる」のだから。アリョーシャが依頼されたもう一つの仕事とは、父から得た三千ルーブリをカチェリーナに返しにゆくこと、そして「兄は泥棒でない」こと、「兄が、よろしく申しておりました」と告げることである。ロマン主義的精神の高らかな宣揚から始まった「告白」は、三千ルーブリの金の無心の依頼と、その金の返却依頼の話で終わる。兄ドミートリイの「高潔なる」「名誉」、「ソドムの理想」のために、とどのつまり「地上の天使」アリョーシャが仰せつかったのは、父親とも婚約者とも「ケリをつける」べき使い走りの仕事、つまりは恋の尻拭いのための天使役《キューピット》だったのである。

三千ルーブリ。この金にちなんだ秘密がもう一つ、「告白」の付録としてドミートリイからアリョーシャに明かされる。グルーシェニカの心がドミートリイに傾きかかったことを察した父フョードルが、先日三千もの大金を封筒に納め、もしグルーシェニカが自分の許を訪ねるならばそっくりそのまま贈呈することを約束し、今や首を長くして彼女の来訪を待ち構えているというのである。全ては父親殺しに向かい、一人着々と歩を進めるスメルジャコフが仕組んだ策略と情報である。嫉妬心と危機感に捕えられたドミートリイは、隣家の庭奥の灌木の中にあるベンチで彼女を見張り続け、アリョーシャはその監視の網にたまたま飛び込んでしまったというわけなのだ。

「熱烈なる魂の告白」は終わる。「マドンナの理想」から「ソドムの理想」へ。新たな「光と喜び」に燃え上がるドミートリイの足元に広がる「悪臭と汚辱」。「虫けらの情欲」にまつわる三千ルーブリの喜劇と悲劇は、この後もたて続けに展開してゆく。

「一切が終わったのだ」

その後ドミートリイが、父の許に向かうグルーシェニカの姿を誤認し、父の家に飛び込む顚末（三9）。問題の三千ルーブリの金策のため、この青年が二日間にわたり途方もない精力と時間を費やす顚末（八1－3）。モークロエ村に向かったグルーシェニカが父の家に向かったのだと思い込み、彼が銅の杵を手に「闇の中を」再び父の家に忍び込む顚末（八4）。父は殺さなかったものの、グレゴーリイを殺害したと思い込んだ彼が、自らの命を絶つ前に、一目だけでもグルーシェニカに会おうとモークロエに向かう顚末（八5）等々等々。ここに展開するのは、文学的体験の一つの極とも言い得る悲劇的かつ喜劇的興奮と感興に満ちた息もつかせぬドラマである。だがここでそれら全てを逐一追う必要はない。凝視すべきは「光と喜び」、そして「悪臭と汚辱」という分裂を抱えるドミートリイの魂の転換のドラマであり、この青年が自らの内に流れる「父親譲りの好色漢」「母親譲りのロマン主義者」というカラマーゾフの血と、更にはそこに潜む旦那的原罪性を如何に浄化・聖化し、最終的な統合に向かって歩んでゆくのかという、その大きな道筋である。

その決定的な転換は、イワンとスメルジャコフの場合と同じく、ここでも「血の一線の踏み越え」を巡って生じる（八5）。父親殺しの瀬戸際まで行ったドミートリイが、「神の見守り」と「母の祈り」と「聖霊の接吻」によって決定的な悲劇は避け得たものの、追いすがる下男グレゴーリイを石塀の上から杵で打ち倒してしまったのである。グレゴーリイの頭頂部から流れ出る血により血塗《まみ》れとなったドミートリイは、咄嗟にその場から逃げ出す。自分は一人の人間を殺してしまった、「一切が終わったのだ」との絶望感。グレゴーリイの血に塗れたこの青年の心の眼に映し出されたものとは、結局は自分が「悪臭を放つ一匹の虫けら」でしかない、しかもそれは最早生きる資格のない「虫けら」でしかないという裸の真実、決定的な自覚であった。超えてはならない血の一線、これを踏み超えてしまった人間が直面させられる「懼るべきもの」（ルカ十二4－5）。「ナポレオン」たることを目指したラスコーリニコフが「虱」の自覚と共に陥った「罪と罰」のドラマ。そしてイワンとスメルジャコフがそれぞれに直面させられた「悪業への懲罰」現前のドラマの内に、ドミートリイもまた投げ込まれたのだ。

「俺は今にも神とその創造を祝福しよう。だが……ともかく悪臭を放つ一匹の虫けらを捻りつぶす必要がある。そいつが辺りを這い回り、他人の生活を台無しにすることのないように……」（八5）

「一切が終わったのだ」との絶望感。その中からドミートリイが思い立ったのは、明朝「金髪の太陽神《アポロン》」の「熱い光」が昇り染める前、自らの脳天に弾丸を撃ち込むという道であった。「全生涯ゆえに自らを処罰する。わが全生涯を処罰する！」。ポケットに納められた遺書と装填されたピストル。だが自己処罰と自己清算の前に、グルーシェニカを「たとえ一瞬でもよい、遠くからでもよい、一目でも目にしたい！」。

胸の小袋から取り出されたのは、千五百ルーブリであった。カチェリーナから預かった三千ルーブリの内、ドミートリイは「狂宴」で使い残した半分を小袋の内に納め、胸に吊り下げていたのである。この胸の小袋こそ、彼が「名誉」を保つ唯一の証だったのだ。だが死の前に、たとえ一瞬でもグルーシェニカに会いたい。「マドンナの理想」よりも「ソドムの理想」を！　ドミートリイはドミートリイであり続ける。

満天の星の下

「空間を貪り喰いながら」モークロエ村に向かい疾走するトロイカ。澄み切った夜空には大きな星々が輝いている。作者も注意を促すように、折しも修道院では大地にひれ伏したアリョーシャが、その星空の下で「永遠にこの大地を愛すると狂ったように誓」いつつある頃だ。一方イワンはモスクワに逃げ帰る車中で、生涯で初めて味わう痛烈な「憂愁」の疼きと共に「俺は卑劣だ！」と呟いている。フョードルの頭蓋骨を打ち砕いたスメルジャコフが再びベッドに戻り、「恐怖」と「不安」の虜となりつつあるのもこの頃のことだ。死臭を放つゾシマは修道院の棺の内に横たえられ、パイーシィ神父の福音書朗読が続く。頭を打ち砕かれたフョードルは床に横たわる。それぞれの「地に落ちた」「一粒の麦」が、カラマーゾフの兄弟それぞれの「砕かれし魂」の内に新たな命を刻む満天の星の夜。ドストエフスキイ的時間空間構成の極がここにある。間もなくグルーシェニカもまた、この星空に抱かれたモークロエで、アリョーシャに劣らぬ見事な宗教的体験を与えられるであろう。

御者アンドレイ、その「キリストの愛」

「悪臭を放つ一匹の虫けら」の命を自ら断つことを決意しつつも、その前にグルーシェニカに一目会おうと、モークロエ村に向かい狂ったようにトロイカの疾走を命じるドミートリイ。この青年を地獄から新たな再生の道へと導くべく、作者が用意する最初の人物は御者のアンドレイである。「この俺は地獄に落ちるか？」、こう問うドミートリイにアンドレイが語り聞かせるのは、十字架につけられたイエスと「キリストの愛」について、恐らくは彼ら民衆の間で長く語り伝えられてきた説話であろう。

「旦那、神の子が十字架につけられてお亡くなりになった時、神の子は十字架から真っ直ぐに地獄へとお行きになり、苦しんでいる罪人たち全員を解き放っておやりになったんです。すると地獄はもう自分のところには誰ひとり罪人たちがやって来ないだろうと考えて、このことで呻き始めたんです。すると主《ガスポト》［神の子キリスト］は地獄に向かってこう仰ったんです。《呻くな、地獄よ。なぜならばお前のところには今後もあらゆるお偉方、支配者、裁判官、金持ちたちがやって来て、次に私が訪れるまでには、正に今に至るまで永代そうであったように、一杯になっているであろう》。これはその通りで、これはその通りのお言葉なんです……」（八6）

ドストエフスキイは、「旦那」ドミートリイが生来持つ「子供のような」「純真さ」、あの医師ヘルツェンシュトゥーベの語ったエピソードが示すような「純真さ」を素直に見つめ、それに好意を示す存在としてこの御者アンドレイを描いたのであろう。ここに表わされたものとは、ロシア民衆が持つイエス・キリストと「キリストの愛」に関する理解の端的直截さと深さである。イワンがアリョーシャに語り聞かせた「聖母の責苦（地獄）巡り」。これもやはり、地獄に沈んだ罪人たちに向けられた聖母マリアの愛の至上性を描くものであった。共に、『カラマーゾフの兄弟』の中核をなすメッセージと言えよう。

トロイカでの「祈り」と「呟き」

だがイワンが聖母マリアの愛や「キリストの愛」を自らが生きるまでに、これからなお歩まねばならない長く険しい十字架の道と同じく、ドミートリイがシラーやギリシャ神話を核とするロマン主義的心情の世界から踏み出て、またその「旦那」性を振り捨て、御者アンドレイが示した福音書的磁場に歩み入り、そこでイエスの十字架と「キリストの愛」との真の出会いに至る道もなお長く険しいであろう。このことを作者が示すのは、アンドレイの慰めを受けてドミートリイが捧げるトロイカ上の祈りである。「熱狂的な祈り」とも「不気味な呟き」とも記される彼の祈りを見てみよう。

「主よ、私のあらゆる無法のままに私をお受け容れ下さい。ですが私をお裁きにならないで下さい。あなたのお裁きなくお通り過ぎ下さい……お裁きにならないで下さい。私は自ら私を裁いたのですから。お裁きにならないで下さい。私はあなたを愛しているのですから、主よ！　私自身は汚らわしい人間です。しかしあなたを愛しています。地獄に送られても、そこで私はあなたを愛し、そこから私は永遠にあなたを愛していると叫びます……しかし私に愛を全うさせて下さい……ここで今、あなたの熱い日の光が昇るまでの全部で五時間、愛を全うさせて下さい……というのも私は私の心の女王を愛しているからです。愛していて、愛さずにいられません。あなた御自身が私のことは全てお見通しです。これから駆けつけて、彼女の前に身を投げて、こう言います。《お前が俺の脇をすり抜けていったのは正しかった……さようなら、お前の犠牲者のことなど忘れるのだ、決して不安に思うことはない！》」（八６）

純真と言えばあまりにも純真な、しかし能天気と言えばあまりにも能天気な、そして身勝手この上ない内心の発露と言うべきであろう。必死の祈りの内に脈打つ人間的愛の情熱、ロマン主義的愛の心情。この青年にとっては主の裁きよりも何よりも、まずは自らのカラマーゾフ的生命愛、人間的愛の情熱の燃焼、グルーシェニカとの「愛を全うすること」が第一なのだ。同じ夜、血の一線を踏み越えたイワンとスメルジャコフは、既にそれぞれが懼るべき怒りと裁きの神の現前、「悪業への懲罰」の内に投げ込まれている。グレゴーリイの血を浴びたドミートリイもまた、主の裁きを口にし、「自己処罰」の自殺を思い立っている。だがなお彼の心を占めるのは、怒りと裁きの神の懼ろしさでも罪意識でもなく、ただただ「私の心の女王」グルーシェニカへの情熱なのである。

ドミートリイが語りかける「主」もなお漠然とした対象であり、それは「父なる神」とも取れ、「子なる神」イエス・キリストとも取れる曖昧さの内にある。アンドレイが彼に示した「主」とは、「十字架から真っ直ぐに地獄へとお行きになり、苦しんでいる罪人たち全員を解き放っておやりになった」「神の子」、イエス・キリストであった。ドミートリイの視野には、アンドレイが語り聞かせた、ロシア民衆が愛し信奉する十字架のイエスも、その十字架の死によって示された「キリストの愛」も、更にはまた神の愛も未だ明確には意識されていない。それはロマン主義的心情の延長線上にある「主」であり、彼の祈りが「熱狂的な祈り」であると共に「不気味な呟き」とも記される所以であろう。

御者のアンドレイに続き、ドミートリイにゴルゴタへの道を明確に指し示す導き手はグルーシェニカであり、アリョーシャであり、また父親殺しとして誤認逮捕される彼自身の運命に他ならない。ドミートリイの魂の転換劇は、いよいよこのモークロエ到着と共に開始される。

5　モークロエの「狂宴」

モークロエ村への到着

モークロエでドミートリイが見出したのは、地下室で育んだ憎悪と愛の五年間が完全な無であったことを悟ったグルーシェニカであった。彼女の初恋の人であり「よく笑い、歌を歌ってくれた」ポーランド人は、今や「薄汚れた」いかさまカルタ師となり下がっていた。かつての「若鷹」は今や「鴨」でしかなかったのである（八7）。一瞬にして葬り去られた五年間。ドミートリイが駆け付けたモークロエ村とは彼の地獄、墓場であると共に、グルーシェニカの墓場でもあったのだ。

それぞれの墓場での新たな出会い。ここでグルーシェニカとドミートリイの「狂宴《オルギー》」、バッカスの酒宴にも等しいモークロエでの狂宴が再び開始される。作者は記す。「一口で言って、何か無秩序で目茶目茶なことが始まったのだ」。この狂宴を描く作者ドストエフスキイの筆は冴えわたる。だがグルーシェニカの愛の眼差しに見守られ歓喜の極にありつつも、ドミートリイの心が晴れ渡ることはない。次第しだいに射して来る暗い影は、あのグレゴーリイの血の影、それに対する罪意識である。「神様、塀のそばに倒れている人間を生き返らせて下さい！この恐ろしい盃に私の脇を通り過ぎさせて下さい！」。無意識裡にゲッセマネのイエスの祈りに重ねられた祈り（マルコ十四36他）。しかしなおドミートリイの意識が向かうのはイエスの存在でも天上の神でもない。「彼女の許へ、彼女だけの許へ。そして彼女を見つめるのだ。耳を傾けるのだ。そして何も考えぬことだ。全てを忘れることだ。せめて今夜だけでも、せめて一時間、せめて一瞬間だけでも！」。この新たな「熱狂的な祈り」もまた、作者が「不気味な呟き」と記した先のトロイカ上での祈りと変わることはない。ここにいるのは人間的愛の情熱の迸りそのもののドミートリイである。

さて既に家畜追込町で事件は発覚し、モークロエ村には分署長シメルツォフが先遣隊として送られていた。父親殺しが繰り広げるモークロエでの狂宴、「自殺前の豪遊」は密かに官憲の監視下にあったのである。「突っ走る先は地獄か？」「このドミートリイ・カラマーゾフは地獄へ落ちるのか、それとも落ちないのか？」。先に御者のアンドレイに投げかけた問いに対する運命の答えは「地獄へ！」であった。「恐ろしい盃」が「脇を通り過ぎてくれる」ことはなかったのだ。だがグルーシェニカと同じく、この地獄に落とされて初めて、ドミートリイもまた裸の真実と出会い、ゴルゴタへの道の出発点に立つであろう。

グルーシェニカの「狂宴」

モークロエ。この地獄あるいは墓場で繰り広げられるのはドミートリイの狂宴ばかりではない。五年間の地下室の体験の一切が無と消え去ったその瞬間、その墓場に熱烈な愛を自分に献げる新たな「若鷹」が登場したグルーシェニカ。この女性の死から再生への狂宴もここでは展開するのだ。だがグルーシェニカの墓場からの復活のドラマを、ただドミートリイの登場に引きつけ、旧き「鴨」に代わる「若鷹」との新たな出会いとするならば、この女性の内で進行しつつあった魂の転換劇が持つ真の奥行きと深みは見落とされてしまうであろう。

モークロエへの出発の前、グルーシェニカが体験したアリョーシャとの「一本の葱」の授受のドラマ。ゾシマ長老によって導かれたこの二人の旧き「邪な心」の死と再生劇、つまり人間への不信と絶望からの復活劇を受けて、ここモークロエで展開するのは、時間的に修道院でのアリョーシャの回心体験と並行する、また意味的にもそれと匹敵する決定的な宗教的体験と言うべきものである。そしてこの新しく甦ったグルーシェニカこそがアリョーシャと共に、やがてドミートリイをゴルゴタへの道の出発点へと導いてゆくであろう。まずはモークロエにおける彼女の魂の転換劇に目を向けよう。

モークロエの狂宴。ここでグルーシェニカはその日起こったことの全て、過去五年間の地下室の苦悩一切の消滅と新たな生の開始を「ダンス」によって表現しようとする。

「今日は踊るの。明日は修道院に入る身でも、今日は踊るの」（八8）

この如何にもロシア女性らしいダンス、狂宴への意志、そして「修道院」という言葉にも注目すべきである。

五年間の地下室生活の一切を葬ったグルーシェニカが、その墓場で涙に暮れる中で感受しつつあったもの、それは「修道院」という言葉で初めて言い表わされるものであり、かつそのベクトルはゾシマ長老が「修道院」で生涯身を以って表現したもの、あの「神の命令（遺訓）」にそのまま通じるものであったと考えても、何らおかしくはないだろう。つまり彼女が触れつつあったのは、「神様」とその「赦し」だったのである。

「私、大騒ぎがしたいの。皆さん、何があっても神様が赦して下さるのよ。もしも私が神様なら全ての人を赦してあげるわ。《愛すべき罪人たちよ、今日から全ての者を赦す》と言ってね。そして私も赦しを乞いにゆくの。《赦して下さい、皆さん。この愚かな女を、どうか》と言ってね。私は獣、そうよ。でも祈りたいの！私は一本の葱をあげたことがあるの。私のようなこんな性悪女でも、お祈りはしたいの！　ミーチャ、「マクシーモフを」踊らせてあげて、邪魔をしないで。この世界の人たちは全て素晴らしい。一人残らず全て。この世界は素晴らしい。たとえ私たちが醜くても、この世界は素晴らしいの。私たちは醜くて、素晴らしい。醜いけれど、素晴らしいの……ね、教えて、私あなたたちに聞きたいことがあるの。みんな、来て。そしたら私聞くわ。みんな、私に教えて、こういうことよ。どうして私はこんなに素晴らしい人間なの？　だって私は素晴らしい人間だもの、私はとても素晴らしい人間だもの……ね、だからどうして私はこんなに素晴らしい人間なの？」（八8）

酩酊状態から発せられた譫言ではない。一つの魂の、これは驚くべき回心体験の表明と考えるべきである。あの「ガリラヤのカナ」の祝宴に続き、ゾシマ長老の眠る修道院において、満天の星空の下でアリョーシャが与えられつつある神の現前体験を思い起こすべきであろう。「神の世界からの無数の糸」が集中し、「他界との接触」に震え、神の臨在を感受させられつつあるアリョーシャ。同じ頃そこから遠く離れた郊外の、同じ満天の星々が輝くモークロエにおいて、グルーシェニカにもまた神が臨み、彼女はその魂を震撼させられているのだ。死せる「一粒の麦」、ゾシマ長老に導かれた「一本の葱」授受の延長線上にあるのはアリョーシャの神体験のみでない。グルーシェニカもまたゾシマ長老に導かれ、「一本の葱」の体験に続き、その魂に神を迎えつつあるのだ。

「赦し」

大地をかき抱いたアリョーシャがまず感受したのは、「赦し」として臨む神であった。「彼の魂全体が《他界と接触して》震えていた。彼は一切のことのために、全ての人を赦したいと思い、また赦しを、ああ！　それを自分のためではなく、全ての人と全ての物、一切のために乞いたかった。《自分のためには、他の人が赦しを乞うてくれるであろう》」（七4）。グルーシェニカの魂に臨んだものもまた、まずは「愛すべき罪人たちよ、今日から全ての者を赦す」という神の絶対的な赦しの言葉であり、次には「もしも私が神様なら全ての人を赦してあげる」という魂の底から噴き上げる万人への赦しの感覚であり、そして最後に迸り出てきたものは「赦して下さい、皆さん。この愚かな女を、どうか」という、万人に赦しを乞う希求の心である。神の赦しと、万人万物一切が互いに赦し赦されること。「一本の葱」を交わし合った二人は更にその後同じ頃、同じ星空の下、同じ根源的な赦しの感覚として現前する神との出会いの体験を与えられたのである。

人間が「聖なるもの」の前に立つこと、それは旧き生の破綻と絶望の中で、「砕かれし魂」を天に向かって差し出すこと、その時初めて「砕かれし魂」の裂け目を通して神の絶対的な赦しの感覚が臨むのであること。これがゾシマ長老の「一粒の麦」の死によって導かれ、人間への不信と絶望の底に沈んだアリョーシャとグルーシェニカが与えられた根源的宗教体験であり究極の認識と言えよう。再度誤りを恐れず言えば、それはイザヤがエルサレム神殿で与えられた神体験（イザヤ書六1－7）、またイエスがヨルダン川でヨハネによる洗礼によって与えられた神体験（マタイ三13－17、マルコ一9－11、ルカ三21－22）とも連なる体験であり、ここに一瞬垣間見られるのは人間の道と神の道とが交差する一点、罪意識と赦しが切り結ぶ十字路と言うべきものである。

「赦し」と「喜び」と「素晴らしさ」

「赦し」の感覚として臨む二人の神感覚と共に注目すべきは、「喜び」と「素晴らしさ」としても臨む超越感覚である。アリョーシャが「ガリラヤのカナ」の夢において触れさせられたのは、イエス・キリストからゾシマ長老を貫く「喜び」の祝宴感覚、「実行的な愛」の実践を通して人間に与えられる「喜び」の感覚であり、この感覚は続く満天の星空の下での神体験をも貫く基調音であった。一方モークロエの「狂宴」において、グルーシェニカが根源的な「赦し」の感覚と共に与えられたのもまた、「喜び」と通底する「素晴らしさ」の感覚である。

「この世界の人たちは全て素晴らしい《ハローシ》」「この世界は素晴らしい」。酩酊状態とも似た異様な興奮の中、グルーシェニカはこの「素晴らしい」という言葉を縺れる口調で執拗に繰り返す。「たとえ私たちが醜くても、この世界は素晴らしい」「私たちは醜くて、素晴らしい。醜いけれど、素晴らしいの」「どうして私はこんなに素晴らしい人間なの?」。酔っ払い女の狂乱の叫びとも響くこの言葉。だがこれは五年間の地下室の苦悩を以って初めて贖い取られた魂の洞察であり、人間存在の根底を貫く究極の「肯定」感覚に触れた彼女が、その魂の底から奔り出した叫びと考えるべきものであろう。イワンが苦しみ続けた「肯定と否定」の分裂、そしてドミートリイが苦しむ「悪臭と汚辱」と「光と喜び」の分裂、その壁を突き破る究極の真実にグルーシェニカは触れさせられたのだ。またこの叫びはホフラコワ夫人に対して表明されたゾシマ長老の「神の命令(遺訓)」、「幸福」の感覚ともそのまま連なる認識だと言えよう。「幸福」と「喜び」と「素晴らしさ」。神の絶対的「赦し」に触れた人間が存在の究極の聖性についてする証言、その核をなす言葉は短く平凡で、そして明るい。

注目すべきは作者が、グルーシェニカがドミートリイの逮捕と収監から間もなくして、一週間ほど意識不明に陥り、なおその後も一カ月ほど床に伏していたと記すことである(十一―1)。既にモークロエにおいて彼女は、この狂宴体験の直後から軽い悪寒に襲われ、「長患い」の始まりの兆候を示していたことが記される（九8）。同時に記されるのは、彼女がこの時示した「厳しい」相貌と、「真っ直ぐで真剣な」眼差しと、「安らかな」物腰であり、そこにいた全員が「好もしい」印象を与えられたとされる。だが病が癒えた後のグルーシェニカは、以前とはがらりと相貌が変わり、顔色もやつれ黄ばんだものになったとされる（十一1）。スメルジャコフの最期を思わせる様変わりである。だがアリョーシャには、このグルーシェニカの方が以前よりも「魅力的に」なったと感じられ、彼はどこか「堅固で怜悧なもの」が定着した彼女の眼差しと出会うことを好んだとも記される。つまりグルーシェニカの内から現れ出たのは、ある精神的な「転換《ペレヴァロート》」［「革命」とも「回心」とも訳し得る］の徴であり、そこには「変わることのない、謙虚な、しかし幸せそうな、不退転の決意のようなもの」が読み取られるに至ったのである。行き場のない孤独な老人マクシーモフに向けられる彼女の深い憐憫。同じく行き場のなくなった「鴨」、元の恋人に対してさえも向けられる同情。グルーシェニカは生まれ変わったのだ。その「長患い」とは、根源的宗教体験を通過した人間に作者が与えた「聖胎長養」の期間だったと考えるべきであろう。

　さて他ならぬこのグルーシェニカが、カチェリーナへの猛烈な嫉妬に苦しみながらドミートリイを新たな道に導くドラマについて、またドミートリイがカチェリーナへの愛とグルーシェニカへの愛との間で新たに体験する地獄について、これらのことも忘れてはならない。作者はエピローグで、これら三人の間で新たに開始される愛と嫉妬のドラマについて報告するであろう（エピローグ1・2）。作者がグルーシェニカに用意する道もまた長く険しいのだ。このグルーシェニカとアリョーシャの魂の新たな交流については、これ以上『カラマーゾフの兄弟』前篇では描かれない。「神と不死」の問題と、人間的愛の情熱の問題。二つのカラマーゾフの血の問題。この作品が抱える変数は更に複雑さを増し、後篇へと引き継がれてゆく。

逮捕と予審、甦りと後退

さてドミートリイの逮捕とそれに続くモークロエ村での予審（第九篇）について、その二カ月後に行われる公判（第十二篇）と共に、ここでその詳細を扱う余裕《スペース》はない。だが一つ、予審の場でドミートリイに起こった出来事のことは確認しておかねばならない。グレゴーリイが死んではおらず、自分は殺人の罪を犯してはいなかったことを知り、ドミートリイは「一瞬の内に」「甦った」という事実である（九3）。血の呪いによって、自殺まで思い詰めた重苦しい罪意識から、ドミートリイは解放されたのだ。今や彼の前に広がるのは、グルーシェニカとの「愛を全うする」という輝かしい夢のみである。

ところがグレゴーリイ殺しに代わって、新たに彼の身に降りかかってきたのは、父親殺しの罪の嫌疑であった。スメルジャコフが仕組んだ巧妙なフョードル殺害計画によって、ドミートリイの父親殺しを指し示す状況証拠のみが次々と積み上げられてゆく。だが自分の身に覚えのない父親殺しの問題よりも、今や彼の心を新たに大きく占めるのは、カチェリーナから預かった三千ルーブリの問題である（九5）。女と金にまつわる「汚辱」と「名誉」。ドミートリイは再びあの旧き「旦那」に、つまり自らの「悪臭と汚辱」の底で「名誉と誇り」を保つべく躍起となっていたロマン主義的青年に後戻りするのだ。しかし我々はもうドミートリイの「金と名誉」の問題については、法廷で検事イッポリートが展開する厳しく辛辣な弁論に任せることにしよう（十二9）。何よりもここで重大なのは、グレーゴリイ殺しの罪意識からは解放されたものの、「旦那」に戻ってしまったドミートリイが、いよいよ予審の進行と共に触れさせられてゆく根源的な罪意識の問題である。

「餓鬼」の夢

延々と続く予審。取り調べに当たって強いられた裸同然の屈辱的な身体検査。三千ルーブリを巡る「名誉」についての検事と予審判事の無理解。積み重なってゆく父親殺しの状況証拠。逆に無罪の根拠のあまりもの貧弱さ。

疲労と虚脱感。ドミートリイは予審調書が整理されるのを待つ間、部屋の片隅でしばしの間眠りに陥る。「奇妙な夢」が訪れるのはこの時のことだ。

どこかの曠野を、以前の勤務地か、百姓が二頭立ての馬車でドミートリイを運んでゆく。十一月初めの寒さの中、大粒のべた雪が地面に落ちては直ちに溶けてゆく。とある部落にさしかかるや、黒々とした百姓家が見え始める。それら百姓家の半数は火事で焼かれ、黒焦げになった柱のみが突っ立っている。部落の出入口の道端には多数の農婦たちがずらりと一列に並んでいる。誰もが痩せこけて憔悴し、彼女たちの顔は褐色じみている。中でも一番端にいる農婦は四十歳位に見えるが、ことによるとせいぜい二十歳位かもしれない。彼女の顔は長く骨張っていて、腕に抱かれた赤ん坊が泣き喚いている。恐らく彼女の胸は萎び切っていて、一滴の乳も出ないのであろう。赤ん坊は泣きに泣き、寒さのためにすっかり紫がかってしまった剥き出しの手を、小さな拳に固めて差し伸べている（九8）。

「何故、どうして?」、黒い不幸

焼け出されて黒々とした村落、泣き叫ぶ赤ん坊。この光景を前にしたドミートリイは御者に次々と問いを投げかける。「何を泣いているのだ？　なぜ泣いているのだ?」。「餓鬼《ジチョー》です。餓鬼が泣いているんです」。御者が使った「餓鬼」という百姓言葉に、ドミートリイは胸を打たれる。「だが、どんなわけで泣いているのだ?」「どうして手を剥き出しにしているのだ、どうしてあの子をくるんでやらないのだ?」。「餓鬼は凍えちまったんです。着物《おべべ》が凍り、温《ぬく》くならねえんです」。「だが、どうしてそうなのだ？　どうしてなのだ?」。頑是ない子供のようにミーチャは引き下がらない。「貧乏なんです。焼け出されたんです。一片のパンもないんです。焼き出された場で物乞いをしているんです」。御者の説明はミーチャを納得させせない。「そうじゃない、そうじゃない。教えてくれ。どうして焼け出された母親たちはあのように立っているのだ。どうして人々は貧乏なのだ。どうして餓鬼たちは哀れなのだ。どうして曠野は裸なのだ。どうして彼女たちは抱き合わないのだ。接吻を交わさないのだ。どうして彼女たちは喜びの歌を歌わないのだ。どうして彼女たちは黒い不幸のためにあんなに黒くなってしまったのだ。どうして餓鬼に乳をやらないのだ？」（九8）。

執拗とも言うべき立て続けの問い。作者はドミートリイ自身が「たとえ自分は気違いじみた意味のない問いを発しているとしても、自分はどうしても正にこのような問いの発し方をしなければならない、どうしても正にこのように問いたいのだと感じていた」と記す。

「何を？」「なぜ？」「どんなわけで？」「どうして？」。ドミートリイの存在の底から突き上げてくる問い。それらは、この青年が今まで住んでいた「悪臭と汚辱」と「光と喜び」というロマン主義的分裂の苦悩の枠には決して入り切らなかった現実、母親の遺産に胡坐をかいた放縦な生活が見失っていた現実との出会いから噴き出てきた根源的な問いである。べた雪が降りしきる荒涼たる裸の曠野、焼け出された農家、痩せ衰えた農婦たち、そして母親の手に抱かれて泣き叫ぶ餓鬼。ドミートリイの眼前に現れ出た「黒い不幸」の世界。そこには「光と喜び」はなく、人々が「抱き合う」ことも「接吻」することも不可能な、ただ「凍てつく」世界だけが広がっている。

ゾシマ長老が発した死臭と、それと共に起こった聖者の失墜劇。その絶望の底でアリョーシャが発したのもまた「何のために？」「誰が？」「どこに？」「如何にして？」等の問いであった。地上に満ちる幼な子たちの涙を前にしたイワンが、神なき虚空に向けて発したのも正に「何のために？」の問いであり、運命の理不尽を向こうに、ひたすら復讐の刃を研ぎ澄ませ続けたスメルジャコフが表現したものも、激しい弾劾の「なぜ？」であったと言うべきであろう。「ロシアの小僧っ子」カラマーゾフの兄弟たちが、それぞれの生においてぶつかる世界の荒涼たる原光景。そこに生まれ出る「なぜ？」の問い。ドミートリイもまた、彼らと血を分けた「ロシアの小僧っ子」として、この原光景の只中にいる自分を見出したのだ。

裸の畑

この夢に先立つ審問の終わりである（九7）。カチェリーナの三千ルーブリの残り半分をボロ布の袋に縫い込み、胸に吊り下げた顚末について、ドミートリイは懸命に説明を試みていた。自らの「名誉」を守るべく、つまり自分が「卑劣漢」ではあっても決して「泥棒」ではないことを証明すべく、彼は予審判事たちに必死で弁明に努めていたのである。だが彼らの衝いてくる様々な問題点や疑問に、何一つとして明快な答えを返すことができないままに予審は終わる。疲労感と敗北感に領されたドミートリイは、ふと窓の外に目をやる。外は既に朝であった。昨夜の星空が一転し、空からは激しい雨が降り注いでいる。窓外を見つめる彼の目に映ったのは、雨に煙る彼方に黒々とした貧しくみすぼらしい姿を曝すモークロエ村の農家の列であった。それらは雨のために一層黒々とし、貧しさも更に一層増して見えていた。しばし見入ったこの荒涼たる光景が、その後の束の間の眠りの中に黒々と焼け出された村として甦り、あの「餓鬼」の夢となって結晶したのであろう。

その更に前々日に戻ろう（八2）。三千ルーブリの金策のためドミートリイは、家畜追込町から遥か離れたスホーイ・バショーロク村にまで、森の売買をする「セッター」と呼ばれる男を探し求めに赴いたのであった。だがようやく探し当てたこの男は泥酔していた。彼の目覚めを待ち、ドミートリイは森の番小屋で危うく二酸化炭素中毒死の危険に陥りながら、全くの無駄な一晩を明かす。だが全ては徒労に終わり、帰途疲れ果てたドミートリイは、目の前に広がる刈入れの終わった「裸の畑」を歩き続けていた。彼の心に一瞬何かが閃く。「松明に火がともり、俺は一切を理解した」。なおも前へ前へと歩き続けながらドミートリイは繰り返す。「至る所、なんという絶望。なんという死！」（八2）。「裸の畑」の光景が曝け出した、自分の存在の底に隠された裸の真実。その真実とは「絶望」と「死」に他ならなかった。

ドミートリイの心の底にはこのような黒々とした荒涼たる寒村の光景、「黒い不幸」や「裸の畑」の光景が、そして「絶望」と「死」という裸形の真実が、その天翔ける魂の飛翔と放蕩生活の底に、幾重にも幾重にも沈み込んでいったのであろう。それは「虫けら」たる自己と、その「悪臭と汚辱」についての痛切なロマン主義的自覚よりも更に心の奥深くに沈み込み、彼との対決の時を待っていたのだ。モークロエにおける予審の場とは、グルーシェニカの稀に見る体験と呼応して、ドミートリイがこれら自らの内に沈み込んだ裸形の真実との直面を果たす場でもあったのだ。

ドミートリイの新生体験

作者は続けて、ドミートリイの内で起こりつつあった更なる変化について記す。夢の中で泣き叫ぶ餓鬼を前に、立て続けの問いを発したドミートリイに、「何か未だかつてなかったような感動が心の内で湧き起こり、彼は泣きたくなるのを感じていた」。

「もうこれ以上餓鬼が泣かないようにするのだ。その餓鬼の黒く痩せこけた母親も泣かないようにするのだ。この瞬間から誰の目にも一切涙など浮かぶことがないようにするのだ。一刻の猶予もなく、是が非でも、抑えることの出来ないあらゆるカラマーゾフ的な力を以って今こそ、今こそそれをするのだ」(九8)

ミーチャの内から湧き起こった「何か未だかつてなかったような感動」。万人万物一切から涙を根絶させようとの意志。注意すべきことに作者はこの時、ミーチャのすぐ耳元で「優しい、まことの感情がこもった」グルーシェニカの声が響くのが聞こえたと記す。「でも、私もあなたと一緒よ。私これからあなたを見棄てるなんてことはしない。一生あなたと一緒に行くのよ」。更にこう記される。「その瞬間、ドミートリイの心の全てが燃え上がり、何かの光を目指して突き進んでいった」。そして作者は最後に、このドミートリイを捕えた「光に向かう」「生への意志」について、こう記すのである。

「生きたい、本当に生きたい。新しい呼び招く光に向かって、何らかの道を歩いて、歩いてゆくのだ。それも一刻も早く、一刻も早く！」（九8）

「晴々とした微笑」と共に目覚めた彼は、いつの間にか誰かが自分の頭の下に枕を当ててくれていたことに気づく。グルーシェニカなのか、他の誰なのか。魂が涙に打ち震えんばかりとなったドミートリイは、「何か新しい、まるで喜びに輝くような顔つき」で、そしてまた「奇妙な口調で」、その感動を取調官たちに告げる。焼け出されて黒々とした寒村。黒く痩せこけた母親と泣き叫ぶ餓鬼。あの忌まわしく恐るべき夢の一切を、彼はただこう報告するのだ。

「僕は素晴らしい夢を見たのです、皆さん」（九8）

グルーシェニカに続き、彼が発した言葉もまた「素晴らしい」であった。

「卑劣漢」ドミートリイの覚醒

予審が終わり、ドミートリイは公判まで囚人として拘置されるべく家畜追込町へと送られる。出発に当たりドミートリイは、その場の全員に向かい語りかける。作者は念を押すかのように、これが「何か押さえ難い感情」と共に、彼の魂の最も奥深くから迸り出てきた言葉であると記す。

「皆さん、我々は誰もが冷酷な人間です。我々はみんな屑です。みんなが他の人々や母親や乳呑子《ちのみご》たちを泣かせているのです。しかし中でも——今となってはそのように決めつけて下さって結構です——中でも僕が最も卑劣な悪党なのです！　そうお決めつけになって下さい！　僕はこれまでの人生で毎日、この胸を叩いてまともな人間になることを誓いながら、毎日相も変らぬ忌まわしいことばかりをし続けてきたのです。今こそ分かりました。僕のような奴には一撃が、運命の一撃が必要なのです。そいつを動物の首に縄をかけるように捕まえ、外からの力で縛り上げるためです。決して、決して僕は自分自身では立ち上がることはできなかったでしょう！　しかし雷が轟いたのです。僕は告発と、僕の恥辱が公に曝される苦しみを甘んじて受けます。苦しみたいのです。苦しみによって浄められたいのです！　と言うのも、あり得ることでしょう、本当に浄められるということが、皆さん、え？」（九9）

ドミートリイの覚醒。存在の根源的罪性との直面である。グルーシェニカとの出会いの「雷」から始まって、モークロエの予審の場で撃たれた「雷」。ドミートリイはここで自己の存在の奥底に広がった「絶望」と「死」の現実と直面すると共に、あの「餓鬼の夢」、「素晴らしい夢」を切り口として、「旦那」としての自己の存在が宿す根源的罪性に目覚めさせられたのだ。「中でも僕が最も卑劣な悪党なのです！」。チェルマーシニャ行きを止めたイワンが、痛切な「卑劣さ」の自覚と共にモスクワに到着する頃、ドミートリイもまた己の「卑劣さ」と「屑」としての自覚と、苦しみによる魂の浄化・再生を誓い、モークロエ村から家畜追込町の監獄へと移送されてゆく。この自覚と決意が、裁判に至るまでの二カ月間で如何に深まり強まるのか、また逆にドミートリイの内にはお如何に根深く「旦那」性が根を下ろしているのか。ドストエフスキイが描く、この青年の魂が辿る長く険しい魂の転換と浄化のドラマ、その厳しいリアリズムを最後に確認しよう。

6　新たな道へ

監獄のドミートリイ

本書の最初に見たリーザとアリョーシャとの対話の直後である。リーザの手紙をポケットに納め、アリョーシャが向かったのは、監獄の兄ドミートリイの許である。誤認逮捕から二カ月、いよいよ翌日に裁判を控え、ドミートリイの魂は高揚していた。アリョーシャを迎えた彼は、監獄に閉じ込められた二カ月間に、自分の内には如何に「新しい人間」が甦ったかを熱く説く。このドミートリイの脳裏に焼き付けられていたのは、予審の終わり近くで見た「餓鬼の夢」の光景である（九8）。あの夢は自分に「予言」として与えられたのだ。自分はあの惨めな「餓鬼のために徒刑に赴く」のだ。なぜならば我々は「誰もが万人に対して罪があるのだから」。そして「誰もが餓鬼なのだから」。自分は父親を殺してはいない。「だが行かねばならない。引き受けるのだ！」。我ら「地底の人間は、喜びを司る神への悲劇的な讃歌を地底からでも謳うであろう！　神とその喜びよ、万歳！　俺は神を愛している！」「太陽の存在を知っていること、それが生の全てなのだ」（十一4）。

獄中で謳われるドミートリイの「喜びの歌」。それはあの長大な「熱烈なる魂の告白」の延長線上にあり、更に予審での体験が加わった、高らかな神と生命への讃歌である。ここでドミートリイが熱く語る神とは「宇宙の主」であり、人間に「愛」と「善」と「喜び」と「感謝」と「讃歌」の一切をもたらす根源である。そして彼の内に甦ったのは、自らの無実の罪と受難をイエスのそれと重ね、「キリストの愛」を生きることを決意した「新しい人間」である。つまり今やドミートリイは、世の「黒い不幸」のために自らの十字架を担うことを決意し、あの焼け出された村の女たちや「餓鬼」が涙を拭われて、神に向けて究極の「喜びの歌」を謳う日を目指すに至った「新しい人間」なのだ。その内を貫く精神とは神への熱い信と愛であり、それは監獄を訪れては神の不在を説き聞かせる「干乾びた心」のラキーチンや、冷たい沈黙の内に神否定を表現する「スフィンクス」たるイワンとは対極にあるものだ。アリョーシャもこの兄が説く感動的な信と愛の讃歌に、その内に目覚めた深い罪の意識に、また以前にも増して天翔ける熱弁に決して口を挟むことはない。

だが果たしてドミートリイは、真に「新しい人間」として甦ったのか。

ドミートリイに射す影

アリョーシャは、魂の熱い高揚と共に「太陽」について説くドミートリイの心の内に、暗い影が射しつつあることを見て取っていた。アリョーシャがその影を察知するのは、兄が自分のために企てられつつある逃亡計画のことを口にした時である。裁判で有罪とされ流刑宣告を受けることを想定しての逃亡計画。既に見たように、イワンが自らの罪意識を贖うべく、あるいは覆い隠すべく、グルーシェニカを伴ったドミートリイのアメリカ逃亡を密かに画策していたのだ。イワンは監獄の兄が「万人に対する罪」のために、また「餓鬼」たちのために地底に赴こうという「十字架」への決意を熱く語ることを承知していた。また兄の「地底からの讃歌」についても十分に知っていた。だが彼は兄ドミートリイが、結局はこの計画を受け入れ、逃亡を図るであろうことも熟知していたのだ。また既にドミートリイ自身も、自分がグルーシェニカなしの流刑生活など耐え切れぬこと、最終的にはこの計画に抗い切れぬことを予感し、そのことで自分が「十字架から逃げ出す」結果となること、「讃歌」の一切が無となることを怖れてもいたのである。

またこのイワンとドミートリイとの間には、カチェリーナをめぐり愛の分裂の問題も密かに激しく渦巻いていた。ドミートリイは憶測する。イワンを愛するカチェリーナは、その一方でこの自分への愛と義務も貫こうとするであろう。そのカチェリーナにグルーシェニカが嫉妬の炎を燃やし、イワンもまた嫉妬するに違いない。そもそもイワンが画策する逃亡計画は、その恋愛力学からすれば、自分とカチェリーナとの引き離しを図った狡猾な策略だとも考え得るだろう。「喜びの歌」と「地底からの讃歌」の一方で、ドミートリイの内部ではなお解き切れぬ様々な問題が猜疑心と共に渦を巻いていたのだ。彼がアリョーシャに語った「熱烈なる魂の告白」、そこを貫いていた「悪臭と汚辱」と「光と喜び」の分裂は、あの予審での体験やその後の監獄の二カ月で消え去ることはなかった。ドミートリイの内には「旦那」ドミートリイのアイデンティティが依然保たれ、またロマン主義的心情も燃え続けていたのである。

裁判が近づくにつれ、ドミートリイの心を強く覆うに至ったもう一つの暗い影。それはアリョーシャを含め、カチェリーナやイワンたちに対して向けられた拭い難い疑念と猜疑心であった。ドミートリイ自身はスメルジャコフが犯人であると確信している。だが他の人間は、フョードルを殺したのは誰だと考えているのか？　父親殺しの意図を記した彼の手紙を持つカチェリーナは措いて、脱走を勧めるイワンでさえ、その裏で兄こそが父親殺しの犯人だと信じているのではないか？　アリョーシャは？　湧き上がる疑念にもかかわらず、ドミートリイには誰にも直接問い質す勇気がない。彼が弟イワンを始めとした全ての証人たちの「真実」に初めて触れるのは、漸く裁判の席でのことである。次第に噴き出る疑念と猜疑心。遂にドミートリイは「天使」アリョーシャに向かい、「完全な真実」を求め「狂おしい」叫びを上げる。

「アリョーシャ、主なる神の前にいるつもりで、俺に完全な真実を語ってくれ。お前は、俺が殺したと信じているのか、それとも信じていないのか？　お前は、お前自身は信じているのか否か？　完全な真実を、嘘をつかずに！」（十一　4）

「地上の天使」（三3）とも、「守護天使《ケルビム》」（十一　4）とも呼ぶ血を分けた弟にさえ完全な信を置くことができず、牢獄で一人苦しむドミートリイ。シラーの「喜びの歌」を愛し、「餓鬼」のためには地底にも赴き、そこから「神とその喜び」を高らかに謳い上げるのだと宣言した兄。その魂の高揚も今は見る影もない。胸を刺し貫かれたアリョーシャは、「神を証人として呼び招くかのように」右手を上げ、震えた声を迸り出す。

「兄さんが人殺しだなんて、一瞬たりとも信じたことはありません」（十一4）

幸福感に息を吹き返したドミートリイからは、アリョーシャへの感謝の後、「イワンを愛してやってくれ！」との言葉が迸り出る。自らの身の潔白を誰よりも良く知るドミートリイ自身が、明日の裁判を前にイワンに対して、そしてアリョーシャに対してさえ抱くに至った猜疑心。アリョーシャは、ドミートリイさえもが陥った「やり場のない悲しみと絶望の深淵」を覗き見て、涙で顔を濡らし外に出る。血の一線を越えたイワンとスメルジャコフも今正に、良心に罪意識を介して臨む怒りと裁きの神、「悪業への懲罰」の現前と直面している。この二人の心に寄り添い続けてきたアリョーシャの前に、「喜びの歌」と「地底からの讃歌」を謳うドミートリイもまた、「重い病」の内に沈む一人のカラマーゾフであることを曝け出したのである。

ドミートリイへの宣告

兄ドミートリイに対する信と愛、そして透徹した認識。アリョーシャがそれを初めて正面から、当のドミートリイに厳しい言葉でぶつけるのは裁判後のことだ。懲役二十年の流刑を宣告され、シベリア送りがいよいよ現実のものとなるや、案の定ドミートリイは護送途上での脱走と、グルーシェニカを伴ったアメリカ行きのことを口にし始める。既に始まった看守の「貴様呼ばわり」に耐えられないこの「旦那」は、グルーシェニカなしの生活など想像することさえ耐え難いのだ。この兄を前にして、アリョーシャは宣告する。

「兄さんには、心の用意ができていません。十字架を負うことはまだ無理です」（エピローグ2）

「我を通した百姓たち」による有罪宣告（十二14）。法廷の「誤審」とは、結局は「旦那」ドミートリイに下された逆説的な神の裁きと言うべきものだったのだ。ロシアの民衆と神からの有罪宣告に続き作者ドストエフスキイは、これに追い討ちをかけるかのように「天使」アリョーシャからドミートリイに対し、もう一つの厳しい宣告を下させたのである。

最後に、ドミートリイに過酷なようであるが、彼の正確な像を刻むためにも、ここで作者が記す更に二つの事実、彼の原罪性たる「旦那」性が刻印された二つの事実を確認しておこう。一つは彼のスメルジャコフに対する姿勢だ。イワンと同じく、否、イワン以上に、彼は一貫してスメルジャコフに対して冷酷である。予審の場での聞くに耐えぬスメルジャコフ評（九5）。そして「犬には犬の死にざまがあるのさ！」（十二1）。これは裁判の場で、自殺したスメルジャコフのことを知り、ドミートリイが叫んだ言葉だ。彼が下男スメルジャコフの内に、具体的に何を見出していたのかは明らかでない。だが彼が終始一貫スメルジャコフを父親殺しの犯人と見做すのと同じく、彼を下男としてしか扱わない「旦那」としての姿勢もまた一貫したものだ。その行き着く先が裁判の場である。自分を父親殺しの犯人に陥れたスメルジャコフを、「犬」と見做した彼の叫びにも一理はあるだろう。だがドミートリイが見落としたものはあまりにも大きい。

またドミートリイは、公の面前で侮辱した退職官吏のスネギリョフと彼の家族が、その後辿った悲劇についてほとんど興味を示さず、また与り知ろうともしない。その息子イリューシン少年が受けた魂の傷、そしてまた彼が傷心の内に迎える痛ましい死についても、ドミートリイが関心を示した形跡はない。スメルジャコフに対して、そしてスネギリョフ一家の人々に対して、兄が加えた侮辱を兄に代わって贖おうとするかのように、深い心遣いと愛を示し続けるのがアリョーシャであり、またリーザであり、カチェリーナである（四3・6、十4・5、エピローグ3)。「十字架を負うことはまだ無理です」。このアリョーシャの言葉の背後に読み取るべきは、兄の原罪性を見つめる弟の悲しみと、「実行的な愛」に向かう心と姿勢、そしてその土台にある冷徹なリアリズムである。

監獄でドミートリイが謳い上げた見事な讃歌。そしてアリョーシャが下した厳しい宣告。ここから浮かび上がる相矛盾する二つのドミートリイ像。そしてまた冒頭の医師ヘルツェンシュトゥーベの証言するドミートリイ像。これもまたドミートリイなのだ。

Ⅷ（終章）リーザとアリョーシャとの対話（2）

1　リーザの嵐の開示

本書前篇の第Ⅱ章はリーザとアリョーシャとの対話、その前半部分の分析に充てられた。そこで何よりも目を見張らされたのは、リーザから次々と噴き出る激しい否定と破壊衝動であった。リーザの嵐の拠ってきたる所とはどこにあるのか。この疑問も携えつつ、第Ⅲ章以降は考察の舞台を家畜追込町からモスクワに移し、彼女が愛するアリョーシャとイワンに焦点を合わせた。更に後篇の第Ⅶ章では、ゾシマ長老の死とフョードル殺害事件が登場人物たちに与えた様々な衝撃と、それぞれのドラマを辿ってきた。これらの作業により、リーザを捕えた激しい否定と破壊衝動の背景が視野に入った今、これからはリーザとアリョーシャとの対話で残された後半部分の検討に取りかかり、彼女の最深部に隠された嵐の更なる開示を目指したい。

皆が父親殺しを気に入っている

さてリーザが陥った「アフェクト（一時的心神喪失状態）」。その原因を掴むべくアリョーシャは、彼女の心に次々と測鉛を投げ下ろし続けていた。それらの中で「人間は、罪を犯すことを愛する瞬間があります」、彼のこの言葉にリーザは激しく反応し、正に自分の心がズバリ言い当てられたと狂喜したのであった。人間の日常的で平板な生活倫理を支配する偽善、そしてその奥に隠された罪と悪と嘘への志向性、つまりは毒蛇性。ゾシマとフョードルという二人の死が暴き出したものは、カラマーゾフの兄弟たちばかりかリーザにも強烈な衝撃を与え、彼女の目はそこに釘付けとなっていたのだ。

ところがアリョーシャは、人間の罪と悪と嘘への愛に対してリーザが示す強い反応にもかかわらず、未だ彼女の奥底で吹き荒れる嵐の本体にまでなかなか行き着けない。リーザが相変わらず母親の枕の下から「悪い本」を盗み読みしていることを知るや、直ちに品行方正な兄のように問い糺す。「自分を台無しにするようなことをして、よく気が咎めませんね？」。今更ながらの問い。「私、自分を台無しにしたいの」。苛立ち混じりの言葉を突き返したリーザは、突然コーリャが夏に起こした鉄道事件を取り上げ［真夜中、この少年は機関車が通過する間、線路の上に腹這いになり続けたのである（十―1）］、この理屈抜きの冒険に命を賭けた少年を「幸福な子」とさえ評する。なおも繰り返される周辺飛行。だがアリョーシャの根気強く冷静な問いは、紆余曲折を経ながらも結局はリーザの心を開かせ、その最深部の嵐を明るみの下に引き出してゆく。イワンにスメルジャコフに、そしてドミートリイに寄り添い続けるアリョーシャがここにもいる。

人間の内に潜む毒蛇性を指摘したリーザ。彼女は最早、アリョーシャの父フョードルの殺害事件についても遠慮することはない。この事件が自分に如何に驚くべき忌まわしい発見をもたらしたか、更に容赦なくアリョーシャにぶつけてゆく。

「いいこと、今あなたのお兄様はお父様を殺したことで裁かれようとしているわ。でも皆は、お兄様がお父様を殺したことを気に入っているのよ!」「そうよ、皆が気に入っているの! これは恐ろしいことだと皆が口で言っておきながら、内心ではとても気に入っているのよ。私などイの一番に気に入っているわ」(十一3)

裁判を明日に控え、ロシア全土が注目するフョードル殺害事件。この父親殺しを巡り、人々が内心に隠し持つのは親の死をも願い喜ぶ毒蛇の心であり、しかもそれを誰よりも強く持つのは自分であると挑みかかるリーザ。アリョーシャは「静かに」応える。「皆についてあなたが言われたことには、幾分かの真実があります」。リーザの物言いの幼さと無遠慮さに苦笑させられながらも、アリョーシャは彼女の言葉が持つ「真実」さを「幾分か」でも認めざるを得ない。二人の会話が初めて正面から切り結んだ瞬間と言えよう。

否定・破壊衝動が向かうもの

リーザがフョードル殺しから受けた衝撃と認識。人間の罪と悪と嘘への愛。これがアリョーシャの衝撃と認識と一部でも重なり合った今、そして二人を取り巻く人々の嵐やその背景も相当明らかとなった今、今までの二人の会話のズレ、すれ違いが修正され、リーザの心の内にあるものに対して、より正確に焦点が合わされる可能性が出てきた。ここで改めて二人の会話の前半部分をいくつか思い返してみよう。

彼女が執拗に繰り返していたのは、「家を燃やしてしまいたい」という願望であった。この言葉の背後に彼女の母ホフラコワ夫人の存在があったことは、今や容易に推測可能である。ゾシマ長老の腐臭の噂が伝わるや、好奇心の塊となった夫人がまずしたこととは、ラキーチンに「できるだけ詳しく」情報の収集を依頼することであった。その二日前の「場違いな会合」の日、リーザの目の前で「神と不死」の問題について長老が厳しくも優しく説き聞かせてくれた教え、「神の命令（遺訓）」や「実行的な愛」のことなど、どこかに置き去られてしまったのだ。彼女は続くフョードル殺害事件にあたっても、これを機に知り合ったペルホーチン青年との間に、ラキーチンも巻き込んでエロス的旋風を巻き起こし、遂にはこの若き恋人を得て今や夢見心地の日々である（十一３・４）。父親殺しについて、他ならぬ被害者フョードルの息子アリョーシャに向かい、「私などイの一番に気に入っているわ」と言い放つリーザ。この少女が発する挑戦的な言辞、その破壊衝動の内には「家を燃やす」どころか、自分自身の母殺しの刃が潜んでいたとしても何らおかしくはない。親殺しは、カラマーゾフ家だけの問題ではなかったのだ。

ここから更に二人の会話を遡り、改めて次のようなリーザの言葉も思い起こしてみよう。

「あなたは私が神聖なことについて話をしないことで、さぞご立腹なのでしょう。私、聖女になどなりたくはないの」（十一３）

こう宣言した彼女はなおアリョーシャに向かい、人間が犯す「最大の罪」に対する裁きとは何かと問いかけ、「神が裁かれます」との答えが返るや、直ちに言い放つのであった。「それこそ私が望むところよ。私が行って裁かれることになったなら、私、突然面と向かって皆を嘲笑ってやる。私、もう家を燃やしてしまいたくてたまらないの、アリョーシャ、アリョーシャ、この家をよ」（十一３）。

アリョーシャに挑みかかるリーザの否定と破壊衝動が向かう先、それは家と母と世の人々ばかりか、「聖なるもの」の存在でもあり、具体的にはアリョーシャとゾシマ長老、更にその先には人間が犯す「最大の罪」の対象であり「裁き」の主宰者、神さえもが標的として捉えられていると考えてよいであろう。人間が宿す偽善への痛切な認識を与えられ、自らの内からも噴き出してきた破壊衝動。親殺しと神殺し。この少女の内に吹き荒れる嵐とは、イワンやスメルジャコフのそれとも比され得るような激しさとラディカルさ、そして毒を秘めたものであることが明らかとなってくる。

更にもう一つ、リーザの言葉を検討し直す必要があるだろう。「悪いことをしたい」という言葉の理由をアリョーシャから問われ、彼女は次のような不可解な言葉を返していた。

「どこにも、何一つとして残らないようにするためよ。もし何一つ残らなかったら、どんなに素敵かしら！ね、アリョーシャ、私、時々悪いことを恐ろしいほど多く、そしてあらゆる忌まわしいことをしてやりたくなるの。それも長いこと密かにやるの。そして、突然皆が知ることになるの。皆が私を取り囲んで、私を指さすの。でも私は皆を見つめてやるのよ。これ、とても楽しい。どうして、これってこんなにも楽しいの、アリョーシャ？」(十一3)

既に明らかとなった一切に対する否定と破壊衝動、つまり彼女自身の存在の底から噴き出してきた否定と破壊衝動に加え、ここで殊に注目すべきは「悪いこと」「あらゆる忌まわしいこと」を「長いこと密かにやるの」という秘密の悪行への願望と、それが皆の前に曝されての自虐的な居直りと快楽についての物思わせぶりな言及である。「これ、とても楽しい。どうして、これってこんなにも楽しいの、アリョーシャ?」。果たして「これ」とは、ただ単にこの少女の気紛れで自虐的な夢想や、密かな悪行への願望の漠とした表明でしかないのであろうか。あるいはむしろ既に夢想や願望の段階を遥かに超え出て、実際に今この少女は何か具体的な「悪いこと」「あらゆる忌まわしいこと」に密かに手を染めていて、そこからアリョーシャに向かい自虐的な居直りと快感の表出をしているのではないか。真夜中に疾走する機関車の下に這いつくばい通したコーリャ。この少年の命懸けの冒険と響き合うような「自分を台無しにする」行為、否それを超えた何か根源的な否定と破壊衝動の具体的な発露とその愉悦に、彼女は打ち震えているのではないか。このような疑念さえ生む自虐的で露悪的な響きが彼女の言葉には含まれているように思われる。そしてこの疑念への答えが、いよいよ彼女自身の口から語り出される。

リーザの夢、悪魔たちとの神聖冒瀆

父親殺しに対して世間の誰もが心の内に抱く残酷な喜び。リーザの指摘に対して、アリョーシャがそこには「幾分かの真実があります」と認めた時に戻ろう。この思わぬ同意にリーザは心からの驚きと喜びを隠せない。この瞬間をこそ待っていたかのように、ここで初めて彼女は自分が時々見るという「奇妙な夢」について語り出す。

「私は時々夢で悪魔たちを見るの。どうも真夜中みたい。私は蝋燭を持って部屋にいるの。すると突然至る所に悪魔たち。あらゆる片隅に、テーブルの下にも。ドアが開けられると悪魔たちはそこ、ドアの外にひしめいていて、入ってきて私を捕まえようと思っているの。そしてずっと近寄ってきて、今にも私を捕まえそうになるの。ところが突然私は十字を切るのよ。すると悪魔たちはみな後ずさりをするの。怖がっているのよ。ただ完全には退散しないで、ドアの所や片隅に立って待ち構えているの。ところが突然私は神さまの悪口を大声で言ってやりたくなるの。そして実際悪口を言い始めるの。すると突然彼らはひしめき合って私の方に向かってくるの。とても喜んで。そしてまた私を捕まえようとするの。ところが突然私はまた十字を切ってやる。すると彼らはみな後ずさりをするの。恐ろしいほど楽しい、息も詰まりそうなくらいよ」（十一 3）

彼女が語っていた「密かに」する「悪いこと」、「あらゆる忌まわしいこと」がここに明らかとなる。夢の中で

この少女は悪魔たちを前に、「神さまの悪口を大声で」叫んでいたのだ。彼女がアリョーシャに問い質した「最大の罪」。それが何であるかを彼女は知るどころか、既に悪魔たちを前にその「最大の罪」への一歩を踏み出してさえいたのである。「恐ろしいほど楽しい、息も詰まりそうなくらいよ」。ゾシマ長老の死とフョードル殺害事件。二人の死を契機として、彼女の否定と破壊衝動はここにまで行き着いていたのである。「パンドラの匣《はこ》」は既に開けられ、この少女の胸の傷口から悪魔たちがなだれ込んでいたのだ。この夢がいつに始まることなのか、彼女は語らない。

アリョーシャの悪魔

更に驚くべき言葉が、今度はアリョーシャから飛び出す。「僕もまた、それと全く同じ夢をよく見ていました」。リーザが神聖冒瀆の夢のことを語り終えるや、突然アリョーシャの口から発せられた衝撃的な告白。アリョーシャがこの夢を「よく見ていた」のはいつ頃のことなのか。モスクワでのことなのか、ゾシマ長老の許での修行中のことなのか、あるいは長老の死後この二カ月間のことなのか、彼もまた語らない。

だがアリョーシャの精神の軌跡を振り返る時、ここで思い出すべきはゾシマ長老の死の当日、あの「ナドルィフ」の日に彼が語った神への信の揺れのことである。アリョーシャがリーザから、二人の再会以来「言い知れぬ不安と悲しみ」の中にあるようだと指摘され、彼女に打ち明けたのは、差し迫った長老の死への悲しみと共に、父や兄たちが自分をも他人をも滅ぼそうとしていることへの危惧についてであった。ラキーチンとドミートリイの指摘以来、この「地上的で、凶暴な、むきだしの力」たる「カラマーゾフの力」が、父や兄たちばかりでなく、自分自身の内にも脈打つことの自覚と不安が彼には忍び寄っていたのだ。「この力の上にも神の霊が働いているのか、それさえ僕には分かりません」。分裂した二つの「カラマーゾフの血」の浄化・聖化と統合という課題への強い不安を表明した彼は、続いて次のような告白にさえ至ったのであった。「でも僕は、ひょっとすると神を信じていないかもしれません」（五1）。

ゾシマ長老の死から三日して僧院を出たアリョーシャ、師の命に従い一人在俗の生を開始した彼の心に、この不安がいよいよ具体的な夢の形をとって現れ出たと考えるのが現実的であろう。「一本の葱」の授受と「ガリラヤのカナ」の夢、そして満天の星空の下での神の現前。これら一連の見事な宗教体験を与えられたアリョーシャの心が、新たに悪魔たちを前に「神さまの悪口を大声で」叫ぶ夢の舞台となっていた。闇から光へ。そして光から闇へ。この青年が悪魔たちを前に、神の悪口を叫ぶ夢を「よく見ていた」のは、決して遠い昔のことではないであろう。またその夢が今では完全に過去のものとなったと判断する根拠も何もない。ペテロの道を歩むイワンをじっと見守り、間もなくユダの道を選ぶスメルジャコフに寄り添い、監獄のドミートリイの熱弁と「讃歌」に耳を傾け、彼ら兄弟たちの悪魔との戦いにおいて、神の愛と赦しを説き励ますアリョーシャ本人が、自らの夢の中では悪魔たちを前に「神さまの悪口を大声で」叫んでいる。

アリョーシャも同席する庵室で、ゾシマ長老はリーザの母ホフラコワ夫人に語ったのであった。人はあらゆる努力にもかかわらず目的地に近づくどころか、むしろ遠ざかり、「恐怖で慄然とするような瞬間」へと追いやられる。そこで初めて目的は達せられ、自分を「常に愛し、また常に密かに導き続けて下さっていた神の奇跡的な力を我が身にはっきりと見出せるようになる」のだと。ドストエフスキイが見つめる人間の心の真実、「偉大なる罪人」アリョーシャに歩ませる「神と不死」探求の旅の現実《リアリティ》である。注意すべきことだが、ドストエフスキイは、アリョーシャが師ゾシマへのユダ的裏切りに対する罪意識に目覚めたとは一言も記していない。だが兄たちの悪魔との戦いに寄り添う中で、彼の心の底深くに沈んだままのこの罪意識が、密かに微かに蠢動し始め、悪魔の姿を取って夢の中に現れ始めたと考えること、つまりドストエフスキイがアリョーシャに、作品の後篇に向けて、その罪意識自覚への道を歩み始めさせたのだと考えることも決して不可能ではないであろう。

リーザと「聖なるもの」

再びリーザに戻ろう。悪魔たちを前に「神さまの悪口を大声で」叫び、「恐ろしいほど楽しい、息も詰まりそうなくらいよ」、このように自虐的かつ露悪的に語るリーザから伝わってくるものとは、触れてはならないものに触れてしまった少女の懼れと慄き、超えてはならない一線を超えてしまった彼女を刺し貫く絶望的な興奮と快感とでも呼ぶべきものだ。

既に見てきたようにアリョーシャがモスクワを去り、故郷への求道の旅に出立するという悲痛な体験以来、否、それよりも早く、この青年によってリーザが自らの恵まれた富の問題と直面させられて以来、「聖なるもの」とは、意識的にせよ無意識的にせよ、常に彼女の前に立ち塞がり続ける壁であったことは間違いない。生来の「晴々しさ」と「悪戯っぽさ」と「おどけた調子」を基調音とする彼女の心の中で、この「聖なるもの」に対する「肯定と否定」の振幅は増大し、今や否定の方向に最大限に振れ切ったと考えられる。彼女の内からは自らの存在を含め、一切に対する否定と破壊の衝動が吹き出し、遂には神聖冒瀆の夢にまで凝集され極限化されたのであろう。この神聖冒瀆がもたらす痛ましい興奮と戦慄の先に、ドストエフスキイはリーザをどこに導くのか。

迷える子羊の出会い

さてアリョーシャも見る「全く同じ夢」。この告白に接したリーザは「この上ない驚愕」に駆られて念を押す。

「アリョーシャ、はっきり言うけれど、これは非常に重大なことよ」「重大と言うのは夢のことではなくて、あなたが私と全く同じ夢を見ることがあり得たということよ」(十一3)

あれほど一途に「神と不死」を求め、堅固な信と愛の人と思えたアリョーシャにさえ自分と「全く同じ夢」がしばしば訪れていた。この青年もまた悪魔たちを前に「神さまの悪口を大声で」叫んでいた。つまりアリョーシャもまた一人の「迷える子羊」だったのだ。かつて「神と不死」を求めて去った人と、残された人。これら二人の心は、それぞれが辿った二年間の旅の末に「全く同じ」神聖冒瀆の夢の場、神と悪魔たちの戦いの場と化していたのである。アリョーシャの心もまた悪魔たちが臨む苦しみの場となっていたことを知った時、リーザの心はこの青年との新たな出会いをしたと言えよう。注意すべきことに作者は、アリョーシャの夢の話が決して悪ふざけなどではなく「真実」であることを知った時、リーザは「何かにひどく心を打たれ、三十秒ほど黙り込んで」しまったと記す。この沈黙の後、彼女は「祈るような声で」アリョーシャに語りかけたと記される。「アリョーシャ、私の所へ来て。もっとしばしば私の所へ来て」。「確として」アリョーシャは応える。「僕はいつも、一生、あなたの所へ来ます」（十一―3）。二人の新たな出会い。これもまた、ゾシマとフョードル二人の「一粒の麦」としての死を介した、「一本の葱」授受の瞬間と言えよう。

嵐の中心へ

二人を繋ぐ絆、それは今悪魔たちの跳梁する心の苦しみという逆説的な絆に他ならない。だが与えられた「一本の葱」に心を打たれたリーザは、ここで初めて彼女の嵐、自分が心の最深奥で流す涙について語り始める。「私が話すことのできるのはあなただけだから」。今は自分以外に唯一「恥ずかしさを感じずに」語れる相手、アリョーシャ。この青年に再び心を寄り添わせたリーザの口から語り出されるのは、彼女がある本で読んだという裁判の話である。その内容とは過越祭の日、一人のユダヤ人によって十字架ならぬ壁に釘付けとされ磔殺された四歳の男の子の話、イワンが蒐集しアリョーシャに語り聞かせたのと同じ幼な子の受難についてである。

「私、ある本があって、どこかの裁判のことを読んだの。一人のユダヤ人が四歳の男の子を、まずは両の手とも指を全部切り落としてしまい、それから壁に磔にしたの。釘を打ちつけて磔にしたのよ。彼はそれから裁判の場で、男の子はすぐに死んだ、四時間後にと陳述したの。すぐに、ですって！　その子が呻いて、呻き続けている一方で、その男は突っ立ってその子のことに見とれていたのですって。これって、素敵《ハラショー》！」(十一 3)

アリョーシャは問う。「素敵？」

「素敵よ。私、時々考えるの。これは私自身が磔にしたのだって。その子はぶら下がって呻いている。ところが私はその子のまん前に座ってパイナップルの砂糖漬けを食べるの。私、パイナップルの砂糖漬けって大好き。あなたお好き？」(十一 3)

「素敵」という言葉の内に込められた何重もの痛み。アリョーシャが沈黙したまま見つめる前で、彼女の蒼白で黄ばんだ顔がふいに歪み、眼はギラギラと輝き始める。

「ね、私、このユダヤ人の話を読んでから夜通し涙を流して震えていたわ。私、その子が泣き叫んで呻いているのを想像するの(だって四歳の子ならば分かるわ)、でもその一方で私の頭からは砂糖漬けのことがずっと離れないの」(十一 3)

衝撃的な幼児磔殺の光景と、それへの痛切な涙。しかも磔殺された幼児に涙を流す自分が、「パイナップルの砂糖漬け」を忘れられないとの居直り。そして再び流す涙。リーザの心の最も奥に隠されていた嵐が、ギラギラと輝く目を通して、「これって、素敵！」という言葉と共に、アリョーシャの前に曝されたのである。

未熟で我儘な十四歳の少女から発された、これもまた新たな夢想の変奏曲でしかないと受け取ることも可能であろう。リーザとは、その心にはアリョーシャとイワンに分裂した愛の嵐が吹き荒れ、世の人々が内に隠す毒蛇の心を自分自身の内にも見出し、一切を否定し焼き尽くしてしまおうとの怒りに燃え立つ少女であり、また同時にあのホフラコワ夫人の娘であって、母と共に「アフェクト」の達人でもある。その心からは悪魔でも神でも、残虐さでも天使の心でも、涙でも笑いでも、またどんな夢想でも飛び出してくる可能性はあるのだ。だがこの少女の嵐が生み出したもの、神聖冒瀆の夢の告白に続いてなされた新たな告白、そのインパクトは決して小さくない。

磔殺の幼な子と磔殺のイエス

リーザの告白が持つインパクト。それは何よりも磔殺の幼児が磔殺のイエスと重ね合わされる可能性である。そもそも過越祭でのユダヤ人による幼児磔殺という事件自体、事の真偽は措いて、直ちにゴルゴタ丘上でのイエス磔殺を連想させずにはおかない。この男の子が流す涙をイエスの受難と重ね、人間がこの地上で流し続ける無辜の血の痛みと悲しみに触れ、痛切な罪意識に捕えられたリーザを思い浮かべることも不可能ではないのだ。

しかもこの告白は、悪魔たちを前にした「神さまの悪口」の夢の告白に続くものである。ゾシマ長老とフョードルの死を契機に、人間が犯す罪や悪や嘘、毒蛇たる人間の悪魔性を正面から見据えるに至った彼女の心が、この神性冒瀆の夢に次いで向かったのが、イエスを磔殺に追いやった人間の悪魔性であり、また自己の内なるユダ的原罪性の凝視と弾劾であったとしても、決しておかしいことではない。

殊に注目すべきは「これは私自身が磔にしたのだ」という、磔殺の男の子に対してリーザが示す罪意識の激しさである。この少女は他ならぬ自分自身を、イエス磔殺の下手人たるユダヤ人と重ね合わせ、罪と悪と嘘に定められた人間、「聖なるもの」を否定し拒否する人間という認識を極限化し、その暴露・告白に及んでいるとも考えられるのだ。

リーザの罪意識を前に置く時、モスクワのイワンになかったのはこの罪意識だということも鮮やかに浮かび上がってくる。幼な子たちの涙に目を釘付けにされ、あれほど聖なる怒りに駆られながらも、また人間の悪魔性をあれほど凝視し、「人間の罪の連帯性」について、あれほど鋭く指摘しながらも、「これは私自身が磔にしたのだ」というリーザの痛切かつ先鋭な罪認識を、イワンは決して自分のものとすることはなかったのである。リーザの罪意識を介して、イワンの神否定から「キリストの愛」否定までの全行程が、そのプラスとマイナスを含んで、一挙に見通される視野も開けてくると言えるであろう。ドミートリイがモークロエでの狂宴の後、予審の進行中に見た「餓鬼」の夢を契機に至った人間の根源的罪性の自覚、「屑」としての己の自覚とも響き合うばかりでない。この少女の罪意識の強烈さは、スメルジャコフの自己弾劾、あの遺書が表現する自己「聖絶」の強烈さともストレートに響き合うものだとも言い得るであろう。

更に加えて注目すべきは、罪意識に苦しむ自分が、なおパイナップルの砂糖漬けへの思いから離れられないという、彼女の告白が持つ象徴性の強さである。自己の内に巣食う恐るべき破廉恥な快楽主義的性向についての認識の鋭利さと凝縮度、かつそのユダ的悪魔性に居直る自分に対する痛みと涙の痛切さは類い稀なものと言うべきであり、それはゾシマ長老が説き続けた、万人万物一切に対する罪意識を正面から受け止め、表現するものとさえ言えよう。

このリーザの罪意識を、更に福音書世界にも置いてみよう。十字架上で磔殺されたイエスを前に絶望と悔恨の涙に暮れるユダと、イエスを裏切って敵に売り渡し赤い舌をペロリと出すユダ。これら二つの絶対矛盾のどちらかの姿が、福音書のイエスの前に立つ人間が、最終的に自覚させられる自らの原姿であるとするならば、リーザの痛みと涙、そして「素敵!」という叫びは、正にこのユダ的自己認識の両極的な姿の双方を一身に体現し、象徴化したものとさえ言い得るであろう。福音書的磁場に重ねて置かれた時、礫殺の幼児に対するリーザの反応は、この上なくラディカルな宗教性を帯びたものとして立ち現れることになるのだ。もしそうであるとするならば、十字架上のイエス礫殺の姿を前に、重なる罪意識に捕えられてこれほど痛ましい涙を流す人物は、カラマーゾフの世界にも、ドストエフスキイ世界の他のどこにも、また恐らくは福音書世界のどこにもまず見出すことはできない。彼女が表現するものとは、ドストエフスキイが描き出した「自己矛盾的存在」(西田幾多郎)の中でも、恐らく究極の矛盾・分裂を体現した人間像とさえ言い得ることになるであろう。

ドストエフスキイの視野、リーザの実像

「仮定」の話はここまでとしよう。ドストエフスキイはリーザに、実際にはイエス・キリストのことも、その十字架のことも一切口にさせてはいないのだ。悪魔たちと共に神の悪口を大声で叫び、更に幼児礫殺の現実に対して激しい罪意識に苦しみ涙するその姿は、深く豊かな宗教性を湛え持つ十四歳の少女というリーザ像に、一瞬我々の目を開かせることは否定できない。だが作者は彼女が、イエスの十字架との対決において、この稀有とも言うべき深甚かつ痛切な罪意識の発動に至ったとは決して記していないのである。なるほど神聖冒瀆の夢においてリーザは「十字」を切って悪魔たちを追い払う。だがそれは飽くまでも、身近に迫る悪魔たちに対する恐怖のあまり、咄嗟になされたプリミティブで純朴な「呪《まじな》い」とでも言うべきものであり、微笑ましくはあれ、既にこの時この少女が、イエスの十字架の意味を十全に理解し、「キリストの愛」への信に立ち「十字」を切っていたのだと考えることは不可能である。ドストエフスキイが描くリーザの生の現実、そのありのままの姿とは、あの鉄道事件のコーリャ少年と同じく、実際にはなお母親の豊かな富と愛とに包まれた、我儘かつ奔放な少女なのだ。彼女は今、アリョーシャとイワンとの間に心を分裂させ、家畜追込町を吹き荒れる嵐に翻弄され、様々な方向にその敏感な感性を激しく発動させつつあるとはいえ、地に足を確固として据えた存在ではなく、カラマーゾフの

兄弟たちが直面する「神と不死」の問題を正面から身に負うことからは未だほど遠い存在であるとするのが、自然かつ妥当な捉え方というものであろう。

このリーザのありのままの姿を、そして礫殺の男の子とパイナップルの砂糖漬けについての告白の真実を、作者ドストエフスキイが冷静かつ的確に判断させるのは、アリョーシャである。再びこの青年の傍らに戻り、そこからリーザの嵐の行方を見定めよう。

2　アリョーシャの「誠意」

五分間のドラマ

アリョーシャに対して、リーザから新たな告白がなされる。礫殺された四歳の男の子のことで「夜通し涙を流して震えていた」この少女は、夜が明けると「ある人」に手紙を送り自分のところに来てくれるよう依頼し、その「ある人」が現れるや直ちに「あのこと」を、つまり自分の痛みと涙の「全て」を打ち明けたというのである。礫殺の幼児を前にした激しい罪意識の発動と共に、リーザのもう一つの嵐、愛の情熱もここに噴き出したのだ。リーザの新たな「ナドルィフ」である。このような形でしか愛の表白ができない不器用で初心な十四歳の少女、それがリーザと言うべきであろう。注目すべきことに、リーザがアリョーシャにこの事実を打ち明けるにあたって、イワンの名は一切口に出されない。「その人《オン》」が用いられるのだ。心の分裂の深さが彼女に強いた愛の禁忌、アリョーシャへの躊躇であろう。

「その人が来ると、私はすぐさま男の子のことと砂糖漬けのことを話したの。全て話したわ。全て。《これって、素敵》とも言ったの。するとその人は突然笑い出して言うの《これって、実際、素敵ですね》って。それから立ち上がり、行ってしまった。座っていたのは全部で五分くらい。その人、私のことを軽蔑したのかしら、軽蔑したの？　言って、言って、アリョーシャ。その人、私のことを軽蔑したの、それとも違うの？」（十一3）

アリョーシャはリーザに「あなたはその人を、わざわざそのことを、その男の子のことについて質問するために」呼んだのかと問い質す。冷静にこの少女の心の内に測鉛を下ろし続けるアリョーシャがいる。

「違うわ、全くそんなことではなかったの。全く。ところが、その人が入って来たとたんに、すぐさまそのことについて聞いてしまったの。その人は答えると、笑って立ち上がり、そして出て行ってしまったの」（十一3）

未熟で初心な、しかも錯乱した少女が、無様にも愛の告白の機会を逸したのだと言い捨てるのは、あまりにも酷であろう。この少女にとって自分の愛する男性への愛の告白とは、自分の心の最も奥深くに吹き荒れる嵐をそのままぶつけることであり、彼女はそれをイワンにぶつけ、そしてその六日後に今度はアリョーシャにもぶつけるのである。人間の原罪性との直面と、その内で渦巻く人間的愛の情熱。純真さとコケットリー。愛の巧緻と自虐・露悪の心。制御不可能な混沌から発された「素敵！」。これに対しイワンは突然笑って、ただ「これって、実際、素敵ですね」と言うや立ち上がり、そのまま立ち去ってしまったのだ。

「誠実に振舞った」のは誰か

この話を聞いたアリョーシャは「静かに」語る。

「その人は、あなたに対して誠実に振舞ったのです」(十一　3)

続く二人の会話に耳を傾けよう。


「でも私のことを軽蔑したのね？　私のことを笑ったのね？」

「いいえ。なぜならばその人自身が、恐らくはパイナップルの砂糖漬けを信じているからです。その人もまた今、重い病なのですよ、リーザ」

「まあ、信じているの！」

「その人は誰も軽蔑していません。その人はただ、誰も信じていないだけなのです。もし信じていないならば、その時は当然ながら、軽蔑していることになります」

「では、この私も？　私も、なの？」

「あなたをも」(十一　3)

ひたすらイワンの「軽蔑」のみを気にするリーザ。だが彼女を措いて、何よりもまず光を当てるべきは、アリョーシャのリアリズム、彼のリーザに対する、そして兄イワンに対する洞察の鋭さと愛の深さであろう。アリョーシャにとり、リーザと同じく「その人もまた」、今は悪魔と手を携えて神と「キリストの愛」に背を向ける人、つまり「パイナップルの砂糖漬け」を信じる人、「重い病」の内に沈む人なのだ。彼は言う。「その人は、あなたに対して誠実に振舞ったのです」。「重い病」の内にいる「その人」が、もう一人の陥った「重い病」、つまり罪意識の発動と絡み付いた愛に気づき、そっとそのまま立ち去ったこと。アリョーシャは、これがこの時「重い病」の内にいる「その人」が唯一なし得る精一杯の「誠実さ」であったことを理解したのだ。

幼児礫殺と直面して噴き出した罪意識を、愛の告白としてイワンにぶつけたリーザ。この五分間についての彼女の告白が、アリョーシャの魂を如何に残酷に打ち砕いたかについて、作者は何も記さない。「その人は、あなたに対して誠実に振舞ったのです」。リーザに対して「誠実に振舞った」のは「その人」イワンばかりでない。リーザに対して、そしてイワンに対して、二人が沈むそれぞれの「重い病」をじっと見つめ、真に「誠実に振舞った」のはアリョーシャだったと言うべきであろう。

リーザとイワンに対するアリョーシャの「誠実さ」について、作者はもう一度報告をする。リーザの手紙を、彼が兄のイワンに手渡す時である。

再びリーザの手紙について

イワンに手渡されたリーザの手紙の運命は既に見た（本書ⅦＢ２）。この時イワンはリーザの手紙を開封もせずに破り捨て、彼女のことを「小悪魔」とも「淫売女」とも罵り、話を断ち切ってしまったのだった。思い起こすべきはこの時、アリョーシャが兄イワンにぶつけた激しい抗議の言葉である。「兄さん、あなたは何ということを言うのです！」「彼女もまた、ことによると発狂しかねないのです」。アリョーシャの魂の底から迸り出た叫びだ。この作品でアリョーシャが、これほどストレートに激しい感情を表出することは珍しい。この時以外には、「大審問官」の叙事詩を読み終えた直後、「キリストの愛」を否定した兄イワン対し、彼が示した必死な反応くらいのものであろう。

「彼女もまた、ことによると発狂しかねないのです」。思わず発せられた「彼女もまた」。イワンとリーザ、そして恐らくはスメルジャコフ。アリョーシャにとり、これら三人は共に悪魔と手を組んだ末に、「発狂」の瀬戸際に追い込まれた絶体絶命の危機、「重い病」に沈む人たちなのだ。そこから彼らを解放し救うものとは、イワンとスメルジャコフにとっては懼るべき「活ける神の御手」、その愛と赦しに目醒めることの他になく、リーザにとっては今はイワンしかいないことをアリョーシャは知っていたのだ。「僕は兄さんに彼女の手紙を渡さずにはいられなかったのです。僕は反対に、あなたから聞きたかったのです……彼女を救うようなことを」。リーザの手紙をポケットに納め、イワンの許に向かったこの青年の心にあったものは、イワンに引き寄せられるリーザへの胸の痛みばかりではない。その胸の痛みと共に彼の心を占めていたものとは、愛する人々が罪意識と苦悩の内に悪魔に手を引かれ、真実滅び去ってしまうのではないか、その「重い病」と「発狂」の危機から、彼らが如何に救い出されるのかという切迫した危機意識、深い愛と誠実さだったのだ。

もう一つの五分間

リーザとイワン。先のリーザの告白と共に一瞬垣間見えたことに戻ろう。それは磔殺の幼児を前に噴き出したリーザの痛みと涙を前にして浮かび上がったイワンの罪意識の希薄さ、自らの罪性に対する驚くべきほどの鈍感さであった。最後にこのリーザの痛みと涙が、皮肉なことに実際この青年を、スメルジャコフと共に、父親殺しの罪の決定的な自覚へと追いやる力の一つとなった可能性もここで見ておかねばならない。

イワンのリーザ訪問は彼が裁判の場で証言台に立つ七日前、言い換えればスメルジャコフとの最後の対決によって、彼が父親殺しの罪の決定的な自覚に追い込まれる六日前のことである。五分間の告白。この時イワンは突然笑い出し、「これって、実際、素敵ですね」と言うと、立ち上がり、部屋を去ったのであった。「その人は、あなたに対して誠実に振舞ったのです」。アリョーシャが兄の内に認めたのは、罪意識と絡み合った愛という「重い病」に沈むリーザに対するイワンの「誠実さ」であった。

だがここに、もう一つ別の五分間を読み取ることも可能ではないだろうか。「男の子のことと砂糖漬けのこと」について、リーザがぶつけた言葉の衝撃、このわずか五分間の「全て」が、スメルジャコフとの対決によって打ち砕かれつつあったイワンの魂の最後の壁を突き崩すことに繋がった可能性。つまりリーザの罪意識が、イワンの内で逃げ続けてきた父親殺しの罪への覚醒を呼び起こす、少なくとも一つの決定的な契機となった可能性である。リーザ訪問から後の六日間、イワンの心の内で何が起こっていたのか、作者が直接記すことはない。だが先に見たように、「小悪魔」とも「淫売女」とも言い捨て、この少女の手紙を読みもせず直ちに破り捨てたイワンの心の内では、既にリーザの言葉とその存在が大きな位置を占めていた可能性は決して少なくはない。事実スメルジャコフとの最後の対決、そして続く悪魔との対決の後、錯乱状態のイワンから飛び出してきたのは、「俺はリーザを気に入っている」という言葉であった。この言葉こそ、正にこの五分間と響き合う言葉であり、この五分間の「真実」をそのまま表現するものだったのではないだろうか。

スメルジャコフとの対決によってイワンが迫られていった父親殺しの罪の自覚。そこにあったのは、ゾシマ長老の言う「悪業への懲罰」現前の懼るべきドラマであった。この磁場の中で、スメルジャコフとの最後の対決に至る六日間、イワンの心の内には、訪れたリーザの部屋での五分間が生き続け、四歳の男児磔殺に対しリーザが発した「これは私自身が磔にしたのだ」という言葉が響き続けていたとするならば、「悪業への懲罰」現前のドラマは、スメルジャコフとの対決ばかりか、アリョーシャとの対決、更にはそこにリーザとの対決も加わって、一層真実のリアリティを以って我々の胸に響いてくることになろう。この可能性も、決して少なくはないであろう。

「素敵!」と「汚らわしい!」《ガートカ》の向こう

再びリーザとアリョーシャとの対話に戻ろう。パイナップルの砂糖漬けを信じるイワンとその「重い病」について言及したアリョーシャの言葉に、リーザの目は一瞬輝く。だが作者が示すのはイワンへの情熱の虜となったリーザ、ただただ自分の愛の行方にのみこだわり、「その人」の軽蔑をひたすら恐れる「恋する少女」の姿である。イワンの「軽蔑」について、アリョーシャの答えはこうであった。イワンは「誰も信じていないだけ」であること、だがそれは彼がリーザをも含め、全ての人を「軽蔑している」ことになること。アリョーシャはここでも「誠実に振舞った」と言うべきであろう。この青年は「重い病」の内にある人に対し、もう一人の「重い病」の内にある人について語る時にも、決して嘘や誤魔化しを交えない。ここにあるものもまた人間への愛と信、そして誠実さに裏打ちされた彼のリアリズムである。

歯ぎしりをしつつリーザが発するのは、またもあの「素敵」という言葉だ。

「これって、素敵」「あの人が笑いながら出て行った時、私は感じたの。軽蔑されるのも素敵だって。指を切り落とされた男の子も素敵だし、軽蔑されるのも素敵……」(十一3)

アリョーシャに対して、新たに発せられた「素敵」という言葉と、「燃えるような笑い」。リーザは再び絶望と自虐の塊と化したのだ。だがアリョーシャを前に、既に彼女の内に、絶望と自虐に捕えられた自分自身を持ち堪《こた》える力はない。作者は「素敵」という言葉と「燃えるような笑い」が、一瞬の内に「呻き」に転じたと記す。

「ね、アリョーシャ。ね、私できれば……アリョーシャ、私を救って!」(十一3)

「私を救って!」。この言葉と共にリーザは車椅子からさっと立ち上がり、アリョーシャに向かって身を投げ出し、両手でしっかりと彼を抱きしめるや、殆ど「呻きに近い声」を発したと記される。

「私を救って」「今あなたに言ったことを、私世界中の他の誰に話せて？　だって私真実を、真実を、真実を語ったのよ！　私自殺するわ。だって私には全てのことが汚らわしいから！　私生きていたくない。だって私には全てのことが汚らわしいから！　私には全てが汚らわしい、全てが汚らわしいの！　アリョーシャ、あなたはなぜ私を、全然、全然愛してくれないの！」（十一3）

礫殺の幼な子との遭遇から生まれた痛切な罪意識、制御不能なイワンへの愛と情熱、そして愛するアリョーシャを裏切った自分への嫌悪。これらが渦巻く中で、「素敵」に続いて発せられた「汚らわしい！」。そしてリーザが行き着いたのは、「呻きに近い声」で発された「救い」と「愛」と「涙」への「狂わんばかり」の希求の表明であった。何重にも重なる分裂に心を引き裂かれつつ、リーザが「真実」に触れた瞬間である。「アリョーシャ、あなたはなぜ私を、全然、全然愛してくれないの！」。アリョーシャは「簡潔な」しかし「熱のこもった」言葉で応える。

「そんなことはありません、愛しています！」
「じゃあ、私のことを泣いてくれる、くれるの？」
「泣きます」（十一3）。

彼女の「全て」を受け止めるアリョーシャがここにいる。

3　更なる道程

「卑劣だわ！」の先にあるもの

追放された悪霊・悪魔は、次には更に悪質な何倍もの仲間を引き連れて元の棲家《すみか》に戻る。彼女の内からなお噴き出してくるのはイワンに惹かれる心、押さえ難い情熱の迸りである。イワン宛ての手紙をアリョーシャの手に押し込む直前、二人が交わす会話を見ておこう。リーザを「愛し」、リーザのために「泣く」と答えたアリョーシャへの感謝の一方、この少女から発される言葉が何を指すかは、明らかである。

「ありがとう！　私に必要なのはあなたの涙だけ。他の人は皆、私を罰して足で踏みにじっても構わない。みんな、みんな、誰一人として例外なくよ！　だって私、誰も愛してなんかいないのだから。そうよ、だ・れ・もよ！　それどころか、憎んでいるの！」（十一3）

こう語るとリーザは、監獄のドミートリイの許に急ぐようアリョーシャをせかし始める。アリョーシャへの愛の一方、イワンへの愛と情熱の虜となったリーザの言動の一つ一つ、この少女の分裂した心と、彼女が悪魔たちと共に上げる叫びの一つ一つを、ドストエフスキイはもうこれ以上記さない。そして最後にその冷徹なリアリズムの筆が刻むのが冒頭に見た場面、イワン宛ての手紙をアリョーシャの手に押し込むあのリーザの姿である。「救い」と「愛」と「涙」を求め、アリョーシャの胸に飛び込んだリーザの手には、イワン宛ての手紙が隠されていたのである。アリョーシャが去った後、一人残ったリーザがドアで指をつぶし、そして発するのがあの呟きである。

礫殺の幼な子を前にリーザは叫んだ。「これは私自身が磔にしたのだ」。そして今アリョーシャを新たな十字架に追いやって呟く。「卑劣だわ、卑劣だわ、卑劣だわ、卑劣だわ!」。この呟きの先にこれから彼女が辿る試練の道が、たとえ如何に更なる深い闇に向かうものであろうとも、あるいは輝かしい「真実の光」に向かうものであろうとも、そのいずれの道筋も既に作者は十分に示しているように思われる。その道の出発点となり、その道の向かう方向を示し、かつその道を支えるのは彼女自身が至った「卑劣さ」の認識と、幼児礫殺に対して彼女が示した罪認識の痛切さと、その内に燃える人間的愛の情熱の分裂の深さそのものであり、また人間が内に隠す毒蛇性についての認識の鋭利さ、そして生来与えられた「晴々しさ」と「悪戯っぽさ」と「おどけた調子」であろう。これら全てを含んでリーザはあるのだ。また何よりも彼女の進む道を照らし出すのは、ゾシマ長老に導かれアリョーシャとイワンが、そしてスメルジャコフとドミートリイ、更にはグルーシェニカやカチェリーナが辿った、そして今も辿りつつある「神と不死」探求の闇と光のドラマであろう。それらのドラマは「肯定と否定」の分裂・矛盾を激しく含みつつも互いに響き合い、またそれぞれが進む道を互いに照らし合うことも既に明らかとなっている。そしてこれらのドラマ全てを貫き支えるのはゾシマ長老が、そしてフョードルが、「砕かれし魂」たちに身を以って示したあの「一粒の麦」の死の逆説に他ならない。

（了）

補遺

『シリアの聖イサクの苦行説教集』より

以下の1から8は、アメリカ、ボストンの聖変貌修道院により翻訳・出版された『シリアの聖イサクの苦行説教集』［改定二版］からの抄・重訳である［参考文献・註E1を参照］。聖イサクのシリア語原文が難解と言われるだけあり、この英訳も形容詞節や副詞節が次々と用いられる複文の構成や、指示語や省略の多用、重なる否定表現、そして聖書の自由引用等の壁を前に、できるだけ原文を正確に移し換えようとした大変な苦心の跡が窺われる。当分はこれを超える欧米語訳は出ないであろう。和訳に当たっても、この英文に忠実であることを心掛け、敢えて堅くぎこちない直訳調の日本文とした。時に意訳を試みざるを得なかった所や、［ ］内に付加的説明を加えた所もある。（ ）内は聖イサク自身の付加である。聖イサクの思想を全体の百分の一程度に切り取る作業は容易でなく、恣意的な選択だとの批判は覚悟している。まずはこの抄訳が、聖イサクの宗教思想理解の一助となり、また本書の扱ったゾシマ長老やイワンやスメルジャコフ、そしてアリョーシャたちの思想と行動を理解する上での参考となれば幸いである。

1　星と祈りと航海（説教48より）

船乗りが大海を航行する時、彼は星たちを注意して見つめ、その星たちとの位置関係で船を導き、港へと至り着く。しかし修道士が注視するのは祈りである。なぜならば祈りは彼のいる位置を正しく見定めてくれ、彼の修練がつながる港に向かって彼を導いてくれるからだ。修道士は常に祈りを注視する。それは祈りが船の錨を下ろし、食料を載せることのできる島を彼に示すようにするためである。それから彼はもう一度、別の島に向かって航路を定める。修道士の人生における航海とはこのようなものであり、彼は一つの島から別の島へと、つまり知識から知識へと航行を続けるのである。そして島々を、つまり様々な知識の在り方を次々と変えることによって前に進み、遂には海から上がり、彼の旅はかの真の都へと到達するのだ。その都の住人は最早商売に従事することなく、めいめいが自分自身の豊かさの上に憩っている。幸いなるかな、この空しい世界にあり、この大海の上で自らの進むべき道を見失わなかった人は！　幸いなるかな、その船が解体してしまわず、喜びと共に港に辿り着いた人は！

2　祈りを超えて（説教23より）

祈りがもたらす甘美さと、祈りがもたらす聖なる洞察とは別のものである。後者の方が前者よりも栄誉あるものであることは、成熟した人間の方が未熟な子供よりも完全であるのと同じである。様々な聖唱句は人間の口で唱えられると、時に甘美なものとなるものだが、祈りの間に一つの聖唱句が繰り返し朗誦されると、人は次に進むことが叶わなくなる。というのも人はその一つの聖唱句［を繰り返し唱え、それ］に飽き足りるということがないからだ。

ところが時にあることだが、祈りからある種の聖なる洞察が生まれ出ると、人の唇で唱えられている祈りは断ち切られ、人はこの洞察によって畏怖の念に打たれる。いわば息の止まった死体のようになるのである。これ（とその同類のもの）

を私たちは、祈りがもたらす聖なる洞察と呼んでいる。それは、愚か者たちが断言するように、何らかのイメージや形ではなく、また想像力が生み出す表象でもない。更に言うと、祈りがもたらす聖なる洞察の内には、神の賜物が様々な段階と違いにおいて存在する。

この段階［を辿る間］は、祈りはなお依然祈りのままである。と言うのも、精神はまだ祈りのない段階、つまり祈りを超えた状態にまで至ってはいないからだ。祈っている時の舌と心臓の運動が［祈りの段階を示す］鍵となる。それらの運動の後に来る段階とは宝物庫への入場である。ここに至ったならば、全ての口と全ての舌を沈黙させよう。（様々な思想の出納係である）心《ハート》を、そして（様々な感覚の支配者である）精神《マインド》を、そして（素早い動きの翼を持ち、この上なく慎みのない鳥である）理性《リーズン》を、そしてそれらの計らい全てを静止させよう。ここでは、探し求める全ての人たちに仕事の手を休ませよう。その家の主がやって来られたからである。

3　神の愛の炎、聖なる洞察、「セオリア」（説教49より）

人が十分な修練において進歩を遂げ、悔い改めの段階にまで昇り了せる時、また人がその義しき業から生じる聖なる洞察の体験に近づく時、そしてまたその人が精神的知識の甘美さを味わうことができるようにと、高き天からの賜物が彼の上に降り来たる時、第一の活動に続いて第二の活動が生じるであろう。

まずその人は、全ての人に対する神の加護《プロヴィデンス》を確信するようになり、被造物に向けられた神の愛によって照らし出される。そして彼は理性的存在に対する神の支配と、それらに対する神の大いなる配慮への驚きに満たされる。これが神の甘美さと神の愛の炎［を意識すること］の始まりであり、この炎は心の中に灯され、精神と肉体が持つ［地上的・人間的］情熱を燃やし尽くす。全被造物において、［個別的に］出会うあらゆる物において、人が理解力を以ってそれらの物を熟考し、それらを探索し、それらを精神的に認識する時、この神の愛の炎の力が意識されるようになるであろう。

それゆえ、このような熱心で聖なる勤勉さによって、また十全な意識によって、人は聖なる愛へと駆り立てられ始め、またその聖なる愛によって、ワインによってと同じように直ちに陶酔させられる。つまり彼の手足からは力が抜け、彼の精神《マインド》は畏怖に震える驚きの念で身動きがとれなくなり、その心《ハート》は捕われ人のように神の後に従う。繰り返すが、その人はワインに酔った人のようになるのだ。内なる感覚が強まれば強まるほど、この聖なる洞察は一層強度を加える。そして人が義しき生を送ろう、用心深くあろう、また聖書の朗読と祈りに精を出そうと努めれば努めるほど、その聖なる洞察の力はその人の内で確立され堅固なものとされるのだ。おお友よ、真実の話、人がこのような状態に至る時とは、自分が肉体を身に纏っていることなど忘れてしまい、また自分がこの世に存在していることなど自覚しない時である。

第二の活動とは、人間において精神的な「セオリア」が始まることであり、認識の分野においてあらゆる啓示が開始されることである。この第二の活動によって認識力は増大し、隠された物において強力に働くようになる。またこの活動によって認識は、人間本性を超えたその他の様々な啓示にまで及んで行く。一言で言うと、第二の活動の手に導かれ、聖者たちがこの世で受け取る聖なる「セオリア」の全てと、聖霊についての啓示の全てが、そして人間本性がこの生において知ることのできる賜物や啓示のおよそ一切が、人間に手渡されるのだ。我々が我々の創造者について認識する根となるのがこれである。幸いなるかな、ひとたび善き種がその心の中に落ちるや、それを立派に保持し、それを増やし、かつ無益な関心事や束の間の移ろいゆくことの中で、それを播き散らし失ってしまわなかった者は！　我らが神に、世々にわたり栄光を。アーメン。

4　神の愛、罪人の復活（説教51より）

神を、神のものとされてきた厳しさの評判ゆえでなく、その愛ゆえに畏れなさい。ただ単に神が将来あなたに与えて下さるもののためばかりでなく、私たちが今まで与えられてきたもののためにも、神を愛すべきであるがゆえに、神を愛しなさい。実際誰が、神が私たちのために創造して下さったこの世界に対してだけでも、神に報いることができようか？我々の業の内のどこに、神への報いを見出すことができようか？　そもそもの始め、誰が神に我々を生み出してくれるよう説得したというのであろうか？　我々が［やがて死んで］、あたかも我々など存在していなかったかのように、我々についての思い出もなくなる時、誰が神の前に立って、我々のためにとりなしをしてくれようか？　誰がこの我々の肉体を、あの［世の］生命のために目覚めさせてくれるであろうか？　更にまた、［神なくしては］知識という観念さえ［塵のように］無に帰してしまうであろうが、それはどの時点からであろうか？　おお、神の不思議な恵みよ！

我らの神であり創造主の驚くべき善性よ！　一切が可能である力よ！　罪人たちを再び生に呼び戻しさえする、我々の本性に対する計り知れぬ優しさよ！　誰が神に栄光を帰すに十分な力を持とうか？　神は罪人や神聖冒瀆者を起こし、理性を与えられていない塵［のような人間］を新たに作り変え、それを知的で理性ある者とされる。そして神は、散乱した分別のない塵［のような人間精神の働き］と散乱した感覚とを、思考可能な理性的なものとされるのだ。尤もこの罪人は復活に当たっても、神の恩寵を自分自身のものとして受け容れ切ることはできないであろうが。どこに我々を苦しめ得るゲヘナ（地獄）はあるのか？　どこに我々を様々な仕方で恐れさせ、神を愛する喜びを抑えつけてしまうような苦悩はあるのか？　また神が我々をショール（黄泉の国）から上げられ、我々の堕落した本性に腐敗しない衣装をお纏わせになり、ショールの中に落ち込んでいた一切を栄光の内に引き上げられる時、この神の復活の恩寵と較べて、ゲヘナ（地獄）とは何であるのか？

来たれ、分別ある人間たちよ。そして驚きで満たされよ！　誰の精神《マインド》が、我々の創造者の心寛き恵みに対して、然るべき驚きの声を上げるほど十分に賢いであろうか？　神の罪人たちに対する報いとは、［律法的な］義の報いによってではなく、罪人たちに復活を以って報いて下さるということ、また罪人たちが神の律法を踏みにじった肉体に対する［律法的因果応報の］報いによってではなく、それらの肉体を完全さという栄光で包んで下さるということである。我々が罪を犯してしまった後に、我々を復活させて下さる神の恩寵は、我々が存在しなかった時、我々を生み出して下さった神の恩寵よりも偉大である。

おお主よ、あなたの計り知れぬ恩寵に栄光を！　ご覧下さい、主よ、あなたから波のように押し寄せる恩寵が、私を沈黙させてしまいました。そして私の内には、あなたに対して感謝を捧げるために、一片の思考の余地も残されておりません。おお善き王、我らの生命を愛し給う君よ、如何なる口があなたへの讃美を表現できましょうか？　あなたが私たちの成長と喜びのために創造された［地上と天上］二つの世界、あなたがあなたの栄光についての知に合わせて形造られた一切万物によって私たちをお導きになる二つの世界のゆえに、今から後の世々に至るまで、あなたに栄光を！

5　神の賜物としての試練（説教42より）

神は、大きな試練なしに大きな賜物を与え給わない。被造物の理解が及ばぬ神の知恵においては、賜物は試みに比例して与えられるべきものと定められているのである。それ故、神意《プロヴィデンス》によってあなたに降りかかる辛い苦難から、あなたの魂《ソウル》が主から受け取った賜物の程度が測り知られるであろう。苦難に比例して、慰めが与えられるのだ。

問い。では［神からの］試練が先に来て、その後に［神からの］賜物が来るのでしょうか？　あるいはその逆の順序なのでしょうか？

答え。魂がまず密かに二つのもの、つまり自分が以前に与えられていた限界よりも大きな［試練に対する］許容量と、恩寵たる聖霊との両方を与えられていない限りは、試練が訪れることはない。主キリストの試みと使徒たちの試練とが、このことの真実を証している。と言うのも主も使徒たちも、［神からの聖霊という］慰め手を与えられない限りは試みの内に入ることを許されなかったのである。善に関わる人たちは、彼らの苦難は善なるものと混ざり合っているがゆえに、当然のことながらその試みをも耐え忍ぶべきである。と言うのも、賢き神がそうなさる［苦難と善とを混ぜ合わせる］ことは意に適ったことなのである。それゆえそういう事が、つまり試みの前に一つの賜物が与えられるという事が起こるとしても、この上なく確実なことだが、人は賜物に気づくよりも先に試みの方を意識するであろう。それは人の自由が試されるためなのである。恩寵というものは、人が試みを体験する前には決して人に意識されることはないのだ。かくして、実際には最初に恩寵があるのだが、感覚の意識するところでは、恩寵が［意識されるのは試みよりも］遅くなるのである。

これらの試練の時に我々は、自らの内に互いに全く相容れることのない二つの矛盾物［混交物］を持つはずである。喜びと恐怖である。喜びを持つ理由は、我々が聖者たちによって、否むしろ自らの生命を万物に与えられるキリストによって歩まれる道の内にいるからである。このことは、我々が自分の出会う試みを注意深く見分ける場合に明らかとなる。恐怖を持つ理由は、我々が自らの傲慢さのために、これらの事を通して試みられつつあるからだ。しかし謙虚な心を持つ人たちは恩寵によって賢くされ、これら全ての事を見抜くことができるようになり、どの種の試練が傲慢さによってもたらされるのか、またどの種の試練が聖なる愛によって課された打撃であるのかを見分けることができるようになる。人が善を求めてたゆまぬ実践と戦いと前進をすることから生じる試練と、その心《ハート》が持つ傲慢さのために罰として課されることとなる試練とは、互いに相異なったものなのである。

6　神が課す試練、十字架（説教59より）

肉体が必要とするような物［物質的なもの］のことで、しばしば神は義人たちを試みに遭わせると言わざるを得ない。しかも神は、義人たちに敵対して、多くの悪があらゆる側から喚起されることを許し、ヨブの場合のように、神は彼らの肉体において彼らを打ち倒し、貧困に追いやり、人間から切り離させ、彼らの所有する全てにおいて彼らを打ちのめすのだ。危害の対象外となるのは、彼らの魂《ソウル》だけである。

我々が義の道を順調に歩んでいる場合にも、我々が憂鬱な事に出会わないことは不可能であり、また肉体が病と痛みで苦しまないということも不可能であり、また実際我々の愛が義の内に生きようとする限りは、［順調な歩みをも］変えられずにいることは不可能なのである。だが自分自身の意志で自分の命を抹殺したり破壊することに心を向けたり、何かその他の有害なことに心を向ける人は非難されるべきである。ところで人が義の道を歩んでいて、つまり神に向かい進んでいて、しかも多くの同類の仲間を持っている場合には、たとえその道の途上でこの種の苦難と出会ったとしても、自分の進む道から向きを転じてはならない。むしろその人は、その苦難が何であれ、喜びを以って、あれこれ吟味せずに受け入れるべきであり、かつ神が自分に与え給うたこの贈り物のことで神に感謝すべきである。つまりその人は、神のため試みに陥るに値すると見做されたのであり、預言者たちや使徒たちやその他の聖者たちが体験した苦難に預かる者となるに値すると見做されたのである。これら聖者たちは神の道のために様々な苦難を、それらが人からのものであれ、悪魔からのものであれ、あるいは肉体からのものであれ、耐え忍んだのだ。神の命なくして苦難が生じることは許され得ず、それらが起こるのは、人が義を生み出す源となるためなのである。

　神は真理のために人を試みに遭わせるという仕方以外では、神と共にあることを切望する人間に恩恵を施すということはあり得ない。更に言うと、キリストからの［十字架の苦難という］賜物なくして、人は自分自身この［真理のための試みという］偉大な業に値する者となり得ない。つまりこれら聖なる事のゆえに、人は試みに陥らされ、かつ喜ばされもするのである。聖パウロもこのことについて確証している。つまり彼は、これ［真理のための試み、十字架の苦難］はあまりにも偉大な事であり、人が信仰を通じ、神における希望のために、喜んで甘受させられるべき賜物であると明言するのである。彼は言う。「汝等《なんじら》はキリストのために啻《ただ》に彼《かれ》を信《しん》じる事《こと》のみならず、また彼《かれ》のために苦《くる》しむことをも賜《たまは》りたればなり」（ピリピ書一29）。また聖ペテロもその書簡で記している。「たとひ義《ぎ》のために苦《くる》しめらるる事《こと》ありとも、汝《なんぢ》ら幸福《さいはひ》なり。反《かへ》つてキリストの苦難《くるしみ》に與《あづか》れば、與《あづか》るほど喜《よろこ》べ」（第Ⅰペテロ書三14、四13）。それゆえ、あなたが苦難と出会っていない時にも喜んではならない。そして苦難があなたに襲いかかる時にも、それらを神の道には無縁のものだと見做して不機嫌になってはならない。と言うのも神の道が踏みしめられてきたのは、世々代々にわたり、十字架によってであり、死によってなのである。それをあなたの場合、［神の］道の途上にある苦難が自分の道とは無縁に見えるなどということが、どうして起こるのか？　あなたは聖者たちの踏みしめた道を辿ることを願っていないのか？　あるいはあなたは、何か自分自身の道を工夫しよう、そしてその道を苦難なく旅しようなどという計画でも持っているのか？

神の道とは日々の十字架である。誰一人として安易な道を通って天国へと昇った者などいない。我々は安易な道がどこに通じるか、またその道が如何に終わるかを知っている。神は、全心《ハート》で自らを神に捧げる人が、不安（つまり真理に関しての不安）を持たずにいることなど決して願っておられない。だがこのことから人は知るのである。つまり自分は神の摂理《プロヴィデンス》の下にいること、神は絶えず自分に深い悲しみを送られるということを。

7　愛の懲罰、ゲヘナ（地獄）の苦しみと赦し（説教28より）

私はまたこうも主張しよう。ゲヘナ（地獄）で罰せられる者たちは、愛の鞭で鞭打たれるのだと。愛の罰ほど苦く痛烈なものがあろうか？　つまり、自分が愛に対して罪を犯したと自覚するに至った者たちは、罰に対する如何なる恐れよりも、この自覚からの方が大きな苦痛を味わわされるのだ。愛に対する罪によって心《ハート》の内に引き起こされた悲しみは、およそありとあらゆる苦しみよりも痛切なものである。ゲヘナにいる罪人たちは、神の愛を奪われているのだと考えることが大切である。愛とは真理を知ることから生まれ出るものであるが、この真理とは、誰もが認めるように、全ての人に与えられているものなのだ。愛の力の働き方は二つある。まず愛の力は愚かなことをした者たちを苦しめる。このことはこの世では、友人が友人を苦しめるというような場合にさえ起こることだ。他方愛の力は、愛の義務を守り通した人たちにとっては喜びの源となる。かくして私は言おう。痛切な悔い改め、これこそがゲヘナの苦しみであると。だが愛はその素晴らしさで、天の子供たちの魂《ソウル》を酔わせるのだ。

ある人が問われた。「人が、自分の罪への赦しが与えられたと知るのはいつでしょうか？」。その人は答えた。「その人が、その魂《ソウル》の中で、全心《ハート》で完全に、自分は罪を憎んでいると意識する時であり、またその人が以前の自分の生活の仕方とは逆の仕方で、自分の外的行動を自己制御する時である」。このような人は、既に自分の罪を完全に憎んでいるので、自分が獲得した良心という立派な証人の立会いの下に、自分が罪の赦しを与えられたことを意識するのである。「おのが良心《りょうしん》もこれが証《あかし》をなして」（ロマ書二15）という使徒パウロの言葉に倣って表現すれば、「咎められることなき良心は、良心そのものの証人である」。そしてまた我々が罪の赦しを与えられるのは、自らが万物の始原であられる父と、父が儲けられた一人息子と、そして聖霊、これら三者の人間に対する恩寵と愛によってである。これら父と子と聖霊に、世々にわたり栄光のあらんことを。アーメン。

8　神の愛、航海の終わり（説教46より）

我々が愛を見出す時、天上のパンに預かり、労働も苦役も無い強固な者とされる。天上のパンとはキリストのことである。キリストは天上から来たり、地上に命をもたらされた。これが天使たちの糧とするものである。

愛を見出した者は、日々刻々キリストを食べ、飲むのである。そしてこのことによって不死なる者とされるのだ。「我《われ》の與《あた》へし此《こ》のパンを食《くら》ふものは」とキリストは言われる。「永遠《えいえん》に亘《わた》りて死《し》を見《み》ることなからん」（ヨハネ福音書六58）。幸いなるかな、イエスという愛のパンを食べる者は！　愛を食べる者はキリストを、万物を支配する神を食べるのである。このことは「神は愛なり」（Iヨハネ書四8）と言って、ヨハネも証するところである。

それゆえ、愛の内に生きる者は神から命を刈り取るのである。そしてまだこの世にある内に、今でさえ、彼は復活の息吹を吸うのだ。この空気の内にあって、義なる者たちは命の甦りを喜ぶであろう。愛とは王国であり、主［キリスト］は密かにその愛を、弟子たちが彼の王国において食べるよう促したのである。と言うのも我々は、キリストが「汝《なんぢ》らの我《わ》が国《くに》にて我《わ》が食卓《しょくたく》に飲食《のみくひ》し」（ルカ伝二十二30）と語るのを聞く時、愛でなければ何を食べると考えるべきであろうか？

これが「人《ひと》のこゝろを歡《よろこ》ばしむる葡萄酒《ぶだうしゅ》」（詩篇百四15）である。幸いなるかな、この葡萄酒から飲む者は！　放蕩者たちはこの葡萄酒を飲んで恥じ入り、罪人たちはこれを飲んで躓きの道を忘れ、大酒飲みたちはこの葡萄酒を飲んで禁酒家となり、金持ちたちはこれを飲んで貧困を強く望み、病人たちはこれを飲んで健康となり、無学な者たちはこれを飲んで賢くなったのである。

大海を船なくして横断することが不可能なように、誰も畏れなくして愛に至ることは叶わない。我々と［究極の］認識《ノエティック》の［与えられる］天国《パラダイス》との間に横たわる悪臭漂う大海を我々が横断できるのは、悔い改めという小舟に乗ってである。そしてこの小舟の漕ぎ手が畏れである。しかしこの畏れという漕ぎ手が、それに乗って我々がこの世という大海を横断して神へと至る悔い改めという小帆船の水先案内をしてくれない場合には、我々はこの悪臭漂う大海で溺れてしまうであろう。悔い改めが船であり、畏れが水先案内人であり、そして愛が［我々の行き着くべき］聖なる港である。

かくして畏れが我々を悔い改めという小舟に乗せ、この生（つまりこの世）という汚れた大海を越えて運び、遂には我々を聖なる港へと導いてくれる。そしてこの聖なる港が愛なのだ。こちらへ進み出でよ、悔い改めの内に苦しみ、打ちのめされ、重荷を負わされた全ての者よ。我々が愛に到達する時、我々は神に到達する。我々の航海は終わり、我々はこの世の彼方に横たわる島へと渡りおおせたのだ。そこにおられるのは父と、その御子と、聖霊とである。これら父と子と聖霊に栄光と支配を。そして父が我らを、父に対する畏れを通して、その栄光と愛とに値する者とされ給わんことを。アーメン。

参考文献・註

以下に、本書の執筆に当たり参考とした主な著作をA～Fの六つのジャンルに分けて挙げ、それらの主なものについて簡単な説明・註を加えておく。また最後には、本書の土台となった筆者自身の著書・論考も付しておく。「はじめに」に記したように、本書はカラマーゾフの世界を貫く「神と不死」探求の問題を、聖書テキストを一方に置き、リーザの嵐を導入として、「ロシアの小僧っ子」たち一人ひとりの具体的な生活史に即して浮かび上がらせることを目指したものであり、その唯一の方法論としてテキストのできる限り正確な読みを自らに課したものの、「アカデミズム」の世界に向けた学術書たることを目指したものではない。それゆえ直接の引用や言及を除いては、本文の各所にいちいち参考文献や註を付す形をとってはいない。しかし以下に付した説明・註から、これらの著作に関心を持たれた方が、ここから更なる考察に向かわれる手掛かりとしていただければ幸いである。なお参考とした洋書を挙げる場合は、（　）内にその著者と作品名を日本語で付し、翻訳のある場合は、著者と作品名、翻訳者と出版社名、発行年を記し、また翻訳書を利用した場合には、その紹介の後で（　）内に原著名と著者名と発行年を付し、必要な場合は筆者自身の原著名の直訳も付した。［　］内の数字は、やや古い著作の初出年である。

A 『カラマーゾフの兄弟』のテキスト

1 ロシア語ドストエフスキイ全集
・Академия 版三十巻本全集、一九七二―一九九〇、第十四・十五巻
・Воскресенье 版十八巻本全集、二〇〇三―二〇〇五、第十三・十四巻

2 日本語訳ドストエフスキイ全集
・筑摩書房版、一九六二―一九九一、第十・十一巻／河出書房版、一九六九―一九七一、第十二・十三巻／新潮社版、一九七八―一九八〇、第十五・十六巻

3 日本語訳『カラマーゾフの兄弟』
［訳文の検討に用いた版。特に надрыв の訳語を検討した第四篇所載版の発行年］
・原久一郎訳［新潮文庫、一九六二］・小沼文彦訳［筑摩版全集、一九六三］・中山省三郎訳［角川文庫、一九六八］・米川正夫訳［河出書房版全集、一九六九］・北垣信行訳［講談社文庫、一九七二］・原卓也訳［新潮文庫、一九七八］・池田健太郎訳［中公文庫、一九七八］・江川卓訳［集英社世界文学全集、一九七九］・亀山郁夫訳［光文社文庫、二〇〇七］

4 英語訳『カラマーゾフの兄弟』*The Brothers Karamazov*
・C. Garnet (訳), Great Books of the Western World-52, Encyclopaedia Britannica, 1952
・D. Magarshack (訳), Penguin Classics, Penguin Books, 1958

5 仏語訳『カラマーゾフの兄弟』*Les Frères Karamazov*
・H. Mongault (訳), *Bibliothèque de la Pléiade*, Gallimard, 1952

6 『「カラマーゾフ兄弟」の翻訳をめぐって』大島一矩、光陽出版社、二〇〇七

本書における引用部分は全て、1のアカデミア版三十巻本全集から筆者が直接訳出した。その際、2と3の各種翻訳を参考にさせていただいた。本書前篇第VI章でキー・ワードとなる надрыв を「激情の奔出」と訳す際には、殊に3に挙げた九種類の訳語を参照させていただいた。6は『カラマーゾフ兄弟』［タイトルは大島氏の訳］に登場する百ほどの重要なロシア語あるいは表現に

ついて、十種類の翻訳を比較検討した上で自らの訳を提示し、欧米語の翻訳も付したもの［これによれば3の九種の翻訳に加え、一九七〇－七一に旺文社から箕浦達二訳が刊行されたが、未完成という。なお『カラマーゾフの兄弟』の翻訳は、これら以外に大正時代に森田草平訳、米川正夫訳、広津和郎訳、北川劉吉訳の四つがある］。『カラマーゾフの兄弟』に組み込まれた数多い聖書引用の扱いについては、1のアカデミア版に付された詳細な註と較べ、唯一江川訳を除くと、全般的に日本の翻訳は極めて貧弱と言わざるを得ない。しかもキリスト教の最も基本とされる知識を欠く致命的な誤訳を含むものさえ広く出回り、課題は多い。

B　『カラマーゾフの兄弟』研究書・論文（海外）

《ロシア語》

1　Виктор Ляху, *Люциферов Бунт Ивана Карамазова. Судьба героя в зеркале библейских аллюзий*, Серия «Богословские исследования», Библейско богословский институт св. апостола Андрея, Москва, 2011（В・リャヒ『イワン・カラマーゾフのルシフェール的反抗——聖書的磁場で見られた主人公の運命』）

2　В.Е. Ветловская, *Роман Ф.М. Достоевского «Братья Карамазовы»*, Издательство «Пушкинский Дом», СПб, 2007（В・Е・ヴェトローフスカヤ『Ф・М・ドストエフスキイの小説「カラマーゾフの兄弟」』）

3　[Под редакцией] Т.А. Касаткиной, *Роман Ф.М. Достоевского «Братья Карамазовы»: Современное состояние изучения*, Москва Наука, 2007（Т・А・カサートキナ編『Ф・М・ドストエフスキイの小説「カラマーゾフの兄弟」——現代の研究動向』）

4　*Достоевский и Мировая Культура*, Альманах, Общество Достоевского, Москва,（『ドストエフスキイと世界文学』文芸評論集シリーズ）

・И.Л. Альми, *Об Одной из Глав Романа «Братья Карамазовы» (Черт. Кошмар Ивана Федоровича)*, *Альманах 7*, 1996（И・Л・アリミ「小説『カラマーゾフの兄弟』のある一章について（悪魔、イワン・フョードロヴィチの悪夢）」）

・К. Смольняков, *Скотопригоньевск и Град Святой Иерусалим*, *Альманах 30*, 2013（К・スモリニャコフ「スコトプリゴニエフス

ク（家畜追込町）と聖都エルサレム」）

5 *Достоевский, Материалы и Исследования*, Российская Академия Наук, СПб（『ドストエフスキイ、資料と研究』シリーズ）

・Б.Н. Тихомиров, *О «Христологии» Достоевского*, Т. 11, 1994（Б・Н・チホミーロフ「ドストエフスキイの《キリスト論》について」）

・С. Сальвестрони, *Библейкие и святоотеческие источники романа «Братья Карамазовы»*, Т. 15, 2000（C（S）・サルベストローニ「小説『カラマーゾフの兄弟』の聖書的教父的典拠」）

6 М.М. Бахтин, *Проблемы Поэтика Достоевского*, Художественная Литература, Москва, 1972 [1929]（M・M・バフチン『ドストエフスキイの詩学の諸問題』／『ドストエフスキイ論――創作方法の諸問題』新谷敬三郎訳、冬樹社、一九六八／『ドストエフスキーの詩学』望月哲男・鈴木淳一訳、ちくま学芸文庫、一九九五）

7 ウオルィンスキイ『カラマーゾフの王国――ドストエフスキイ「カラマーゾフの兄弟」研究』川崎浹、みすず書房、一九七四（А.Л. Волынский, *Достоевский. Царство Карамазовых*『ドストエフスキイ――カラマーゾフの王国』[一九〇九]）

1から5は、近年のドストエフスキイ論の中で本書が主に参考としたもの。中でも1は、イワンを何よりもまず「神と不死」の探求者とみなし、更に彼を神の上に立とうとして「天から隕ちた天使」ルシファーとして捉える点で、本書のイワン像と響き合うものが多い。新旧訳聖書への広範な知識を土台として、キリスト教思想家としてのドストエフスキイという十九世紀以来のロシア・ドストエフスキイ論の系譜を、最近の研究動向も含めて鮮やかに浮き彫りにしている。しかし作品中の聖書テキストそのものの厳密な検討、特にモスクワ時代のイワンの新約聖書との取り組みを看過する点で不満が残る。6はドストエフスキイの創作手法の特質を鮮やかに剔出した古典的名著。特にドストエフスキイ世界をポリフォニー的交響の空間として捉える視点は、本書も常に念頭に置いたものである。7はドストエフスキイの創作の本質を「神への愛と反抗」の両極性から見る点で、1に至る系譜の出発点に位置する代表的著作の一つ。その芸術的感性・宗教的思索は鋭利だ。しかしイワンやリーザについての考察は、具体的な生活史を捨象した観念的なものになりがちである。

《欧米語》

8 J. Frank, *Dostoevsky. The Mantle of the Prophet, 1875–1881*, Princeton University Press, 2002（J・フランク『ドストエフスキイ――預言者の権威《マントル》、一八七五–一八八一』）

9 G. Kjetsaa, *Dostoevsky and his New Testament*, Humanities Press, 1984（G・キエッサ『ドストエフスキイと彼の新約聖書』）

10 Roger L. Cox, *Between Earth and Heaven. Shakespeare, Dostoevsky, and the Meaning of Christian Tragedy*, Holt, Rinehart and Winston, 1969（ロジャー・L・コックス『地と天の間――シェイクスピア、ドストエフスキイ、そしてキリスト教的悲劇の意味』）

11 S. Cassedy, *Dostoevsky's Religion*, Stanford U.P., 2005（S・カシディ『ドストエフスキイの宗教』）

12 M. Jones, *Dostoevsky and the Dynamics of Religious Experience*, Anthem Press, 2005（M・ジョーンズ『ドストエフスキイと宗教体験の力学』）

13 Wil van den Bercken, *Christian Fiction and Religious Realism in the Novels of Dostoevsky*, Anthem Press, 2011（ヴィル・v・d・ベルケン『ドストエフスキイの小説におけるキリスト教的虚構と宗教的リアリズム』）

14 Simonetta Salvestroni, *Dostoïevski et La Bible*, Traduit d'italien par Pierre Laroche, Lethielleux, 2004, [2000]（S・サルベストローニ『ドストエフスキイと聖書』[伊語からの仏訳]）

15 Richard Peace, *Dostoyevsky. An Examination of the Major Novels*, Cambridge U.P., 1971（R・ピース『ドストエフスキイ――主要小説の研究』）

8はドストエフスキイ生涯の創作の流れを全五巻にわたって追い、その最終巻で『カラマーゾフの兄弟』をバランスよく捉えた評論。9は小著だが、ドストエフスキイ文学における聖書テキストの重要性を強く訴える好著。10から14までも、様々な角度からドストエフスキイ文学の宗教性に焦点を絞った研究書で、それぞれに教えられることが多い。特に14の著者［イタリア人女性。5の二番目の著者と同一人］は聖書テキストへの通暁に加え、シリアの聖イサクや新神学者シメオンを始めとする古代オリエント教会の教父たちの著作をも読みこなした上で、ゾシマ長老やアリョーシャ、更にはイワンやドミートリイの宗教思想を論じる点、1と共に今後のドストエフスキイ研究が向かうべき方向を指し示すものと言えよう。但し主人公たちの神探求のドラマを少々神学的・図式的考察の方向に引きつけがちであり、これはアリョーシャやゾシマ長老やドミートリイの宗教性についての深い理解には通じるものの、リーザやグルーシェニカ、イワンやスメルジャコフ、そしてフョードルたちが示すユニークな宗教性とその問題点の解明には十分に機能しないように思われる。ドストエフスキイの神理解への、1や5のロシア正教的アプローチと共に、カトリック的アプローチの長短と言うべきか。これらから改めて示されるのは、ドストエフスキイと聖書テキストそのものの、なお一層厳密な読みと対比という基礎作業の必要である。15の著者は「カラマーゾフ」（Карамазов）の語幹「カラ」（кара）が「懲罰」の意味を持つことに着目し、この作品のタイトルの持つ象徴性を、主人公たちの罪と罰のドラマの内に読み取ろうとする。本書でもゾシマ長老がイワンに向かって説く「悪業への懲罰」「真の懲罰」の「カラ」（кара）が、「懲罰」の意味を持つとする点で同じ立場に立つが、15においては、主人公たちの罪意識に関する具体的な考察・展開は十分になされていないように思われる。

C 『カラマーゾフの兄弟』研究書・論文（日本）

1 小林秀雄『カラマアゾフの兄弟』（改訂）小林秀雄全集・6、新潮社、一九七八［一九四一―二］

2 佐藤泰正『小林秀雄とドストエフスキイ――そのキリスト論を中心として』佐藤泰正著作集・3、翰林書房、二〇〇〇［一九六六］

3 本間三郎『「カラマーゾフの兄弟」について』審美社、一九七一

4 荻野恒一『ドストエフスキー――芸術と病理』金剛出版、一九七一

5 江川卓『謎解き「カラマーゾフの兄弟」』新潮選書、新潮社、一九九一

6 木下豊房『近代日本文学とドストエフスキー――夢と自意識のドラマ』成文社、一九九三

7 清水孝純『「カラマーゾフの兄弟」を読む』全三巻（1『交響する群像』一九九八、2『闇の王国・光の王国』一九九九、3『新たなる出発』二〇〇一）、九州大学出版会

8 山城むつみ『ドストエフスキー』講談社、二〇一〇

9 高野史緒『カラマーゾフの妹』講談社、二〇一二

これらの『カラマーゾフの兄弟』論には、テキストとのしっかりした取り組みの上に、著者の思いがそれぞれに深く込められて

いる。7は作品全篇と正面から取り組み広く西欧的知の視野の中に、3と4はキリスト教的視野の中に、それぞれ『カラマーゾフの兄弟』を捉えようとする労作である。但し3は、イワンやゾシマの理解の深さに比べて、リーザの理解は不十分に思われる。4が向ける大審問官へのキリストの接吻を見つめる視線は鋭い。2はキリスト教とドストエフスキイの深い理解の上に、長年にわたり日本文学研究の一線で活躍してきた著者の小林論の一つ。1の小林が如何に深くキリストを捉えていたかを鮮やかに浮き彫りにする注目すべき論考である。5はロシア語とロシア文学への広い知識に裏付けられ、様々な点で刺激的なカラマーゾフ論。聖書引用への気配りも大いに評価されるが、著者自身のイエス理解・神理解への視点が明確でなく、ドストエフスキイの宗教性解明への焦点が絞られず不満が残る。6は萩原朔太郎のドストエフスキイ体験を丁寧に追い、ここから「アンチノミー的存在」イワンに光を当て（F5も参照）、更にドミートリイやゾシマ長老の考察にも進むユニークな論考。8は何よりもテキストを徹底的に読み込むことが、ユニークな視野と考察への可能性を開くのだというドストエフスキイ世界へのアプローチの原点を教えてくれる。ここから更にドストエフスキイのイエス理解・神理解に焦点を絞った考察が俟たれる。江戸川乱歩賞を受賞し話題の9も、テキストをよく読みこなしている点は高く評価したい。だがリーザやアリョーシャやイワンについて、その「謎」あるいは「ミステリー」を追うのはよいが、彼らをただ著者自身のエンターテインメント世界の構築に用いただけの感もあり、『カラマーゾフの兄弟』自体の真の「謎」と奥深さに迫ることからは遠いのではないか。

D　聖書・聖書学

1　Nestle-Alant, *Novum Testamentum Graece*, Deutsche Bibelgesellschaft, 1993[27]（ネストレ－アーラント編『ギリシャ語新約聖書』）

2　*ГОСПОДА НАШЕГО ИСУСА ХРИСТА НОВЫЙ ЗАВЕТЬ*, Российское Библейское Общество, [1823]（ロシア聖書協会『我らが主イエス・キリストの新約聖書』）

3　В.Н. Захаров, В.Ф. Молчанов, *ЕВАНГЕЛИЕ ДОСТОЕВСКОГО. Личный экземпляр Нового Завета 1823 года издания, подаренный Ф.М. Достоевскому в Тобольске в январе 1850 года*, Издательство Русскiй Мiр, Москва, 2010（В・Н・ザハーロフ、В・Ф・モル

チャーノフ『ドストエフスキイの福音書——一八五〇年一月トボリスクでドストエフスキイに贈与された一八二三年発行新約聖書の個人蔵書［写真版］』）

4 В.Н. Захаров, В.Ф. Молчанов, Б.Н. Тихомиров, *ЕВАНГЕЛИЕ ДОСТОЕВСКОГО. Исследования. Материалы к комментарию,* Издательство Русскій Міръ, Москва, 2010（В・Н・ザハーロフ、В・Ф・モルチャーノフ、Б・Н・チホミーロフ『ドストエフスキイの福音書——研究と註解資料』）

5 『舊約新約聖書』（文語訳）、日本聖書協会、一九六七

6 佐藤研編訳『福音書共観表』岩波書店、二〇〇五

7 田川健三訳『新約聖書　訳と註』1～6巻、作品社、二〇〇七－二〇一三

8 荒井献『ユダとは誰か——原始キリスト教と「ユダ福音書」の中のユダ』岩波書店、二〇〇七

9 大貫隆『イスカリオテのユダ』日本キリスト教団出版局、二〇〇七

10 佐藤研『悲劇と福音——原始キリスト教における悲劇的なるもの』清水書院、二〇〇一

11 三好迪『旅空に歩むイエス』福音書のイエス・キリスト－③、講談社、一九八六

12 タイセン『原始キリスト教の心理学——原始キリスト教徒の体験と行動』新教出版社、大貫隆訳、二〇〇八（G. Theißen, *Erleben und Verhalten der ersten Christen. Eine Psychologie des Urchristentums*, 2007）

13 関根清三『旧約における超越と象徴——解釈学的経験の系譜』東京大学出版会、一九九四

新旧訳聖書について、本書の引用は主に5の文語訳を用いたが、その際1と2、3を基に、6と7を参照しながら、必要な部分は筆者が訳出した。2と3はドストエフスキイがシベリアで用いた版。4は3を基に、ドストエフスキイの聖書引用の典拠を明らかにしたもの。但し本書で指摘したように［Ⅲ2］、『カラマーゾフの兄弟』における聖書引用や利用に限っても、その検証の作業は未だ完全なものとは言えない。しかしこの分野での更なる展開の土台が3と4で与えられたことは確かである。これらに加えて、Bでも紹介したように、正教圏でもカトリック圏でも、欧米において新旧約聖書を前提とするドストエフスキイ研究の進展は目覚ましい。今後もドストエフスキイのテキストと聖書テキストとの地道で厳密な取り組みを土台とした研究はどんどん増えてゆくであろう。だがルターや、ベーメを頂点とする神秘主義思想を母胎とする、プロテスタント国ドイツにおいて展開・深化した聖書学

研究の伝統と成果を生かしたドストエフスキイ研究は、未だ少ないように思われる。この点で6以下の研究者たちがドイツの新約聖書学を正面から学び、それに伍すまでに積み重ねてきた成果に直接学びうる日本は、極めて恵まれた位置にあると言えよう。例えば『カラマーゾフの兄弟』において、この作品とヨハネ伝の関係は広く知られているが、イワンを始めとする「ロシアの小僧っ子」たちが直面するユダ的人間観やキリスト論を検討する上で、ルカ福音書への視点も欠かせない。本書は6〜11の研究を大いに参考とさせて頂いた。旧約関係では13がこの上なく刺激となった。著者関根氏は、詩篇51の「砕かれし魂」の背景を、旧約における罪意識の深化の歴史の中に克明に辿り、旧約世界とドストエフスキイ文学との強い響き合いへの視野を与えてくれる。

E　シリアの聖イサク

1　[tr.] Holy Transfiguration Monastery, *The Ascetical Homilies of Saint Isaac the Syrian*, Revised Second Edition, Boston, Massachusetts, 2011（[英語翻訳] 聖変貌修道院『シリアの聖イサクの苦行説教集』[改定二版]）

2　[tr.] Jacques Touraille, *Oeuvres Spirituelles. Les 88 Discours Ascétiques, Les Lettres*, Théophanie, Desclee De Brouwer, 1981（[仏語翻訳] J・トゥレイユ『霊の書――88の苦行説教集と書簡』）

3　[пер.] Сергиев Посад, *Преподобного отца нашего Исаака Сирина слова подвижнические*, Лепта Книга, Москва, 2007（[露語翻訳] С・（S・）ポサド『我らが尊師シリアのイサクの苦行説教集』）

4　[пер.] Иларион Алфеев, *О божественных тайнах и о духовной жизни. Новооткрытые тексты*, Издательство Олега Абышко, СПб, 2012（[露語翻訳] И・（H・）アルフィェーエフ『神の秘密と霊的生について――新規刊行のテキスト』）

5　[tr.] Sebastian Brock, *The Wisdom of Saint Isaak the Syrian*, SLG Press, 2007^{4}（[英語翻訳] S・ブロック『シリアの聖イサクの智恵』）

6　Hilarion Alfeyev, *The Spiritual World of Isaak the Syrian*, Cistercian Publications, 2008（H・アルフィェーエフ［4］『シリアのイサクの精神世界』）

7　Patric Hagman, *The Asceticism of Isaak of Nineveh*, Oxford U.P., 2011（P・ハグマン『ニネベのイサクの苦行』）

8　梶原史朗訳『同情の心――シリアの聖イサクによる黙想の六〇日』A・M・オーチン編、S・ブロック英訳、聖公会出版、一九九〇（*The heart of Compassion. Daily Reading with St Isaak of Syria*, Darton Longman and Todd, 1989）

シリアの聖イサクが『カラマーゾフの兄弟』において果たす役割については、その原文がシリア語のため翻訳の壁があり、加えて内容の難解さもあり、なかなかカラマーゾフ論の視野に入らなかった。しかし前記Bの1や5や14のように、既に現在では聖イサクの著作とその思想を踏まえたカラマーゾフ論が前面に出てくる時代に入っている。西洋世界ではシリア語からギリシャ語への重訳を基にした翻訳が主に用いられてきたのであるが、本書が用いた1～3もそれらの系列に属する。しかし近年1は、S・ブロック博士［後述］の協力も仰ぎ、シリア語原文に直接当たることで、英訳旧版を全面的に改訳する作業を完成させた。現在ではこれが最も信頼し得る翻訳であろう。本書もスメルジャコフやイワン、そしてゾシマ長老やアリョーシャの思想と行動を聖イサクとの関係で考察するにあたっては、2と3も参照しつつ、この1の新訳に全面的に依拠した。なお一九八三年にオックスフォード大学のボードレイアン図書館で、聖イサクの説教集の第二部シリア語写本がS・ブロック博士によって発見された。博士は聖イサクを始めとするシリア宗教思想研究の第一人者とされる。以後この第二部も視野に入れ、シリアの聖イサクの著作と思想の研究と紹介が新たに進んでいる。しかしドストエフスキイ自身の視野には第二部の聖イサクは入っておらず、本書は翻訳を利用するという限界はあるものの、取り敢えずは1を土台とすることでよしとした。5～8は、聖イサクの説教集の第二部も視野に入れた翻訳・研究・紹介書である。中でも6の研究は聖イサクの思想ばかりでなく、ドストエフスキイの宗教思想、殊にゾシマ長老の思想を理解する上でも大きな参考となるものである。5と8は共に聖イサクの説教選である。コンパクトだが適切な選択であり、本書巻末補遺の「小アンソロジー」と共に参照されることで、聖イサクの思想に触れる切っ掛けにして頂ければ幸いである。今後日本においても直接シリア語からの翻訳紹介がなされ、日本の奈良時代にあたる七世紀のキリスト教修道士、シリアの聖イサクの思想の奥深さと魅力が多くの人に受け入れられることで、聖書とキリスト教思想の研究、そしてまたドストエフスキイ研究の分野に本格的に生かされる日の来ることが俟たれる。

F　神学・思想・哲学

1 R. Otto, *Das Heilige. Über das Irrationale in der Idee des Göttlichen und sein Verhältnis zum Rationalen*, Beck'sche Reihe BsR 328, 1991 [1917]（R・オットー『聖なるもの――神性の観念における非合理的なるものと、その合理的なるものとの関係について』／『聖なるもの――神的なものの観念における非合理的なもの、および合理的なものとそれとの関係について』華園聰麿訳、創元社、二〇〇五／『聖なるもの』久松英二訳、岩波書店、二〇一〇／『聖なるもの』山谷省吾訳、岩波書店、一九六八）

2 西田幾多郎『場所的論理と宗教的世界観』、『哲学論文集　第七』岩波書店、一九四六

3 小出次雄『基督教的空間論としての　ゴルゴタの論理』驢馬小屋出版、一九八四［一九四九］

4 B. Pascal, *Les Pensées*, [ed.] Brunschvicg, Gallimars, 1966, [1669]（パスカル『パンセ』前田陽一・由木康訳、世界の名著24、中央公論社）

5 Я.Э. Голосовкер, *ДОСТОЕВСКИЙ И КАНТ. Размышление читателя над романсм «Братья Карамазовы» и трактатом Канта «Критика чистого разума»*, Постскриптум, 1963 (reprint)（[Я・Э・ゴロソフケル『ドストエフスキイとカント――ドストエフスキイの小説「カラマーゾフの兄弟」とカントの論文「純粋理性批判」に対する一読者の考察』]／『ドストエフスキーとカント――「カラマーゾフの兄弟」を読む』木下豊房訳、みすず書房、一九八八）

6 J.B. Russell,

・*THE DEVIL. Perception of Evil from Antiquity to Primitive Christianity*, Cornell University Press, 1977

・*SATAN. The Early Christian Tradition*, Cornell U.P., 1981

・*LUCIFER. The Devil in the Middle Ages*, Cornell U.P., 1984

・*MEPHISTOPHELES. The Devil in the Modern World*, Cornell U.P., 1986

（J・B・ラッセル・『悪魔　古代から原始キリスト教まで』一九八四・『サタン――初期キリスト教の伝統』一九八七・『ルシファー――中世の悪魔』一九八九・『メフィストフェレス――近代世界の悪魔』一九九一、野村美紀子訳、教文館）

Dと共にこのFが、日頃ドストエフスキイと取り組むにあたって、また今回「神と不死」探求の旅をする「ロシアの小僧っ子」

たちと取り組むにあたっても、筆者が常に念頭に置いて対話し続けてきた著作である。中でも1と2と3は、学問的探求・研究が何よりもまず激しい求道者的パトスに貫かれ、かつ宗教的・芸術的認識力の鍛錬に伴われるべきことを厳しく要求するものであり、ドストエフスキイ研究に向かうべき、アカデミズムの大半が久しく忘れた、厳しい姿勢の原点を教えてくれる。4は、西洋近代の出発点において、デカルト哲学を向こうに置き、またドイツのベーメと並行して、既にドストエフスキイに通底するキリスト教的思索が深化・展開していたことを教えてくれる古典的名著。5は1と共に、イワンが立つデカルト的・ユークリッド的知性の限界性に縛られた人間が、超越・神とどのように関わり得るかの認識論的問題を考える上で示唆的である。なお訳者木下氏（C－6）が、近代日本文学とドストエフスキイの比較にあたり、この著作を一つの土台として用いる方法論には学ぶべきことが多い。6が一貫して取り組むのは、歴史上に絶えることのない悪あるいは悪魔の存在の問題だが、その膨大な研究の出発点となり、またそれらを貫いて導くのはイワンである。更にイワンが提起した地上の不条理・苦難の存在と、神存在の問題についての解答を、著者はゾシマ長老が説くように、「否定」ではなく「肯定」の方向に、つまり「愛」・「実行的な愛」の方向で解くしかないとする点、本書の大きな参考となるものであった。なおこれら四冊の翻訳は見事であり、掲載された多くの図版も豊富で刺激的だ。

（付）本書の土台とした筆者自身の著作・論文等

1 『隕《お》ちた「苦艾《にがよもぎ》」の星――ドストエフスキイと福沢諭吉』河合文化教育研究所、一九九七

2 「ドストエフスキイにおけるイエス像」大貫隆・佐藤研編『イエス研究史』所載、日本基督教団出版局、一九九八

3 『「罪と罰」における復活――ドストエフスキイと聖書』河合文化教育研究所、二〇〇七

4 『ゴルゴタへの道――ドストエフスキイと十人の日本人』新教出版社、二〇一一

5 「アリョーシャとイワンの聖書――モスクワ時代、イエス像構成の一断面」講演記録、早稲田大学ロシア文学会主催、早稲田大学ロシア研究所・日本ロシア文学会共催、二〇一四、早稲田大学ロシア文学科・HP（http://apop.chicappa.jp/wordpress/）

6 *The Conditions of Eternal Life. What happens when Sonya visits Raskolnikov?*（論文「永遠の生命の条件――ソーニャのラスコーリニ

コフ訪問で生じたこと」、Ｊ・モリラス編、『ドストエフスキイとキリスト教』所載、ドストエフスキイ・モノグラフ・シリーズ6）（[Под редакцией] Ж. Морильяса, *Достоевский и христианство*, Dostoevsky Monographs 6, IDS, СПб, 2015)

ドストエフスキイにおけるキリスト教思想を、聖書テキストとの取り組みから具体的に明らかにすることを課題としてきた筆者が、本書の土台とした主な論考と著作と講演記録。1はドストエフスキイの西欧近代文明との対決の原点を、福沢諭吉の西洋体験の記録『西航記』と比較しつつ、聖書的視座から確認したもの。2の論考で提示した「第5福音書としてのゾシマ伝」という視点は、本書の出発点であり、また将来の論考の目標でもある。3は表題通りのテーマを扱ったものだが、この3と対比する時、本書のイワンとは斧に代えて聖書を片手に登場したラスコーリニコフであり、新たな罪と罰、死と復活のドラマを演じる主人公であることが改めて浮き彫りになろう。4は西田幾多郎と小出次雄という哲学の師弟、更に小出と同時代人の小林秀雄を取り上げ、太平洋戦争という終末論的時代状況を挟んで、三人の思索が神探求とイエス・キリスト理解の点で呼応し合い、更には『カラマーゾフの兄弟』のキリスト理解に凝集してゆくことを論じた。特に小出のユダ的人間論を核とする「ゴルゴタの論理」（F－3）における「相互磔殺」の概念は本書の礎石となるものである。また3に続いて4では『罪と罰』のソーニャが、ドストエフスキイのキリスト理解を如何にストレートかつ本質的に反映する重要な存在であるかを、特にマルコとルカ福音書テキストの検討を基に論じている。イワンが行き当った「キリストの愛」の体現者、それがソーニャと言えよう。5は主に大学生・院生を対象に行った講演の記録。ドストエフスキイと聖書テキストにどのように取り組んでゆくかを、筆者自身の個人的体験も入れて、本書［Ⅲ－Ⅴ章］の一部とも重ね、学問を志す若い人たちに向けて平明に語ったもの。講演後の質疑応答も加えて一部加筆修正した。インターネット上で閲覧可能である。6は3を土台とし、4から本書に連なる線上にある論文。ドストエフスキイの創作、殊に死と復活のテーマにおいて、ヨハネ・ルカ・マルコ福音書がそれぞれに果たす役割を具体的に分析したもの。

おわりに

「神と不死」を求める「ロシアの小僧っ子」たちのドラマ。これがドストエフスキイ文学の本質であり、この視点から一貫して、誤魔化しなく『カラマーゾフの兄弟』を読み抜かねばならない。このように思い定めてから長い年月が経った。その試行錯誤の過程で一つの結晶作用が与えられたのは、イワンが「小悪魔」と呼び捨てたリーザに焦点が絞られた時であった。過越祭の日に磔殺された四歳の男児。この話に触れた十四歳の少女の内から噴き出した涙。この涙と共に、カラマーゾフの世界全体を照らし出す光も発されているのではないか。「小悪魔」を突然捕えた痛切な罪意識を切り口として、カラマーゾフの兄弟たちの「神と不死」探求の在り方全てが、そのプラスとマイナスのままに、磔殺のイエスを前にしたユダ的人間の姿として明らかにされるのではないか。

本書の中でも強調したが、この少女自身が問題の全てを解いている訳ではない。リーザとは母ホフラコワ夫人の豊かな富と愛によって守られた我儘で奔放な「小悪魔」であり、婚約者アリョーシャへの愛の一方、その兄イワンへの愛にも心を引き裂かれ、更には立て続けに起こったゾシマ長老の死とカラマーゾフ家の家長フョードルの殺害事件によって存在を根底から震撼させられ、その内に激しい嵐を吹き荒れさせている、飽くまでもまだ十四歳の少女でしかないのだ。だが彼女が四歳の幼な子の磔殺から受けた衝撃、そこで捕えられた罪意識は、家畜追込町で生じた様々な事件を向こうに置き、またそこで展開する「神と不死」を巡る主人公たちの思索とその苦悩を受け止め、それら一切を相対化し透徹して眺める視点を一瞬でも与えてくれるのではないか。

このような思いに導かれつつ本書を書き上げた今、ある程度その視点が誤ったものではなかったと感じる一方、なお『カラマーゾフの兄弟』の底知れぬ奥行きと複雑さを前に、自分は殆ど何も認識し得てはいないのではないか、とんでもない考え違いや見落としをしているのではないかと、いたたまれない焦燥感にも捕えられている。しばらくして私は再びカラマーゾフの世界、そしてドストエフスキイの世界との取り組みを始めるであろう。ドストエフスキイに導かれての思索の旅に終わりがあるとはとても思えない。ともかくは今、そのような旅に導いてくれたドストエフスキイと出会えたことに、私はいくら感謝しても感謝し切れない。

最後に新しい出発に向けて、本書で取り上げる機会がなかったが、私が若い頃から一貫して『カラマーゾフの兄弟』の中で一番好きだったエピソード、そして常にそこに立ち還るエピソードを確認しておこうと思う。第二篇第三章の終わりに記された小さな逸話である。「場違いな会合」の場からゾシマ長老が一時抜け出し、様々な悩みを抱え修道院を訪れた「信仰心の篤い女たち」の訴えに耳を傾けてやっている。長老の前に最後に現れるのは、乳呑児を腕に抱いた健康そうな農婦である。彼女はゾシマ長老が病気と聞くや、思い立ったのだ。「こりゃ行って、自分で見て来《こ》にゃならねぇ」。赤ん坊を抱いたまま、ヴィシェゴーリエ村から六キロもある道をはるばる歩いてやって来たこの農婦は、思いの外に元気そうな長老を見て、言う。「どうしてあんた様が病気なもんかね！まだ二十年は生きなさるよ、本当に、神様があんた様についていなさるよ！　それに、あんた様のことをお祈りしている人間だって山といることだし、何で病気になどなるもんかね！」。感謝するゾシマに渡されたのは、六十カペイカのお金であった。「わしらより貧しいおなごに、あげてくださいまし」。「ありがとう。お前さん。ありがとうよ。いいひとだ。お前さんを愛していますよ。必ずお渡ししますよ。その腕に抱いたお子さんは、娘さんかな？」。赤ん坊の名はリザヴェータであった。「お母さん、お前さんは、私の心を晴々とさせてくれた」。

母と娘の祝福を神に祈り、部屋を出た長老が次に向かうのは、リーザとその母「信仰心の薄い貴婦人」ホフラコワとの会見の場である。

カラマーゾフの嵐がこれから吹き荒れる家畜追込町。その修道院で開かれた「場違いな会合」。長老の死は翌日の夜のことだ。だがアリョーシャを除いて、修道院を訪れる人たちは、カラマーゾフ家の人々は言うまでもなく、誰も彼もが自分自身の問題にのみ捕われ、死にゆく長老のことなど決して思い遣ることはない。彼を僧房から引きずり出し、貪欲に己の「永遠の生命」を求め続けるのだ。一方、ゾシマ長老のことをひたすら案じ、娘を抱いてはるばる僧院にやって来た農婦が住む村の名はヴィシェゴーリエ、「悲しみ越え村」であり、彼女によってゾシマは一瞬にして「晴々とした」心を与えられる。本書で指摘したように、この「晴々とした」という語こそ「喜ばしい」「幸福な」と共に、ゾシマ長老の精神を表わす最も重要な形容詞に他ならない。ここに射すのは健康で透明な喜びの光であり、私はこの逸話によって幾度慰められ、力を与えられてきたことだろう。

この光の中に改めて農婦の娘リザヴェータと「小悪魔」リーザとを共に置いてみたらどうなるだろう。「リーザ」という名では、スメルジャコフの母リザヴェータ・スメルジャシチャヤも忘れてはならない。またここに、ルカ福音書第一章が伝える洗礼者ヨハネの母エリサベトを加えたらどうなるだろう。更に彼女を訪ねる聖母マリアと「マリアの讃歌」、そしてエリサベトの夫「ザカリアの讃歌」を置く時、そこには新たにどのような闇と光のドラマが浮かび上がってくるだろうか。フョードルが上げた老預言者シメオンの叫びもまた、このルカの磁場の内にある。カラマーゾフの世界と新約世界の往還。しばらく私はこれらの景色の中で様々な夢想にふけりつつ、次のカラマーゾフ世界、ドストエフスキイ世界への新たな切り口を探りたいと思う。

最後に、この文化教育研究所で長い間研究員を支えて下さった加藤万里さんや事務局全ての皆さんに心からお礼を申し上げたい。殊に加藤さんはドストエフスキイについての深い理解と尊敬、そして的確な編集の手際で、

『罪と罰』論に次いで本書の誕生に大きな力となって下さった。また事務局の皆さんは、商業主義が危機的に蔓延する現代の出版事情を憂慮され、本書が教育の現場での長い地道な研究活動の中から生まれ出るドストエフスキイ論であることに期待を寄せられ、声援を送り続けて下さった。全て感謝である。

二〇一五年　秋、著者

著者略歴

芦川　進一（あしかわ　しんいち）

1947年、静岡県生まれ。

東京外国語大学フランス語学科卒業。東京大学大学院人文科学研究科比較文学比較文化博士課程修了。津田塾大学講師を経て、現在河合塾英語科講師・河合文化教育研究所研究員。

専門はドストエフスキイにおけるキリスト教思想。

翻訳に『イエス・キリスト』（共訳、小学館、1979）。

著書に『隕《お》ちた「苦艾《にがよもぎ》」の星』（河合文化教育研究所、1997）、『「罪と罰」における復活』（河合文化教育研究所、2007）、『ゴルゴタへの道』（新教出版社、2011）など。

カラマーゾフの兄弟論　――砕かれし魂の記録――

2016年4月20日　第1刷発行

著者　芦川　進一 ©
発行　河合文化教育研究所
〒464-8610　名古屋市千種区今池2-1-10
TEL（052）735-1706㈹　FAX（052）735-4032
発売　㈱河合出版
〒151-0053　東京都渋谷区代々木1-21-10
TEL（03）5354-8241㈹
印刷 製本　㈱あるむ

ISBN 978-4-7772-0437-3